아프리카의 인상

인문 서가에 꽂힌 작가들

레몽 루셀
아프리카의 인상

송진석 옮김

Raymond Roussel · Impressions d'Afrique

문학동네

일러두기

1. 이 책의 번역 대본은 다음과 같다.
Raymond Roussel, *Impressions d'Afrique*, Paris: Flammarion, 2005.

2. 원서에서 이탤릭체나 대문자로 강조된 곳은 작은따옴표로 묶거나 밑줄을 그어 표시했다.

3. 주 말미에 '원주'라고 표시된 것 말고는, 모두 옮긴이 주다.

4. 그림은 〈 〉, 책과 신문은 『 』, 글은 「 」로 표시했다.

차례

아프리카의 인상

I

6월 25일 네시경, 포뉘켈레의 황제이자 드렐쉬카프의 왕인 탈루7세의 대관식을 위한 모든 준비는 끝난 듯 보였다.

해가 기울고 있었지만, 적도와 인접한 아프리카의 이 지역에서는 짓누르는 것 같은 열기가 여전했고, 그 어떤 미풍도 불지 않는 폭풍우 낀 날씨에 우리는 무거운 거북함을 느꼈다.

내 앞에 펼쳐진 거대한 트로피광장은 무수히 많은 집으로 이뤄진 웅장한 수도 에쥐르의 한복판에 있는데, 대서양이 수도의 옆구리를 적시고 있어 내 왼편으로 저멀리 노호하는 파도소리가 들려왔다.

정사각형 광장 사면에는 백 년도 더 된 무화과나무들이 줄지어 심어져 있고, 각각의 나무기둥에 깊숙이 박힌 무기들에는 잘린 머리, 금색 동박銅薄으로 장식된 천, 그리고 탈루7세와 그의 조상들이 수많은 전투에서 승리를 거두고 돌아와 그곳에 쌓아놓은 온갖 종류의 장식품이 매달려 있었다.

내 오른쪽으로는, 줄지어 선 나무들 중간 지점 앞으로, 거대한 인형극 극장과도 흡사한 붉은 극장이 솟아 있는데, 건물 합각合閣에 세 줄에 걸쳐 은박으로 새긴 '탁월한 자들의 클럽'이란 글자들이, 태양의 둘레인 양 사방으로 만개하는 커다란 황금광선으로 찬란하게 에워싸여 있었다.

지금 눈에 보이는 무대 위의 탁자와 의자는 강연자를 위한 것인 듯 여겨졌다. 배경막에는 초상화 몇 장이 틀 없이 핀으로 고정되어 있고, 〈브란덴부르크의 선제후들〉이라고 쓰인 라벨이 그것들을 설명해주고 있었다.

내가 위치한 곳과 붉은 극장 사이에는 커다란 나무받침대가 있고, 갓 스무 살 된 젊은 흑인 나이르가 그 위에 서서 고개를 숙인 채 열심히 일에 전념하고 있었다. 그의 오른쪽에 있는 받침대의 두 모서리에는 각각 말뚝이 한 개씩 박혀 있고, 길고 유연한 줄이 두 말뚝의 상단을 연결하고 있는데, 이 줄은 마치 복권 상품처럼 서로 구별되도록 매단 세 가지 물건의 무게 때문에 아래쪽으로 늘어져 있었다. 첫번째 물건은 중절모로, 머리를 덮는 검은색 부분에 희끄무레한 대문자로 'PINCÉE'✦라고 새겨져 있었다. 또 진회색 스웨이드장갑 한 짝이 손바닥을 보이며 매달려 있고, 그 표면에는 분필로 'C'라는 철자가 씌어 있었다. 마지막 자리에는 가벼운 양피지가 흔들리고 있거니와, 이상한 상형문자들로 가득한 그 서두에는 다섯 인물을 보여주는 상당히 거친 그림이 그려져 있는데, 이 인물들은 전반적인 태도와 과장된 이목구비에서 볼 수 있는 것처럼 의도적으로 희화화된 모습이었다.

받침대 위에 사로잡힌 나이르의 오른발은 굵은 밧줄에 얽혀 있고, 올가미를 제대로 만들어낸 그 밧줄은 견고한 기단에 바싹 고정되어 있었다. 살아 있는 조각상처럼 보이는 그는 완만하고 규칙적인 몸짓을 해가면서 미리 암기한 일련의 단어들을 빠르게 중얼거렸다. 그의 앞에는 나무껍질 삼면을 접합해 만든 연약한 피라미드가 특수한 형태의 받침 위에서 그의 주의를 독차지하고 있었다. 그가 있는 쪽을 향한 채 눈에 띄게 쳐들린 피라미드의 바닥은 그에게 베틀 구실을 해주었다. 받침대

✦ 프랑스어 동사 'pincer'의 과거분사 여성형으로, 여러 뜻 중에 여기서는 구어로 쓰이는 '붙잡힌, 체포된'을 뜻한다. 이 문자와 관련된 자세한 일화는 11장을 참조할 것.

옆의 보조받침 위, 그의 손이 닿는 곳에는 번데기가 될 준비가 끝난 애벌레의 고치를 연상시키는, 바깥면에 회색의 식물성 물질이 붙어 있는 과일 껍질들이 준비되어 있었다. 젊은이는 두 손가락으로 그 섬세한 껍질들의 조각을 집어들고는 손을 자기 쪽으로 천천히 끌어당겨, 봄이면 숲속에 잔뜩 생겨나는 거미줄과도 같은 신축성 있는 실을 뽑아냈다. 이 보일 듯 말 듯한 실은 민감하고도 복잡한, 마치 요정이 만든 것 같은 놀라운 직물을 그가 만들 수 있게 해주었다. 그의 두 손은 비할 데 없이 민활하게 움직이면서 온갖 방식으로 교차시키고 맺고 얽었고, 그 꿈같은 힘줄들은 서로 우아하게 섞여들었다. 그가 낮은 목소리로 읊는 문장들은 위태롭고도 치밀한 손놀림에 질서를 부여해주는 역할을 했다. 아주 작은 실수도 전체에 돌이킬 수 없는 타격을 가할 수 있는 만큼, 한 단어 한 단어 암기한 문구가 제공해주는 기계적인 길잡이가 없다면 나이르는 결코 자기 목표에 도달할 수 없을 것이었다.

오른쪽 아래에는, 또다른 피라미드들이 꼭짓점이 반대쪽으로 가도록 좌대 가장자리에 눕혀놓여 있어, 완결된 작업 결과를 감상하게 해주었다. 눈에 보이도록 세워놓은 피라미드 바닥은 거미줄보다도 더 가느다란, 그야말로 거의 존재하지 않는 것 같은 섬세한 직물로 이루어져 있었다. 각각의 피라미드 안쪽에서는 줄기에 고정된 붉은 꽃이 공기처럼 가녀린 그물의 감지되지 않는 베일 너머에서 보는 이의 시선을 강력하게 끌어당기고 있었다.

'탁월한 자들'의 무대에서 멀지 않은 곳, 배우의 오른쪽에는, 백이십에서 백오십 센티미터 정도의 간격을 둔 말뚝 두 개가 작동중인 기구 하나를 지탱하고 있었다. 배우에게서 가까운 말뚝 위쪽으로는 긴 축이 솟아 있고, 그 둘레로 누르스름한 양피지 띠가 팽팽하게 감겨서 두툼한 두루마리를 이루었다. 먼 쪽 말뚝에는 작은 사각형 판자가 단단히 고정되어 있어서 시계태엽장치에 의해 천천히 돌아가는 수직 실린더의 기단 역할을 해주었다.

누르스름한 양피지 띠는 말뚝 사이로 늘어짐 없이 펼쳐지며 실린더에 와 감겼다. 실린더는 제자리에서 회전하며 양피지 띠를 쉼없이 끌어당겼고, 먼 축은 강제로 회전운동 속에 끌려들었다.

양피지 위에서는 굵은 선으로 그린 야만적인 전사 무리들이 연달아 모습을 나타내며 지극히 다양한 동작을 보여주었다. 전사들 가운데 어떤 무리는 미친 듯한 속도로 달리며 달아나는 적을 추적하는 것 같았고, 어떤 무리는 구릉 뒤에 매복한 채 자기들의 존재를 드러낼 순간을 끈기 있게 기다렸다. 여기서는 동일한 인원의 전사들로 이루어진 두 무리가 악착같이 육박전을 벌였고, 저기서는 산뜻한 전사 무리들이 거창한 몸짓으로 돌진하며 저만치 벌어지는 혼전에 용감하게 뛰어들었다. 계속해서 지나가는 양피지 띠는 산출한 효과의 끝없는 다양성 덕분에 새로운 전략적 놀라움을 쉼없이 제공하고 있었다.

⁂

내 앞쪽, 광장 맞은편 끝에는 일종의 제단이 누워 있고, 그 앞쪽으로는 푹신푹신한 카펫이 깔린 계단이 연결되어 있었다. 푸르스름한 줄이 박힌 흰색 페인트칠은 멀리서 보면 전체가 대리석으로 이루어진 것처럼 보였다.

건축물의 중간 높이에 있으며 흰 천이 덮인, 긴 판자로 이루어진 성탁聖卓 위로, 상형문자들이 가득 적힌 장방형 양피지가 보였다. 그 양피지는 기름이 담긴 두꺼운 유리병 곁에 세워져 있었다. 그 옆에는 크기가 더 큰, 단단한 고급 종이로 된 문서가 있는데, 거기에는 공들여 쓴 고딕체 글씨로 〈포뉘켈레-드렐쉬카프 왕가〉라고 적혀 있었다. 그 표제 아래에는 섬세하게 채색된 일종의 세밀화인 둥근 초상화가 있는데, 머리에 만틸라⁺를 쓴 열서너 살 정도 되는 스페인 소녀 두 명을 그린 것으로, 완전히 닮은 얼굴로 보아 쌍둥이 자매가 분명했다. 첫눈에 이미지는 문서와 일체를 이루고 있는 것 같았다. 하지만 좀더 주의깊게 관찰해보면, 투명한 모슬린으로 된 폭이 좁은 띠가, 채색된 원판 가두리와 견고한 독피지⁺⁺ 표면에 들러붙어 있어, 사실은 서로 독립적인 두 대상이 가히 완벽하게 접합되어 있음을 발견할 수 있었다. 이중초상 왼쪽에는 〈수안〉이라는 이름이 굵은 대문자로 펼쳐져 있었다. 초상화 아래쪽, 종이의 나머지 부분은, 제일 윗자리를 차지하고 있는 두 우아한 이베리아 소녀에게서 나란히 비롯된 서로 구별되는 두 혈통을 아우르는 이름의 목록으로 채워져 있었다. 이 계보 가운데 하나는 〈단절〉이라는 단어로 끝나고 있거니와, 거의 문서 제목만큼이나 중요하게 강조된 그 글자는 급작스러운 방식으로 효과를 노리는 것 같았다. 그와 달리 나머지 한 혈통은 옆의 혈통보다 약간 덜 내려가면서 정지선의 부재로써 미래를 향해 도전장을 던지고 있는 듯 보였다.

제단 가까운 곳 오른쪽으로, 거대한 종려나무 한 그루가 푸른빛을 자랑하고 있었다. 그것의 멋진 만개는 오랜 나이를 증명하는 것이었다. 나무줄기에 부착된 팻말에는 〈황제 탈루 6세, 조상 전래의 왕좌에 복귀하다〉라는 기념 문구가 적혀 있었다. 종려나무가 그늘을 드리우고 있는 바로 옆 땅바닥에는 말뚝 하나가 박혀 있었고, 그 사각형 모양 꼭대기에는 반숙계란 한 개가 얹혀 있었다.

⁺ 스페인, 이탈리아 등에서 여성이 머리에서 어깨까지 덮어쓰는 의례용 쓰개.

⁺⁺ 사산한 송아지가죽으로 만든 고급 종이.

제단에서 왼쪽으로 동일한 거리에 위치한 지점에는, 늙고 초라한 큰키나무 한 그루가 있어 찬란한 종려나무와 처량한 쌍을 이루고 있었다. 수액이 마른데다 거의 썩은 고무나무였다. 그 그늘에서는 나뭇가지 더미가 흑인 왕 야우르9세의 시체를 수평으로 지탱하고 있었다. 짧은 돈주머니가 달린 분홍색 울 드레스에 풍성한 금발 가발을 쓰고 고전적으로 『파우스트』 속 마르가리테로 분장한 그는, 길게 땋은 머리가 두 어깨를 지나 다리 중간에까지 이른 모습이었다.

⁂

암석 빛깔의 건물 하나가, 내 왼쪽으로 줄지어 선 무화과나무들을 등진 채 붉은 극장을 마주보고 있었는데, 파리증권거래소의 축소판이었다.

이 건물과 광장의 북서쪽 모퉁이 사이에 실물크기의 조상 여러 개가 늘어서 있었다.

첫번째 조상은 심장에 박힌 무기로 인해 치명상을 입은 남자를 연상시켰다. 두 손은 본능적으로 상처를 향하고, 다리는 뒤로 젖혀지면서 무너지는 몸의 무게 아래 구부러지고 있었다. 조상은 검은색이었고, 언뜻 보아서는 한덩어리로 이루어진 듯 보였다. 하지만 조금씩 조금씩 인군이 홈들이 눈에 들어왔다. 사방으로 그어진 그것들은 대체로 평행인 수많은 선을 이루고 있었다. 사실인즉 작품은 소조塑造의 필요에 따라 자르고 구부린, 고래수염으로 만든 수많은 코르셋받침살들로만 이루어져 있었다. 머리가 납작하고 끝이 안쪽으로 구부러진 게 분명한 못들이 유연한 코르셋받침살들을 맞붙여주고, 이 받침살들은 아주 작은 빈틈도 없이 교묘하게 연결되어 있었다. 고통과 고뇌의 표정을 자세히 드러내고 있는 얼굴은 받침살 조각들을 정확하게 짜맞춘 것으로 코, 입술, 눈 위 돌출부, 그리고 안구의 형태를 충실하게 재현하고 있었다. 죽어가는 사람의 심장에 박힌 칼의 자루 부분은 패배한 사람이 겪는 커다란 고난을 느끼게 했다. 이는 자루의 우아함 덕분이었다. 우리는 짧게 조각내어 가락지처럼 둥글게 구부린 고래수염 두세 개를 확인할 수 있었다. 근육질의 몸, 경련하는 팔, 발작적으로 절반쯤 구부러진 다리, 그야말로 모든 것이 헐떡이고 고통스러워하는 듯 보였다. 이는 한결같이 어두운 빛깔의 코르셋받침살에 부여된 놀랍고도 완벽한 윤곽 덕분에 가능한 것이었다.

조상의 발은 매우 소박한 탈것을 밟고 있었다. 이 탈것의 낮은 기단과 네 바퀴는 검은색 고래수염코르셋받침살을 교묘하게 조합하여 제작한 것이었다. 폭좁은 두 레일은 불그스름한 젤라틴 형태를 지닌 날것 그대로의 물질로 이루어져 있었다. 그것은 다름 아닌 송아지 허파로서, 검게 그을린 나무 표면에 정렬된 것이 그 모양으로 보나 색깔로 보나 정확히 철도의 일부를 보는 것 같은 느낌을 자아냈다. 고정된 네 바퀴는 레일들을 으스러뜨리지 않으면서 위에 맞물려 있었다.

탈것이 오갈 수 있는 나무판자는 온통 검은색인 나무좌대의 윗부분을 구성했고, 이 좌대 정면에는 흰색 글씨로 〈스파르타 노예 사리다키스의 죽음〉이라고 씌어 있었다. 그 아래에는 여전히 눈처럼 하얀 색깔의 다른 글씨가 적혀 있는데, 절반은 그리스어, 절반은 프랑스어로 되어 있고, 가느다란 중괄호를 덧붙인 모습이었다.

DUEL { ἦστον.
　　　 ἤστην.✦

✦『나는 내 책 몇 권을 어떻게 썼는가』에서 스스로 설명하고 있는 것처럼, 루셀은 하나의 단어가 지닌 두 가지 의미를 활용하여, 즉 그 두 의미 사이를 파고들어감으로써 이야기의 공간과 실마리를 확보하고, 이를 발전시켜 소설과 희곡을 썼다. 'DUEL'은 이러한 그의 소설 제작방식을 단적으로 보여주는 예 가운데 하나다. 'DUEL'은 '결투'와, 그리스어에서 성, 수, 격에 따른 동사의 어미변화 및 활용에 적용되는 문법 개념 '쌍수', 곧 단수와 복수 사이의 '두 사람' 혹은 '두 개'를 의미한다. 루셀에 따르면 'DUEL'은 'accolade'와 결합하는데, 'accolade'는 두 가지 의미, 곧 결투 뒤의 '가벼운 포옹'과 중괄호 '{'를 가리킨다. 프랑스어와 그리스어를 섞어 쓴 이 문구는 따라서 '결투' 또는 '쌍수'라는 제목 아래 '당신네 두 사람이 있었다'와 '그들 두 사람이 있었다'를 중괄호로 모아놓은 형국이다. 소설에서 '결투'는 '가벼운 포옹'으로 끝나는 대신 스파르타 노예의 극적인 죽음으로 종결된다.

스파르타 노예 옆에서는 눈썹을 찌푸린 한 사상가의 흉상이 강렬하고도 풍요로운 명상의 경지를 표현하고 있었다. 받침대에는 이런 이름이 적혀 있었다.

EMMANUEL KANT

이어서 충격적인 장면을 보여주는 일군의 조상들이 나타났다. 사나운 악당의 표정을 한 말 탄 사람이 수도원 문을 등지고 선 수녀에게 질문을 하고 있는 것 같았다. 얕은 돋을새김으로 이루어진 후경에서는 무기를 든 다른 사람들이 뛰어오르는 말 위에서 우두머리의 명령을 기다리고 있었다. 기단에는 음각된 글씨로 〈수녀 페르페튀의 거짓말〉이라는 제목이 새겨져 있고, '도망한 자들이 여기에 숨어 있소?'라는 질문이 그에 이어지고 있었다.

좀더 걸어가자 〈루이15세 앞에서 고개를 숙이는 섭정〉이라는 설명문이 붙은 의아한 작품이 나타났다. 어린 왕 앞에서 정중하게 허리를 굽히는 필립 도를레앙이었다. 열 살 정도 되어 보이는 왕은, 의식하지 않은 자연스러운 위엄이 가득한 포즈를 취하고 있었다.

스파르타 노예와 대비되게, 한편이 흉상과 다른 한편의 군상은 테라코타의 양상을 띠었다.

침착하고 주의깊은 노르베르 몽탈레스코는 자기 작품들 사이로 다니며 특히 스파르타 노예에게 신경을 쏟았다. 훼손되기 쉬운 것이다보니 어쩌다 지나는 행인들이 부주의하게 부딪칠까봐 두려웠던 것이다.

마지막 조상 뒤쪽으로 출구 없는 작은 집 하나가 솟아 있었다. 동일한 폭을 지닌 네 벽을 이루고 있는 것은 두꺼운 검은색 천이었다. 그것은 아마도 절대적인 암흑을 만들어줄 것이었다. 단일한 기울기로 약간 경사진 지붕은 오래되어 누렇게 된, 기와 모양으로 자른 이상한 책의 페이지들로 이루어져 있었다. 꽤 크고 오로지 영어로만 된 텍스트는 희미해지거나 지워져 있었다. 하지만 윗부분이 읽을 만한 상태로 남아 있는 몇몇 페이지는 보다 선명하게 인쇄된 『퍼스의 아름다운 처녀』*라는 제목을 달고 있었다. 지붕 한가운데에는 들여다보는 구멍이 뚫려 있었다. 빈틈없이 막혀 있는 그것은 오래되고 마모되어 색이 바랜 동일한 종이들을 유리 대신 붙여놓은 모습이었다. 이 가벼운 덮개는 아래쪽으로 휴식의 부드러움이 충만한, 희미하고 누르스름한 빛을 퍼뜨릴 게 분명했다.

금관악기의 음색을 떠올리는, 하지만 매우 완화된 형태로 환기된 일종의 화음이, 규칙적인 간격을 두고 작은 집 중심으로부터 새어나오면서 음악적인 분절 느낌을 제대로 자아내고 있었다.

⁂

나이르 바로 맞은편, 증권거래소와 일직선을 이루는 지점에 위치한 묘석 위에, 알제리 보병의 군복과 그에 딸린 다양한 물건이 놓여 있었다. 소총 한 자루와 탄띠들이 그 헌옷과 함께 있는데, 그것들은 필시 땅에 묻힌 사람의 기억을 경건하게 영속시키기 위한 것이었다.

평석 뒤에 수직으로 세운, 검은색 천을 바른 판자는 일련의 수채화들을 뭇 시선에 제공했다. 모두 열두 장에 달하는 그 그림들은 대칭으로 중첩되면서 각각 세 장씩 네 줄로 배치되어 있었다. 등장하는 인물이 간단한 까닭에, 이 그림들이 어떤 극적인 이야기에 관련되어 있다는 사실을 알 수 있었다. 각각의

* 스코틀랜드 작가 월터 스코트의 1828년 소설.

그림 위에는 일종의 제목 삼아 붓으로 쓴 단어 몇 개가 적혀 있었다.

첫번째 종이에는 부사관과 요란하게 치장한 금발의 여인이 사치스러운 무개無蓋 사륜마차 안에 앉아 있었다. 〈플로르와 레퀴루 상사〉라는 문구가 두 남녀를 간단히 지시했다.

이어지는 그림은 커다란 무대를 보여주는 〈『다이달로스』 공연〉이었다. 무대 위에서는 고대 그리스의 헐렁하고 주름진 의상을 걸친 가수가 목청을 다해 노래하고 있었고, 박스 좌석에서는 플로르와 나란히 앉은 상사가 가수 쪽을 향해 오페라글라스를 겨누고 있었다.

〈상담〉에서는 풍성한 망토를 걸친 늙은 여자가 플로르로 하여금 벽에 핀으로 고정해놓은 천체 평면구형도를 주목하게 하면서 유식한 동작으로 집게손가락을 들어 전갈자리를 가리키고 있었다.

두번째 줄을 시작하는 〈은밀한 편지〉는 망토를 입은 여인이 플로르에게 특수한 종이 한 장을 건네주는 모습을 보여주고 있었다. 암호문을 해독하는 데 소용되는 그 종이는 이상한 방식으로 구멍이 뚫린 마분지였다.

〈신호〉의 배경은 사람이라고는 거의 없는 한 카페의 테라스였다. 카페 앞에서는 동반자 없이 홀로 테이블에 앉은 살색 머리의 알제리 보병이 가까운 교회 꼭대기에서 울리는 커다란 종을 보이에게 가리켜 보이고 있었다. 그림 아래에는 다음과 같은 간단한 대화가 적혀 있었다. "보이, 저 종소리는 뭐요?" "성체강복식을 알리는 종소리입니다." "그럼 내게 아를르캥*을 갖다주시오."

〈상사의 질투〉는 병영 마당을 보여주고 있는데, 레퀴루는 오른손 네 손가락을 쳐든 채 앞의 그림에서 본 알제리 보병을

* 16세기 이탈리아 통속극에 나오는 전형적인 인물로서 울긋불긋한 마름모꼴 무늬의 옷을 입고 목검을 찬 어릿광대 모습을 하고 있다. 하지만 여기서는 19세기에 가난한 사람들이 밖에서 사먹었던, 여러 가지 야채와 고기가 들어가는 요리를 가리킨다.

혹독하게 질책하고 있는 모습이었다. 이 장면을 거칠게 설명해 주는 것은 군대 은어로 된 짧은 문장 '영창 나흘!'이었다.

세번째 줄의 맨 처음 자리에 놓인 〈자객의 반항〉은 진한 금발의 알제리 보병을 이야기에 도입하고 있는데, 이 보병은 레퀴루의 명령에 따르길 거부하면서 수채화 아래에 적힌 "싫습니다!", 단 한 마디로 대답하고 있었다.

〈죄인의 죽음〉은 '발사!' 명령에 의해 강조되고 있는데, 상사의 명령에 따라 황금색 머리칼을 지닌 알제리 보병의 심장을 겨눈 총살집행반을 보여주고 있었다.

〈고리대금〉에서는 망토를 걸친 여자가 다시 등장하여 플로르에게 지폐 몇 장을 내밀고, 책상에 앉은 플로르는 차용증에 서명을 하고 있었다.

마지막 줄은 〈도박장의 경찰〉로 시작되고 있었다. 그 그림에서는 넓은 발코니에서 플로르가 허공을 향해 몸을 던지고 있고, 열린 창문을 통해 보이는 커다란 도박 테이블 둘레에서 돈을 걸던 사람들이 갑자기 들이닥친 검은 옷을 입은 사람들 앞에서 크게 놀란 모습이었다.

〈영안실〉이라는 제목이 붙어 있는 끝에서 두번째 그림은 유리 뒤 판석 위에 눕혀진 여인의 시체를 정면으로 보여주고 있었다. 안쪽으로는, 아주 잘 보이게 매단 은사슬이 값비싼 시계 무게로 팽팽하게 늘어져 있었다.

마지막 그림인 〈치명적인 따귀〉는 지금까지 이어져온 그림들을 야경으로 마무리하고 있었다. 어슴푸레한 빛 속에서 레퀴루 상사의 따귀를 갈기는 갈색 머리의 알제리 보병이 보이고, 먼 곳에서는 강력한 가스등 빛을 받은 일종의 표지판이 돛대들의 숲 위로 부각되며 '부자이아항港'이란 한 단어를 보여주고 있었다.

내 뒤쪽, 그러니까 제단과 마주보는 지점에는 아주 작은 규모의 어두운 장방형 건물이 서 있는데, 그 전면에는 검게 칠한 나무로 된 가느다란 창살들이 드리워져 있었다. 이 협소한 감옥 안에서는 토착 인종 남자 둘과 여자 둘, 모두 네 명의 수감자가 말없이 배회하고 있었다. 나무창살 위쪽에는 〈유치장〉이라는 단어가 불그스름한 글씨로 적혀 있었다.

내 옆에는 랭세*호의 수많은 승객이 있는데, 일어선 채로 예고된 행렬이 나타나길 기다리고 있었다.

* 그리스신화에 나오는 아르고스의 왕 린케우스의 프랑스식 이름. 다나오스의 딸들과 결혼한 형제 50명 중 유일하게 첫날밤에 살아남아 후에 왕위에 올랐다.

II

곧 발걸음소리가 들렸다. 모든 시선이 왼쪽을 향했고, 광장의 남서쪽 모퉁이를 통해 기이하고도 성대한 행렬이 들어오는 게 보였다.

선두에는 서른여섯 명이나 되는 황제의 아들들이 키 순서로 여섯 줄의 밀집대형을 이루고 있었다. 이 흑인 무리는 세 살에서 열다섯 살까지 연령대가 다양했다. 장남인 포가르는 가장 큰 소년들과 더불어 맨 뒷줄에 서서 커다란 나무입방체를 품에 안아 운반하고 있었는데, 전체를 흰색으로 칠한 그것은 둥근 홈을 파고 검은색을 칠한 덕에 주사위로 탈바꿈되어 있었다. 행렬을 감독하는 책무를 맡은 토착민 라오의 신호에 따라, 아이들 무리는 증권거래소가 있는 광장 측면을 느린 걸음으로 따라가기 시작했다.

그들에 이어 열 명에 달하는 군주의 아내들이 유혹적인 행렬을 이루며 도착했다. 매력과 아름다움이 가득한 우아한 포뉘켈레 여인들이었다.

그리고 마침내 탈루7세가 나타났다. 희한하게도 카페콩세르✦의 가수로 분장한 그는 가슴이 파인 푸른색 드레스를 입고 뒤쪽으로 긴 자락을 끌고 있는데, 이 자락에 검은색으로 표시된 숫자 '472'가 돋보였다. 야만적인 에너지로 충만한 그 흑인의 얼굴은 기개가 있고, 이는 공들여 웨이브를 준 멋진 금발로

✦ 술을 마시거나 식사를 하면서 음악이나 쇼를 즐길 수 있는 곳.

된 여성적인 가발과 대비되었다. 그는 열여덟 살의 날씬한 소녀인 딸 시르다의 손을 잡고 길을 인도하고 있었다. 가운데로 몰린 소녀의 두 눈은 두꺼운 각막백반으로 덮였고, 검은 이마에는 붉은 점이 있는데, 이 점은 노란색 줄이 촘촘히 박힌 작은 코르셋 모양이었다.

뒤이어 포뉘켈레 군대가 행진했다. 흑단의 낯빛을 한 그 멋진 전사들은 중무장을 하고 깃털과 부적으로 치장한 모습이었다.

행렬은 조금씩 아이들과 같은 방향으로 나아갔다.

알제리 보병의 무덤 앞을 지나면서, 자기의 걸음 수를 센 게 분명한 시르다는 문득 묘석 앞으로 다가가 그 위에 가장 순수한 애정이 깃든 긴 입맞춤을 살포시 얹었다. 이 경건한 의무를 수행하고 난 맹인 여자아이는 다정한 태도로 다시 아버지의 손을 잡았다.

광장 끝에 이른 황제의 아들들은 라오의 지휘에 따라 오른쪽으로 방향을 바꾼 뒤 거대한 사각형의 북쪽 면을 따라갔다. 반대면 모퉁이에 도달한 그들은 다시 한번 방향을 바꾸어 우리 쪽으로 내려왔고, 발원지로부터 수많은 전사 무리가 계속해서 유입되고 있는 행렬은 아이들이 앞서간 길을 정확히 따라갔다.

마침내 마지막 흑인 전사들이 입장했을 때, 아이들의 전위는 남쪽 끝에 이르렀고, 라오는 계단 주변을 비웠다. 새로이 도착한 이들은 양쪽 측면에 질서 있게 집결한 뒤 광장의 중앙 쪽으로 얼굴을 돌렸다.

사방에서 모여든 에쥐르의 주민들로 구성된 흑인 군중은 매력적인 공연을 구경하기 위해 무화과나무들 뒤에 모여 있었다.

⁂

언제나처럼 여섯 줄로 정렬한 황제의 아들들은 광장 한가운데로 가서는 제단을 마주하고 섰다.

라오는 포가르의 팔에서 거대한 주사위를 집어들더니 몇 차례 앞뒤로 흔들다가 공중으로 힘껏 던졌다. 검은 점들이 찍힌 흰 덩어리로, 높이가 오십 센티미터나 되는 그 거대한 입방체는 빙빙 돌면서 하늘로 솟구치다가 닫힌곡선을 그리며 땅에 떨어졌다. 주사위는 얼마 동안 구르다가 이내 멈추었다. 눈길 한 번에 라오는 윗면의 숫자 2를 읽었다. 그는 유순한 밀집대형을 향해 걸어가 손가락으로 두번째 열을 가리켰고, 그 열만이 있던 자리에 남았다. 나머지 아들들은 주사위를 집어들고는 전사들 무리를 향해 달려가 그들과 뒤섞였다.

탈루는 추첨을 통해 자신의 시동 노릇을 하도록 선택받은 자들에게 느린 걸음으로 걸어가 합류했다. 깊은 침묵 속에서 황제는 곧 제단을 향해 위엄 있게 나아갔다. 그를 수행하는 특권을 부여받은 여섯 명의 아이는 끌리는 드레스 자락을 두 손 가득히 받쳐들고 따라갔다.

간소하게 차려진 테이블에 이르는 계단을 오른 탈루는 라오를 가까이 불렀다. 라오는 두 손에 든 무거운 대관식 망토를 뒤집어서 내밀었고, 황제는 몸을 숙여 천 한가운데에 뚫린 구멍 세 개에 머리와 두 팔을 들이밀었다. 커다란 주름이 아래로 떨어지면서 곧 발까지 뒤덮었다.

이렇게 성장盛裝한 군주는 모두에게 그의 새로운 의상을 보여주려는 듯 군중을 향해 거만한 태도로 몸을 돌렸다.

풍성하고 비단처럼 부드러운 천 위로 호수, 강, 산의 주요 표지들이 담긴 커다란 아프리카 지도가 나타났다.

의복 전체를 가득 채울 만큼 멀리 사방으로 펼쳐진, 농담을 띤 푸른색 바다 위로, 희미한 노란색 땅이 부각되고 있는 지도였다.

파도의 지속적인 일렁임을 일종의 도식을 통해 환기시키려는 듯, 대양의 표면 위에 가느다란 은색 줄무늬로 조화로운 지그재그 곡선이 그려져 있었다.

황제의 목과 발목 사이에 펼쳐져 있는 것은 대륙의 남쪽 절반뿐이었다.

서쪽 해안 바로 옆에는 '에쥐르'라는 이름이 적힌 검은색 점이 커다란 강의 하구 가까운 지점에 위치해 있는데, 이 강은 동쪽 산악지대 깊은 곳에서 발원하고 있었다.

드넓은 강 양쪽의 거대한 붉은색 점이 강력한 탈루의 나라를 보여주고 있었다.

지도를 만든 이는 아첨의 일환으로, 단 하나의 왕홀에 복속된 막대한 영토를, 실상은 아무도 모르는 그 경계를 한없이 뒤로 물러나게 해놓은 모습이었다. 북쪽과 동쪽으로 폭넓은 자리를 차지하고 있는 선명한 진홍색은 남쪽으로 뻗어나가, '희망봉'이라는 이름이 굵은 검은색 글씨로 나열되어 있는 종단에까지 펼쳐지고 있었다.

잠시 후 탈루는 제단을 향해 돌아섰다. 그의 등에 걸쳐진 영대領帶의 나머지 부분에는 북부 아프리카가 드러났는데, 이 북부 아프리카는 같은 바다를 배경으로 거꾸로 떨어져내리고 있었다.

장엄한 순간이 도래했다.

군주는 강력한 목소리로, 좁은 테이블 한가운데 세워놓은 양피지에 상형문자로 기록된 조상 전래의 텍스트를 읽기 시작했다.

그것은 일종의 교서敎書로서 그것이 가진 종교적인 힘을 빌려, 이미 포뉘켈레의 황제인 탈루는 스스로를 드렐쉬카프의 왕으로 축성하고 있었다.

선포가 끝나자, 왕은 성유병聖油甁*을 나타내는 유리병을 집어든 뒤 측면을 보이고 서서는 손끝에 기름을 부어 손가락으로 이마에 발랐다.

그는 즉각 유리병을 제자리에 놓고 제단 층계를 내려와, 불과 몇 걸음 만에 고무나무 그늘 아래의 나뭇가지 더미에 이르렀다. 거기서 그는 야우르의 시체 위에 한쪽 발을 얹고 기쁨의 한숨을 길게 내쉬면서, 모두가 보는 앞에서 죽은 왕의 유해를 모욕하려는 듯 의기양양하게 얼굴을 쳐들었다.

이 오만한 행위가 끝나고 나서 자기 자리로 되돌아온 그는 두꺼운 망토를 신속하게 벗어 라오에게 건네주었다.

또다시 끌리는 드레스 자락을 들어올린 아들들을 대동하고 천천히 우리 쪽으로 걸어와, 그는 '탁월한 자들'의 극장 쪽으로 몸을 돌려 군중들 앞에 자리를 잡았다.

⁂

이 순간 황제의 아내들이 광장 한가운데로 나아갔다.

무거운 단지를 든 라오가 곧 그들을 따라잡았고, 그들 한가운데 땅바닥에 단지를 놓았다.

열 명의 젊은 여인은 거무스름하고 두툼한 음식이 가득한 단지 둘레에 모두 다 주저앉았다. 그들은 손을 사용하여 음식을 입술로 가져가 맛있게 먹었다.

잠시 후 라오가 텅 빈 단지를 가져갔고, 배가 부른 흑인 여인들은 종교적인 춤인 뤼엔셰튀즈를 추기 위해 정렬했다. 이 나라에서 매우 존중되는 이 춤은 장엄한 예식에서만 추는 특별한 춤이었다.

* 프랑스 왕의 대관식에 사용했다.

그들은 유연하게 흔들리는, 움직임들이 섞인 몇 가지 느린 연속동작으로 춤을 시작했다.

때때로 입을 크게 벌려 엄청난 트림소리를 냈고, 그 소리는 금세 놀랍도록 빠른 속도로 잦아졌다. 역겨운 그 소리를 감추는 대신, 그들은 그 소리를 한껏 발산하면서 이를 통해 얻어지는 폭발력과 울림으로 서로 경쟁하는 듯 보였다.

그 조용하고 우아한 파반+ 반주 역할을 음악을 대신해서 수행하는 트림 합주는, 여인들이 삼킨 알 수 없는 물질의 매우 특수한 효능이 무엇인지 알게 해주었다.

춤은 차츰차츰 활기를 띠며 환상적인 성격을 띠었고, 트림은 빈도와 강도를 쉼없이 증대시키며 강력한 크레셴도로 발전했다.

인상적인 절정의 순간이 도래했고, 둔탁하고도 시끄러운 소리가 격렬한 사라반드++에 리듬을 부여해주었다. 열에 들뜨고 머리가 헝클어진 채 주먹을 두드리고 끔찍한 트림을 하며 온몸을 흔들던 무희들은, 서로 엇갈리고 뒤따르며 마치 현기증 나는 광란에 사로잡힌 듯 사방으로 몸을 비틀어댔다.

이윽고 모든 것이 차차 진정되었고, 긴 디미누엔도+++ 이후 춤은 늘임표로 한없이 지속되는 마지막 화음에 의해 강조된 한 바탕의 피날레로 마무리되었다.

곧 젊은 여인들은 뒤늦은 딸꾹질로 아직도 여전히 온몸이 흔들리는 가운데, 느린 걸음으로 자기들이 있던 원래 자리로 되돌아갔다.

***

뤼엔셰튀즈 춤이 진행되는 동안, 라오는 광장 남쪽으로 가서 감옥 문을 열었다. 밖으로 나온 것은 여자 한 명과 남자 두 명이었다.

\+ 16~17세기에 유럽에서 유행한 장중한 분위기의 궁정 춤곡.

++ 17~18세기에 에스파냐를 비롯한 유럽에서 유행한 궁정 춤 또는 춤곡.

+++ 악보에서, '점점 여리게' 연주하라는 말.

그 결과 이제는 여자 수감자 한 명만이 빽빽한 창살 뒤를 배회하게 되었다.

라오는 우리들 한가운데를 가로질러 춤이 진행된 자리까지, 두 손이 결박된 세 사람을 데려갔다.

고뇌에 찬 침묵이 군중 전체를 무겁게 짓눌렀다. 모두가, 결박된 세 사람이 겪게 될 형벌의 고통으로 동요하고 있었다.

라오는 허리띠에서 강력한 도끼를 빼들었다. 예리하게 날이 선 도끼는 나무로 만든 것인데, 희한하게도 그 나무는 금속만큼이나 단단했다.

노예 몇 명이 사형집행을 돕고자 그에게 와서 합류했다.

그들은 배반자 가이즈뒤의 몸을 잡아서 무릎을 꿇리며 머리를 숙이게 했고, 그동안 나머지 죄수 두 명은 미동조차 하지 않은 채 가만히 있었다.

라오는 두 손에 든 도끼를 휘둘러 배반자의 목을 세 번 내리쳤다. 마지막 가격에 머리가 땅 위로 굴렀다.

하지만 지면에는 그 어떤 핏자국도 없었다. 살 속으로 파고들면서 즉각적인 혈액응고 효과를 내는, 그리고 필연적으로 솟아나오기 마련인 첫번째 핏방울들을 흡수해버리는 그 기이한, 예리한 나무 덕분이었다.

머리와 몸통의 잘린 부위는, 정육 제품에서 관찰할 수 있는 주홍빛의 단단한 양상을 띠었다.

이런 까닭에 자기도 모르는 사이에 생각하게 되는 것은, 이중의 깊이를 지닌 가구 덕분에 교묘하게 배우를 대체한 뒤 피가 흐르는 것 같은 눈속임 효과를 미리 갖춰놓은 잘린 조각들로, 무대 위에서 직접 잘려나가는 마술용 마네킹이었다. 하지만 여기서는 시체의 현실성이, 보통은 붓의 기술에 의존하는 치밀한 붉은색을 대단히 인상적인 것으로 만들어놓고 있었다.

노예들이 가이즈뒤의 유해와 약간의 피가 묻은 도끼를 가져갔다.

그들은 곧 라오 앞에 이글이글 타는 화로를 가져다놓았다. 거기에는 투박한 나무자루가 달린 두 개의 기다란 쇠막대기 끝이 시뻘겋게 달아오르고 있었다.

두번째 죄수인 모셈은 발바닥을 위로 하고 발톱을 땅에 박으면서 제단 쪽을 보고 무릎을 꿇었다.

라오는 한 노예의 손에서 양피지 두루마리를 빼앗아 들고는 넓게 펼쳤다. 그것은 예전에 모셈이 쓴 시르다의 허위 사망증명서였다.

커다란 종려나무 잎을 든 흑인 하나가 강렬하고도 눈부신 화로 위로 쉼없이 부채질을 해댔다.

수형자 바로 뒤 땅바닥에 무릎 하나를 대고 왼손에 양피지를 든 라오는 화로에서 타오르는 쇠막대기 하나를 집어들더니 그 끝으로 그의 눈앞으로 내밀린 발뒤꿈치 가운데 하나를 눌렀다.

살이 탁탁 소리를 내며 불탔고, 노예들에게 사지가 붙잡힌 모셈은 고통으로 몸을 비틀어대기 시작했다.

냉혹한 라오는 자기 일을 계속했다. 그가 위조자의 발에 맹목적으로 베껴쓰고 있는 것은 양피지의 문구였다.

때때로 그는 사용하던 쇠막대기를 화로에 다시 집어넣고 다른 것을 집어들었다. 불에서 꺼낸 쇠막대기는 열기로 이글거렸다.

왼쪽 발바닥이 상형문자로 완전히 뒤덮이자, 라오는 금방 식는 두 개의 붉은 쇠막대기를 계속해서 번갈아 사용하며 오른쪽 발에 글쓰기를 계속했다.

희미한 신음소리를 내며 거의 숨도 쉬지 못하는 모셈은 고문에서 벗어나기 위해 괴물처럼 애썼다.

마침내 허위 증명서를 마지막 한 글자까지 다 베껴썼을 때, 라오는 자리에서 일어나면서 노예들에게 모셈을 놔주라고 명령했다. 긴 형벌의 고통에 쓰러진 모셈은 끔찍한 발작에 사로잡혀 우리 눈 아래에서 숨을 거두었다.

노예들이 양피지, 화로와 함께 시체를 치웠다.

원래의 자리로 되돌아온 노예들은 륄을 붙잡았다. 이상한 아름다움을 지닌 포뉘켈레 여인 륄은 불행한 세 명 가운데 아직까지 살아 있는 유일한 존재였다. 죄수는 머리에 기다란 황금핀을 방사형으로 꽂고, 허리옷 위로 절반은 찢어진 붉은색 벨벳 코르셋을 입고 있었다. 이러한 차림은 시르다의 이마에 그려진 이상한 표지와 놀라운 유사성을 보여주는 것이었다.

모셈과 같은 방향을 보고 무릎을 꿇은 오만한 륄은 절망적인 저항을 시도했으나 허사였다.

라오는 죄수의 머리에서 황금핀 하나를 뽑아서는 그 끝을 그의 등에 수직으로 꽂았다. 그가 고른 지점은 낡고 매듭진 끈이 달린 붉은색 코르셋의 오른쪽 첫번째 끈 구멍 뒤로 보이는 동그란 피부였다. 그는 완만하고 규칙적인 압박으로 날카로운 침을 밀어넣었고, 그것은 살 속에 깊이 박혔다.

무시무시한 찌름이 야기시킨 비명에, 자기 어머니의 목소리를 알아들은 시르다는 탈루의 발아래 몸을 던져 군주의 관용을 애원했다.

예정되지 않은 명령을 받기 위해서인 양, 라오는 황제 쪽을 바라보았다. 그러나 황제는 완강한 몸짓으로 형벌을 계속할 것을 요구했다.

세 갈래로 땋은 검은 머리에서 뽑은 새로운 핀이 두번째 구멍에 꽂혔고, 점차 그 줄의 구멍 전체에 빛나는 황금핀이 곤

두서기에 이르렀다. 이 작업은 왼쪽에서도 시작되어, 머리의 황금핀을 죄다 없애어 모든 끈 구멍이 차례차례 남김없이 메워졌다.

조금 전부터는 불행한 여인이 더이상 비명을 지르지 않았다. 핀 가운데 하나가 그녀의 심장을 찔러 죽음을 결정지었던 것이다.

시체는 거칠게 붙들려 다른 두 시체처럼 사라졌다.

⁂

고뇌에 찬 말없는 시르다를 일으켜세운 탈루는 증권거래소 곁에 줄지어 선 조상 쪽으로 향했다. 전사들은 옆으로 비켜서며 길을 내주었다. 우리 그룹은 황제를 신속히 따라붙었다. 황제는 노르베르에게 신호를 했고, 노르베르는 작은 방으로 다가가서 큰 목소리로 자기 누이를 불렀다.

곧 지붕에 낸, 들여다보는 구멍이 천천히 올라가면서 뒤로 젖혀졌다. 루이즈 몽탈레스코의 섬세한 손이 안쪽에서 밀어올린 것이었다. 열린 구멍을 통해 모습을 드러낸 루이즈는 사다리 단을 하나하나 오르는 듯 보였다.

절반쯤 모습을 드러내던 그녀가 움직임을 멈추고는 몸을 돌려 우리를 정면으로 마주보았다. 장교로 분장한 그녀는, 컬을 한 긴 금발이 한쪽 귀 위로 기울여 쓴 좁은 약모略帽를 뷰방하게 넘쳐나는, 매우 아름다운 여인이었다.

그녀의 멋진 몸에 찰싹 달라붙는 푸른색 줄무늬 군복의 오른쪽은, 번쩍이는 가느다란 황금색 견장으로 장식되어 있었다. 작은 집의 벽을 넘어 여태껏 들려온 은은한 음악은, 바로 그 견장에서 온 것이었다. 젊은 여인의 호흡에 의해 산출된 그 음악은 허파의 기저와, 아무데도 연결되지 않은 채 소리가 나는 유연한 튜브를 감추어주는 구부러진 장식줄 사이에, 외과수술이 열어놓은 통로를 거쳐서 전달되고 있었다. 우아하게 늘어뜨린 추처럼 견장 끝에 매달려 있는 도금한 금속막대기들은 속이 비어 있을 뿐만 아니라 안쪽에 진동하는 박판薄板을 갖추고 있었다. 허파가 한 번 수축할 때면 배출된 공기의 일부가 다수의 통로를 지나가면서 박판들을 진동하게 했고, 이로써 조화로운 울림이 유발되었다.

길들인 까치 한 마리가 매혹적인 죄수의 왼쪽 어깨 위에 꼼짝도 하지 않고 앉아 있었다.

이때 갑자기 루이즈가, 죽은 고무나무 그늘에 언제나처럼 그레첸 옷을 입고 누워 있는 야우르의 시체를 보았다. 격렬한 감정이 그녀의 얼굴에 나타났고, 손으로 눈을 가린 그녀는 소름끼치는 오열로 가슴을 들썩이면서 세차게 울었다. 오열은 견장의 음악을 더욱 빠르게 만들고 또 두드러지게 했다.

조바심이 난 탈루는 엄격한 어조로 알아들을 수 없는 말을 몇 마디 했다. 이 말은 불행한 젊은 여인으로 하여금 다시금 하달받은 임무에 전념하도록 했다.

아픈 고뇌를 억누르면서 여인은 까치를 향해 오른손을 내밀었다. 까치의 두 발이 별안간 내민 집게손가락 위에 민첩하게 얹혔다.

새를 날려보내기 위해서인 양 루이즈는 커다란 몸짓으로 팔을 내뻗었다. 날아오른 새는 스파르타 노예의 조상 앞 모래 위에 내려앉았다.

서로 일 미터 이상 떨어진 보일락 말락 하는 구멍 두 개가 검은색 받침대의 지면 가까운 곳에 뚫려 있었다.

까치가 먼 쪽 구멍으로 다가가더니 부리를 불쑥 집어넣어 내부장치를 작동시켰다.

곧 탈것을 지탱하는 기단이 천천히 기울기 시작했는데, 왼쪽이 받침대 안쪽으로 함몰되는 동안 오른쪽은 평소보다 더 높이 상승했다.

균형이 깨지자, 비극적인 조상을 태운 탈것은 이제 제법 눈에 띄는 경사를 보이는 젤라틴 레일 위를 부드럽게 이동했다. 검은색 얇은 판으로 이루어진 네 개의 바퀴는, 레일에 단단하게 연결된 휠을 약간 넘쳐나는 안쪽 가두리 덕에 탈선할 염려가 전혀 없었다.

짧은 비탈 아래 이른 작은 차량은 받침대 가장자리에 막혀 즉시 멈추었다.

조상이 이동하는 데 소요된 몇 초 동안, 까치는 껑충대며 다른 구멍 앞으로 옮겨갔고, 부리가 그 속으로 재빨리 사라졌다.

새로운 작동이 시작되면서 지금까지와는 반대방향으로 일종의 시소운동이 일어났다. 점진적으로 상승한 뒤 스스로의 무게에 의해 오른쪽으로 이동한 탈것은 아무런 동력도 없이 소리라고는 없는 길 위를 구르다가, 하강한 기단 앞으로 이제 내벽이 장애물처럼 버티고 있는 받침대 반대편 가장자리에 가서 부딪쳤다.

한쪽 구멍에서 다른 쪽 구멍으로 쉼없이 오가는 까치 덕분에 왕복운동이 몇 차례 되풀이되었다. 탈것에 접합된 스파르타 노예의 조상은 그것과 모든 움직임을 함께했으나, 전체가 어찌나 가벼웠던지 레일은 결코 단단하지 않음에도 불구하고 납작해지거나 깨진 부분이 전혀 없었다.

탈루는 자신이 상상해냈으나 실현이 가능하다고는 생각하지 않았던 위험한 실험이 성공하는 것을 경탄하며 바라보았다.

까치는 스스로 곡예를 멈추더니 날갯짓 몇 번으로 이마누엘 칸트의 흉상에 다다랐다. 받침 꼭대기 왼쪽에는 작은 횃대가 튀어나와 있었고, 새는 그 위에 가서 앉았다.

곧 강력한 조명이 두개골 안쪽을 비추었다. 눈썹에서부터 극도로 얇아진 벽은 완벽한 투명성을 갖고 있었다.

거기에 사방을 향한 일군의 반사경들이 갖춰져 있으리라는 사실을 짐작하기란 어렵지 않았다. 천재의 불꽃을 형상화하는 뜨거운 광선들이 백열하는 광원으로부터 맹렬하게 새어나오고 있었기 때문이다.

이따금 까치가 날아올랐다가 곧 횃대 위로 내려앉으면서 두개골을 밝히는 불을 부단히 켰다 껐다 했다. 얼굴, 귀, 목덜미는 내내 어두운데, 정수리 부분은 유일하게 만개한 불빛으로 빛났다.

새가 횃대에 내려앉을 때마다, 문득 눈부시게 빛나는 사상가의 뇌에서 초월적인 생각이 태어나는 것만 같았다.

흉상을 떠난 새는 악당들의 무리를 지탱하고 있는 커다란 받침대 위에 내려앉았다. 거기서 새는 수직으로 서 있는 가느다란 관에 부리를 집어넣어 보이지 않는 섬세한 기계장치를 작동시켰다.

그리하여 새가 먹이를 쪼아대듯 부리로 충격을 가할 때면 “도망한 자들이 여기에 숨어 있소?”라는 질문에 수도원 앞에 선 수녀가 머리를 좌우로 흔들면서 “아니요”라고 완강하게 대답하곤 했다.

까치는 마침내 마지막 두 조상이 서 있는, 마루판처럼 평평한 기단에 이르렀다. 영리한 짐승이 고른 자리는 섬세한 둥근 꽃문양이 있는 곳으로서 조금의 무게만 실려도 일 센티미터 남짓씩 쑥쑥 들어갔다.

새가 문양을 건드린 바로 그 순간 섭정은 루이15세 앞에서 깊숙이 허리를 굽혔다. 그러나 이러한 예의에도 불구하고 루이 15세는 무심한 표정 그대로였다.

새는 제자리에서 껑충대며 격식을 차린 인사를 몇 번 더 유발하고는 날개를 파닥이며 여주인의 어깨로 되돌아갔다.

루이즈는 야우르를 향해 다시 한번 긴 시선을 던지고 나더니, 작은 집 속으로 내려가서는 어떤 신비로운 작업에 바삐 복귀하려는 듯, 들여다보는 구멍을 세차게 닫았다.

III

행사의 제1부가 끝났다. 이제 '탁월한 자들'의 축하공연이 거행될 차례였다.

하지만 그에 앞서 투기의 마지막 순서가 시작되려 하고 있었다.

흑인 전사들은 증권거래소 주변에 빈자리를 만들어주기 위해 뒤로 물러섰고, 거래소 둘레로 랭세호의 승객들이 몰려들었다.

동업자인 두 은행가 하운스필드와 세르자, 그리고 그들의 세 직원이, 주식중개인 역할을 맡아 건물의 열주 아래 설치된 다섯 개의 테이블에 앉았다. 그들은 곧 승객들이 쉴새없이 건네는, 운을 맞춘 주문들을 높은 목소리로 읊어대기 시작했다.

증권은 '탁월한 자들'의 이름으로 표시되었다. 그들에게는 각각 백 주씩 할당되었고, 투기에 참여하는 사람들이 공연의 결과에 대해 개인적으로 행하는 예측에 따라 가치가 올라가거나 내려가거나 했다. 모든 거래는 현금으로, 즉 지폐나 동전으로 이루어졌다.

십오 분 동안 다섯 명의 중개인은 한심하기 그지없는 십이행 시구들을 쉴새없이 외쳐댔다. 요동치는 주가에 따라 투자자들이 즉흥적으로 급조한 시구들이었다. 그것들은 운율을 맞추기 위해 다량의 허사虛辭를 동원하고 있었다.

마침내 하운스필드와 세르자가 자리에서 일어나 거래 종료를 선언했다. 그들은 세 직원을 거느리고 거래소를 내려와서는, 감옥을 떠나 아까 있던 자리로 되돌아와 모여 있던 투기자들 무리에 나와 함께 섞였다.

흑인 전사들은 다시 원래의 대형으로 정렬했다. 하지만 라오의 명령에 따라, 여러모로 유용한 통로를 제공하기에 안성맞춤인 증권거래소 주변은 자리를 비워두었다.

⁂

축하공연이 시작되었다.

우선 부카레사스 사형제가 나타났다. 그들은 모두 분홍색 셔츠와 검은색 벨벳팬츠로 이루어진 곡예사 복장을 하고 있었다.

유연한 기운으로 충만한 소년들인 엑토르와 토미는 첫째와 둘째로서, 각각 견고한 탬버린에 짙은 색 고무공 여섯 개를 들고 있었다. 상반된 방향으로 걸어간 그들은 곧 상당히 멀리 떨어진 두 지점에 멈춰서서 서로를 마주보았다.

갑자기 신호 대신 가벼운 외침소리를 내면서 우리 앞에 위치한 엑토르가 탬버린을 사용하여 그의 공 여섯 개를 하나하나 힘껏 날려보내기 시작했다.

그와 동시에 제단 발치에 선 토미 또한 그의 왼손에 든 소리나는 원반으로 발사체 전부를 차례차례 투사했고, 이것들은 그의 형이 날려보낸 것과 중간에서 교차했다.

이 첫번째 작업을 완수한 두 곡예사는 각각 상대방의 공들을 맞받아 되돌려보내면서 지속적인 공 주고받기를 중단 없이 이어나갔다. 탬버린 두 개가 한꺼번에 진동했고, 발사체 열두 개는 부단히 움직이는 일종의 완만한 아치를 그렸다.

그들이 수행하는 동작의 완벽한 닮음에 양태의 유사성이

더해지면서, 한 사람이 왼손잡이인 두 형제는 어떤 단일한 주체가 거울에 반사되고 있는 것 같은 효과를 자아냈다. 몇 분 동안 계속된 그 묘기는 수학적 정확성을 보여주면서 성공했다. 이윽고 새로운 신호와 함께, 두 선수는 뒤집은 탬버린의 텅 빈 부분으로 각각 발사체의 절반씩을 받아냈고, 왕복운동은 불현듯 그쳤다.

곧이어 영리한 표정의 열 살짜리 아이 마리우스 부카레사스가 앞으로 달려나왔고, 그의 두 형은 옆으로 물러났다.

아이는 팔, 어깨, 심지어 머리 위에까지 어린 고양이들을 태우고 있었는데, 고양이들은 전부 목에 붉은색 아니면 초록색 리본을 맨 모습이었다.

그는 한쪽 발뒤꿈치 끝으로 모래 위에 증권거래소와 평행이 되도록 선 두 개를 십이 내지 십오 미터 간격을 두고 그었고, 스스로 땅으로 뛰어내린 고양이들은 두 진영으로 나뉘어 정해진 경계선 뒤에 자리잡았다. 그리하여 한쪽에는 초록 리본, 다른 쪽에는 붉은 리본을 맨 고양이들이 서로 뒤섞이지 않고 정렬한 채 마주보게 되었다.

마리우스의 신호에 따라 우아한 고양이들은 즐거운 잡기놀이를 시작했다.

경합에 들어가기 위해 초록 리본들 가운데 하나가 붉은 리본들 진영까지 나아가서는 살짝 내민 발톱으로 적수 가운데 하나가 내민 발을 세 번 건드렸다. 마지막 접촉과 함께 초록 리본은 재빨리 달아났고, 바짝 따라붙은 붉은 리본이 그를 잡으려고 애썼다.

이 순간 새로운 초록 리본이 추격자를 향해 달려들었고, 추격자는 어쩔 수 없이 오던 길을 되돌아가야 했지만 금세 자기 동료 가운데 하나의 지원을 받았다. 이 붉은 리본은 두번째 초록 리본보다는 우월한 위치에 있기 때문에 초록 리본은 마지못해 달아나야만 했다.

동일한 움직임이 몇 번이나 되풀이되다가, 어느 한 순간 붉은 리본 하나가 자기 발로 초록 리본을 건드리는 데 성공하면서 마침내 승리의 울음소리를 냈다.

경기가 중단되었고, 잡힌 초록 리본은 적의 영토로 가서는 자기 진영 쪽으로 세 걸음 이동한 뒤 완전히 부동자세를 유지했다.

잡기에 성공한 고양이는 초록 리본 진영으로 가서 넓적하게 내민 발을 세 번 짧게 건드리면서 다시금 경합을 시작했다.

번갈아서 이루어지는 추격이 활기차게 재개되었고, 이번에는 붉은 리본이 잡혔다. 잡힌 고양이는 순순히 적의 진영 앞으로 가서 부동자세를 취했다.

발랄하고 매혹적인 놀이는 그 어떤 규칙 위반도 없이 계속되었다. 대칭을 이룬 두 선을 따라서 불어나는 포로들은 이따금 그들의 숫자가 줄어드는 것을 보기도 했다. 같은 팀 동료의 재치 있는 터치가 포로 하나를 구출해준 덕분이었다. 어떤 날쌘 경주자는 무사히 상대편 진영에 도달하기도 했는데, 영광스럽게 넘어간 경계선 너머에서는 아무도 그를 잡을 수가 없었다.

마침내 초록 리본 포로의 숫자가 크게 불어나기에 이르렀고, 마리우스는 명령조의 목소리로 붉은 리본 진영의 승리를 선언했다.

고양이들은 지체 없이 아이 곁으로 돌아가서는 그의 몸에 기어올라 도착할 때 차지하고 있던 자리를 되찾았다.

마리우스가 물러나고 봅이 나섰다. 막내인 그는 금발을 지닌 귀여운 네 살짜리 어린아이로, 커다란 푸른 눈에 둥글게 말리는 긴 배냇머리를 하고 있었다.

전대미문의 솜씨와 기적에 가까운 조숙한 재능을 지닌 그 매력적인 아이는, 웅변적인 몸짓을 곁들여 일련의 모방을 시작했다. 출발하는 기차에서 나는 다양한 소리들, 온갖 가축의 울음소리, 석재를 써는 톱 소리, 샴페인 병마개가 갑작스레 튀어오르는 소리, 액체를 부을 때 나는 콸콸거리는 소리, 사냥나팔의 팡파르, 바이올린 솔로, 첼로의 구슬픈 선율, 이러한 것들이 아이의 놀라운 레퍼토리를 구성했는데, 잠깐 눈을 감으면 완전히 실제인 것 같은 착각이 들었다.

천재적인 아이는 군중에게 인사하고는 마리우스, 엑토르, 토미의 곁으로 갔다.

사형제는 곧 뒤로 물러나서 그들의 누이 스텔라가 지나갈 수 있도록 길을 내주었다. 열네 살 먹은 그 매력적인 소녀는 '운명의 여신'으로 분장하고는, 그의 발아래에서 지속적으로 움직이는 가느다란 바퀴 꼭대기에 선 채로 등장했다.

소녀는 사방으로 돌아다니기 시작했다. 그녀는 지속적으로 뛰어오르면서 구둣바닥으로 좁은 바퀴테를 앞쪽으로 전진시켰고, 바퀴는 완벽하게 굴러갔다.

그녀는 손에 벨이 깊고 뒤틀린 모양을 한 커다란 금관악기 코넷을 들고 있었는데, 거기서 갑자기 금화가 쏟아지듯 반짝이는 가벼운 종이화폐가 흘러나와 지면으로 천천히 떨어져내렸다. 물론 아무런 금속성 울림도 들리지 않았다.

루이 금화, 그 두 배 가치를 지닌 금화, 그리고 커다란 백프랑짜리 화폐는 예쁜 소녀의 뒤로 빛나는 띠를 형성했고, 입술에 미소를 머금은 소녀는 단 한 번도 지면에 발을 딛지 않은 채 균형과 민첩함의 기적을 보여주었다.

온갖 종류의 꽃이 끝없이 솟아나오는 마술사의 원뿔처럼, 그 금화 그릇은 무궁무진한 것 같았다. 자기의 부를 흩뿌리기 위해 스텔라는 그것을 부드럽게 흔들기만 하면 되었고, 두껍게 쌓이기는 했지만 단단하지 못한 종이화폐는 이리저리 돌아다니는 바퀴의 회전 아래서 부분적으로 으깨어지기도 했다.

수없이 돌고 우회한 소녀는 마지막 순간까지 가짜 화폐를 쏟아내면서 마치 요정처럼 사라졌다.

⁂

이제 모든 시선은 사수 발베를 향했다. 그는 알제리 보병의 무덤에서 탄띠와 매우 오래된 상표가 붙은 그라 소총을 집어들었고 탄띠는 벌써 허리에 두른 참이었다.

모두가 주목하는 그 유명한 챔피언은 오른쪽으로 빠르게 걸음을 옮겨 우리 그룹 앞에 와서 멈추더니 광장 북쪽을 바라보며 세심하게 자리를 골랐다.

그의 맞은편으로 멀리 떨어진 곳, 기념수로 심은 종려나무 아래, 반숙계란을 얹은 네모난 말뚝 한 개가 서 있었다.

그보다 더 멀리, 줄지어 선 무화과나무들 뒤에 구경을 위해 서 있던 토착민들이 라오의 신호에 따라 옆으로 비켜났다. 공간을 넓게 비우기 위해서였다.

발베는 총을 장전했다. 그러고는 공들여 어깨에 얹고는 오래 조준한 뒤 발사했다.

총알은 계란의 윗부분을 스치면서 흰자위의 일부를 날려버렸고, 그 결과 노른자가 모습을 드러냈다.

연달아 쏜 몇 발의 총알이 이미 시작한 작업을 계속했다.

차츰차츰 흰자위가 사라지고 그 안의 것이 드러났다. 그것은 언제나처럼 온전하기만 했다.

이따금 사격과 사격 사이에 엑토르 부카레사스가 뛰어가서 계란을 돌려놓았고, 이 덕분에 계란 표면의 모든 지점이 연속적으로 사격에 제시될 수 있었다.

뒤쪽에서는 무화과나무 하나가 총알을 막아주었다. 총알들은 튀어오름을 방지하기 위해 일부를 평평하게 깎은 나무줄기에 모두 가서 박혔다.

발베의 탄약통에 든 스물네 발의 총알은 실험을 끝내기에 충분했다.

총구에서 마지막 연기가 피어오르자 엑토르는 오목하게 한 손바닥에 계란을 담아 사람들에게 보여주었다.

섬세한 내피에 흰자위의 흔적이라고는 조금도 남아 있지 않았으며, 그렇게 완전히 벌거벗겨진 내피는 단 한 개의 상처도 찾아볼 수 없이 여전히 노른자를 감싸고 있었다.

잠시 후 과도하게 익혀서 일이 수월해진 게 아니라는 사실을 보여주고 싶은 발베의 요청에 따라, 엑토르는 손을 살짝 오므려 완전히 액체상태인 노른자가 손가락 사이로 흘러내리게 했다.

⁂

약속된 시간에 정확히 맞춰서 엔지니어 라비요디에르메조니알이 나타났다. 그는 마치 칼 가는 사람처럼, 기이하게 복잡한 크랭크핸들 같은 것을 밀고 있었다.

광장 한가운데에 멈춘 그는 제단 쪽으로 덩치 큰 기계를 설치했다. 그 기계는 바퀴 두 개와 발 두 개 위에서 완벽한 균형을 유지하고 있었다.

기계는 일종의 회전숫돌로 구성되어 있고, 페달에 의해 작동되는 그 회전숫돌이 착잡한 금속의 얽힘을 보여주는 바퀴, 로드, 레버, 스프링 들로 이뤄진 시스템 전체를 돌아가게 했다. 한쪽 측면에는 분절된 팔이 튀어나와 있는데, 그 팔 끝의 손에는 플뢰레가 들려 있었다.

알제리 보병의 무덤에 그라 소총과 탄띠를 내려놓은 발베는, 새로운 기계에 붙은 좁은 의자 위에 놓인 값비싼 펜싱 장비들, 즉 마스크, 가슴받이, 장갑, 그리고 플뢰레를 집어들었다.

라비요디에르메조니알은 곧 우리 쪽을 바라보며 아무것도 없는 빈 의자에 앉았다. 그의 앞에 있는 놀라운 기계장치에 몸이 가려진 그는, 회전숫돌을 돌리는 긴 페달에 발을 얹었다.

마스크, 장갑, 가슴받이로 무장한 발베는 플뢰레 끝으로 땅에 직선 하나를 힘차게 긋고 나서, 왼쪽 발바닥으로 선을 디딘 채 우아하게 자세를 취했다. 그의 앞 왼쪽에 있는 분절된 팔이 제단의 흰 바탕 위로 선명한 윤곽을 드러냈다.

두 검이 서로 교차했다. 라비요디에르메조니알은 발을 움직여서 일정한 속도로 회전숫돌을 돌렸다.

갑자기 기계팔이 몇 차례 교묘하고 빠른 속임수 동작을 행하며 급격하게 길어져 발베에게 직선타를 가했다. 그가 능수능란하다는 건 널리 알려져 있음에도 불구하고, 발베는 그 정확하고 경이로운 찌르기를 막아낼 도리가 없었다.

인공 팔꿈치가 뒤로 접혀져도 회전숫돌은 여전히 돌아갔다. 곧 첫번째 것과 완전히 다른 새로운 속임수 동작이 갑작스러운 공격으로 이어졌고, 발베는 가슴 한복판을 가격당했다.

이렇게 공격은 수많은 찌르기를 통해 계속되었다. 쿠아르트, 식스트, 티에르스, 프림, 캥트, 옥타브에 데가제, 두블레, 쿠페*가 뒤섞이며 무수히 많은 공격이 펼쳐졌고, 전대미문의 이

* 펜싱 용어로 각각 제4자세, 제6자세, 제3자세, 방어로 시작되는 제1자세, 제5자세, 제8자세, 교차된 칼을 풀기(데가주망), 서로 동시에 찌르기(두블르망), 상대의 검 밑에서 깎아올리듯 검을 치올렸다가 반대로 옮겨 찌르기(쿠페)를 가리킨다.

복잡한 공격들은 전광석화처럼 빠르고 예측하기 어려운 속임수 동작들로 다시 이어지면서 줄곧 목적을 달성해냈다.

발베는 물러서지 않으려고 그은 선에 왼발을 고정한 채 상대방의 플뢰레가 그의 몸을 비켜 옆으로 지나가도록 방어에만 골몰할 뿐이었다. 하지만 회전숫돌로 돌아가는 기계장치가 어찌나 완벽한지, 그리고 예측하지 못한 찌르기 동작들이 어찌나 놀라운 술책들을 담고 있는지, 검객의 방어동작들은 매번 규칙적으로 좌절되고 말았다.

때때로 라비요디에르메조니알은 톱니 모양의 긴 막대를 몇 차례 연속해서 밀고 당기면서 여러 톱니바퀴의 배열을 완전히 바꾸었고, 이렇게 해서 자신도 채 알지 못하는 새로운 주기의 속임수 동작들을 만들어냈다.

무한히 많은 우연적 결과를 얻어낼 수 있는 이 조작은 시각 영역에서 한없이 새로운 다색배합의 수정 모자이크를 산출해내는, 만화경의 통을 가볍게 두드리는 동작에 비견될 법했다.

발베는 마침내 대결을 포기하고 몸에 걸친 장비들을 벗었다. 그는 자신의 패배에 매료되어 있었다. 기계의 걸작을 음미해볼 기회가 주어졌기 때문이다.

방금 떠난 걸상 뒤쪽에 붙어 있는 짧은 끌채 두 개를 들어올린 라비요디에르메조니알은 그 놀라운 크랭크핸들 모양의 기계를 힘겹게 굴리면서 천천히 자리를 떠났다.

⁂

그가 떠나자, 미소를 띤 깜찍한 표정의 열두 살짜리 흑인 소년이 별안간 껑충대며 앞으로 나왔다.

그는 황제의 어린 아들 가운데 하나인 레제드였다.

그는 곧추선 얇은 귀를 사방으로 움직여대는 적갈색 털의 설치류 한 마리를 왼팔에 안고 있었다.

아이의 오른손에는 흰색으로 칠한 가벼운 문짝 하나가 들려 있는데, 작은 크기의 옷장에서 떼어낸 것 같았다.

그 얇은 문을 땅바닥에 내려놓은 레제드는 붉은색 허리옷에 수직으로 찬, 투박한 형태를 보여주는, 눈에 띄는 비수의 손잡이를 잡았다.

그는 지체하지 않고 좁다란 칼로 설치류를 찔러서 간단히 죽였다. 털이 수북한 목덜미에 비수를 꽂아 빼지 않고 그대로 두었다.

아이는 아직 따뜻한 시체의 뒷다리를 세게 잡아서는 문짝 위에 붙였다.

곧 끈적끈적한 침이 문짝에 매달린 설치류의 아가리에서 흘러나오기 시작했다.

레제드는 이 현상을 예상한 듯 잠시 후 문짝을 뒤집어서는 땅바닥에서 조금 떨어진 높이로 비스듬히 들었다.

문짝의 새로 칠한 면 위로 흘러내린 끈적끈적한 타액은 잠깐 사이에 웬만한 크기의 원을 그렸다.

마침내 설치류의 침이 그치자, 레제드는 짐승을 방금 흘러나온 침 한가운데에 눕혔다. 그러고는 시체는 아랑곳하지 않은 채 문짝을 추켜세웠다. 이상한 끈끈이에 고정된 그 시체는 같은 자리에서 꼼짝도 하지 않았다.

레제드는 간단한 동작으로 허리옷을 풀었다. 그러고는 두 번째 면보다 침 양이 적은 첫번째 면에 그 끝을 붙였다.

붉은색 천은 니스 같은 침에 쉽사리 달라붙어 침을 완전히 뒤덮었다.

문짝을 뒤집자 긴 허리띠의 일부가 감춰지는 대신에, 침에 들러붙은 설치류가 눈에 들어왔다.

레제드는 허리옷을 풀기 위해 빙빙 돌면서 몇 발자국 멀어지다가 움직임을 멈추고 기다렸다.

조금 전부터 흐르는 침에서 나는 기이한 냄새가 전대미문의 강렬함으로 트로피광장에 퍼져나갔다.

이 냄새의 강렬함에 별로 놀란 것처럼 보이지 않는 레제드는, 그가 기다리는 방문객이 하늘에 나타나길 살피는 듯 눈을 들었다.

고요히 몇 분이 흘렀다.

문득 레제드가 승리의 환호성을 내지르면서 남쪽을 가리켰다. 거대한 맹금 한 마리가 꽤 높은 곳으로부터 활강하며 빠르게 가까워지고 있었다.

아이가 크게 기뻐하는 가운데, 빛나는 검은색 깃털을 지닌 새는 문짝 위로 내려앉으면서 거의 학의 다리만큼이나 길고 가느다란 두 발로 설치류 가까운 지점을 디뎠다.

갈고리 모양의 부리 위에서 떨고 있는, 콧구멍처럼 보이는 구멍 두 개가 엄청난 후각능력을 갖고 있는 듯했다.

설치류가 있음을 알려주는 냄새가 아마도 새의 은신처까지 퍼져나갔을 테고, 민감한 후각에 이끌려 인도된 새는 자신의 탐욕에 내맡겨진 포획물을 지체 없이 발견한 게 분명했다.

시체 위로 새가 게걸스럽게 첫번째 입질을 던지자, 레제드가 날카로운 소리를 외치며 두 팔로 크고 사나운 몸짓을 해댔다.

그의 의도대로 놀란 새가 거대한 날개를 펼치며 다시 날아올랐다.

하지만 강력한 접착제에 의해 새의 두 발이 문짝에 달라붙어 있었고, 문짝은 아랫면에 달라붙은 붉은색 천과 함께 수평으로 공중에 떠올랐다.

이와 함께 허리옷의 커다란 부분이 여전히 허리에 감겨 있는 레제드 또한, 천 끝에 매달려 일렁이면서 지면을 떠났다.

무거운 짐에도 불구하고 아이의 외침에 줄곧 자극받은 튼튼한 새는 빠른 속도로 상승했다. 아이가 터뜨리는 웃음은 그가 미칠 듯한 환희를 느끼고 있음을 알려주었다.

아이가 지면을 떠나는 순간, 탈루는 온갖 제스처로 가장 격렬한 공포의 모든 표징을 드러내며 아들을 향해 달려갔다.

그러나 너무 늦게 도착한 불쌍한 아버지는, 위험이라고는 조금도 의식하지 못한 채 계속해서 멀어지기만 하는 장난꾸러기의 선회를 고뇌에 찬 시선으로 바라볼 수밖에 없었다.

극도로 얼떨떨해진 사람들은 미동조차 하지 못한 채, 이 끔찍한 사건의 결말을 고뇌에 차서 기다렸다.

레제드의 준비, 그리고 죽은 설치류 둘레로 접착제를 넓게 바르는 그의 세심한 방식으로 보아, 귀띔을 받은 사람이 아무도 없는 이 공중 질주는 미리부터 계획된 게 틀림없었다.

한편 문 뒤쪽으로 날개 끝만 보이는 거대한 새는 더 높은 곳을 향해 언제나처럼 상승하고 있었다.

우리 눈에 아주 작게 보이는 레제드는 허리옷 끝에 매달린 채 맹렬하게 요동치면서 치명적인 추락의 가능성을 높이고 있었는데, 이 가능성은 붉은 천과 보이지 않는 두 발을 문에 연결하는 접착제의 허약함으로 인해 벌써 상당히 높아져 있는 상태였다.

마침내 익숙하지 않은 하중에 아마도 힘이 수진되었는지 새가 얼마간 지면에 가까워지는 기미를 보였다.

곧 하강이 가속화되었다. 희망으로 충만한 탈루는 자기 쪽으로 끌어당기려는 듯 아이를 향해 두 팔을 내밀었다.

힘이 다한 새는 무서운 속도로 낮아졌다.

그러나 지면에서 불과 몇 미터 떨어진 지점에 도달한 순간, 레제드는 허리옷을 찢으며 우아하게 착지했고, 짐을 내려놓은 새는 붉은 천조각으로 장식된 문을 언제나처럼 매단 채 남쪽을 향해 달아났다.

꾸중을 해야 마땅했지만 너무나 기쁜 나머지, 탈루는 아들을 향해 달려가 오랫동안 열렬히 포옹했다.

⁂

동요가 가시자, 화학자 벡스가 거대한 유리상자를 밀며 입장했다. 유리상자는 똑같은 모양의 작은 바퀴 네 개가 달린 마호가니 기단 위에 놓여 있었다.

매우 단순하면서도 대단히 사치스러운 운반기 제작에 들인 정성에서, 그것에 꼭 맞게 실린 부서지기 쉬운 짐의 가치가 드러났다.

운반기가 굴러가는 움직임은 부드럽고도 완벽했다. 조용한 바퀴에 부착된 두꺼운 타이어 덕분이었는데, 금속으로 된 가느다란 바큇살들은 니켈로 새롭게 도금한 것 같았다.

뒤쪽으로 우아하게 구부러져올라간 구리막대 두 개는 위쪽에서 만나 일종의 손잡이로 서로 연결되었고, 걸어가는 벡스는 그 손잡이의 마호가니 보강재를 움켜쥐고 있었다.

매우 섬세한 전체는 역의 플랫폼에서 여행가방과 보퉁이를 운반하는 데 사용되는 견고한 카트를 연상시켰다.

벡스는 광장 한가운데에 멈춰서서 사람들이 기구를 마음껏 훑어볼 수 있게 했다.

유리상자는 거대한 음악기구를 담고 있고, 그 기구는 구리나팔, 현絃, 원형 활, 온갖 종류의 기계건반, 그리고 풍부한 타악기 도구들로 이루어져 있었다.

유리상자에 면한 기단 앞쪽에는 넓은 공간이 있어 커다란 실린더 두 개가 설치되어 있는데, 하나는 붉은색이고 다른 하나는 흰색인 그 실린더 각각은, 금속관에 의해 투명 벽 너머의 기체와 소통하고 있었다.

도 하나가 분 열 개로 나뉘어진, 과도하게 높은 온도계가 유리상자 밖으로 깨지기 쉬운 막대를 드리우고 있었다. 그 안에 있는 것은 찬란한 보라색 액체가 가득찬 가느다란 수은조槽뿐이었다. 그 앞쪽으로, 두 실린더가 스칠 듯 자리잡고 있는 면에서 몇 센티미터 떨어진 지점에 위치한 가느다란 반투명 관은 아무런 테두리도 없이 홀로 서 있었다.

모든 시선이 이 의아한 기계를 살펴보고 있는 동안, 벡스는 현학적이고도 명쾌한 설명을 한바탕 제공했다.

우리가 알게 된 것은 그 측면에 감춰진 전기모터 덕분에 우리 눈앞에서 기계가 곧 작동하려고 한다는 사실이었다.

역시 전기에 의해 제어되는 실린더들은 두 가지 상반된 목표를 위해 설치되어 있었다. 붉은색 실린더는 대단히 강력한 열원熱源을 담고 있었고, 흰색 실린더는 그 어떤 가스라도 액화시킬 수 있을 정도로 강렬한 냉기를 쉼없이 만들어내고 있었다.

자동오케스트라의 다양한 기관들은, 벡스가 화학적 조작을 통해 기적적인 열 감응성을 부여한 새로운 금속 벡슘으로 이루어져 있었다. 음향기구 전체를 제작한 목적 자체도 오로지 그 능란한 발명가가 발견한 기이한 물질의 속성을 놀라운 방식으로 보여주는 데 있었다.

다양한 온도에 노출될 때, 벡슘 덩어리는 1에서 10까지 수치화할 수 있는 비율로 체적이 변했다.

기구의 작동원리는 바로 이 같은 사실에 근거를 두고 있었다.

각 실린더 꼭대기에는 쉽게 돌아가는 손잡이가 있었고, 이는 금속관을 유리상자와 연결해주는 내장밸브의 열림을 조절하는 역할을 했다. 벡스는 그렇게 해서 내부공기의 온도를 원하는 대로 바꿀 수 있었다. 여기서 비롯된 지속적인 변화에 따라 벡슘 조각들은 일정한 장치에 강력하게 작용하면서 어떤 건반 또는 어떤 일군의 피스톤을 움직이게 하거나 고정시켰는데, 이것들은 톱니바퀴에 의해 제때 움직이기만 하면 되었다.

열의 변화에도 불구하고 현들은 정확한 음정을 어김없이 유지했다. 그것들을 특별히 견고하게 만들기 위해 벡스가 상상해낸 모종의 처리 덕분이었다.

모든 충격을 이겨낼 수 있는 속성을 지닌, 유리벽을 만드는 데 사용된 수정은 경이로울 정도로 얇았다. 파르르 떨리는 그 섬세한 장애물은 음향을 거의 차단하지 못했다.

설명을 끝낸 벡스는 운반기 앞에 자리잡은 뒤 온도계 기둥에 시선을 고정한 채 긴장된 두 손을 실린더 위에 얹었다.

우선 붉은색 손잡이를 돌리면서, 그는 유리상자 안으로 강한 열기를 주입했고, 보라색 용액이 급격히 상승하여 의도한 눈금에 도달한 것을 보자 공기의 분출을 급히 멈추었다.

가벼운 실수를 바로잡듯이 그는 경쾌한 동작으로 마치 사륜마차의 발판을 내리듯 움직이는 페달을 내려뜨렸다. 지금껏 두 실린더 사이에 가려져 있던 그 발판이 펼쳐지자 지면까지 닿았다.

그는 매우 유연한 용수철이 부착된 그 페달을 신발 바닥으로 밟아서 기구 안에 들어 있는 전기모터를 돌렸고, 거기서 발생한 힘으로 몇몇 기관이 작동하기 시작했다.

기구에서 우선 솟아오른 것은 애틋하게 구슬픈, 고요하고 규칙적인 아르페지오를 동반한 느린 속요俗謠였다.

미니어처로 제작한 회전숫돌과도 흡사한 원반이 마치 끝없는 활처럼 공명판 위로 팽팽하게 매어놓은 긴 현을 마찰했다. 순수한 소리를 내는 이 현 위에서 자동으로 움직이는 망치들이 마치 명연주가의 손가락처럼 아래로 내려갔다가 살짝 들리면서 온갖 음정을 오차 없이 생성해냈다.

원반은 속도를 바꾸어가며 모든 종류의 뉘앙스를 만들어냈고, 그 결과 정확히 바이올린 선율 같은 느낌을 주는 음색이 생겨났다.

수정벽들 가운데 하나 앞에 하프가 서 있었다. 그것의 각 현은 가느다란 나무갈고리에 걸려 있는데, 이 갈고리는 현에서 떨어졌다가 커브를 그려 원래 위치를 되찾으면서 현을 튕기게 되어 있었다. 갈고리는 움직이는 막대 꼭대기에 직각을 이루며 고정되어 있었고, 유연하고 섬세한 그 유희는 나른한 아르페지오를 자아냈다.

화학자의 예측대로 투명한 수정은 떨림을 거의 걸러내지 않는지라 날카로운 그 음향은 매혹적이고도 힘차게 퍼져나갔다.

이 무언가無言歌가 끝나길 기다리지 않고, 벡스는 페달에서 발을 떼어 모터를 멈추었다. 곧이어 그는 붉은색 손잡이를 돌려 유리상자의 내부온도를 상승시키면서 온도계를 살폈다. 몇 초 뒤 그는 열밸브를 잠그고 또다시 용수철 위에 발을 얹었다.

곧 첫번째 것보다 더 큰 두번째 원반 활이 더 굵은 현을 마찰하면서 부드러움과 매력이 가득한 첼로소리를 냈다. 이와 동시에 터치가 저절로 내려가는 기계건반이 아찔하게 빠른 악구樂句들로 이루어진 풍부하고 난해한 곡을 연주하기 시작했다.

이 소나타 이중주를 시연해 보이고 난 벡스는, 이번에는 보라색 용액을 한 눈금 올려서 새로운 곡을 연주했다.

이어서 가짜 바이올린이 피아노와 첼로에 합류하여 클래식 삼중주 아다지오에 뉘앙스를 부여했다.

곧 같은 방향으로 한 눈금 더 올리자, 악기의 구성은 그대로 유지한 채, 느리고 장중한 곡이 제법 경쾌한 스케르초로 바뀌었다.

기계적인 동작으로 페달을 밟으면서 벡스는 이제 흰색 손잡이를 돌려 보라색 용액 기둥이 유리관 중간쯤에 위치한 제로 지점 근처까지 내려가도록 했다.

화려한 팡파르가 부드럽게 터져나왔다. 빽빽하게 무리지어 있는 불규칙한 크기의 나팔들에서 흘러나오는 것이었다. 거대한 저음부에서 민첩하고 날카로운 코넷에 이르기까지 모든 금관악기가 그쪽에 모여 있었다. 빙점 아래쪽에 위치한 온도계 눈금들을 표시하게 되어 있는 흰색 손잡이는 몇 차례의 조작을 통해 군대행진곡, 코넷 독주, 왈츠, 폴카 그리고 떠들썩한 나팔 소리가 차례로 울려퍼지도록 했다.

갑자기 벡스가 저온밸브를 완전히 열어 제일 가까운 곳에 있는 구경꾼들이 투명 벽을 통해 그 효과를 느낄 수 있을 정도로 순식간에 극심한 결빙을 얻어냈다. 모든 시선이 커다란 나팔이 달린 축음기로 향했다. 거기서는 넉넉하고 힘찬 바리톤 소리가 새어나오고 있었다. 기구 아래에 있는, 통풍구가 뚫려 있는 커다란 상자에는, 아마도 일련의 원반들이 담겨져 있을 테고, 이 원반들은 떨어져 있는 음향막을 특수한 선을 통해 번갈아 진동시키는 게 분명했다. 북극처럼 차가운 공기에 대해 화학자가 세심하게 조정해놓은 감지되지 않는 변동에 따라, 매우 다양한 음색과 음역을 지닌 남녀의 목소리가 노래하는 일군의 서창敍唱과 로망스*가 들려왔기 때문이다. 하프와 건반은 무궁무진한 레퍼토리에서 골라낸, 어떤 때는 명랑하고 어떤 때는 비극적인 곡들을 번갈아 반주하는 부차적인 역할을 했다.

우리 눈에는 전혀 보이지 않는 그 놀라운 금속이 지닌 전대미문의 유연성을 보여주고 싶은 벡스는 붉은색 손잡이를 돌린 뒤 잠시 기다렸다.

얼음 상자는 금방 화덕으로 바뀌었고, 온도계는 가장 높은 눈금들까지 치솟았다. 일군의 플루트와 피리가 짧고 규칙적

* 서정적인 선율의 성악곡 또는 기악곡.

인 북소리에 맞추어 활기찬 행진곡에 즉각 리듬을 부여해주었다. 여기서도 다채로운 온도의 요동은 예상 밖의 결과를 낳았다. 금관악기들의 팡파르가 조심스레 받쳐주는 피리 독주 몇 곡이 연주되었고, 이어서 메아리의 모방에 기초한 우아한 이중주가 들려왔다. 이 이중주는 플루트, 그리고 축음기에서 흘러나온 유연한 소프라노 음성에 의해 잇달아 연주되는 동일한 보칼리스들을 두 번 연속해서 제시하는 것으로 구성되었다.

또다시 팽창한 보라색 액체가 유리관 정상까지 올라갔고, 유리관은 금방이라도 터질 것만 같았다. 몇 사람은 뜨거운 유리상자가 가까이 있다는 사실에 갑자기 불편함을 느끼면서 뒤로 물러서기까지 했다. 상자 안에서는 하프에서 멀지 않은 지점에 고정된 사냥나팔 세 개가 귀가 멍멍할 정도로 큰 소리를 활기차게 쏟아냈다. 온도를 약간 내리자 사냥에서 사용되는 전형적인 주요 팡파르들이 울려퍼지기 시작했는데, 마지막은 즐거움 가득한 함성의 팡파르였다.

오케스트라의 주된 요소들을 보여주고 난 벡스는, 이미 그 소리를 들어 알고 있는 그 악기들을 우리의 선택에 따라 작동시켜보겠다고 제안했다.

각자 돌아가면서 자신의 바람을 표시했고, 화학자는 이를 즉각 충족시켜주었다. 그는 두 손잡이 이외에 아무런 다른 도움 없이 우연적인 순서에 따라 그의 다양한 다성적 조합을 한 차례 더 되풀이했다. 다만 멋의 일환으로 감지되지 않는 미세한 온도차를 유발하며 곡에 변화를 주기도 했다.

마지막으로 벡스는 유리관에 특별히 붉은색 줄로 표시된 일련의 눈금들에 보라색 용액이 도달하게 했다. 그러자 거의 모든 기관이 동시에 작동하면서 폭넓고 위엄 있는 교향악을 연주하기 시작했고, 여기에 축음기에 의해 선명한 뉘앙스를 부여받은 합창이 가세했다. 심벌즈가 딸린 큰북, 이미 사용되었던 북, 그리고 다양한 소리를 내는 몇 가지 부수적인 악기로 구성된 타악기는 일정하고 분명한 리듬으로 곡 전반에 생기를 불어넣어주었다. 오케스트라를 위한 레퍼토리는 무한히 풍부한 것이었고, 벡스는 우리에게 온갖 종류의 춤곡, 메들리, 서곡, 그리고 변주곡들을 들려주었다. 그는 큰북을 엄청난 소리로 울려대는 열광적인 갤럽[+]으로 연주를 마무리하더니 접이페달을 올리고는 탈것 뒤에 자리잡고 마치 유아차를 밀듯 그것을 밀었다.

그가 빙 돌아서 멀어지는 동안 도처에서 대화가 시작되었다. 벡슘이 유일한 주제인 그 대화는 새로운 금속을 활용하여 얻어낸 결과들을 논평하고 있었는데, 예의 기구는 그 금속의 놀라운 자질을 더할 나위 없이 분명하게 보여준 참이었다.

⁂

증권거래소 뒤로 잠시 모습을 감추었던 벡스는, 곧 은과 흡사한 흐릿한 회색 금속으로 이루어진 너비 일 미터, 높이 이 미터의 거대한 파시앙스[++]를 두 손으로 세워 들고 돌아왔다.

거대한 판 한가운데에는 수직으로 가느다란 홈이 패여 있었다. 하지만 단추가 지나가는 자리인 원형 구멍은 홈 끝이 아니라 중간에 위치하고 있었다.

화학자는 앞으로 나아가지 않고서도 모두가 주목하고 있음을 한눈에 알아본 뒤, 홈 아랫부분에 수직으로 잇달아 노출되어 있는 커다란 단추들을 가리키면서 그것들 각각을 이루는 물질의 이름을 말했다.

전체는 대단히 다채로운 광채를 지닌 빛나는 다색의 선을 형성하고 있었다.

맨 위, 첫번째 단추는 단일한 황갈빛이 나는 황금단추로,

[+] 2박자의 빠른 춤곡.

[++] 제복의 단추를 닦는 데 사용하는 홈이 있는 판.

눈부신 표면을 드러내보였다. 그 아래 전체가 은으로 된 두번째 단추는 비슷한 빛깔로 된 파시앙스의 바탕과 별로 구별되지 않았다. 구리로 된 세번째 단추, 백금으로 된 네번째 단추, 주석으로 된 다섯번째 단추, 그리고 니켈로 된 여섯번째 단추는 아무런 장식도 없는 같은 크기 원반들의 나열이었다. 이어지는 네 개의 단추는 섬세하게 이어붙인 일군의 보석들로 이루어져 있는데, 하나는 오로지 다이아몬드로, 다른 하나는 루비로, 또 다른 하나는 사파이어로, 나머지 하나는 찬란한 에메랄드로 되어 있었다.

벡스는 파시앙스를 돌려서 반대쪽 면을 우리에게 보여주었다.

모든 단추가 꿰매져 있는 푸른 천조각이 아래쪽으로 늘어져 있었다.

천에 붙인 열 장의 매우 가느다란 회색 금속판이 홈을 따라 층을 이루고 있었다. 그것들은 홈과 정확히 같은 폭을 갖고 있었다. 금속판들은 이쪽 면으로 단추와 대응하는 자리를 차지하고 있었다. 단추의 지름은 금속판의 높이와 동일할 게 분명했다. 금속판과 마찬가지로 회색인 열 줄의 금속실이 값비싼 원반들을 튼튼하게 고정시켜주면서 각각의 장방형 박판 한가운데에서 수차례 교차로 얽혀 있었는데, 그것을 마무리하는 것은 능숙한 바느질꾼의 숙련된 손에서 온 굵은 매듭이었다.

벡스는 파시앙스의 약간 날카로운 아랫면을 모래에 꽂았다. 증권거래소 앞에 수직으로 서 있게 된 그것은 단추 반대쪽을 '탁월한 자들'의 무대로 향하게 했다.

우리의 시야에서 몇 발자국 멀어졌던 벡스는 양쪽 팔에 각각 다섯 개의 기다란 실린더를 들고 나타났다. 그것들은 파시앙스가 이미 널찍한 견본을 보여주는 회색 금속으로 이루어져 있었다.

그는 광장 전체를 가로질러 붉은 극장 앞에 무거운 짐을 내려놓았다.

한쪽 끝에 금속덮개를 단단히 끼우고 있는 각각의 실린더는 평범한 심 보호덮개가 부착된 거대한 연필처럼 보였다.

실린더들을 지면에 쌓으면서 벡스는 기하학적 규칙성을 지닌 기발한 모양을 만들어냈다.

모래 위에 나란히 눕힌 네 개의 괴물 같은 연필은 구조물에 토대를 제공했다. 첫번째 줄에 포개진 두번째 줄은, 맨 처음 연필들의 둥근 형태에서 생겨난 가느다란 도랑에 눕힌 세 개의 연필들로 구성되었다. 이보다 더 좁은 다음 층에는 두 개의 연필만 있었고, 이들 위로는 열번째이자 마지막인 연필이 자리잡았는데, 이 연필은 삼각형의 전면을 지닌 구축물의 정상을 외롭게 차지하게 되었다.

벡스는 주머니에서 꺼낸 두 개의 무거운 돌로 미리부터 전체를 고정시켜 놓은 참이었다.

화학자가 실린더들을 쌓는 과정은 세심하게 정해진 순서와 선택에 따라 진행되었다. 그는 기둥 한곳에 새겨진 특별한 표시를 보고 각각의 실린더를 확인했다.

모든 금속덮개 끝은 멀리 떨어진 파시앙스를 향하고 있었다. 파시앙스는 마치 포신처럼 겨누어진 거대한 연필 열 자루의 과녁 역할을 해주었다.

실험을 계속하기에 앞서, 벡스는 먼저 네 개의 황금올리브로 이루어진 커프스단추를 떼어내고, 이어서 그의 옷에서 시계, 지갑, 열쇠를 꺼냈다. 그는 그 모든 것을 발베에게 맡겼고, 발베는 그 빛나는 물건들을 잘 간수해주겠다고 약속했다.

자기 자리로 돌아와 실린더 더미 앞에 허리를 구부린 벡스는 가장 높은 곳의 연필심 보호덮개에 부착된 커다란 고리를 한 손 가득 잡았다.

금속덮개가 미끄러지게 하는 데는 뒤로 물러나면서 가볍게 잡아당기는 것으로 충분했다. 덮개는 금방 추처럼 떨어지면서 화학자의 다리에 가 부딪쳤다.

맨 위의, 지금까지 보이지 않던 부분이 모습을 드러내자, 모든 시선이 그리로 향했다. 은으로 된 기둥은 완벽하게 깎아놓은 진짜 연필처럼 원뿔 모양으로 좁아지다가, 둥글고 매끈한 모양으로 튀어나온 두꺼운 호박琥珀심으로 끝나고 있었다.

벡스는 같은 동작을 되풀이하면서 열 개의 실린더 덮개를 차례차례 벗겨냈다. 실린더들은 모두 일정하게 가늘어지는 끝 너머로 누르스름한 반투명 심을 내밀고 있었다.

이 일을 끝낸 화학자는 또다시 광장을 가로질렀다. 그는 손에 들고 간 열 개의 짧은 덮개를 파시앙스 곁에 놓았다.

설명이 필요했다. 벡스는 자기가 다양하게 움직이는 목적을 우리에게 알려주기 위해 입을 열었다.

거대한 연필 속에 갇힌 호박빛의 심들은 매우 복잡한 물질로 이루어져 있었다. 그것을 만든 것은 벡스로서, 그는 그것에 에망틴이란 이름을 붙였다.

중첩된 방해물에도 불구하고 에망틴은 떨어진 위치에 있는 어떤 일정한 금속이나 특별한 보석에 강하게 끌리는 성질을 갖고 있었다.

배합의 차이 덕분에, 우리 눈앞에 놓인 열 개의 심은 자성의 측면에서 파시앙스 홈에 단단히 고정된 열 개의 단추 각각에 정확히 대응했다.

얼마 전에 발명된 에망틴의 취급을 가능하게 하고 또 편리하도록 만들기 위해서는 절연체의 확보가 필수적이었다. 벡스는 오랜 탐구 끝에 에탕슘을 얻어냈다. 광택이 없는 그 회색 금속은 그의 부지런한 실험의 결과물이었다.

에탕슘의 얇은 판은 에망틴의 빛을 차단하면서, 가장 밀도 높은 물질들조차 감소시키지 못하는 자력을 완전히 무화시키는 속성을 지니고 있었다.

파시앙스, 홈을 따라 층을 이룬 열 장의 장방형 박판, 그리고 연필과 보호덮개는 모두 에탕슘으로 이루어져 있었다. 천에 단추를 부착하는 실 역시 동일한 금속을 유연하게 만들어 짠 것이었다.

파시앙스를 지탱하고 있는 벡스는 지금은 보이지 않는 빛나는 원반들을 차례차례 홈의 원형 구멍으로 이끎으로써 실린더들을 갑자기 이동하도록 만들 것이고, 이 실린더들은 그들의 호박빛 심을 마주보는 특별한 물체에 와서 강하게 부딪칠 것이었다.

이 마지막 설명은 군중들에게 공포를 느끼게 했고, 모두들 뒤로 물러섰다.

실제로 우리가 몸에 지니고 있는 보석, 시계, 돈, 열쇠, 금니에 끌려서 별안간 연필이 우리 쪽으로 날아들 수 있고, 이로 인해 타박상이 생기지나 않을까 우려할 만도 했다.

우리 눈에 드러난 각 심의 끝은 요컨대 에탕슘의 차단 기능에서 벗어나 있었고, 따라서 부상을 걱정하는 그 우려는 전적으로 정당한 것이었다.

벡스는 차분한 태도로 사람들을 서둘러 안심시켰다. 불가항력적인 자기현상을 발생시키기 위해서는 해당 물체가, 실린더와 같은 길이를 지닌 호박심에 충분한 깊이로 작용해야만 했다. 따라서 기이한 포대와 동일한 축에 위치한 금속이나 보석만이 문제될 수가 있었다. 한데 충분히 넓은 파시앙스가 위협받는 범위를 막아주는 차폐막 구실을 해주었다. 그것이 없다면, 그리고 애당초 불가능한 이야기이지만, 지구의 둥긂이 그것을 막아주지 않는다면, 인력은 거리에 상관없이 대서양을 항해하는 선박들이나 심지어 미국 해안에까지 작용했을 것이었다. 조작을 맡은 사람으로서 위험에 노출되어 있는 만큼, 벡스는 조끼와 바지의 버클 등, 위험을 초래할 수 있는 일체의 요소를 미리 제거한 것 같았다. 그의 셔츠와 옷의 단추들은 모두 뼈로 만든 것이고, 허리에 맨 유연한 비단허리띠는, 금속테가 필수적인 한 쌍의 멜빵을 대신하고 있었다. 그는 마지막 순간에 귀중품을 발베에게 맡기면서 위험으로부터 완전히 벗어난 참이었다. 다행스럽게도 순수하고 멋진 그의 이는 외부로부터 추가된 게 아무것도 없는 깨끗한 상태였다.

화학자가 설명을 끝내는 순간, 조금씩 다가온 군중의 웅성거림이 예기치 못한 현상이 발생했음을 알려주었다.

사람들은 놀라움을 나타내면서 스텔라 부카레사스가 뿌린 금화들을 가리켰다.

얼마 전부터 루이 금화, 두블루이 금화, 그리고 백 프랑 금화들이 지면에서 살랑살랑 흔들리고 있었다. 하지만 아무도 놀라지는 않았는데, 어떤 변덕스러운 미풍 탓으로 돌릴 수 있을 정도로 그 움직임이 가볍기 때문이었다.

사실 무게라고는 거의 없는 그 금화들은 강력하게 작용하고 있는 맨 위의 실린더의 영향을 받고 있었다. 벌써 몇몇 금화는 호박심을 향해 직선으로 날아가서는 거기에 단단히 붙은 참이었다. 동그랗고 온전한가 하면 접히거나 짓밟힌 다른 금화들 또한 그들의 뒤를 따랐다.

곧 지면은 엄격하도록 반듯한 띠 모양으로 청소가 되었다. 띠 양쪽으로는 인력의 범위를 벗어난 금화의 잔여분이 경계를 만들어주고 있었다.

문제의 심은 이제 연도와 초상으로 뒤덮인 황금색 종이뚜껑 아래 자취를 감춘 채 보이지 않았다.

진짜 금 원자들이 미미한 몫이나마 이 요란한 부富의 합성에 포함된 게 분명했다.

과연 종이금화가 붙은 심은 그 위치에 의해, 제일 먼저 파시앙스 중앙의 구멍을 채운 황금단추에 분명하게 대응하고 있었다. 매우 특별한 그 힘은 금 성분이라고는 전혀 없는 모조 금화에는 절대로 작용할 수 없을 터였다.

우선 분명치 않았던 종이금화들의 느린 움직임은 순금 성분이 한참 부족한 것이 그 유일한 원인이었다.

자기 계획을 조금도 방해하지 못하는 그 사건을 아랑곳하지 않은 채, 벡스는 푸른색 천의 상단을 잡아서는 파시앙스 위쪽을 향해 부드럽게 끌어올렸다.

별다른 어려움 없이 고르게 미끄러지는 천은 특별한 노력을 요구하지 않았다.

천은 홈을 따라 올라가면서 점차 원형 구멍을 가렸다. 보이지는 않지만 쉽게 짐작되는 구멍은 곧 첫번째 에탕슘 박판을 둘러싸게 되었다.

이제 벡스는 두 무릎과 왼손을 이용하여 파시앙스를 붙잡고 있어야만 했다. 실린더들이 그것을 강하게 끌어당기기 때문이었다.

실제로 천 뒤에서는 첫번째 박판에 대응하는 황금단추가 잠시 전에 둥근 구멍 안에 자리를 잡은 참이었고, 그 원반의 두 부분이 에탕슘 차단판으로부터 벗어나면서 그들을 겨누고 있는 호박심과 직접적으로 소통하고 있었다.

벡스가 버티자, 첫번째 실린더가 굴복했다. 실린더는 별안간 튀어나가서는, 마치 포탄처럼 광장을 가로지르더니 좁다란 보호박판 바로 옆에 그 끝이 가서 붙었다.

화학자는 튼튼하게 지탱하면서 몸을 오른쪽으로 비스듬

하게 굽혔다. 괴물 연필의 예상 경로를 완전히 비워두기 위해서였다.

충격은 파시앙스가 요동치게 했다. 하지만 벡스가 붙잡고 있는 덕분에 그것은 금세 균형을 되찾았다.

이제 움직임을 잃은 연필은, 호박심 끝이, 절연체인 푸른 천에도 불구하고 황금단추에 단단히 붙어 있는 데 반해, 깎지 않은 반대쪽 끄트머리가 지면 위로 떨어져내리는 바람에 일종의 완만한 기울기를 이루고 있었다.

종이금화들은 순수 금속의 세찬 인력을 조금도 교란시키지 않았다. 부딪치는 순간 납작해진 그것들은 위조된 반짝임으로 언제나처럼 심을 장식해주고 있었다.

벡스는 천을 이용하여 천천히 황금단추를 다루었다. 그는 그것을 수직 홈을 따라 끌어올리려고 했다.

하지만 호박심은 꿈쩍도 하지 않으면서 그의 작업을 어렵게 했다.

화학자는 그러나 포기할 수 없었다. 더 편리한 방법이 없기 때문이었다. 사실 분리를 한답시고 충격을 가하는 것은 무의미했다. 오로지 에탕숑 차단판을 천천히 점진적으로 끼워넣음으로써, 두 물체의 그 놀라운 접착력을 마침내 이겨낼 수 있었다.

일련의 지속적인 노력은 원하는 결과를 가져다주었다.

구멍에서 완전히 벗어난, 언제나처럼 눈에 보이지 않는 황금단추는 이제 단단하고 변함없는 박판이 메워주는 파시앙스의 두 벽 뒤에서 완전한 은신처를 되찾았다.

벡스는 거대한 연필을 수직으로 세웠다.

그는 보호덮개의 날카로운 끄트머리로 호박심을 뒤덮고 있는 금색 종이를 벗겨내려고 했다.

둥근 모양의 얇은 날이 누르스름한 표면을 바짝 긁어대자, 가벼운 금화들은 금방 떨어져나갔다. 금 성분이 매우 낮은 합금인지라 저항력이 미약했기 때문이다.

모든 모조 금화가 지면에 뒤죽박죽 떨어져내리자, 벡스는 연필에 보호덮개를 씌웠다. 이제 그는 연필이 어느 지점을 겨누는지 더이상 걱정할 필요 없이 그것을 옆에 정돈할 수 있었다.

파시앙스로 돌아온 그는 천을 잡고는 앞서와 같은 방향으로 끌어올렸다.

첫번째 것과 동일한 방식으로 이루어진 두번째 실험은 새로운 연필을 공중으로 날아가게 했고, 그 심은 구멍에 도달해 있던 눈에 보이지 않는 은단추에 가서 격렬하게 부딪쳤다.

이미 활용한 바 있는, 인내심이 필요한 방법 덕분에 자유를 되찾은 연필은 보호덮개를 뒤집어쓰고 즉시 옆으로 물러났다.

이번에는 푸른색 천 뒤에 있을 것으로 짐작되는 구리단추가 세번째 실린더를 끌어당겼고, 신속하게 에탕숑을 뒤집어쓴 그것은 첫번째와 두번째 실린더가 있는 곳으로 가 합류했다.

연필을 쌓아 만든 애초의 삼각형 전면에서 이제 상위 두 층이 사라지고 없었다.

벡스는 그의 변함없는 작업을 계속해나갔다. 하나하나 구멍으로 인도된 단추들은 멀리 떨어져 있음에도 불구하고 어김없이 호박심을 끌어당겼고, 곧이어 홈 위쪽으로 가 숨었다.

역할이 끝난 연필들은 지체 없이 금속모자를 뒤집어쓰고는 지면에 차례로 정렬했다.

천연 보석으로 화려하게 구성된 마지막 네 개의 원반은 '탁월한 자들'의 극장 앞에 여전히 남아 있는 제일 아랫줄 실린더들에 대응하는 것이었다.

그들의 끌어당기는 힘은 금속 못지않은 것이었고, 부름에 순순히 응하는 호박심의 충돌은 놀랍도록 격렬한 것이었다.

실험이 끝나자 또다시 입을 연 벡스는, 그의 발견을 이용하기를 원하는 몇몇 은행이 그를 유혹하기 위해 얼마나 어마어마한 제안을 했는지 말해주었다.

그의 실린더들은 어떤 금속이나 보석의 광맥을 정확히 지시해줄 수 있는 만큼, 실제로 막대한 부의 근원이 될 수 있었다.

우연에 의지하여 땅을 파헤치는 대신에, 광부들은 쉽게 만들어낼 수 있는 어떤 기구를 통해 확실하게 인도되면서 암중모색도 헛고생도 없이 대번에 가장 풍부한 광맥에 도달할 수 있을 것이었다.

하지만 이름 높은 학자들은 오랜 세월에 걸쳐 본보기가 될 만한 무사무욕의 정신을 일종의 직업 전통으로 확립했고, 벡스는 그 전통을 이어나가기로 마음먹었다.

따라서 그는 수백만 아니 심지어 수십억 프랑을 뿌리치면서, 실린더와 함께 그의 발견을 보여주는 그 거대한 파시앙스로 현명하게 만족했고, 그 어떤 현실적인 이익도 좇지 않았다.

말을 하면서 벡스는 모두 다 보호덮개를 갖춘 열 자루의 연필을 주워 모았다.

그는 짐과 함께 사라졌고, 라오가 지면에서 얼른 뽑아올린 파시앙스를 들고 그의 뒤를 좇아갔다.

⁂

잠시 후 붉은색 집시 윗옷을 몸에 찰싹 달라붙게 입고 같은 색깔의 경찰모를 쓴 헝가리인 슈커리오프스키가 나타났다.

팔꿈치까지 소매를 걷어붙인 그의 오른팔 맨살에는, 두꺼운 산호팔찌가 여섯 바퀴나 감겨 있었다.

그는, 다양한 물건을 들고 그와 함께 광장 한가운데 멈춰 선 흑인 세 명을 찬찬히 지켜보았다.

첫번째 흑인은 치터•와 접이받침대를 손에 들고 있었다.

슈커리오프스키는 받침대를 펼쳤고, 그 네발은 지면에 단단히 고정되었다. 이어서 그는 수평으로 펼쳐진 경첩 달린 가느다란 틀 위에 치터를 눕혔다. 그 악기는 가벼운 충격에도 소리를 냈다.

악기 왼쪽으로는, 받침대 틀에 고정되어 있으면서 그 끝이 포크처럼 갈라진 금속막대가 가볍게 굴곡진 부분과 이어지며 수직으로 솟아올라 있었다. 오른쪽에서도 똑같은 형태의 막대가 맞은편의 것과 쌍을 이루고 있었다.

두번째 흑인은 별로 힘을 들이지 않은 채 투명한 긴 용기를 들고 있었다. 슈커리오프스키는 그것을 치터 위에 다리橋 모양으로 놓았다. 그는 용기의 양끝을 금속막대의 갈라진 끝에 끼웠다.

새로운 물건의 형태는 이런 설치방식에 꼭 들어맞았다. 구유처럼 제작된 그것은 네 장의 운모판으로 구성되어 있었다. 똑같이 장방형인 두 장의 큰 판은 두 평면을 비스듬히 접합시키면서 뾰족한 바닥을 만들어냈다. 여기에 두 장의 삼각형 판은 서로 마주보면서, 그리고 장방형 판의 좁은 변과 접하면서 투명 용기를 완성했다. 그것은 어떤 거대한 지갑의 활짝 열린 뻣뻣한 칸과도 흡사했다. 완두콩만한 넓이를 지닌 홈이 투명 구유 모서리의 한쪽 끝에서 다른 쪽 끝까지 열려 있었다.

세번째 흑인은 가두리까지 맑은 물로 가득찬 커다란 단지 하나를 땅바닥에 내려놓았고, 슈커리오프스키는 우리들 가운데 한 사람더러 그 물의 무게를 가늠해보라고 했다.

손바닥의 오목한 부분으로 미량의 물을 떠낸 라비요디에르메조니알은 갑자기 매우 강하게 놀란 기색을 표했다. 그는 그 기이한 액체가 수은만큼이나 무겁게 느껴진다고 했다.

• 남부 독일과 오스트리아 등지에서 연주되는 민속 현악기.

이러는 동안 슈커리오프스키는 오른팔을 그의 얼굴 가까이 가져가더니 부드러운 어조로 몇 마디 불렀다.

그러자 집게손가락 정도의 굵기를 지닌 거대한 벌레에 다름 아닌 산호팔찌가 맨 처음 고리 두 개를 푼 뒤 헝가리인에게까지 천천히 뻗어나가는 게 보였다.

라비요디에르메조니알은 자리에서 일어나 새로운 실험에 협조했다. 집시가 요구하는 대로 그는 벌레를 건네받았고, 벌레는 펼쳐진 그의 손으로 기어들었다. 한데 벌레가 옮겨 실린 순간, 그의 손목이 휘청거렸다. 벌레는 납덩어리처럼 무거운 것 같았다.

슈커리오프스키는 계속해서 그의 팔에 들러붙는 벌레를 떼어내서는 운모판으로 된 구유 가장자리에 올려놓았다.

파충류는 집시의 팔 위로 천천히 미끄러지는 몸의 나머지 부분을 이끌고 빈 용기 안으로 들어갔다.

동물은 곧 수평으로 길게 뻗은 몸으로 아래쪽 모서리의 홈을 완전히 메웠다. 삼각형 판으로 이루어진 두 장의 얇은 가장자리 면이 동물의 몸을 받쳐주었다.

헝가리인은 무거운 단지를 어렵사리 들어올려서는 그 안에 든 것을 전부 구유에 쏟아부었고, 구유는 갑자기 넘치도록 차올랐다.

그는 지면에 무릎을 꿇고 머리를 비스듬히 아래로 내리고는, 치터 밑에 빈 단지를 놓았다. 그것을 놓은 지점은 악기의 뒷면을 앞에 두고 아래에서 위로 바라보는 어떤 시선에 의해 엄밀하게 규정된 것이었다.

이 마지막 임무를 완수하고 나서 민첩하게 몸을 일으킨 슈커리오프스키는, 이제 구경꾼의 역할로 만족하려는 듯 주머니에 두 손을 찔러넣었다.

혼자 남은 벌레는 문득 몸의 짧은 부분을 들어올렸다가 즉각 떨어뜨렸다.

그사이 틈으로 미끄러져들어간 물방울이 한 현 위로 묵직하게 떨어져내렸고, 충격을 받아 떨리는 그 현은 맑게 울리는 낮은 '도' 음을 냈다.

더 멀리서 다시 몸을 움찔하자 두번째 물방울이 빠져나갔고, 이번에는 선명함이 가득한 '미' 음이 들려왔다.

같은 방식으로 얻은 '솔' 그리고 높은 '도'는 완전협화음을 이루었고, 벌레는 그것을 다음 옥타브에서 또 한차례 들려주었다.

세번째이자 마지막인 '도' 이후, 한꺼번에 튕겨진 일곱 협화음은 시험 삼아 연주한 이 전주를 마무리했다.

이렇게 준비를 끝낸 벌레는 애틋하고 나른한 부드러움이 가득한 느린 헝가리 멜로디를 시작했다.

그가 몸을 의도적으로 전율시켜 배출한 각각의 물방울은 그때그때 정해진 현에 정확히 부딪쳤고, 현은 그것을 똑같은 두 조각으로 나누었다.

치터의 나무판 위 적절한 자리에 붙인 띠 모양의 펠트천이 묵직하게 떨어지는 액체에 완충장치 역할을 해주었다. 그게 없다면 물방울은 귀에 거슬리는 탁탁 소리를 낼 것이었다.

둥글게 모인 물은 공명판에 뚫어놓은 두 개의 원형 구멍을 통해 악기 안으로 흘러들었다. 작은 폭포 두 개가 그 물을 받기 위해 특별히 마련된 좁은 펠트천 위로 소리 없이 쏟아져내렸다.

어떤 고립된 출구를 통해 흘러나오는 가늘고 투명한 물줄기가 치터 아래 곧 형성되었고, 그것은 슈커리오프스키가 세심하게 위치를 가늠하여 놓아둔 단지의 배출구에 정확히 와서 떨어졌다. 물은 마찬가지로 펠트를 깐 좁은 통로의 경사를 따라 소리 없이 미끄러지면서 커다란 그릇의 바닥에 이르렀고, 이는 지면이 물에 젖지 않도록 해주었다.

벌레는 음악적 몸 비틀기를 계속했다. 그는 각각의 손에 막대기를 든 직업적인 치터연주자처럼 이따금 두 음을 동시에 튕기기도 했다.

처음의 속요에 이어 몇 종류의 구슬프거나 명랑한 멜로디가 계속되었다.

그러다가 악기에 관례적으로 주어지는 틀을 벗어나면서, 파충류는 기이하게 홍겨운 왈츠를 다성적인 방식으로 연주하기 시작했다.

반주와 멜로디가 동시에 치터 위에서 전율했다. 보통 치터는 두 음을 동시에 내는 빈약한 연주에 국한되는데 말이다.

주요 성부를 강조하기 위해 벌레는 몸을 더 크게 일으켰고, 이렇듯 보다 많은 양의 물을 배출함으로써 현을 격렬하게 요동치게 했다.

약간 주저하는 듯한 리듬은 집시 악단 고유의 독창적인 특징을 곡 전체에 조심스럽게 부여해주었다.

왈츠에 이은 온갖 종류의 춤곡은 차츰차츰 투명한 구유를 비우기에 이르렀다.

아래쪽의 단지는 이제 말라버린 지속적인 물줄기 덕분에 꽉 차 있었다. 슈커리오프스키는 그것을 집어들어서는 다시 한 번 그 내용물을 가벼운 용기 안에 쏟아부은 뒤 지면 위의 정해진 자리에 놓았다.

물 공급이 완료되자, 벌레는 거칠고 원시적인 뉘앙스가 가미된 차르다시[*]를 연주하기 시작했다. 불그스름한 긴 몸뚱이를 크게 요동쳐 귀청이 찢어질 것 같은 포르티시모[**]를 연주하는가 하면, 보일 듯 말 듯한 일렁임으로 가느다란 물방울들만

[*] 헝가리의 무용곡. 4분의 4박자 또는 4분의 2박자로 구성된다.

[**] 악보에서, '매우 세게' 연주하라는 말.

을 배출하면서 급작스레 조용해진 치터를 단순한 속삭임으로 만족하게 하기도 했다.

열정과 신념으로 가득찬 이 독특한 연주에서 기계적인 요소라고는 전혀 찾아볼 수 없었다. 벌레는, 민감한 해석이 논란을 불러일으킬 여지가 있는 양가적인 악절을 그 순간의 영감에 따라 매번 다른 방식으로 연주하는 거리의 명인 같은 인상을 주었다.

차르다시에 이어 긴 오페레타 메들리가 연주되면서 물이 또다시 바닥났다. 슈커리오프스키는 마지막 곡을 예고하면서 재빨리 물을 옮겨 담았다.

이번에 벌레는 강렬한 움직임으로 매혹적인 헝가리 랩소디를 시작했는데, 이 랩소디 소절들에는 극심한 어려움이 산재해 있는 듯 보였다.

경쾌함이 가득한 급속하고 화려한 악구들이 쉴새없이 이어졌다. 이 악구들은 트릴⁺과 반음계로 장식되어 있었다.

곧 파충류는 크게 요동치면서 가락이 풍부한 곡에 강세를 부여했다. 이 곡의 악보에서 각 음표는 아마도 세게 연주하라고 진한 'V'로 표시되어 있을 터였다. 마치 기본음처럼 구축되어 있는 이 주선율 둘레로 수많은 가벼운 장식음이 따라붙었는데, 이 음들은 유연한 몸뚱이의 단순한 떨림으로부터 오는 것이었다.

동물은 화음에 취해 있었다. 지치는 기색이라곤 조금도 없이, 스스로 유발한 소리의 발산을 끊임없이 느끼며 갈수록 점점 더 고양되고 있었다.

그의 취기는 청중에게도 전달되었다. 사람들은 울음과도 흡사한 표현적인 음색 때문에, 그리고 32분음표가 다양하게 얽힘으로써 더욱 두드러지게 드러나는 믿기지 않을 정도의 민첩함 때문에 기이하게 동요되어 있었다.

⁺ 전음顫音, 기호는 '*tr*'로, 어떤 음을 연장하기 위하여 그 음과 2도 높은 음을 교대로 빨리 연주하여 물결 모양의 음을 내는 장식음.

열광적인 프레스토[+]가 파충류의 열정적인 광란을 극에 달하게 했다. 동물은 몇 분 동안 어지러운 곡예에 스스로를 내맡겼다.

마지막 대목에서 동물은 일종의 확장성 즉흥연주로 완전종지[++]를 연장하면서 현을 때리는 액체가 소진될 때까지 마지막 화음을 하염없이 되풀이했다.

이윽고 슈커리오프스키가 벗은 팔을 내밀었고, 경사진 운모판을 기어오른 벌레는 또다시 슈커리오프스키의 팔을 휘감았다.

흑인들이 와서 도착 때와 마찬가지로 충만한 단지와 함께 여러 가지 물건을 챙겼다.

헝가리인이 이끄는 일행은 증권거래소 뒤편으로 금방 사라졌다.

+ 악보에서, '매우 빠르게' 연주하라는 말.

++ 음악에서 곡이 끝나는 느낌을 주는 부분. 화음에 따라 완전종지, 불완전종지, 반종지가 있다.

IV

라오의 명령에 따라, 오른쪽에 운집해 있던 흑인 군중 전체가 '탁월한 자들'의 극장을 정면으로 바라보기 위해 반 바퀴 몸을 돌린 뒤 몇 발자국 뒤로 물러섰다.

우리 그룹은 곧 앞으로 가까이 다가갔다. 카르미카엘을 대동하고 방금 무대에 나타난 탈루를 더 잘 보기 위해서였다. 마르세유 출신 젊은이의 평범한 갈색 의상은 과장된 황제의 치장과 뚜렷이 대조를 이루었다.

드레스, 그리고 가발과 조화를 이루는, 여자의 음색을 모방한 가성으로 탈루는 다리첼리의 〈오바드〉[+]를 노래했다. 대단히 난해한 보컬리스[++]가 수반된 곡이었다.

카르미카엘은 악보를 손에 들고 프랑스어 가사를 한 소절 한 소절 불러주었고, 이 인도자의 충실한 메아리인 황제는 여러 번 룰라드[+++]를 시도했다. 이 룰라드는 몇 분 동안의 노력 끝에 몹시 날카로운 음역에서 제법 순수한 마지막 음정에 도달했다.

⁂

로망스가 끝나자 가수와 프롬프터는 군중에게 와서 뒤섞였다. 그러는 동안 그들에 이어 무대에 올라간 역사가 쥐야르는, 우리 왼편의 강연 탁자에 자리를 잡았다. 그는 탁자 위에 놓인 수많은 노트를 훑어보기 시작했다.

[+] Aubade. '여명aube'과 '송가ode'의 합성어로, 이른 아침에 남의 집 밖에서 연주하는 음악.
[++] 가사 없이 발성연습 때처럼 모음으로만 부르는 성악곡.
[+++] 두 음 사이의 빠르고 장식적인 연속음.

이십 분 동안 그 경이로운 연설가는 달변으로 우리를 매혹했다. 명쾌하면서도 재치 있는 연상들로 가득한 그의 짧은 발제는 브란덴부르크 선제후들의 역사를 주제로 삼고 있었다.

이따금 그는 손을 뻗어 무대 배경막에 고정되어 있는 초상화들 가운데 하나를 가리키면서 그가 방금 언급한 얼굴의 어떤 특징이라든가 표정 같은 것을 주목하게 했다.

마지막으로 그는 명석한 총합문으로 강연 내용을 요약한 뒤, 경탄의 느낌에 사로잡혀 있는 우리를 내버려둔 채 자리에서 물러났다. 그 느낌은 풍부한 이미지들로 채색된 그의 찬란한 능변에서 비롯된 것이었다.

⁂

곧 두 손에 완벽하게 투명한 어항을 든 어류학자 마르티뇽이 무대 한가운데로 나아왔다. 어항 안에는 기이한 형태의 희끄무레한 물고기가 천천히 움직이고 있었다.

자연과학자는 몇 마디 말로 철갑상어-가오리를 우리에게 소개했다. 그것은 전날 바다 한가운데에서 표본조사를 하다가 우연히 발견한, 지금까지 알려진 적이 없는 물고기 종이었다.

우리 눈 아래에 있는 물고기는 어족 교잡의 산물이었다. 오로지 철갑상어가 품은 가오리의 알만이 어항 속의 그 기이한 물고기가 한데 결합하고 있는, 명확하게 구별되는 이중의 특성을 생성해낼 수 있을 터였다.

⁂

마르티뇽이 자기가 발견한 놀라운 잡종 물고기를 애정어린 눈으로 줄곧 바라보면서 천천히 멀어지는 동안, 우리가 그 재주를 탄복했던 다섯 아이의 아버지인 탕크레드 부카레사스가 작은 바퀴가 달린 커다란 기구를 무대 앞쪽으로 밀며 인상적인 태도로 입장했다.

두 다리와 두 팔이 다 없는 탕크레드는 보헤미안 의상을 졸라맨 채 잘린 허벅지의 남은 부분으로 튀어오르며 매우 날렵하게 움직였다. 그는 자기가 밀고 들어온 기구 한가운데에 위치한 낮은 기단 위로 누구의 도움도 없이 기어오르더니, 관중에게 등을 돌리면서 정확히 그의 입 높이에 있는 팬플루트에 이르렀다. 그의 턱 둘레로 둥글게 휘어져 있는 그 악기는 가장 큰 것에서 가장 작은 것까지 아래쪽부터 규칙적으로 층을 이루고 있는 일련의 수직관들을 포함하고 있었다. 그의 오른쪽에는 커다란 아코디언이 있고, 그 주름상자 끝에 부착된 두꺼운 가죽띠의 둥근 고리는 그 작은 남자의 어깨에서 불과 십 센티미터밖에 튀어나오지 않은 불완전한 이두박근에 정확하게 걸려 있었다. 반대쪽으로는 줄에 매달린 트라이앵글 하나가 쇠막대기가 때리기만 하면 진동할 준비가 되어 있었다. 쇠막대기는 튼튼한 끈으로 연주자의 왼쪽 어깨에 미리 고정된 모습이었다.

필요한 자세를 취하고 난 탕크레드는 스스로가 하나의 악단인 듯 화려한 서곡을 힘차게 시작했다.

자신의 입술이 플루트 위에서 멜로디의 음정을 찾을 수 있도록 그가 머리를 쉼없이 빠르게 움직이는 동안, 양쪽 이두박근 또한 쉬지 않고 움직였다. 한쪽 이두박근으로는 아코디언의 주름상자를 양방향으로 움직이며 완전화음과 9도화음을 교차시켰고, 다른 쪽 이두박근으로는 필요한 순간마다 트라이앵글의 아랫변 위로 종의 추와도 흡사한 쇠막대기를 떨어뜨렸다.

오른편으로는, 측면을 보이면서 기구의 옆면 가운데 하나를 이루고 있는, 기계식 북채가 달린 큰북이 있고, 왼편으로는 두 개의 견고한 구리받침대 끝에 고정된 심벌즈 한 벌이 반대쪽의 큰북과 대응하고 있었다. 탕크레드는 머리는 움직이지 않고 어깨만 계속해서 움직이는 능숙한 도약으로 자기가 서 있는 용수철판을 운동하게 했다. 묵직하게 떨어지는 그의 하중에 얇은 판은 요동하며 북채와 심벌즈를 동시에 작동시켰고, 귀를 멍하게 만드는 심벌즈 소리와 큰북의 울림소리가 서로 뒤섞여 들려왔다.

섬세하고 다채로운 뉘앙스의 위엄 있는 서곡은 활기로 가득찬 프레스토로 끝났는데, 이동안 그 특이한 인물의 절단된 허벅지는 매번 판자 위로 뛰어오르면서, 아코디언의 떨리는 베이스가 무수한 트라이앵글 울림소리와 함께 포르티시모로 반주를 넣는 현란한 멜로디에 리듬을 부여해주었다.

마지막 악절이 끝났어도 여전히 생기가 넘치는 그 작은 남자는 자기 자리를 떠나 무대 뒤로 사라졌고, 아들 가운데 둘, 곧 엑토르와 토미가 와서 무대를 치웠다. 그들은 지체 없이 기구와 함께 강연 테이블과 의자를 가져갔다.

⁂

무대를 치우는 일이 끝나자, 검은 예복을 단정히 입고, 흰 장갑을 낀 손에 오페라해트를 든 예술가가 무대 위로 나아왔다. 그는 사중의 목소리를 지닌 유명한 가수 뤼도빅이었다. 엄청난 크기를 지닌 그의 입은 곧 모든 군중의 시선을 사로잡았다.

테너의 아름다운 음색으로 뤼도빅은 유명한 돌림노래 〈자크 수사修士님〉을⁺ 천천히 부르기 시작했다. 그런데 익히 알려진 가사를 발음하기 위해 그는 입의 왼쪽 가장자리만 움직일 뿐, 거대한 심연의 나머지 부분은 꽉 닫은 채 꼼짝도 하지 않았다.

첫번째 소절이 끝나고 "주무세요"가 그보다 3도 위의 음정으로 울려퍼지기 시작하는 순간, 입의 두번째 부분이 주음에

⁺ 프랑스의 유명한 동요로 "자크 수사님, 주무세요? 아침 종을 울리세요! 딩, 댕, 동!"이란 가사를 지녔으며 돌림노래로 부른다.

서 출발하여 “자크 수사님”을 시작했다. 뤼도빅은 여러 해 동안의 연습 덕분에 입술과 혀를 서로 독립적인 부분들로 분할하기에 이르렀고, 곡과 가사가 서로 다른, 복잡하게 얽힌 몇 개의 부분을 동시에 분절할 수 있게 되었다. 지금 현재는 입의 왼쪽 절반이 이를 드러내며 온통 움직이되 오른쪽 절반은 그 움직임에 끌려들어가지 않은 채 무심하게 닫혀 있었다.

하지만 입술의 세번째 부분이 그에 앞선 부분들을 정확하게 모방하며 합창에 들어갔다. 이러는 동안 두번째 목소리는 “주무세요”를 노래했고, 첫번째 목소리가 날렵하고 맑은 리듬으로 “아침 종을 울리세요”를 박자에 맞추어 부르면서 전체에 새로운 요소를 도입하고 두번째 목소리에 즐거움을 더했다.

“자크 수사님”이 네번째로 들려왔다. 마침내 비활동 상태를 깨고 사중창을 이룩한 입술 오른쪽 끝의 노래였다. 이때 첫번째 목소리가 “딕, 딩, 동”◆ 하고 노래를 끝냈는데, 이 음절들이 두 중간 목소리에 의해 뉘앙스를 부여받은 “아침 종을 울리세요”와 “주무세요”의 바탕음이 되어주었다.

눈이 고정되고 눈꺼풀이 확장된 뤼도빅은 이 흉내낼 수 없는 묘기를 실수 없이 완수하고자 지속적으로 정신의 긴장상태를 유지해야만 했다. 첫번째 목소리가 노래를 처음부터 다시 시작했고, 입의 부분들은 각기 다르게 움직이며 돌림노래의 가사를 나누어 불렀는데, 동시에 연주된 네 단편들은 기가 막히게 뒤섞였다.

뤼도빅은 힘찬 크레셴도를 시작하기 위해 음색에 점차 강세를 부여했다. 그것은 멀리 떨어진 무리가 빠른 발걸음으로 가까워지는 듯한 느낌을 주었다.

몇 소절의 포르티시모가 들려왔다. 언제나처럼 계속되는 주기를 이루며 입술의 한 부분에서 다른 부분으로 옮겨가는 떠

◆ 루셀은 원래의 “딩, 댕, 동”이란 가사를 부러 다르게 적고 있다.

들썩하고 낭랑한 네 개의 모티프는, 약간 움직임이 가속화하면서 강력하게 전개되어나갔다.

그러고는 다시 고요함이 자리잡았다. 상상의 무리가 멀어지면서 길모퉁이로 사라지는 것 같았다. 마지막 음정들은 미약한 중얼거림으로 끝났다. 끔찍한 정신적 노력으로 기운이 소진된 뤼도빅은 이마의 땀을 닦으며 무대 밖으로 나갔다.

⁂

잠깐 동안의 막간이 지나고 필리포가 등장했다. 그와 붙어다니는 흥행사 젠이 그를 소개했다.

커다란 붉은색 원판 위에 놓여 있으며, 굴러떨어지지 않도록 설치한 철골에 의해 유지되는 오십대 남자의 머리, 이것이 필리포였다. 짧고 텁수룩한 수염 탓에 그의 얼굴은 더욱 추해 보였다. 하지만 영리한 익살 덕분에 그 얼굴은 공감을 자아내는 유쾌한 상이었다.

일종의 다리 없는 탁자인 원판을 두 손에 든 젠은 관중에게 그 몸 없는 머리를 보여주었고, 머리는 대단히 독특한 달변으로 즐겁게 수다를 떨기 시작했다.

몹시 튀어나온 아래턱에서는 한마디 한마디 할 때마다 매번 침이 뿜어져나왔나. 입에서 다발로 튀어나온 침은 어느 정도 거리를 두고 앞쪽으로 떨어져내렸다.

거기서, 거의 고전으로 간주되는 말하는 잘린 목에 사용되는 속임수가 쓰였으리라곤 조금도 생각할 수 없었다. 수상쩍은 몸짓이라고는 없이 젠이 그저 되는대로 다루는 탁자 밑으로는 아무런 거울장치도 없었다. 게다가 흥행사는 연단 가장자리로 걸어가, 머리를 들어보고 싶은 관객에게 둥근 받침대를 내밀기까지 했다.

슈커리오프스키가 몇 발자국 앞으로 나아가 필리포를 받아들었다. 이때부터 그는 이 손 저 손으로 옮겨가며 각각의 사람과 즉흥적이고 재치 넘치는 짧은 대화들을 주고받았다. 어떤 사람들은 그 별난 인물의 입에서 튀어나오는 무수한 침방울을 가능한 한 피하기 위해 팔을 길게 뻗어 탁자를 들었고, 필리포의 놀랍도록 재치 있는 응답들에 우리는 지속적으로 폭소를 터뜨렸다.

군중 사이를 한 바퀴 돌고 난 필리포는 출발점으로 다시 돌아왔고, 무대에 서 있던 젠이 그를 넘겨받았다.

흥행사는 곧 비밀장치를 눌렀다. 그러자, 사실은 가느다란 경첩에 의해 두 부분으로 접혀 있던 붉은색 탁자가 마치 기적적으로 납작한 상자처럼 열렸다.

아래쪽 원판이 측면을 내보이면서 수직으로 내려갔고, 방금 전까지 뚜껑 역할을 하던, 젠이 받쳐들고 있던 원판은 언제나처럼 수평을 유지한 채 수염 난 얼굴을 지탱했다.

원판 아래로는, 고전적인 살색 타이츠를 입은, 신체가 절대적으로 위축되어 있는 탓에, 두께가 기껏해야 삼 센티미터밖에 안 되는 속 파인 탁자의 좁은 은신처 안에 여태껏 버티고 있던, 지극히 미소한 몸뚱어리가 매달려 있었다.

이 갑작스러운 모습은 필리포가 어떤 사람인지 제대로 알게 해주었다. 정상적으로 발달한 머리를 보여주는 그 수다스러운 난쟁이는 인상적일 만큼 왜소한 체격에도 불구하고 완벽한 건강을 누리고 있었다.

계속해서 침을 튀기며 말하면서, 그 놀라운 수다쟁이는 지칠 줄 모르는 활기 가득한 명랑함을 마음껏 분출하려는 듯, 꼭두각시의 것 같은 팔다리를 사방팔방으로 흔들어댔다.

곧 흥행사는 몇 개의 경첩 위에 설치되어 있는 틀을 단추를 눌러서 벌린 뒤 필리포의 목덜미를 잡고는 왼손으로 위쪽 원판을 내렸고, 장밋빛 타이츠를 입은 미소한 몸은 구멍을 통해 쉽게 빠졌다.

젠의 것보다 더 큰 머리가 몸의 나머지 부분과 같은 높이를 갖고 있는 그 동작 빠른 인물은, 몸의 움직임이 자유로워진 것을 이용하여 별안간 수염을 맹렬하게 긁어대기 시작했다. 하지만 그러면서도 그 축축한 수다는 멈추지 않았다.

젠이 그를 무대 뒤로 데려가는 동안, 그는 양손으로 각각의 발을 잡은 채 온몸을 쾌활하게 흔들어댔고, 그의 마지막 익살은 풍부한 타액의 무수한 방울을 먼 곳까지 날아가게 했다.

⁂

곧 브르타뉴 사람 를구알크가 유명한 자기 고향의 의상을 걸친 채 앞으로 나아오며 둥근 모자를 벗어 인사했고, 그동안 그의 나무의족이 무대의 널빤지에 부딪치는 소리가 울려퍼졌다.

그는 왼손에 마치 플루트처럼 분명한 구멍이 뚫린, 속을 비워낸 뼈를 들고 있었다.

새로이 등장한 그 인물은 강한 브르타뉴 억양이 섞인 말로 미리 준비된 인사치레를 읊은 뒤, 자신에 대해 다음과 같은 이야기를 들려주었다.

열여덟 살의 나이에 어부로 일하던 를구알크는 매일 그의 작은 배를 타고 고향 마을인 팽폴의 인근 해안을 따라 항해하곤 했다.

풍적風笛을 갖고 있던 그 젊은이는 고장에서 가장 뛰어난 연주자로 통했다. 매주 일요일이면 그의 기억 속에 무진장으로 축적되어 있는 브르타뉴 노래들을 그가 자신만의 독특한 매력을 곁들여 연주하는 것을 듣기 위해 사람들이 광장으로 모여들 정도였다.

어느 날, 팽폴 축제에서 보물 따먹기 기둥 꼭대기를 향해 기어오르던 를구알크는 땅에 떨어져 넓적다리가 부러졌다. 온 마을이 지켜본 자신의 서툰 행동에 부끄러움을 느낀 그는, 자리에서 일어나 다시 기둥을 기어오르기 시작했고 손아귀 힘 덕분에 성공했다. 그러고는 명예를 지키기 위해 줄곧 고통을 감추며 겨우겨우 집으로 돌아갔다.

하지만 너무나도 오랜 기다림 끝에 그가 마침내 의사를 불렀을 때는 끔찍하게 진행된 병이 괴저를 야기한 다음이었다.

다리를 절단해야만 했다.

사실을 알게 된 를구알크는 용기 있게 상황을 받아들였고, 그로부터 최선을 끌어낼 것만을 생각하던 그는 시술을 맡은 사람에게 넓적다리뼈를 챙겨달라고 간청했다. 그는 무언가 알 수 없는 용도에 그것을 활용하려고 생각하고 있었다.

의사는 그의 바람에 응해주었다. 어느 날, 새 나무의족을 단 불쌍한 불구자는 악기제조상을 찾아가 자세한 주문사항을 일러주면서 정성스레 포장한 꾸러미를 맡겼다.

한 달 뒤 를구알크는 벨벳을 깐 검은 상자에 든, 기이한 울림소리를 내는 플루트로 탈바꿈한 그의 넓적다리뼈를 받았다.

브르타뉴 젊은이는 금방 새로운 운지법을 익혔고, 카페콩세르나 서커스 공연에서 자기 고장의 노래들을 연주하면서 돈을 벌기 시작했다. 매번 그가 설명해주곤 했던 악기의 기이한 연원은 호기심 많은 군중을 끌어모았고, 모금액은 도처에서 늘어만 갔다.

다리 절단은 벌써 이십 년 전의 일이었고, 마치 세월과 함께 소리가 좋아지는 바이올린처럼 플루트의 울림은 계속해서 향상되기만 할 따름이었다.

이야기를 마친 를구알크는 입술로 넓적다리뼈를 가져가서는 완만한 우울함으로 가득찬 브르타뉴 멜로디를 연주하기 시작했다. 순수하고 부드러운 소리는 이미 알고 있는 그 어떤 소리와도 흡사하지 않았다. 형언할 길 없는 투명함을 지닌 뜨겁고도 맑은 음색은 고요하고 노래하는 듯한 곡의 독특한 매력과 경이롭게 어울렸고, 연상을 자아내는 멜로디의 굴곡은 듣는 사람의 사념을 아르모리크* 지방 한가운데로 이끌었다.

이 첫번째 로망스에 이어 즐겁거나 애국적인, 애틋하거나 흥겨운 후렴이 있는 노래 몇 곡이 연주되었다. 그것들은 모두 강렬한 지방색이 배어난다는 커다란 공통점을 갖고 있었다.

마지막으로 부드러운 애가를 연주하고 난 를구알크는 나무의족으로 무대의 널빤지를 때리며 빠른 걸음으로 물러났다.

⁂

푸른색 윗옷에 승마용 바지와 위쪽 가두리가 접힌 구두를 신은 조교사 위르뱅이 혈기 왕성한 검은색 준마를 끌고 나타났다. 우아한 고삐만이 짐승의 머리를 장식하고 있을 뿐 입에는 그 어떤 굴레도 씌워져 있지 않았다.

위르뱅은 무대 위로 몇 발자국 움직여 멋진 준마를 정면으로 세워놓았다. 그는 말의 이름이 로물루스이고 서커스단의 은어로는 설마舌馬로 불린다고 소개했다.

아무 단어고 말해달라는 회중을 향한 조교사의 요청에 따라, 쥐야르가 '적도'라는 단어를 제시했다.

곧 말은 위르뱅이 그의 귀에 큰 소리로 말해준 음절들을 하나하나 천천히 되풀이하면서 "적… 도…"라고 또렷하게 발음했다.

짐승의 혀는 그의 동류들의 것처럼 각이 진 대신에 사람

* 브르타뉴의 켈트식 옛 이름.

혀의 뾰족한 형태를 갖고 있었다. 이러한 특수성을 우연히 알게 된 위르뱅은 로물루스를 교육시키기로 결심했고, 이 년 동안의 훈련 끝에 말은 앵무새처럼 그 어떤 소리고 분명하게 따라할 수 있게 되었다.

조교사는 실험을 계속했다. 그는 이제 관객들에게 완전한 문장들을 요구했고, 로물루스는 그와 더불어 문장들을 되풀이했다. 곧 말은 귀에다 대고 말해주는 사람 없이 자신의 레퍼토리를 수다스럽게 읊어대기 시작했다. 거기에는 속담, 설화의 단편, 욕설, 상투어가 포함되어 있었고, 말은 그 어떤 지성이나 이해의 흔적도 내보이지 않은 채 그저 되는대로 주워섬겨댔다.

이 엉뚱한 사설이 끝날 때쯤 위르뱅은 로물루스를 데려갔는데, 말은 아직도 여전히 그의 혼미한 소리들을 중얼대고 있었다.

⁂

사람과 말이 떠난 자리에 휘를리기그가 나타났다. 분칠한 얼굴에 어릿광대의 옷을 입은 날씬하고 가벼운 몸집의 그는, 섬세하게 짠 깊숙한 바구니 세 개의 가두리를 두 손과 이로 들거나 물고 있었다. 그는 바구니들을 무대 위에 내려놓았다.

영국식 억양을 능숙하게 흉내내는 그는 자기가 서로 다른 두 종류의 도박으로 횡재를 한 운좋은 사람이라고 소개했다.

그는 각각 구리동전, 도미노, 그리고 짙은 푸른색 카드가 가득 담겨 있는 바구니들을 가리켰다.

먼저 동전 바구니를 들어 오른쪽으로 옮긴 휘를리기그는, 구리동전을 두 손 가득히 퍼내어서는 무대 벽 앞 연단 가장자리에 의아한 구조물을 세우기 시작했다.

이 작업에 어지간히 이골이 난 듯 보이는 어릿광대의 능숙한 손가락 아래로, 크고 작은 동전들이 금방 쌓여갔다. 곧 중세 성에서나 볼 수 있는 주루主樓의 기저 부분이 분간되었다. 거기에는 커다란 성문이 뚫려 있었고, 그 위로는 아직 아무것도 없었다.

그 민첩한 일꾼은 잠시도 쉬지 않은 채 금속이 내는 유쾌한 땡그랑 소리를 한가득 울리며 작업을 계속해나갔다. 빠르게 솟아오르는 둥그스름한 벽 여기저기에는 좁은 총안銃眼들이 뚫려 있었다.

성문 꼭대기 높이에 이르자 휘를리기그는 얇고 평평한 긴 막대를 소매에서 꺼냈다. 그것이 보여주는 갈색은 동전들의 때 묻은 빛깔과 혼동될 수 있는 것이었다. 그 단단한 들보는 두 기둥 위로 마치 다리처럼 얹혔고, 어릿광대는 완전하고 견고한 버팀대 위에서 작업을 계속해나갈 수 있었다.

동전들이 다시 한번 다량으로 쌓였다. 바구니가 비자, 휘를리기그는 오만한 몸짓으로 총안 뚫린 높은 탑을 가리켰다. 그 탑은 오래된 전면의 일부를 구성하는 듯 보였고, 이 전면의 한쪽 구석만이 무대에 제시되어 있었다.

두번째 바구니에서 한아름 꺼내든 도미노로 어릿광대는 무대 오른쪽 끝에 일종의 벽을 세우려고 했다.

홑겹으로 쌓은 단일한 형태의 장방형 조각들이 대칭으로 포개지면서 수많은 검은색 뒷면을 앞쪽으로 내보였고, 여기에 검은색 점이 얼마간 찍힌 하얀색 앞면들이 간간이 섞여들어가 있었다.

곧 절대적으로 완벽한 수직선을 따라 솟아오른 넓은 면이 긴 수단*을 입고 전통적인 모자를 쓴 사제의 검은 실루엣을 흰색 배경 위로 보여주었다. 윤곽이 요구하는 바에 따라 눕기도

* 성직자가 제의 밑에 받쳐 입거나 평상복으로 입는, 발목까지 오는 긴 옷.

하고 서기도 하며, 오로지 변의 능숙한 교차만으로 그림을 생성하는 도미노들은, 작업의 정교함 덕분에 좁은 모서리로 긴밀하게 접합되어 있는 것처럼 보였다.

모르타르도 흙손도 없이 작업을 계속하던 휘를리기그는 불과 몇 분 만에 길이 삼 미터짜리 벽을 완성했다. 무대 안쪽을 향해 약간 비스듬하게 멀어지는 그 벽은 엄밀하게 동질적인 덩어리를 만들어내고 있었다. 거기에서는 첫번째 주제가 모자이크 전체에 걸쳐 반복되고 있었는데, 알 수 없는 목표를 향해 삼삼오오 걸어가는 듯한 보좌신부들의 행렬이 이제 막 눈에 들어오기 시작하고 있었다.

세번째 바구니로 다가간 어릿광대는 커다란 검은색 천을 펼쳐 들었다. 그 천은 고리가 달린 두 모서리 덕분에 배경막과 무대 왼쪽 벽에 미리 박혀 있던 두 개의 갈고리에 쉽게 걸렸다.

무대 바닥까지 떨어지는 검은색 천은 따라서 모서리 위로 비스듬한 면을 이루었고, 동전으로 쌓은 탑에서 시작한 도미노 벽의 축이 그리로 연결되고 있었다.

휘를리기그의 손에 의해 금방 공기에 노출된 그 천의 눈에 드러난 부분은 축축한 유약으로 뒤덮여 있었는데, 그것은 새로 칠해서 윤이 나는 아교의 일종이었다.

어릿광대는 이 커다란 과녁 앞에 우아한 자세로 버티고 서더니, 바구니에서 한 움큼 꺼낸 카드를 천에다 대고 경이롭도록 능숙한 솜씨로 던지기 시작했다.

가벼운 투사체 각각은 빙빙 돌면서 그 푸른색 등이 어김없이 천에 가서 붙었고, 끈끈한 유약에 접착된 채 그대로 접착되어 있었다. 어릿광대는 카드들을 대칭으로 줄지어 붙이면서 카드 점을 치는 것 같았다. 검고 붉은, 그리고 강하고 약한 그 카드들은 가치와 종류의 구분 없이 그저 되는대로 이웃하고 있었다.

얼마 지나지 않아, 다이아몬드, 클로버, 스페이드, 하트들이 곧은 선들로 연속되며 검은색 바탕 위로 지붕의 윤곽을 드러냈다. 이어서 몇 개의 창문과 커다란 문이 뚫린 완전한 건물 전면이 나타났고, 휘를리기그는 카드 한 벌을 모두 사용하여 문지방 위에 모자를 쓴 성직자의 실루엣을 세심하게 그렸다. 자신의 거처에서 내려오고 있는 그 성직자는 그를 향해 나아가는 일단의 동료들을 맞아들이려는 것 같았다.

카드 던지기가 끝나자, 어릿광대는 몸을 돌려 다음의 말로 자기가 완성한 세 걸작을 설명했다. “사제들이 오래된 수도원의 탑을 나와 주임신부의 사택을 방문하고 있습니다.”

이 말을 하고난 그는, 언제나처럼 날렵하고 가벼운 동작으로 카드들이 붙은 채로 검은색 천을 접은 뒤, 잠깐 사이에 성벽과 갈색 탑을 부수었다.

모든 것이 곧 튼튼한 바구니들 속으로 들어갔고, 그것을 든 휘를리기그는 마치 장난꾸러기 악마처럼 사라졌다.

⁂

잠시 후 꼭 끼는 프록코트를 입은 벨기에 출신 테너 카위퍼르가 무대에 나타났다.

그는 손가락 사이에 깨지기 쉬운 금속악기 하나를 들고 있었다. 그는 군중에게 가능한 한 잘 보여주기 위해 그것을 천천히 돌리면서 모든 면을 번갈아 드러냈다.

그 악기는 폴리치넬라*의 목소리를 흉내내기 위해 사용하는 콧소리 장난감과 유사한, 하지만 그것보다는 크기가 약간 더 큰 금속피리였다.

카위퍼르는 우리에게 그 물건에 얽힌 사정을 간단히 이야기해주었다. 그가 발명한 그 악기는 목소리를 무수히 많은 종

* 이탈리아의 소극 또는 인형극에 등장하는 꼽추 인물.

류로 변형시켰고, 이 덕분에 그는 브뤼셀에 있는 라모네왕립극장을 온통 뒤흔들어놓을 수 있었다.

우리들 각자는 그 어떤 악기제조업자도 모방할 수 없는 카위퍼르의 금속피리를 둘러싼 신문들의 야단스러운 반응을 떠올렸다.

테너 가수는 그 값진 물건에 믿기 어려운 성질의 울림을 주는, 금속의 배합과 악기 내부의 수많은 굴곡에 관련된 비밀을 절대 말하려 하지 않았다.

도난과 비밀 누설의 위험을 배가시킬지도 모른다는 사실이 두려운 카위퍼르는 그 피리를 단 한 개만 만든 뒤 쉼없이 보살폈다. 따라서 그 순간 우리가 바라보고 있는 것은 한 시즌 내내 그가 라모네 무대에서 주인공 역을 노래하면서 사용한 바로 그 피리였다.

이러한 사전 설명을 마친 카위퍼르는 오페라 〈고를로에스〉*에 나오는 유명한 노래를 부르겠다고 말한 뒤 피리를 입에 물었다.

문득 사방으로 수십 리 떨어진 곳까지 들릴 것 같은 초인적인 목소리가 그의 목구멍에서 터져나와 모든 청중을 전율하게 했다.

이 막대한 힘은 음색이 지닌 매력을 조금도 해치지 않았으며, 믿기 어려운 그 개화開花의 근원인 신비의 피리는 가사의 우아한 발성을 변질시키기는커녕 오히려 맑게 해주었다.

별다른 노력을 하지 않은 채 마치 유희를 즐기듯, 카위퍼르는 공기층에 변화를 일으켰다. 하지만 귀에 거슬리는 그 어떤 음조도, 하프의 유연함과 오르간의 힘을 동시에 연상시키는 소리의 순수함에 혼란을 불러일으키지는 않았다.

그는 혼자서 대규모 합창단 이상의 역할을 해냈다. 그의

* 고를로에스는 브르타뉴 전설에 나오는 인물로 콘월의 왕이며 요정 모르간의 아버지이기도 하다.

포르테[+]는 천둥소리를 덮을 지경이었고, 피아노[++]는 훌륭한 풍부함을 유지하면서 가벼이 속삭이는 느낌을 주었다.

부드럽게 시작되어 기술적으로 부풀어올랐다가 절정 가운데 끝난 마지막 음은 군중에게 멍한 느낌이 생겨나게 했다. 이 느낌은, 그 기이한 피리를 또다시 손가락으로 매만지기 시작하는 카위퍼르가 무대를 떠날 때까지 지속되었다.

⁂

키 큰 이탈리아 출신 비극배우 아디놀파가 입장하자, 호기심어린 전율이 군중을 일깨웠다. 그녀는 단순한 형태의 검은색 드레스를 입었는데, 이 의상은, 부드러운 분위기의 아름다운 눈과 풍성한 갈색 머리칼로 어두워진 표정의 치명적인 슬픔을 더욱 두드러지게 강조해주고 있었다.

짤막하게 알리는 말을 한 뒤, 아디놀파는 풍부하고 낭랑한 타소[+++]의 시구들을 이탈리아어로 읊기 시작했다. 그녀의 얼굴에서는 강렬한 고통이 드러났고, 폭발하는 목소리는 거의 오열에 가까웠다. 그녀는 손을 비틀어대며 고뇌했다. 고양과 절망에 취한 그녀의 온 존재가 전율했다.

곧 그녀의 눈에서 진짜 눈물이 솟구쳐오르며 그 놀라운 감동의 혼란스러운 진실함을 입증했다.

때때로 그녀는 무릎을 꿇고 슬픔의 무게 아래 고개를 수그렸다가, 이내 다시 일어나 손가락을 모아서는 하늘을 향해 내뻗었다. 그녀는 가슴을 에는 듯한 억양으로 하늘에 뜨겁게 호소하는 것 같았다.

그녀의 속눈썹 사이로 하염없이 눈물이 흘러내리는 동안, 인상적인 몸짓이 뒷받침하는 가운데, 극도의 정신적 고통을 상기시키기에 적합한, 사람의 마음을 사로잡는 야성적인 어조로 낭송된 타소의 시구들이 격렬하게 울려퍼졌다.

[+] 악보에서 '세게' 연주하라는 말.
[++] 악보에서 '약하게' 연주하라는 말.
[+++] 16세기 이탈리아의 시인. 『해방된 예루살렘』이 대표작이다.

지쳐서 쉰 목소리로 마지막 거창한 시구를 한 음절 한 음절 따로 부르짖으면서, 그 천재적인 비극배우는 느린 걸음으로 천천히 퇴장했다. 그녀는 두 손으로 얼굴을 감싼 채 마지막까지 계속해서 풍부하고 투명한 눈물을 뿌리고 있었다.

곧 모르는 손이 잡아당기는, 붉은색 다마스쿠스산産 천으로 된 양쪽의 커튼이, 텅 빈 무대 끝에서 동시에 떠나 중간 지점에서 만나, 완전히 무대를 가렸다.

V

잠시 시간이 흐르는 동안, 보이지 않는 소란스러운 움직임으로 가득한 극장 왼쪽 앞에 카르미카엘이 와 섰다.

문득 커튼이 다시 열리면서 생생한 기쁨이 느껴지는 활인화活人畫가 나타났다.

움직이지 않는 인물들의 출현을 가리키면서, 카르미카엘은 〈올림포스 신들의 향연〉이라고 낭랑한 목소리로 짧은 돈호법을 써서 말했다.

검은색 천이 드리워진 무대 한가운데에는 유피테르, 유노, 마르스, 디아나, 아폴로, 베누스, 넵투누스, 베스타, 미네르바, 케레스, 불카누스가 성대한 의상을 입고 호사스럽게 차려진 식탁에 앉아 웃으면서 가득 채운 잔을 높이 들어올리고 있었다. 자기 둘레의 신들과 차례로 즐겁게 잔을 부딪칠 만반의 준비가 되어 있는, 희극배우 소로가 역할을 맡은 메르쿠리우스는 샌들에 달린 날개 덕에 공중에 떠 있는 것 같았다. 그는 향연 위를 활공하고 있었지만, 무대 지붕에 연결된 끈은 보이지 않았다.

커튼이 닫히면서 신들의 무리가 사라졌다. 잠시 소란이 있은 뒤, 커튼이 또다시 갈라지면서 이전과 다른 배경 위로 꽤나 복잡한 광경이 나타났다.

무대 왼쪽은, 늘어선 갈대에 가려진 수면을 평온하게 상기시켰다.

의상과 장식으로 보아 북아메리카의 원시 부족으로 보이는 유색인종 여인이 꼼짝도 하지 않은 채 가벼운 거룻배 바닥을 밟고 서 있었다. 가냘픈 편주片舟에 그녀와 단둘이 있는 어린 백인 소녀는, 두 손에 고기잡이 그물 막대를 쥔 채, 급한 동작으로 잡은 곤들매기 한 마리를 파도 위로 들어올리고 있었다. 아래쪽으로는 물고기의 머리가 그물코 사이로 빠져나가 물에 다시 잠기려고 하는 게 보였다.

무대의 다른 부분은 잔디가 덮인 호수 기슭을 보여주고 있었다. 맨 앞쪽에는 전속력으로 달려가는 듯 보이는 사내가 마분지로 만든 멧돼지 머리를 어깨에 메고 있는데, 이는 그의 머리를 완전히 가리면서 그가 인간의 몸을 지닌 멧돼지처럼 보이게 했다. 매우 폭넓은 아치를 그리는 철사의 양끝이 뛰어가는 사내의 손아귀에 연결되어 있었고, 사내는 두 손을 앞을 향해 서로 다른 높이로 내뻗은 자세였다. 모조 비행을 하는 장갑, 달걀, 짚단은 우아한 곡선을 그리는 철사의 서로 다른 세 지점에 꿰어져 있었다. 달음질치는 사내의 두 손은 공중 질주 한중간에 정지되어 있는 세 물건을 갖고 재주라도 부리려는 듯 하늘을 향해 열리고 있었다. 비스듬하게 기운 아치는 걷잡을 수 없이 빠르게 잡아끄는 것 같은 느낌을 낳았다. 옆얼굴의 작은 일부만 보이는, 억누를 수 없는 힘에 이끌리는 듯 여겨지는 곡예사는, 무대 안쪽을 향해 멀어지고 있었다.

무대 중간 지점에는 살아 있는 거위가 현기증나는 도약 자세로 멈춰 있는데, 이는 거대한 발걸음을 내딛는, 놀랍도록 멀리 떨어진 두 발을 지면에 붙잡아두는 어떤 끈끈이 덕분이었다. 하얀색 양날개는 미친 듯한 도주를 북돋우려는 양 드넓게 펼쳐져 있었다. 새 뒤쪽에서는 헐렁한 옷을 입은 소로가 성난 보레아스✦ 역할을 수행하고 있었다. 그의 입에서는 푸르스름한 회

✦ 그리스신화의 북풍의 신. 조금 뒤에 나오는 제피로스는 서풍 또는 미풍의 신.

색 마분지로 된 긴 깔때기 같은 것이 새어나오고 있는데, 가느다란 세로줄들이 무늬져 있는, 제피로스의 부푼 입술에 삽화가들이 그려넣는 커다란 입김을 모방한 그것은, 폭풍의 숨결을 능란하게 형상화하고 있었다. 가벼운 원뿔의 벌어진 끝이 겨냥하는 것은 공기의 이동에 의해 앞으로 내쫓기고 있는 거위였다. 한데 긴 줄기에 가시가 돋은 장미 한 송이를 오른손에 든 보레아스는, 도망치는 거위를 차갑게 후려치면서 그의 질주를 더욱 가속화할 태세를 하고 있었다. 거의 정면을 향해 고개를 돌린 새는 곡예사와 막 엇갈려 지나치려는 참이었는데, 둘은 동일한 포물선의 빠른 커브를 서로 반대방향으로 돌고 있는 듯 보였다.

무대의 더 안쪽에는 황금 내리닫이 살문이 서 있고, 그 뒤에서는 암탕나귀 밀렌카야가 밀기울로 가득찬, 아직 채 입도 대지 않은 구유를 향해, 위에서 아래로 배액선⁺이 관통하고 있는 닫힌 주둥이를 내밀고 있었다. 몇 가지 특수한 점들이 고통과 굶주림의 굴레를 위장하기 위해 사용한 술책들을 짐작하게 해주었다. 실제로 존재하는 것은 배액선의 눈에 보이는 양 끄트머리뿐이었고, 당나귀 가죽에 붙인 그것들은 각각 가로막대로 끝나고 있었다. 언뜻 볼 때, 이 장면이 주는 효과는 불쌍한 짐승을 끝없는 탄탈로스⁺⁺의 고통에 처하는 절대적인 감금의 관념이었다.

배 안에 서 있는, 스텔라 부카레사스에 다름 아닌 어린 소녀를 가리키며, 카르미카엘이 또렷한 목소리로 짧게 설명했다.

"위르줄이 휴론 여인 마파와 함께 온타리오호수의 마법에 걸린 자들을 돕고 있습니다."

인물들은 모두 조각상처럼 부동자세를 유지하고 있었다. 긴 하늘색 나팔 끝을 이에 문 소로는 붉게 충혈된 매끈한 뺨을 부풀리고 있었다. 하지만 그의 쭉 뻗은 팔 끝에서 고개를 쳐들고 있는 장미는 조금도 흔들리지 않았다.

⁺ 상처의 고름을 빼내는 가느다란 관.
⁺⁺ 그리스신화에 나오는 리디아 또는 프리기아의 왕. 오만한 탓에 벌을 받아 지옥에서 영원한 기갈의 고통에 시달린다.

두 커튼이 다시 합쳐졌고, 곧이어 꿰뚫어볼 수 없는 장막 뒤에서 어떤 다급하고 열띤 작업에서 생겨난 소음들이 길게 들려왔다.

문득 완전히 달라진 무대가 다시 모습을 드러냈다.

무대 중앙에는 빙빙 돌며 천장으로 사라지는 층계가 자리 잡고 있었다.

층계 중간쯤 되는 곳에서는 루이15세풍 의상을 입은 한 눈먼 노인이 층계를 따라 내려오며 얼굴 정면을 내보이고 있었다. 그의 왼손에는 호랑가시나무 가지 몇 개를 엮어 만든 어두운 초록색 다발이 들려 있었다. 그런데 다발 아랫부분을 유심히 살펴보면 무지개의 일곱 빛깔이 차차 눈에 들어왔다. 다발로 한데 묶인 가지들 각각에 매어놓은 서로 다른 일곱 개의 폭 좁고 가벼운 리본이 갖고 있는 빛깔이었다.

맹인은 거위깃털 펜을 든 손으로 난간 위에 글씨를 쓰고 있었다. 그의 오른쪽에 있는 난간은 납작한 형태와 희끄무레한 색깔 덕분에 쓰기에 용이한 매끈한 표면을 그에게 제공해주었다.

가까운 계단에 모여 선 대역 몇 사람이 심각한 표정으로 노인의 움직임을 살피고 있었다. 가장 가까운 곳에서 커다란 잉크병을 들고 있는 사람은 깃털을 바라보며 그것이 다시금 잉크에 적셔지길 기다리는 것 같았다.

손가락을 뻗어 무대를 가리키면서 카르미카엘이 다음과 같이 말했다.

"헨델이 오라토리오 〈베스페르〉+를 기계적인 방식으로 작곡하고 있습니다."

헨델 역의 소로는 눈꺼풀에 화장을 함으로써 의례적인 실명상태를 표했다. 그는 눈꺼풀을 거의 완전히 닫은 상태로 있었다.

+ 라틴어 'vesper'는 '저녁' 혹은 '저녁기도'를 의미한다. 한데 이런 제목을 지닌 헨델의 오라토리오는 존재하지 않는다.

무대는 직물로 된 장막 뒤로 사라졌다. 회중의 속삭임만이 막간이 제법 길어지고 있음을 말해주었다.

"차르 알렉시스가 플레쉬체이에프의 암살자를 밝혀내고 있습니다."

커튼이 가로막대 위로 미끄러지는 순간, 카르미카엘이 던진 이 말은 17세기 러시아의 한 장면에 대한 것이었다.

오른쪽에 있는, 차르 역을 맡은 소로는, 석양의 모양을 한 갈색 유리원반을 눈높이에서 수직으로 들고 있었다. 이 둥근 유리 너머 왼쪽을 향하고 있는 그의 시선은 죽어가는 인물 주위에 몰려든 한 무리의 사람들을 응시하고 있었다. 얼굴과 손이 완전히 새파랗게 된 채 죽어가는 인물은 경련하면서 그들의 팔 위로 막 넘어진 참이었다.

그 광경은 오래 지속되지 않았다. 곧이어 잠시 동안의 막간이 있었고, 그것은 카르미카엘의 알리는 말과 함께 끝났다.

"아르기로스숲의 메아리가 콘스탄티노스 카나리스✦에게 그가 호명한 꽃의 향기를 보내주고 있습니다."

유명한 뱃사람 역을 맡은 소로는 무대 전면에 서서 얼굴 측면을 보인 채 손을 확성기처럼 입 주위에 모으고 있었다.

그의 곁에서는 동료 몇 명이 경이에 찬 놀라움의 자세를 취하고 있었다.

움직이지 않은 채 소로는 '장미'라는 단어를 분명하게 발음했고, 이는 곧 무대 뒤로부터 온 목소리에 의해 반복되었다.

메아리가 울리는 바로 그 순간, 강렬하고 날카로운 장미 향기가 트로피광장에 퍼져나가며 일시에 모든 콧날을 두드리고는 즉시 사라졌다.

✦ 카나리스(1790~1877)는 그리스의 정치가. 독립전쟁 당시 터키와 이집트 함대에 맞서 행한 대담한 공격으로 유명하다. 1822년 키오스와 테네도스의 해전에서 승리했다.

이어서 소로가 던진 단어 ‘카네이션’은 동일한 음성적, 후각적 반향을 얻어냈다.

라일락, 재스민, 은방울꽃, 백리향, 치자꽃, 제비꽃 이름이 차례차례 큰 목소리로 불렸고, 매번 메아리는 고스란히 되풀이된 어휘와 완벽하게 일치하는 강력한 향내를 퍼뜨렸다.

이 시적인 그림 위로 커튼이 교차되었고, 도취시키는 향기의 흔적은 공기 중에서 금방 자취를 감추었다.

단조로운 기다림에 이어 갑자기 무대가 열리자 카르미카엘은 그것을 가리키며 다음의 짧은 설명을 덧붙였다.

“대단히 부유한 사벨리니 공작이 도벽이 발동한 나머지 로마의 빈민가에서 부랑배들의 주머니를 털고 있습니다.”

처음으로 소로는 현대식 복장으로 무대에 나서고 있었다. 우아한 모피외투로 몸을 감싼 그는, 넥타이와 손가락을 번쩍이는 보석들로 치장한 모습이었다. 그의 옆에서는 흉포한 인상의 불량배들이 칼을 들고 싸우는 두 사람을 호기심에 이끌려 빙 둘러싸고 있었다. 모피외투를 입은 사람은, 결투에 너무 강하게 집중한 나머지 그의 존재를 주목하지 못하는 구경꾼들의 긴장된 정신을 이용하여, 뒤에서 몰래 역겨운 주머니를 뒤져 불결한 내용물을 끄집어내고 있었다. 앞으로 나간 그의 두 손은 현재 우그러진 낡은 시계, 때묻은 지갑, 그리고 기운 웃옷 깊은 품에 아직도 거의 파묻혀 있는 커다란 체크무늬 손수건을 움켜쥐고 있었다.

대조가 두드러지는 그 잡보기사 거리를 익숙하고 유연한 장막이 감추자, 카르미카엘은 자리를 떠나며 움직임 없는 출현의 연속에 종지부를 찍었다.

⁂

금방 다시 열린 눈앞의 무대는 늙은 발레리나 올가 체르보넨코프의 입장을 위한 것이었다. 뚱뚱하며 수염이 있는 리보니아+ 여인은 무용복을 입고 잎이 우거진 잔가지로 치장한 채 사슴 슬라드키의 등에 올라타고 나타났는데, 그녀의 엄청난 무게 탓에 사슴은 무너져내릴 것만 같았다. 우아한 짐승은 무대 위를 연거푸 두 번 돌고 나서는, 비대한 전사를 내려놓은 뒤 무대 뒤로 돌아갔다. 발레리나는 〈님프의 발자국〉을 추기 위해 자세를 취했다.

예전에 프리마돈나였던 여인은 입술에 미소를 머금은 채 일련의 빠른 연속동작을 시작했다. 그녀의 동작에는 지나간 재능의 흔적이 얼마간 남아 있었다. 얇은 망사 치마의 빳빳한 주름 아래로 분홍색 타이츠를 꼭 달라붙게 입은 그녀의 괴물 같은 다리는, 모자라지 않은 민첩함과 놀라움을 불러일으키기에 충분할 만큼 남아 있는 우아함으로 난해한 동작을 수행해냈다.

문득, 두 엄지발가락 끝으로 선 채 잰걸음으로 무대를 가로지르던 올가는 고통스러운 비명을 지르며 무겁게 넘어졌다.

르플레브 박사가 우리 그룹을 떠나 무대 위로 달려갔다. 그는 근단열통으로 꼼짝 못하게 된 환자의 애처로운 상태를 확인할 수 있었다.

능숙한 솜씨를 지닌 의사는 도움을 받기 위해 엑토르와 토미 부카레사스를 불러서는 극도로 조심하면서 불행한 여인을 들어올렸고, 그녀는 필요한 모든 치료를 받기 위해 멀리 떨어진 다른 곳으로 옮겨졌다.

사고가 일어난 순간, 탈루는 공연이 중단되는 것을 피하려는 듯 라오에게 몇 가지 명령을 은밀하게 내렸다.

멀리 떨어진 곳에서 들려오는 불쌍한 올가의 비명소리를

+ 발트해 연안지역.

갑자기 뒤덮으면서 거대한 합창이 울려퍼졌다. 장중하게 떨리는 남자들의 목소리로 이루어진 합창이었다.

이 소리에 사람들은 서쪽으로 고개를 돌렸다. 땅위에 내려놓은 그들의 무기 곁에 쭈그리고 앉은 흑인 전사들 모두가『제루카』를 부르고 있었다. 황제가 직접 만든 오만한 내용의 곡으로, 일종의 서사시인 그것은 황제 자신의 업적을 주제로 삼고 있었다.

이상한 리듬과 음계를 지닌 그 노래는 계속 새로워지는 가사로 하염없이 반복되는, 상당히 짧은 단 하나의 모티프로 이루어져 있었다.

가수들은 박수를 조화롭게 일치시켜 각 절의 박자를 맞추었고, 그 영광스러운 애가로부터 제법 웅대한 느낌이 솟아나왔다. 노래는 규모도 있고 개성도 갖춘 것이었다.

하지만 마냥 똑같은 단일한 악절이 지속적으로 반복되어 점점 심하게 단조로워졌고, 이는『제루카』가 제공하는 피할 길 없는 지속 가능성에 의해 더욱 강조되었다. 황제의 삶 전체를 충실하게 서술하고 있는 곡인지라, 거기에는 드높은 업적이 수도 없이 많았기 때문이다.

유럽인의 귀가 전혀 알아들을 수 없는 포뉘켈레어 텍스트는, 필시 중요한 사건들이 가득 담겼을 것이나 그렇다고 해서 분명하지는 않은 구절들로 계속되었다. 아무것도 그 진절머리나는 노래의 끝이 어딘지 알려주지 않는 가운데, 조금씩 밤이 내리기 시작했다.

마지막 구절에 언제쯤 도달할까 절망하고 있을 때, 문득 합창이 멈추며 여가수의 목소리가 들려왔다. 마음을 파고드는 그 경이로운 목소리는 벌써 희미해진 미광 속으로 정결하게 울려퍼지고 있었다.

모두의 눈이 그 새로운 노래가 들려오는 곳을 찾다가 카르미카엘을 발견했다. 합창대 첫번째 줄 왼쪽 끝 앞에 선 그는 음악적 모티프는 조금도 바꾸지 않은 채 『테즈강 전투』를 위해 추가된 대목을 홀로 부르며 『제루카』를 마쳤다.

여성 성대의 떨림을 흉내낸 게 틀림없는 그의 기적적인 두성은 야외의 드넓은 반향 속에서 자유자재로 확장되었다. 그는 노래의 시구를 이루는 이해할 수 없는 어휘의 난해한 발성에 조금도 방해받지 않는 것 같았다.

잠시 후, 처음에 그토록 자신에 차 있던 카르미카엘은 기억이 나지 않아 노래를 멈추어야만 했다. 의식적으로 암기한 이해되지 않는 일련의 음절들 가운데, 단어 하나가 생각나지 않았던 것이다.

탈루는 마르세유 출신 젊은이가 잊어버린 가사를 멀리서 큰 소리로 불러주었고, 이로써 이야기의 끈을 되찾은 젊은이는 다시는 주저함 없이 마지막 절 끝까지 노래했다.

곧 황제가 시르다에게 몇 마디 했고, 시르다는 아버지의 선고를 훌륭한 프랑스어로 번역하여 세 시간 동안의 금족령을 카르미카엘에게 부과했다. 그의 가벼운 실수에 대한 벌이었다.

VI

흑인 전사들이 일제히 자리에서 일어나 무기를 집어들었다.

라오의 지휘에 따라, 다시 정렬한 행렬에 우리 그룹과 '탁월한 자들' 대부분이 추가되었고, 일행은 남쪽을 향해 빠르게 걷기 시작했다.

에쥐르 남쪽 지역을 활기찬 발걸음으로 지나갔다. 이내 평원이 나타났다. 평원의 왼쪽은, 알려지지 않은 놀라운 수종樹種들이 가득찬 멋진 정원인 베윌리프뤼앙의 커다란 나무들로 경계지어져 있었다.

라오가 거대한 행렬을 돌연 멈추게 했다. 행렬이 다다른 곳은 그 규모 자체만 보더라도 원거리음성 실험에 용이한 매우 드넓은 장소였다.

가슴이 튀어나온 건장한 스테판 알코트가 아들 여섯을 데리고 우리 줄을 떠나 앞으로 나아갔다. 그들은 열다섯에서 스물다섯 살 사이의 젊은이들로서, 믿기지 않을 정도로 깡마른 몸이, 찰싹 달라붙는 단순한 모양의 붉은색 타이츠를 통해 인상적으로 드러나 있었다.

그들과 똑같은 옷을 입은 아버지는 한 지점에 서서 서쪽을 등지고는 오른쪽을 향해 정확히 15도 회전한 뒤 갑자기 움직임을 멈추고 조상같이 뻣뻣한 자세를 취했다.

육형제 가운데 맏이가 스테판이 서 있는 지점에서 출발해 베윌리프뤼앙 쪽으로 비스듬히 걸어갔다. 그는 아버지가 시선으로 긋고 있는 선을 정확히 따라가면서, 높은 목소리로 느리고 큰 자신의 걸음을 세었다. 그러면서 엄격하게 동일한 보폭으로 걸으려고 애썼다. 그는 117의 수치에서 멈춰 서쪽 정면을 바라보면서, 아버지의 본보기를 따라 미리 계산된 자세를 취했다. 그를 따라온 바로 아래 동생은 남서쪽을 향해 같은 방식으로 걸어가, 기계적으로 동일한 72걸음 만에 마치 마네킹처럼 고정되어서는 동쪽을 향해 가슴을 내밀었다. 더 어린 네 형제는 번갈아가며 똑같은 동작을 수행했다. 그들은 매번 바로 직전의 측량자가 도달한 목표점을 출발점으로 삼아, 보통 측지학 작업에나 동원되는 수학적 완벽함을 동원하여, 경이롭게 조정된 그들의 짧은 구간을 답파했다.

마침내 막내가 자리를 잡자, 일곱 명의 단역배우들은, 그들의 맞붙인 발뒤꿈치가 변덕스러운 다섯 개의 각을 이룬 이상한 파선波線 위에 불규칙한 거리를 두고 늘어서 있게 되었다.

그 형태가 일관되지 않게 나타난 것은 일정한 걸음의 엄격한 수치에 기인한 의도적인 결과였다. 여섯 차례의 이동 각각은 최소 72걸음에서 최대 149걸음 사이를 지속적으로 오르내린 것이었다.

각자의 자리에서 보초를 서게 된 육형제는 근육을 고통스럽게 애써가며 가슴과 배를 심하게 움푹 들어가게 함으로써 커다란 공동空洞을 만들었다. 보조 가두리처럼 둥글게 붙인 그들의 두 팔은 공동을 더욱 깊게 만들었다. 모종의 유약 덕분에 그들의 타이츠는 피부에 고르게 밀착되어 있었다.

아버지는 두 손을 확성기처럼 입에 대고, 장남을 향해 자기 이름을 장중하게 울리는 목소리로 외쳤다.

곧 스테판 알코트라는 여섯 음절이 불균등한 간격을 두고 커다란 지그재그를 그리며 여섯 지점에서 연달아 반복되었다. 하지만 단역배우들의 입술은 조금도 움직이지 않았다.

여섯 젊은이의 가슴 공동에서 울린 것은 가장家長의 목소리였다. 혹독한 다이어트를 통해 세심하게 유지해온 믿기지 않을 정도로 깡마른 몸 덕분에, 그들은 소리의 모든 진동을 반향하기에 충분할 만큼 딱딱한, 피골이 상접해 거죽만 남아 있었다.

첫번째 시도에서 만족을 얻지 못하자, 그들은 위치와 자세를 약간 수정했다.

조정작업은 몇 분 동안 계속되었고, 이동안 스테판은 종종 자기 이름을 외치며 아들들을 통해 매번 끝맺음되는 결과를 살폈다. 그들은, 어떤 때는 발을 조금 움직이며 어느 한 방향으로 일 센티미터 나아갔고, 어떤 때는 몸을 조금 더 숙임으로써 소리가 신속하게 통과하도록 했다.

언뜻 보기에 그것은 조율하기 어려운, 그리고 조정을 위해서는 무엇보다도 세심하고 끈기 있는 정성이 필요한, 어떤 상상의 악기처럼 여겨졌다.

마침내 한 시도가 합당해 보이자, 스테판은 스스로의 의지와는 상관없이 여섯 차례 메아리친 짧은 한마디를 통해 깡마른 파수꾼들에게 완전한 부동자세를 취하라고 명령했다.

이제 바야흐로 진정한 공연이 시작되었다.

스테판은 음역과 음조를 끝없이 달리해가며 목소리를 다하여 온갖 종류의 고유명사, 감탄사, 상용어들을 말했다. 그의 소리는 매번 가슴에서 가슴으로 물수제비처럼 다시 튀어오르면서 수정 같은 순수함을 가지고 되풀이되었다. 그것은 우선 우렁차고 힘이 있다가 점점 약해지면서 마지막에는 중얼거림과도 흡사한 혀짤배기소리가 되었다.

그 어떤 숲, 동굴, 혹은 대성당의 메아리도 음향의 진정한 기적을 실현하고 있는 이 인위적 조합과는 겨룰 수 없을 것이었다.

알코트 가족이 오랜 연구와 모색 끝에 얻어낸 이 파선 모양의 기하학적 선이 교묘하게 불규칙한 양상을 띠고 있는 것은, 각각의 가슴이 특별한 형태를 갖고 있기 때문이었다. 즉 그것의 해부학적 구조가 크고 작은 범위의 반향능력을 지니고 있기 때문이었다.

행렬을 떠나 진동하는 파수꾼들 가까이 다가간 몇몇 사람은 아무런 속임수도 없음을 확인할 수 있었다. 입 여섯 개는 철저히 닫혀 있었고, 오로지 시초의 말만이 다중청취가 되게끔 되어 있었다.

실험을 가능한 한 폭넓게 확장하기 위해 스테판은 짤막한 문장들을 빠르게 발음했고, 이는 여섯 차례의 메아리로 고스란히 되풀이되었다. 한 음절 한 음절 낭송된, 각각 다섯 음절로 이루어진 시구들은, 음절들 간의 그 어떤 상호간섭이나 뒤섞임 없이 분명하게 지각되었다. '오' 위로 낮고, '아' 위로 높고, '이' 위로 날카로운 양상을 띠는 다양한 웃음소리는 가볍거나 무심한 비웃음이 떠오르게 하면서 군중에게 경이로움을 선사했다. 고통 또는 놀람의 외침, 오열, 비탄, 크게 울리는 기침소리, 우스꽝스러운 재채기는 마찬가지의 완벽함을 보여주며 차례차례 녹음되었다.*

말에서 노래로 옮겨가면서 스테판은 힘찬 음색의 바리톤 소리를 냈고, 다양한 굴곡을 보이며 한껏 울리는 그 소리는 보칼리스, 트릴, 곡의 소절들, 그리고 단편적으로 부르는 경쾌한 민중가요 후렴구들로 이어졌다.

마지막으로 독주자는 심호흡을 크게 한 번 한 다음, 완전

* 각각의 소리가 여섯 번에 걸쳐 반향하는 것을 이렇게 표현하고 있다.

화음의 아르페지오를 위아래 두 방향으로 하염없이 노래했다. 그는 자기 목소리의 전체 음역을 넉넉하게 사용하면서 완벽할 정도로 정확한 합창 효과를 냈는데, 이는 모든 메아리가 뒤섞여서 나온 풍부하고 지속적인 다성 덕분이었다.

문득 힘이 다한 스테판이 간단히 노래를 멈추며 입을 다물자, 음악의 샘은 고갈되었고 인위적인 목소리들은 하나씩 하나씩 꺼졌다. 육형제는 눈에 완연한 만족감을 드러내며 정상적인 자세로 되돌아갔고, 마침내 크게 한숨을 쉬면서 감미롭게 긴장을 풀 수 있었다.

빠르게 정돈된 행렬은 다시 남쪽을 향해 갔다.

⁂

밀려드는 어둠 속에서 이루어진 짧고 순탄한 여정 끝에 행렬의 선두는 고요한 대하大河인 테즈강가에 이르렀고, 강의 우안은 행렬의 전개로 금방 가득차게 되었다.

토착민들이 노를 잡은 카누에 탈루와 시르다가 올랐고, 그들은 맞은편 강기슭으로 갔다.

그곳의 대나무 오두막집에서 흑인 마법사 바쉬쿠가 소리 없이 나와 손에 상아로 된 컵을 들고 장님 소녀에게로 다가갔다. 그는 소녀를 대양 쪽으로 이끌었다.

두 사람은 곧 하상을 향해 나아갔고, 강안에서 멀어질수록 그들은 점점 더 물속 깊이 들어갔다.

몇 발자국 걸어가다가 물이 가슴에까지 차오르자, 바쉬쿠는 멈춰서서 희끄무레한 액체가 반쯤 담긴 컵을 왼손으로 높이 치켜들었다. 이러는 동안 그의 곁에 있던 시르다는 소리를 내며, 흐르는 어두운 물속에 거의 완전히 잠기기에 이르렀다.

마법사는 우윳빛 방향성芳香性 나뭇진에 담근 손가락 두

개로 소녀의 눈을 부드럽게 문질렀다. 그러고는 약이 작용할 시간을 주기 위해 인내심을 갖고 기다렸다. 필요한 시간이 경과하자 그는 엄지손가락으로 각각의 안구를 두 번씩 눌렀다. 그러자 갑자기 양쪽 눈의 각막백반이 벗겨져 물결 위로 떨어졌고, 곧 바다 쪽으로 사라졌다.

시르다는 수술의 완벽한 성공을 알리는 환희의 비명을 질렀다. 그녀는 과연 시력을 되찾은 것이다.

그녀의 아버지는 열광적인 탄성으로 답했고, 이는 행렬 전체가 내지르는 열렬한 함성으로 이어졌다.

서둘러 뭍으로 돌아온 행복한 소녀는 황제의 품에 뛰어들었고, 황제는 가슴 뭉클한 감동을 맛보며 오랫동안 딸을 안아주었다.

두 사람은 다시 카누에 올랐다. 카누는 강을 가로질러 우안에 그들을 내려놓았고, 바쉬쿠는 자기 오두막집으로 돌아갔다.

시르다는 자기를 고쳐준 신성한 물의 강렬한 습기를 소중하게 간직했다.

⁂

라오가 이끄는 행렬은 강둑을 따라 백 미터 정도 올라가서는, 네 기둥 사이에 설치되어 물 위로 디리 아치처럼 느리워져 있는 거대한 기구 앞에 멈춰섰다.

차츰차츰 밤이 왔다. 강안에서는, 기둥 가운데 한 꼭대기에 고정되어 있는 아세틸렌 등燈이, 세심하게 방향이 조정된 강력한 반사경 덕에, 현재 모든 시선이 집중되어 있는 놀라운 기계의 면면을 낱낱이 비추고 있었다.

온통 금속으로 이루어진 기계는 첫눈에 직기를 생각나게 했다.

기계 한가운데에는 수평으로 설치된 날실經絲이 강의 흐름과 평행으로 펼쳐져 있었다. 무수히 많은 밝은 푸른색 실이 한군데 나란히 모여 있는 그 날실은 믿어지지 않을 정도로 가느다래서 전체 너비가 불과 이 미터밖에 되지 않았다.

구멍이 있는 수직 실들을 갖춘 잉앗대 몇 개가 날실과 직각으로 교차하는 면을 앞뒤로 이루며 날실 전체를 관통했다. 잉앗대들 앞에는 바디筬篾가 매달려 있고, 일종의 커다란 금속 빗인 그것은 수많은 미세한 빗살들로 마치 머리카락처럼 날실을 빗었다.

오른쪽으로는 일 평방미터 넓이의 커다란 패널이 날실 가장자리에 설치되어 있는데, 그 패널은 얇은 칸막이로 구분된 일군의 벌집구멍으로 이루어져 있었다. 이 벌집구멍 각각에는 좁다란 모양의 북이 들어 있고, 이 북 안에 앞뒤로 고정된 가느다란 보빈 혹은 실꾲이에는 단색의 비단실이 감겨 있었다. 북들을 채운 실들은, 프리즘의 일곱 색이 섬세하게 변주된, 상상 가능한 모든 색조를 구현하고 있고, 그 수효는 엄청나게 많았다. 떨어진 거리만큼 풀린 실들은 오른쪽에 위치한 날실의 첫번째 각에 이르러 놀라운 다색의 기이한 직조를 만들어냈다.

아래쪽으로 수면에 거의 스칠 듯한 높이에는, 온갖 크기의 수많은 물갈퀴들이 마치 기병 중대처럼 방진方陣을 이루며 배열된 채 기구의 기저 부분을 구성하고 있는데, 기구의 한쪽은 강안에, 다른 한쪽은 하상에 박힌 두 필로티에 얹혀 있었다. 두 개의 좁다란 막대 사이에 매달린 각각의 물갈퀴는 동력벨트를 돌릴 준비가 되어 있는 듯 보였고, 왼쪽으로 가느다란 축에 걸려 있는 그 벨트는 서로 평행을 이룬 양쪽의 띠를 수직으로 치켜세우고 있었다.

물갈퀴와 날실 사이에는 일종의 긴 궤가 누워 있는데, 거기에는 아마도 기구 전체를 움직이는 신비로운 기계장치가 담겨 있을 터였다.

네 기둥 꼭대기에는 장방형의 두꺼운 천장이 얹혀 있고, 그로부터 잉앗대들과 바디가 내려오고 있었다.

물갈퀴, 궤, 천장, 판, 북, 기둥, 그리고 연결 부속품들, 모두가 예외 없이 밝은 회색을 띤 정련된 강철로 만들어져 있었다.

그녀에게 제공할 망토의 자동제작 과정을 보여주기 위해 맨 앞줄로 시르다를 안내한 발명가 브뤼는, 지금 이 순간의 영웅이 되어 궤에 부착되어 있는 한 장치를 눌렀다. 그의 솜씨 좋은 인내심이 만들어낸 소중한 기계를 작동시키기 위해서였다.

곧 여러 개의 물갈퀴가 강물에 반쯤 잠기며 그 흐름에 날개를 맡겼다.

윗부분이 궤 깊숙한 곳에 들어가 있는 동력벨트들에 의해 보이지 않게 작동되는, 북들을 갖춘 패널은 강물의 흐름과 동일한 축 위에서 수평으로 미끄러졌다. 하지만 이러한 이동에도 불구하고 날실과 각을 이룬 수많은 실들은 완벽한 팽팽함을 유지했다. 모든 북에 구비되어 있는 역장력逆張力 시스템 덕분이었다. 실꾸리를 지탱하고 있는 각각의 스핀 혹은 꼬챙이는 실이 풀리는 방향과 반대방향으로 놓았다. 비단실 분리에 아주 미약한 저항을 보이는 장치가 작용한 결과였다. 일부 실들이 기계적으로 짧아지는 동안 다른 실들이 길어지면서, 직조된 천은 그 어떤 울렁거림이나 얽힘도 없이 처음의 말끔함을 그대로 간직했다.

패널은 굵은 수직 막대에 의해 지탱되었는데, 그 막대는 갑작스레 굽으며 수평이 되어 궤 안으로 들어갔다. 거기에는 아마도 강안의 우리로서는 볼 수 없는 어떤 긴 홈이 있어서, 잠시 전부터 진행되는 조용한 미끄러짐이 가능하게 해주고 있었다.

곧 패널이 멈추었다. 이제 수직으로 움직이기 위해서였다. 막대의 수직 부분이 망원경에서 보는 것 같은 일련의 미끄러지는 원통을 드러내며 천천히 길어졌다. 막대의 내부에서 줄과 도르래에 의해 조정되는 어떤 강력한 나선형 용수철만이, 이렇듯 조용한 상승이 가능하게 할 수 있을 것이었다. 상승은 잠시 후 끝났다.

패널의 이동은 잉앗대들의 미묘한 움직임에 맞추어 이루어졌다. 잉앗대에 연결된 실들 가운데 어떤 것은 내려가고 또 어떤 것은 올라갔다. 일은 우리 눈에는 보이지 않는 두꺼운 천장 내부에서 이루어졌는데, 거기에 소용되는 것이라고는 천장의 가느다란 홈들뿐이었고, 그리로 지나가는 커다란 술들을 좁다란 모양의 수많은 납덩이가 궤보다 약간 높은 지점까지 팽팽히 잡아당기고 있었다. 잉앗대에 연결된 실들 가운데 하나의 구멍을 지나가는 각각의 날실은 현재 몇 센티미터씩 올라가거나 내려가 있었다.

문득 패널의 용수철에 의해 발사된, 번개처럼 빠른 북 하나가 층진 비단실들 사이를 뚫고 지나갔다. 그것은 날실 전체를 가로질러 미리 예측하고 계산한 자리에 고정되어 있는 한 북받이에 도달했다. 연약한 기계 밖으로 풀려나온 씨실緯絲 혹은 횡단하는 실은 이제 날실 한중간에 누운 채 직물의 초기단계를 형성하고 있었다.

아래쪽에서, 움직이는 막대에 의해 궤의 홈을 따라 이동하는 바디가 무수히 많은 톱니로 씨실을 친 다음 즉시 수직의 위치로 되돌아갔다.

잉앗대의 실들이 또다시 움직이면서 비단실들의 위치에 전체적인 변화를 야기했다. 그 실들은 빠르게 서로 교차하면서 위로 혹은 아래로 상당 거리를 움직였다.

왼쪽에 자리잡은 북받이의 용수철에 튕겨진 북이 강한 탄력을 받아 날실을 역방향으로 가로지른 뒤 원래의 벌집구멍으로 되돌아갔고, 실꾸이에서 풀려나온 두번째 씨실을 바디가 강하게 쳤다.

잉앗대들이 희한한 왕복운동을 하는 동안, 단일 차원에 충실한 패널은 두 가지 이동방식을 동시에 활용하여 사선으로 움직였다. 일정한 지점을 겨냥하고 있던 두번째 벌집구멍은 움직임이 잠시 멈춘 틈을 이용하여 북을 방출했다. 북은 여러 층을 이룬 비단실들 사이를 탄환처럼 내달아 맞은편에 언제나처럼 고정되어 있는 북받이에 가서 박혔다.

바디가 새로운 씨실을 가격하자 잉앗대들이 다양한 곡예로 반응했고, 이는 별안간 내던져진 북이 자기 자리로 되돌아가는 길을 준비했다.

작업은 똑같은 방식으로 계속되었다. 경이로운 이동능력 덕분에 패널은 고정된 북받이 맞은편에 차례로 북들을 위치시켰고, 북의 왕복이동은 바디와 잉앗대들이 수행하는 움직임과 완벽한 일치를 보였다.

커다란 가로 실린더로서 모든 날실이 걸려 있는 날실빔의 완만한 회전에 따라 날실이 조금씩 조금씩 우리 쪽으로 가까워졌다. 직조는 빠르게 이루어졌고, 화려한 천이 금방 우리 눈앞에 나타났다. 그것은 섬세한 뉘앙스의 색조를 지닌, 가늘고 반듯한 띠 모양을 하고 있었다.

아래쪽에서는 복잡하고 정교한 방식에 따라 움직이는 물갈퀴들이 모든 것을 작동시키고 있었다. 어떤 물갈퀴들은 거의 계속해서 물에 잠겨 있었고, 다른 물갈퀴들은 잠깐 동안만 물결에 날개를 적시곤 했다. 가장 작은 것들 가운데 몇몇은 그들의 날개가 물결에 일 초 동안 스치도록 하면서 겨우 사분의 일

바퀴 돌고 나면 얼른 위로 올라갔다가 짧은 휴식에 이어 똑같이 순간적인 방식으로 수면을 향해 다시 내려갔다. 물갈퀴의 개수, 크기에 따른 배열, 외따로 혹은 동시에 이루어지는 짧거나 긴 잠김은 가장 대담한 발상의 실현을 도와주는 무한한 조합 가능성을 제공했다. 그것은 마치 어떤 때는 빈약하고 어떤 때는 놀랍도록 빽빽한, 그리고 화음을 한번에 힘주어 연주하거나 아르페지오로 분산하여 연주하는, 또 리듬과 하모니가 끝없이 새로워지는 어떤 침묵의 악기와도 같았다. 동력벨트들은 유연한 신축성 덕분에 이완과 수축의 지속적인 교차가 얼마든지 가능했다. 잘 조정되고 기름칠된 그 기구는 소리 없이 완벽하게 작동하면서 순수한 기계적 경이의 인상을 제공했다.

브뒤는 우리로 하여금 오로지 물갈퀴로만 작동하는 잉앗대들을 주목하게 했다. 전기자석이 물갈퀴에서 나오는 힘을 궤에서 천장으로 전달해주었는데, 도선들이 뒤쪽의 두 기둥 가운데 하나 속에 숨겨져 있는지라 자카르직기✦에서 보는 것 같은 구멍 뚫린 카드를 사용할 필요가 없었다. 거기에서는 한 무리의 실은 들어올리고 다른 실들은 내려가게 하는 수많은 변주에 그 어떤 제한도 없었다. 북들이 제공하는 한량없이 다채로운 색깔에, 날실을 이탈시킴으로써 얻어내는진 무수한 형상이 더해지면서, 마치 거장의 그림과도 흡사한 환상적인 직물을 생산해내는 게 얼마든지 가능했다.

주의깊은 관중을 위해 기능하게끔 특별히 고안된, 그 놀라운 기계의 상궤를 벗어난 작동에 따라 겉이 보이도록 직조된 띠 모양의 천은 금방 커지면서, 아세틸렌 등불에 부착된 강력한 반사경의 조명 아래 그 상세한 모습을 드러냈다. 천이 전체적으로 보여주는 것은 드넓은 물이거니와, 수면에서는 공포로 눈이 커진 남자들, 여자들, 그리고 아이들이, 온갖 종류의 잔

✦ 프랑스의 조제프 마리 자카르(1752~1834)의 이름을 딴 직기 이름. 이 직기로 짠 직물은 자카르직이라고 한다.

해들 사이로 여기저기 떠다니는 몇몇 표류물에 절망적으로 매달리고 있었다. 기계의 엄청난 톱니바퀴들은 얼마나 절묘한 것이었던지, 거기서 나온 결과물은 가장 섬세한 수채화에 비견될 만했다. 악착같은 표정의 얼굴들은, 노인의 볕에 그을린 갈색과 젊은 여인의 우윳빛 흰색에서부터 아이의 어린 장밋빛에 이르기까지, 피부의 감탄할 만한 색조들을 두루 보여주고 있었다. 온갖 색상의 푸른색이 활용된 물결은 아른거리는 반영으로 뒤덮인 채 곳에 따라 매번 투명도를 달리하고 있었다.

커다란 궤의 구멍 바깥으로 드리워진 동력벨트에 의해 움직이며 받침대 두 개로 궤에 고정되어 있는 직물빔은, 벌써 그것에 감기고 있던 천을 끌어당겼다. 날실의 다른 쪽 끝은 강철봉 덕분에 상당히 강한 저항을 보였는데, 비단실들이 도달하는 그 강철봉은 일련의 수직 막대들에 의해 궤에 고정된 두 미끄럼 홈 사이에 위치하고 있었다. 각각의 북이 와서 잠시 머물다가는 고정된 북받이는 왼쪽 미끄럼 홈 위에 박혀 있었다.

천의 그림이 차츰차츰 완성되면서 산이 나타났고, 인간의 무리들과 온갖 종류의 동물들이 그 산을 향해 헤엄쳐가는 모습이 눈에 들어왔다. 그와 함께 일군의 투명하고 비스듬한 선들이 공간 도처에 금을 그었고, 주제가 성경의 대홍수 묘사에서 빌린 것이라는 사실을 알 수 있었다. 물결 위에서 고요하고 위엄에 찬 모습을 하고 있는 노아의 방주가 곧 육중하고 반듯한 실루엣을 드리웠는데, 거기에서는 작은 크기의 인물들이 수많은 동물 사이를 배회하고 있었다.

패널은 경이롭도록 확고한 양상을 보여주는 민첩하고 재미있는 움직임으로, 모든 사람의 시선을 간단없이 집중시켰다. 번갈아서 사용되는 가장 다채로운 색조들은 씨실의 형태로 날실에 투입되었고, 실 전체는 한없이 풍부한 어떤 팔레트와도 흡사해졌다. 이따금 패널은 서로 멀리 떨어져 있는 북을 차례로 사용하기 위해 먼 거리를 움직이기도 했다. 또 어떤 때는 연속되는 씨실 몇 줄이 동일한 부분에 들어가는 바람에 조금만 움직이면 되었다. 선택된 북의 뾰족한 끝이 다른 실들 사이로 지나가는 데는 아무런 문제도 없었다. 인접한 벌집구멍들로부터 출발하여 단일한 방향으로 움직이는 그것들은 마치 조금도 방해가 되지 않는 살울타리 같았기 때문이다.

천 위로, 물결에 반쯤 잠긴 산이 이제 정상 부분까지 보였다. 산허리 곳곳에서는 단죄된 불행한 인간들이 금방 사라질 마지막 도피처에서 무릎을 꿇고는 커다란 비탄의 몸짓으로 하늘을 향해 간청하고 있었다. 표류물들이 흩어져 있는, 그리고 절망과 애원의 동일한 장면들이 되풀이되는 작은 섬들이 흩어져 있는 그림의 모든 지점 위로는, 억수비가 마치 폭포처럼 쏟아져 내리고 있었다.

천정天頂 쪽으로 가면서 하늘은 점차 넓어지는 모습을 보였다. 그러다가 문득 거대한 구름들이 그려졌는데, 그것은 가장 투명한 색조에서부터 거무스름한 양상에 이르기까지, 다양한 회색 비단실들을 섬세하게 배합한 결과였다. 공중에서는 두터운 수증기 소용돌이가 위엄 있게 펼쳐지고 있는데, 무시무시한 홍수를 계속해서 유지할 수 있을 만큼 무궁무진한 저장고를 허리춤에 감추고 있었다.

이때 브뒤가 궤의 새로운 장치를 눌러 기구 작동을 멈추었다. 다양한 부속품들에 생명을 불어넣어주던 물갈퀴들이 곧 움직임을 그쳤다. 그것들은 이제 경직되고 비활동적인 모습으로 되돌아갔다.

날실빔을 거꾸로 돌리면서, 브뒤는 금방 뽑아낸 천 가두리에 삐죽삐죽 튀어나온 실들을 날카로운 칼로 죄다 잘라냈다.

이어서 그는 미리 준비한 비단실로, 비가 쏟아지는 구름들이 그려진 천 윗부분에 주름을 잡았다. 그렇게 꾸미고 나니, 세로보다 가로가 더 긴 천은 단순하고 헐렁한 망토 모양을 띠게 되었다.

브뤼는 시르다에게 다가가 주름진 경이로운 옷을 그녀의 어깨 위에 얹었고, 옷은 감사의 뜻을 표하는 행복한 소녀를 발끝까지 우아하게 감싸주었다.

⁂

조각가 퀵시에가 등불 앞으로 다가갔다. 그의 펼친 손에 얹힌, 표면이 매끈한 푸른색 봉봉 몇 개를 우리에게 보여주기 위해서였다. 봉봉 측면에 담겨 있는, 그가 심혈을 기울여 창조해낸 온갖 종류의 잠재적 이미지들이 우리 눈에 들어왔다. 그는 봉봉 하나를 집어서는, 이제 활동을 멈춘 직기보다 약간 더 아래쪽 강에 던졌다.

곧 아세틸렌 조명이 밝히는 수면 위로, 선명한 소용돌이가 일면서 명확한 실루엣이 입체감 있게 그려졌다. 우리는 그것이 메두사의 머리를 든 페르세우스의 실루엣임을 알아볼 수 있었다.

봉봉 한 개가 녹으면서 미리 준비된 예술적 요동을 불러일으킨 것이다.

환영은 몇 초 동안 지속되었다. 이윽고 강물이 점차 잔잔해지더니 거울 같은 매끈함을 되찾았다.

퀵시에가 능숙한 솜씨로 던진 두번째 봉봉이 물에 잠겼다. 그것이 떨어지면서 피어난 동심원들이 지워지자마자 수많은 가느다란 소용돌이와 함께 새로운 이미지가 나타났다. 이번에는 만틸라를 쓴 무희들이 상 위에 차려진 음식접시와 물병 사이에서 캐스터네츠 리듬에 맞추어 활기찬 스텝을 밟는 동안 회식자들이 갈채를 보내고 있는 장면이었다. 그 물그림은 어찌나 정교했던지, 식탁보 여기저기에 떨어진 빵 부스러기 그림자를 분간해낼 수 있을 정도였다.

그 즐거운 장면이 지워지자, 퀵시에는 새로운 실험을 위해 세번째 봉봉을 물에 넣었다. 그 효과는 금방 나타났다. 물은 갑자기 주름이 지면서 꽤 커다란 그림이 떠오르게 했다. 거기에서는 한 몽상가가 샘 옆에 앉아 어떤 영감의 결과물을 공책에 적고 있고, 그의 뒤쪽에서는 폭포가 시작되는 바위에 기댄, 강의 화신인 듯 보이는 긴 수염의 노인이 어깨 너머로 공책을 읽으려는 듯 남자 위로 몸을 기울이고 있었다.

"시인 지아팔뤼의 천재에서 비롯된 멋진 시구들을 늙은 바르+가 훔쳐보고 있습니다." 퀵시에가 설명했다. 그는 곧 진정된 물결 위로 또다른 봉봉을 던졌다.

새로운 부글거림이 이번에는 커다란 반원형 문자반의 형태를 띠었는데, 그 위의 표기들이 기이했다. 물에 의해 양각으로 분명하게 새겨진 'MIDI정오'라는 단어는 보통 세시에 할애되는 자리를 차지하고 있고, 아래쪽으로 원의 사분의 일에 해당하는 공간에는 한시에서 열한시까지의 모든 구획이 자리잡고 있으며, 아래쪽 극단에는 'VI'이라는 수치 대신 지름축 위에 온전한 글자로 이루어진 'MINUIT자정'이라는 단어가 새겨져 있었다. 왼쪽으로는 열한 개의 새로운 구획들이 아홉시 자리를 차지한 두번째 '정오'에 이르고 있었다. 유일한 바늘 역할을 하는, 길고 좁은 삼각 깃발 비슷한 헝겊 하나가 나머지 반원이 있다고 가정할 경우 중심이 되는 지점에 매여 있었다. 이미지에 불과한 바람에 나부낀 유연한 띠는, 오른쪽으로 누우며 그것의 뾰족하고 팽팽한 그 끝으로 저녁 다섯시를 가리켰다. 지면에 단단히 박힌 기둥 끝에 드리워진 시계는 몇몇 산책자가

+ 프랑스 남쪽을 흐르는 강. 여기서는 그 강의 신을 가리킴.

지나가는 탁 트인 경치를 장식하고 있었는데, 물에 의한 그 재현은 놀라울 정도로 정확하고 실감나는 것이었다.

"코칸뉴 고장[*]의 바람시계입니다." 퀵시에가 말을 이었다. 그는 다음의 설명으로 그의 알리는 말을 보충했다.

"이 행복한 고장에서는 완벽하게 규칙적인 바람이 주민들에게 시간을 알려주는 역할을 자발적으로 떠맡았습니다. 정오에 바람은 서쪽에서 세차게 불다가 자정까지 점차 약해집니다. 자정은 평온한 고요가 감도는 시적인 순간이지요. 그러나 곧 동쪽으로부터 가벼운 미풍이 차츰차츰 일기 시작하고, 다음날 정오까지 부단히 강해집니다. 정오는 바람이 절정에 달하는 순간입니다. 그러다가 갑작스러운 도약이 일어나고, 또다시 서쪽에서 몰려온 강풍이 전날의 진행을 되풀이합니다. 우리가 이미지로 살펴보고 있는 시계는 이렇듯 변함없는 바람의 추이에 훌륭하게 맞춰진지라 평범한 해시계보다 훨씬 더 좋습니다. 해시계는 낮에만 기능할 뿐 아니라 구름에 부단히 방해받지 않습니까?"

코칸뉴 고장이 수면 위를 떠나고, 다시 잔잔해진 물결은 퀵시에가 던진 마지막 봉봉을 삼켰다.

강의 표면이 교묘히 접히면서 손가락 위에 새를 앉힌 반라의 남자를 그렸다.

"콩티 공과 그의 어치입니다." 퀵시에가 아무것도 없는 자기의 빈손을 보여주며 말했다.

이윽고 물결의 요동이 잦아들자, 에쥐르로 방향을 잡은 행렬은 아세틸렌 등불이 더이상 밝혀주지 않는 어둠 속으로 들어갔다. 라오가 등불을 꺼버렸기 때문이었다.

⁂

* 유럽인들이 상상하는 지상낙원.

걷기 시작한 지 몇 분이나 되었을까, 문득 오른쪽에서 불꽃놀이 폭죽이 수많은 폭발을 일으키며 어둠을 밝혔다.

불꽃 한 다발이 공중으로 솟아올랐고, 곧 절정에 도달한 백열하는 화심火心들이 마른 소리와 함께 폭발하면서 늘 보는 진부한 별과 불꽃비 대신에, 젊은 발레스테로스 남작의 빛나는 초상을 무수히 하늘에 흩뿌렸다. 껍질을 뚫고 나온 각각의 이미지들은 스스로 펼쳐진 뒤 가볍게 일렁이며 이리저리 흔들렸다.

불꽃선들로 이루어진 그 뛰어난 그림들은 아주 다양한 포즈를 취한 우아한 클럽맨을 보여주었고, 각각의 특수한 색깔이 그것들을 서로 구별해주었다.

이쪽에서 머리부터 발끝까지 푸른 사파이어색으로 그려진 부유한 아르헨티나인이 손에 장갑을 끼고 단춧구멍에 꽃을 꽂은 야회복 차림으로 나타나고 있다면, 저쪽에서는 루비색 스케치가 펜싱 복장을 한 채 막 공격을 가하는 그의 모습을 보여주고 있었고, 다른 쪽에서는 정면에서 황금빛 선으로 그린 엄청난 크기의 흉상이, 실크해트를 쓰고 프록코트 단추를 채운 젊은이가 다리 중간까지 옆모습을 보이는 눈부신 보랏빛 판화와 이웃하고 있었다. 더 먼 쪽에서는, 다이아몬드 빛 밑그림이 테니스 복장을 한 채 우아하게 라켓을 휘두르는 멋진 스포츠맨을 나타내고 있었다. 이외에도 다른 빛나는 초상들이 사방에서 피어나고 있었다. 하지만 가장 뛰어난 것은 물론 커다란 에메랄드 초록빛 그림으로서, 거기에서는 지금까지 펼쳐진 몽환극의 주인공이 흠잡을 데 없는 자세로 말을 달리며 우리 눈에는 보이지 않는 어떤 말 탄 여인에게 깍듯이 인사를 하고 있었다.

행렬은 걸음을 멈추고, 그 매력적인 광경을 마음껏 감상했다.

초상들은 천천히 아래로 내려오면서 드넓은 공간 위로 다색의 강렬한 조명을 던지다가 그 찬란함을 고스란히 간직한 채 한동안 머물렀다. 그러더니 그것들은 하나하나 소리 없이 꺼졌고, 어둠이 점차 평원 위로 다시 퍼져나갔다.

마지막 빛살이 어둠 속으로 마침내 사라졌을 때, 기업가 뤽소가 와서 우리와 합류했다. 그는 자기가 직접 쏘아올린 불꽃놀이 폭죽의 걸작이 산출해낸 멋진 효과에 대해 자부심을 느끼고 있었다.

⁂

갑자기 천둥소리가 멀리서 들려왔고, 그것은 한동안 둔탁하게 계속되었다. 불꽃놀이 폭죽이, 과열된 대기 속에서 오랫동안 준비되고 있던 폭풍우를 폭발시킨 게 분명했다. 곧 똑같은 생각이 모두의 뇌리를 때렸다. '지즈메는 죽을 것이다!'

탈루의 신호에 따라 다시 걷기 시작한 행렬은, 에쥐르 남쪽 지역을 급히 가로질러 다시 한번 트로피광장으로 들어섰다.

폭풍우는 벌써 가까워져 있었다. 번개가 빠르게 이어졌고, 매번 더 크게 울리는 천둥소리가 그 뒤를 따랐다.

앞질러갔던 라오가 곧 부하들을 이끌고 나타났다. 그들은 무겁게 들고 온 희한한 침대를 광장 한가운데에 설치했다. 번개 불빛 아래 우리는 그 가구의 기이한 구성을 살펴볼 수 있었다. 그것은 안락함과 공포의 양상을 동시에 띠고 있었다.

나무로 된 네 개의 다리가 지탱하고 있는 뼈대 위에 푹신푹신한 흰색 돗자리가 얹혀 있었다. 이 돗자리는 서로 구분된 섬세한 그림들로 뒤덮여 있는데, 그 형태와 크기는 어떤 책들에서 장章이 끝나는 자리에 배치된 장식 컷을 떠올렸다. 서로 독립적으로 분리되어 있는 그 미세한 그림들은 아주 다양한 주제를 보여주고 있었다. 이를테면 풍경, 초상, 몽상에 젖은 남녀,

춤추는 사람들, 난파한 배, 석양 같은 주제들이 순진하고 공들인 필치로 다뤄져 있는데, 그러한 필치에는 매력과 흥미가 없지 않았다. 잠자는 사람의 머리를 받치고자 깐 방석 하나로 돗자리 한쪽 끄트머리가 불룩 솟아올라 있었다. 후두부가 놓일 수 있는 자리 뒤쪽으로는, 빛나는 막대 위에 설치된 피뢰침이 게으름을 위한 긴 모양의 가구 전체를 굽어보고 있었다. 도선에 의해 높다란 수직 바늘 아랫부분과 연결된 챙 없는 둥근 쇠모자는, 이 치명적인 잠자리에 누울 어떤 인상적인 죄수의 이마를 조일 준비가 되어 있는 듯 보였다. 맞은편에서는 나란히 놓인 금속구두 한 켤레가 또다른 선으로 땅에 연결되어 있었다. 라오는 방금 그 끝을 지면에 직접 꽂은 참이었다.

적도 지역 특유의 빠른 기상 변화를 보이며 금세 절정에 달한 폭풍우가 이제 극도의 격렬함과 함께 폭발했다. 거센 바람이 커다란 검은 구름들을 실어왔고, 그것들은 끊임없이 서로 충돌했다.

라오는 감옥 문을 열고 지즈메가 나오도록 했다. 우아하고 아름다운 그 젊은 토착민 여인은 시작할 때 있었던 세 사람의 처형 이후 어두운 창살 뒤에 홀로 남아 있었다.

지즈메는 아무런 저항 없이 흰색 돗자리에 누워서는 쇠모자와 딱딱한 구두에 스스로 머리와 발을 집어넣었다.

라오와 그의 조수들은 위험천만한 기구로부터 신중하게 물러섰고, 기구는 온전히 홀로 남겨졌다.

이제 지즈메는 가느다란 끈으로 그녀의 목에 매달린 양피지 카드를 두 손에 쥔 채 번개의 섬광 아래서 오래도록 그것을 들여다보다가는, 이따금 환희와 자부심이 섞인 표정을 지으며 모두에게 그것을 보여주기도 했다. 그 유연한 장방형 카드 한가운데에는 상형문자로 된 이름 하나가 적혀 있고, 거기서 오른쪽으로 약간 떨어진 곳에서 서로 다른 달의 국면들을 보여주는 세 개의 좁다란 그림이 그 이름을 강조해주고 있었다.

곧 손에서 카드를 떨어뜨린 지즈메는 시선의 방향을 비스듬히 돌렸고, 그때까지 정면에 있는 붉은 극장을 주시하고 있던 그녀의 시선은 나이르에게 가서 고정되었다. 언제나처럼 받침대 위에 매여 있는 나이르는 죄수가 나타나면서부터는 그동안 해오던 섬세한 작업을 멈추고 죄수만을 애타게 바라보고 있었다.

이때 천둥이 쉼없이 으르렁대면서 더욱 잦아진 번개가 인위적인 것 같은 조명효과를 낳기에 이르렀다.

별안간 엄청난 굉음과 함께 눈부신 빛이 지그재그로 하늘 전체를 누비며 피뢰침 끝에 도달했다. 지즈메는 나이르를 향해 두 팔을 뻗었지만 그 동작을 마칠 수가 없었다. 벼락이 그녀의 몸을 관통했고, 흰색 자리는 이제 눈을 커다랗게 뜨고 팔다리를 무기력하게 늘어뜨린 시체를 지탱하고 있을 뿐이었다.

귀가 멍멍해지는 천둥소리 뒤에 폭풍우가 잠시 침묵을 지키는 동안, 고통스러운 오열이 나이르 쪽으로 사람들의 주의를 이끌었다. 그는 죽은 사람을 계속해서 바라보면서 고뇌의 눈물을 흩뿌리고 있었다.

짐꾼들이 지즈메의 몸을 흐트러뜨리지 않고 기구를 치웠다. 모두들 고통스러운 얼떨떨함 속에서 폭풍우가 가라앉길 기다렸다.

바람이 계속해서 구름들을 남쪽으로 쫓았고, 천둥은 빠르게 멀어지면서 매 순간 힘을 잃어 그 지속시간이 짧아졌다. 차츰차츰 하늘이 넓게 트이면서 에쥐르 위로 찬란한 달빛이 반짝이기 시작했다.

VII

희끄무레한 빛 속에서 무거운 짐을 든 노예 열 명이 나타났다. 그들은 들고 있던 짐을 방금 지즈메가 숨을 거둔 바로 그 자리에 내려놓았다.

새로운 물건은 주된 부분이 하나의 흰색 벽으로 이루어져 있었다. 정면이 우리 쪽을 향하고 있는 그 벽은, 한쪽 끝만이 지면에 닿아 있는 긴 쇠막대 두 개 덕분에 균형을 유지하고 있었다.

벽 꼭대기에는 커다란 차양이 앞을 향해 드리워져 있는데, 그 차양에서 튀어나온 두 모서리는 이 미터가 좀 안 되는 아래에 있는 쇠막대 끝과 일치하고 있었다.

짐꾼들이 멀어지는 동안, 최면술사 다리앙이 천천히 앞으로 나왔다. 그는 흑인 세일코르의 손을 잡아 인도하고 있는데, 스무 살의 불쌍한 광인 세일코르는 걸어오면서 일체의 억양이라고는 없는 프랑스어로 부드럽고 지리멸렬한 말들을 발음하고 있었다.

다리앙은 잠시 환자를 떠나 흰색 벽을 살펴보았다. 그는 특히 차양에 온 신경을 쏟는 듯했다.

그러는 동안 자유의 몸이 된 세일코르는 환한 달빛 아래서 침착한 몸짓으로 자신이 한 이상한 카니발 복장을 보여주었다. 챙 없는 모자, 가장무도회 가면, 주름장식 깃으로 이뤄진 복장인데, 셋 모두 종이를 오려 만든 것이었다.

주름장식 깃은 신문 『나튀르』의 푸른색 표지들에서 잘라낸 것이라서 그 제목이 군데군데 보였다. 가장무도회 가면의 표면 전체에는 복각판으로 인쇄된 수많은 다양한 서명이 빽빽한 무리를 이루며 뒤덮여 있었다. 챙 없는 모자 꼭대기에는 'Tremble'[*]이라는 단어가 굵은 글씨로 씌어 있어서 젊은이가 머릿짓을 할 때마다 눈에 띄었다. 이렇게 치장하고 나니 그가 발루아왕조 마지막 왕들의 궁정에 드나들 법한 어떤 수수께끼 같은 영주와 흡사해 보였다.

그 세 물건은 세일코르에게 너무 작아 오히려 열두 살 아이에게나 어울릴 것 같았다.

몇 마디 말로 모두에게 주목해달라고 청하면서, 다리앙은 흰색 벽을 뒤로 기울였다. 아래쪽을 굽어보는 천장 안쪽을 모두에게 보여주기 위해서였다. 그것은 전체가 불그스름한 식물들로 가득차 있어서 마치 긴 화분을 뒤집어놓은 것 같았다.

이윽고 기구를 수직으로 되돌려놓은 최면술사는 그가 시도하려고 하는 실험의 몇 가지 세부사항을 우리에게 설명해주었다.

우리가 방금 본 식물은 오세아니아로의 먼 여행 중에 그가 씨앗을 채취한 아주 희귀하고 값진 식물로서, 극도로 강력한 최면적 속성을 갖고 있다.

향기나는 천장 아래 자리잡은 사람은, 동요를 일으키는 발산물이 자기 안으로 스며드는 것을 느끼며 이내 진정한 최면적 황홀에 빠져든다. 이런 상태에서 얼굴을 벽 쪽으로 향한 환자가 전기투사시스템 덕분에 흰색 바탕 위로 온갖 종류의 색채이미지들이 흘러가는 것을 보게 되면, 그는 감각의 일시적 흥분 탓에 그 이미지들이 사실이라고 믿는다. 북극 풍경을 보면 그

* '떨다'를 의미하는 프랑스어 동사 일인칭.

의 체온이 즉시 내려가면서 팔다리가 떨리고 턱뼈가 부딪쳐 딱딱 소리를 내고, 반대로 타오르는 아궁이를 흉내낸 그림을 볼 경우에는 다량의 땀이 흘러나오고 종내에는 피부 전체에 심각한 화상이 퍼져나갈 수도 있다. 다리앙은 세일코르에게 그의 개인사의 충격적인 일화들을 보여줌으로써, 젊은 흑인이 최근에 머리에 부상을 당하면서 잃어버린 기억과 이성을 되찾기를 기대하고 있었다.

안내를 마친 다리앙은 세일코르의 손을 잡아 차양 아래로 이끈 뒤, 흰색 벽의 반영을 직접 수용할 수 있도록 얼굴의 방향을 잡아주었다. 불쌍한 광인은 곧 격렬한 동요에 사로잡혔다. 그는 평소보다 더 빨리 숨을 쉬면서 손가락 끝으로 주름장식 깃을, 모자를, 그리고 가장무도회 가면을 만지작거렸다. 그는 이 세 물건과의 예기치 못한 접촉을 통해 어떤 내밀하고도 고통스러운 기억을 되찾은 것 같았다.

갑자기, 널따란 차양 가두리 가장 낮은 부분 안쪽 한가운데에 끼워진 전기램프에 보이지 않는 어떤 전지작용으로 불이 들어왔고, 커다란 정사각형 빛이 벽에 찬란하게 투사되었는데, 그것은 렌즈와 반사경을 조합해서 얻은 결과였다. 빛의 원천 자체는 보이지 않았다. 그러나 눈부신 빛다발이 아래쪽으로 내려가면서 멀어지는 게 분명히 보였다. 그 빛다발은 장애물을 만날 때까지 점진적으로 커졌지만, 세일코르의 머리에 의해 부분적으로 그늘져 있었다.

조명을 밝히고 난 다리앙은 이제 벽 왼쪽 끝 손 높이에 위치한 소리 없는 핸들을 천천히 돌리기 시작했다. 곧 램프 앞에 있는 컬러필름이 산출한 이미지가 흰색 스크린에 나타났다. 그것은 매력과 우아함이 가득한 열두 살 정도의 매혹적인 금발 소녀를 세일코르에게 보여주었다. 그 초상 위에는 〈어린 칸디아 소녀〉*라고 적혀 있었다.

* 칸디아는 크레타섬의 도시 헤라클리온의 옛 이름.

소녀를 본 세일코르는 광란에 사로잡혔고, 마치 신을 앞에 두기라도 한 듯 무릎을 꿇으며 기쁨과 감동에 떨리는 목소리로 "니나… 니나…" 하고 외쳤다. 그의 태도가 보여주는 모든 것에서, 오세아니아 식물의 강렬한 향기에 의해 열 배로 증대된 감각의 예민함이, 그로 하여금 도취 가운데 호명된 사랑스러운 소녀의 모습을 살아 있는 실재로 받아들이게 하고 있음을 알 수 있었다.

다리앙은 잠시 움직임을 멈추었다가 또다시 핸들을 돌려, 그 배열이 보이지 않는 롤러와 투명밴드시스템을 작동시켜 일련의 이미지가 조명렌즈 앞으로 지나가도록 했다.

소녀의 초상이 왼쪽으로 미끄러지면서 스크린에서 사라졌다. 빛나는 표면에서는 이제 '코레즈'라는 단어를 읽을 수 있었다. 그것은 프랑스의 한 도道 중앙에 적혀 있는데, 커다란 검은 점으로 표시된 도청 소재지는 '튈'이라는 도시 이름 대신에 간단한 물음표를 달고 있었다. 갑작스러운 질문을 접한 세일코르는 마치 생각나지 않는 답을 찾는 것처럼 몸을 신경질적으로 움직여댔다.

그러나 〈전기가오리 낚시〉라는 제목의 감동적인 그림이 지도를 대체했다. 거기에서는 마린블루 원피스 차림에 길고 유연한 낚싯대를 버거워하며 든, 앞서 세일코르가 니니라고 부른 소녀가 낚싯바늘 끝에서 퍼덕이는 흰 생선을 손으로 잡다가 기절하여 쓰러지고 있었다.

다리앙은 조작을 계속했고, 상단에 제목이 붙은 이미지들이 끊임없이 이어졌다. 그것들은 세일코르의 마음을 깊이 흔들어놓았다. 그는 줄곧 무릎을 꿇은 채 한숨을 쉬고 소리를 지르면서 증대되는 흥분을 표출했다.

〈전기가오리 낚시〉에 뒤이어 나타난 그림은 〈갑절로 판돈 걸기〉였다. 거기에는 아직 어린 흑인 소년이 커다란 건물 계단에서 흰색 동전 몇 개를 던지며 위쪽에 '트리폴리 카지노'라고 적힌 건물 입구를 향해 가고 있었다.

〈우화〉는 커다란 사부아 케이크에 기대어놓은 책의 한 페이지로 구성되어 있었다.

〈무도회〉는 커다란 살롱에서 쌍쌍이 움직이는 아이들의 즐거운 모임을 보여주었다. 그림의 전면에는 니나와, 흰색 동전을 던지던 어린 흑인 소년이 팔을 내밀며 서로에게 다가가고 있고, 호의적인 미소를 띤 여인이 그들의 다정한 포옹을 격려하는 듯한 표정을 짓고 있었다.

잠시 후 깊고 푸른 풍경을 보여주는 〈O계곡〉에 이어 〈창고 안의 볼레로〉가 나타났다. 이 그림에서는 니나와 그녀의 친구가 수레와 마구로 혼잡한 투박한 장소 한가운데에서 열띠게 춤을 추고 있었다.

〈길잡이 흔적〉은 니나가 용기 있게 나아가는 울창한 숲을 보여주었다. 그녀의 곁에서 마치 엄지공주처럼 돌아가는 길을 표시하려는 듯 흑인 소년이 칼끝을 흔들면서 흰색 작은 조각들을 지면에 뿌려대고 있었다. 그 조각들은 아마도 그의 왼손 바닥에 주저앉은 묵직한 스위스 치즈에서 직접 잘라낸 게 분명했다.

〈대림절待臨節+ 첫날밤〉에서 이끼 위에 누워 있던 니나는 〈방향 찾기〉에서는 선 자세로 손가락을 들어 별을 가리키고 있었다. 마지막 이미지 〈발작기침〉은 끔찍한 기침에 온몸이 뒤흔들리는 젊은 여주인공이 거의 누운 채로 커다란 종이 앞에서 펜을 들고 있는 모습을 보여주고 있었다. 그림 한구석에 정면으로 그려져 있는 커다란 페이지는 소녀의 손 아래에 있는 종이를 확대해놓은 것이었는데, 겨우 분간이 될까 말까 한 일련의 행 아래에 적힌 '결심'과 그에 이은 미완성 문장은 그것이 교리문답 요약의 결론이라고 생각하게 했다.

+ 크리스마스 전 4주간을 포함하는 시기.

이렇듯 이미지들이 연속되는 동안 전대미문의 동요에 사로잡힌 세일코르는 격렬하게 날뛰었다. 그는 니나를 향해 팔을 내뻗으면서 그녀를 애틋하게 불러댔다.

핸들에서 손을 뗀 다리앙은 갑자기 램프를 끄더니 세일코르를 일으켜세워서 기구 밖으로 데리고 나왔다. 젊은 흑인의 동요가 극에 달한 만큼 정신을 홀리는 식물 아래에 더 오래 두는 것은 자칫 불길한 효과를 낳을까 우려되었기 때문이다.

세일코르는 금세 평정을 되찾았다. 다리앙이 종이장식들을 벗겨주자, 그는 마치 잠에서 막 깨어나는 사람처럼 문득 자기 주위를 둘러보며 부드럽게 중얼거렸다.

"오! 생각나, 생각난다고... 니나... 트리폴리... O계곡..."

다리앙은 걱정스러운 표정으로 그를 관찰하다가 치유의 첫번째 징후들을 알아보고는 기쁨을 감추지 못했다. 최면술사의 승리는 곧 명약관화한 것이 되었다. 세일코르가 모두의 얼굴을 알아보면서 수많은 질문에 이성적으로 대답했기 때문이다. 실험은 경이롭게 성공하여 불쌍한 광인에게 이성을 되돌려주었고, 젊은이는 자기를 구원해준 사람에게 커다란 고마움을 표시했다.

다리앙을 향해 숱한 찬사가 쏟아지는 동안 짐꾼들은, 그토록 행복하게 그 힘이 표명된 감탄할 만한 투사기를 거두어갔다.

⁂

잠시 후 노예 한 명이 힘들이지 않고 끄는 로마 전차가 왼쪽에서 나타났다. 그것의 두 바퀴는 돌아가면서 상당히 높은 도 음을 지속적으로 냈고, 정확하고 순수한 그 소리는 어둠 속에서 맑게 떨렸다.

좁은 전차 위에서는 황제의 아들 가운데 하나인 어린 칼리가 마르고 허약한 몸으로 버들가지를 엮어 만든 의자에 앉아 있었다. 차축 옆에서는 메이스델이 걷고 있는데, 그 우아하고 매력적인 흑인 소녀는 무기력한 동반자와 즐겁게 이야기를 나누는 중이었다.

일고여덟 살쯤 되는 두 아이는 흑단 같은 얼굴과 대비되는 불그스름한 색깔의 모자를 쓰고 있었다. 칼리의 것은 매우 단순한 모양의 빵모자로, 삽화 위주 신문의 한 페이지에서 오려낸 종이로 만든 것이었다. 모자는 달빛을 받은 둘레 위로 풍부하게 채색된 흉갑기병들의 돌진 장면을 보여주고 있었고, 설명문의 불완전한 흔적인 '레이치쇼펜'+이라는 이름이 그림을 강조해주고 있었다. 메이스델의 모자는 유사한 재료로 만든 좁은 모양의 챙 없는 모자인데, 그 붉은 빛깔은 풍부하게 형상화한 화재의 번득이는 빛으로부터 오고 있었고, 테두리 가운데 하나에서 읽을 수 있는 '코뮌'++ 이라는 단어가 그것을 합리화해주고 있었다.

전차가, 커다랗게 울리는 도 음을 계속해서 내며 광장을 가로지른 뒤, '탁월한 자들'의 무대 옆에 멈춰섰다.

칼리는 전차에서 내려와 메이스델을 데리고 오른쪽으로 사라졌고, 군중은 또다시 작은 극장 앞으로 몰려들었다. 셰익스피어의 원본 필사본에서 뽑아낸 일군의 가필들로 구성된 『로미오와 줄리엣』의 마지막 장면을 보기 위해서였다.

곧 막이 열리고 메이스델이 보였다. 높은 침상에 옆모습을 보이고 누운 그녀는 마비상태의 잠에 빠져든 줄리엣 역을 맡고 있었다.

죽음의 침대 뒤쪽으로 바닷소금에 의해 채색된 녹색 화염이 보였는데, 그 화염은 어두운 금속용기 깊은 곳에 놓인 강력한 불덩어리에서 새어나오고 있었다. 하지만 우리 눈에는 금속용기의 가장자리만이 보였다.

+ 보불전쟁 당시 프랑스군이 패한 곳.
++ 1871년 파리와 몇몇 지방도시에서 구성되었던 혁명정부.

잠시 후, 칼리가 연기하는 로미오가, 소리 없이 나타나 열렬히 사랑하는 여인의 시체를 고통스럽게 응시했다.

전통 의상을 걸치지는 않았지만, 전설적인 형태의 불그스름한 모자 두 개는 셰익스피어의 두 연인을 상기시키기에 충분했다.

죽은 애인의 이마에 마지막 키스를 하고 도취된 로미오는, 가느다란 병을 입술로 가져가 독이 든 내용물을 마신 뒤 멀찌감치 던졌다.

이때 줄리엣이 문득 눈을 떴다. 그녀는 천천히 몸을 일으키더니, 기뻐서 어쩔 줄 모르는 로미오가 보는 앞에서 침상을 내려왔다. 두 연인은 서로의 품에 안겨 수많은 애무를 주고받으며 전율하는 기쁨에 자신들을 내맡겼다.

이윽고 로미오가 불구덩이로 달려가서는 화염 속에서 석면으로 된 끈을 끄집어냈다. 그것의 끄트머리는 금속용기 가두리를 비죽 튀어나갔다. 불에 타지 않는 그 장식끈에는 이글이글 타오르는 숯 여러 개가 하나 가득 매달려 있었다. 보석처럼 깎아놓은데다가 백열하는 불로 온통 새빨갛게 된 그 숯덩이들은 찬란한 루비와도 흡사해 보였다.

무대 전면으로 되돌아온 로미오는 그 이상한 장신구를 줄리엣의 목에 걸어주었다 줄리엣은 끔찍한 보석에 살갗이 닿았음에도 단 한 차례의 떨림도 없이 참아냈다.

그러나 첫번째 단말마가 충만한 행복 가운데 희망과 믿음으로 빛나는 두 연인을 별안간 죄어들기 시작했다. 로미오는 절망적인 몸짓으로 줄리엣에게 독을 가리켰고, 줄리엣은 여느 판본들에서와 달리 병 바닥에 남은 액체를 보고는 열락을 느끼며 그것을 마셔버렸다.

이제 침상 계단에 반쯤 드러누운 로미오는 치명적 음료의 영향 아래 강렬한 환각의 노리개가 되려 하고 있었다.

모두가 고대한 것은 바로 이 순간이었다. 죽음의 침상 뒤쪽에 몸을 감춘 아디놀파가 하나씩 하나씩 불에 던지는, 퓍시에의 기술이 만들어낸 붉은색 봉봉의 효과를 바라보기 위해서였다. 그 봉봉들은 흘러나오는 연기를 연상의 형태로 투사하게 되어 있었다.

첫번째 환영이 화염으로부터 불현듯 튀어나왔다. 밀도 높은 증기의 양상을 띤 그 환영은 이브의 유혹을 세밀하게 주조된 모습으로 재현하고 있었다.

환영 중앙에는 나무줄기에 몸을 감은 뱀이 우아하고 나른한 이브를 향해 납작한 머리를 내밀고 있고, 보란 듯이 치켜든 이브의 손은 나쁜 정령을 물리치려는 듯 보였다.

처음에 매우 명료했던 윤곽은 연기구름이 공중으로 올라가면서 점차 흐려졌다. 곧 모든 세부 모습이 하나의 움직이는 혼돈 덩어리로 뒤섞이더니 금세 천장 쪽으로 사라졌다.

두번째로 뿜어져나온 연기 역시 동일한 종류의 그림을 만들어냈다. 하지만 이번에는 이브가 더이상 저항하지 않고 사과를 향해 손가락을 뻗어 그것을 막 따려 하고 있었다.

로미오는 얼빠진 눈으로 불이 있는 쪽을 바라보았다. 녹색 화염이 비극적 조명을 간이무대에 던지고 있었다.

정교하게 조각된 두꺼운 연기가 또다시 불덩어리로부터 새어나오면서 죽어가는 사람 앞에 즐거운 통음난무를 펼쳐놓았다. 여자들이, 무감각한 미소를 띤 한 무리의 난봉꾼들 앞에서 열띤 춤을 추고 있었다. 무대 안쪽에서는 향연의 잔해들이 굴러다니고, 전면에서는 주인 역을 맡은 듯 보이는 인물이 감탄하는 손님들에게 음탕하고 나긋나긋한 무희들을 가리켜 보이고 있었다.

로미오는 그 광경을 알아보는 듯 몇 마디 말을 중얼거렸다.

"티지아스… 시온의 통음난무!…"

증기로 이루어진 그 장면은 벌써 일부가 풀리면서 공중으로 솟아올랐다. 그것이 날아가버리자 늘 같은 원천에서 솟아나온 새로운 연기가, 동일한 인물들이 이전과 전혀 다른 자세를 취하고 있는 모습을 보여주었다. 거기에서는 즐거움이 공포로 변하면서 무희와 방탕한 자들이 뒤죽박죽으로 무릎을 꿇고 아버지 하느님의 출현 앞에 머리를 조아리고 있었다. 하느님의 화난 얼굴은 하늘 한가운데에서 위협적인 모습으로 미동도 하지 않은 채 모든 무리를 내려다보고 있었다.

중단된 춤에 이어 새로이 주조된 안개가 갑작스레 솟아오르자 로미오가 말했다.

"성 이그나티우스!"

여기서 연기는 두 주제를 따로 감상할 수 있도록 아래위로 형성되었다. 아래쪽에서는 원형경기장의 짐승들에게 내맡겨진 성 이그나티우스가 절단되고 무기력한, 인상적인 시체로 나타나고 있었다. 위쪽 약간 안쪽에서는 후광이 둘러쳐진 얼굴들로 가득하며, 고요한 물결로 둘러싸인 섬의 모습을 한 낙원이 성자의 두번째 이미지를 끌어당기고 있는데, 첫번째 이미지보다 더 투명한 성자의 이번 이미지는 육체에서 분리된 영혼을 상기시키고 있었다.

"알렉산드리아의 페이오르!"

로미오의 이 외침은 성 이그나티우스에 이어 불덩어리로부터 솟아난, 끌로 다듬은 것 같은 연기로 된 환영을 겨냥한 것이었다. 주의깊은 군중 한가운데에 서 있는 그 새 인물은 복음을 설파하는 계시받은 사람처럼 여겨졌다. 단식으로 야윈 듯 보이는 그 고행자의 몸 위로는 거친 옷이 헐렁거렸고, 불룩한 관자놀이는 수척한 얼굴과 대조되어 더욱 두드러져 보였다.

이 장면은 이야기에 기초를 제공했고, 깨끗한 윤곽을 보여주는 두번째 안개의 분출이 빠르게 그 뒤를 이었다. 이번에는 두 무리의 사람들이 공공광장 한가운데 지면에 그려놓은 완벽하게 구분되는 사각형 두 개를 차지하고 있는데, 한 무리는 오로지 노인들로, 다른 무리는 젊은이들로 이루어져 있었다. 페이오르는 격렬한 폭언 끝에 격분한 젊은이들의 표적이 되었고, 젊은이들은 앙상한 사지를 지닌 허약한 그를 가차없이 땅에 내동댕이쳤다.

공중으로 피어오른 세번째 장면은 무릎을 꿇은 페이오르를 보여주었다. 그는, 수행 노예들을 거느리고 지나가는 창녀를 보고 황홀경에 빠져 있었다.

차츰차츰 인간 군상을 형성하고 있던 연기가 퍼져나가면서 무대 위로 만져지지 않는 유동적인 베일을 펼쳐놓았다.

"예레미아… 규석!…"

덧없는 흐린 연기가 분출하며 불 위에 구축한, 수많은 군중에 의해 돌을 맞고 있는 예레미아를 바라보며 이 말을 던진 로미오는 마침내 힘이 다하여 줄리엣이 보는 앞에서 바닥에 쓰러져 숨을 거두었다. 정신이 나간 듯한 줄리엣은 벌써 덜 붉은 목걸이를 여전히 목에 건 채 이번에는 자기가 환각을 불러일으키는 음료의 포로가 되었다.

문득 배경막 왼쪽 부분 뒤쪽이 밝아지면서 한 환영을 비추었다. 이 환영은, 지금껏 그것이 속해 있던 허약한 벽처럼 불투명하고 균일한 양상을 띤 가느다란 채색 격자를 통해 나타났다.

줄리엣이 빛이 흘러나오는 쪽을 바라보면서 외쳤다.

"아버지!…"

소로가 연기하는 캐퓰럿이 윤기나는 헐렁한 황금빛 긴 옷을 입고 선 채 줄리엣을 향해 팔을 내뻗으며 증오와 비난의 몸짓을 했다. 그것은 분명 비밀리에 행해진 온당치 못한 결혼에 관련된 것이었다.

문득 다시 어두워졌다. 동시에 환영이 사라지고, 그 앞의 벽이 평소의 모습으로 되돌아갔다.

애원하는 자세로 무릎을 꿇고 있던 줄리엣은 자리에서 일어나 오열로 몸을 떨며 두 손에 얼굴을 묻은 채 얼마 동안 있었다.

새로운 조명이 그녀로 하여금 다시 얼굴을 들어 오른쪽에 있는 그리스도의 모습을 바라보게 했다. 전설의 나귀를 탄 그 모습은, 칸막이벽 위에서 첫번째 채색격자와 짝을 이루는 두번째 채색격자에 의해 희미하게 가려져 있었다.

예수의 역할을 맡은 것은 재빨리 모습을 바꾼 소로였는데, 예수의 존재는 신앙을 저버리고 스스로 죽음을 부른 줄리엣을 책망하는 것 같았다.

움직이지 않는 신성한 환영이 갑자기 흐려지더니 벽 뒤에서 무화되었다. 줄리엣은 미치기라도 한 것처럼 그녀의 상상력을 매혹하는 어떤 새로운 꿈 앞에서 부드럽게 미소짓기 시작했다.

이때 바퀴 달린 받침대 위에 고정된 여인의 흉상이 무대 위에 나타났다. 미지의 손이, 마룻바닥을 스칠 것 같은 높이에 감춰진 단단한 막대를 이용하여, 무대 뒤 왼쪽 구석으로부터 측면에서 그것을 밀고 있음에 틀림없었다.

미용실 인형과도 흡사한 희고 장밋빛인 흉상은 긴 속눈썹을 지닌 커다란 파란색 눈과 멋진 금발을 지녔는데, 가늘게 땋은 머리는 사방으로 자연스럽게 흩어져 있었다. 우연히 가슴 위나 어깨 옆에 자리잡은 바람에 우리가 볼 수 있는 땋은 머리 몇 가닥은 여러 개의 금화를 바깥쪽 위아래로 달고 있었다.

매료된 줄리엣이 자기를 찾아온 흉상 쪽으로 다가가며 이름을 불렀다.

"위르젤!…"+

갑자기 막대기에 의해 받침대가 좌우로 흔들렸고, 이 요동이 흉상에 전달되면서 그의 머리칼이 격렬하게 일렁거렸다. 제대로 붙지 않은 수많은 금화가 소나기처럼 쏟아졌다. 금화가 뒤쪽에서도 떨어진 것으로 보아, 눈에 보이지 않는 땋은 머리에도 마찬가지로 그것들이 달려 있었음을 알 수 있었다.

한동안 요정은 그의 눈부신 부를 아낌없이 뿌려댔다. 이는 요정이 동일한 손으로 추정되는 어떤 손에 이끌려 소리 없이 사라질 때까지 계속되었다.

요정이 떠난 게 고통스러운 듯 이리저리 헤매던 줄리엣의 시선이 여전히 살아 있는 불덩어리에 저절로 가서 멈추었다.

연기의 물결이 또다시 화염 위로 솟아올랐다.

줄리엣이 뒤로 물러서면서 강한 공포의 억양으로 외쳤다.

"페르고베될… 암송아지 두 마리!…"

손으로 만질 수 없는, 금방 사라지고 말 주물이 머리가 헝클어진 여자를 상기시키고 있었다. 커다란 덩어리로 잘라놓은 암송아지 두 마리가 있는 엄청난 식탁에 앉은 그녀는 거대한 포크를 탐욕스럽게 휘두르고 있었다.

증기가 사라지면서 불 뒤로 비극적인 환영이 나타났고, 줄리엣은 그것을 가리키며 차오르는 고뇌 가운데 동일한 이름 "페르고베될"을 발음했다.

이상한 방법으로 화장을 한 얼굴로 갑자기 일어선 것은 비극배우 아디놀파였다. 황토색 누런 분을 처바른 그녀의 얼굴은 초록색 입술과 뚜렷이 대조되었거니와, 곰팡이 같은 색조를 띤 그 입술을 크게 벌리고는 끔찍하게 비죽거렸다. 텁수룩한 그녀의 머리는 불덩어리가 마지막으로 만들어낸 환영과 비슷해 보이게 했고, 그녀의 눈은 공포에 질린 줄리엣을 집요하게 쏘아보았다.

+ 동화에 나오는 요정. 잠시 뒤에 나오는 페르고베될은 같은 동화에 나오는 식인귀다. 이 동화는 오페라코미크 『위르젤 요정 혹은 여인들이 좋아하는 것』(1765)으로 각색되기도 했다.

이번에는 분명한 윤곽이 없는 빽빽한 연기가 또 한번 불덩어리로부터 뿜어져나와서 아디놀파의 얼굴을 가렸다. 하지만 그 덧없는 베일이 사라지고 난 뒤에는 더이상 아무것도 보이지 않았다.

점점 꺼져가는 바람에 아까보다 덜 빛나는 목걸이를 여전히 목에 걸고 있는 줄리엣은, 이제 단말마에 접어들고 있었다. 그녀는 무거운 팔을 늘어뜨리고 머리를 뒤로 젖힌 채 침상 계단 위로 무너져내렸다. 표정이 없는 그녀는 자신을 향해 공중에서 내려오고 있는 두번째 로미오에게 시선을 고정했다.

칼리의 형제가 연기하는 새로운 단역은, 줄리엣 곁에 움직임 없이 누운 시체의, 가볍고 살아 있는 영혼을 나타냈다. 원래의 인물이 쓴 것과 유사한 불그스름한 모자로 이마를 장식한 그 완벽한 쌍둥이는 팔을 벌리고 미소를 지으며, 죽어가는 여인을 데리러 오고 있었다. 불멸의 처소로 그녀를 데려가기 위해서였다.

그러나 이성을 잃은 듯 보이는 줄리엣은 무심하게 다른 곳을 보았고, 거절당하여 회오悔悟를 느낀 유령은 소리 없이 천장 쪽으로 날아가버렸다.

이제 미약하고 무의식적인 마지막 움직임들을 보이고 난 줄리엣은 로미오 곁에 쓰러져 죽었고, 바로 그 순간 무대의 막이 빠르게 닫혔다.

칼리와 메이스델은 우리 모두를 놀라게 했는데, 경이롭게 비극적인 그들의 몸짓과, 오류와 억양 없이 발음한 몇몇 프랑스어 문장 때문이었다.

광장으로 돌아온 두 아이는 즉시 자리를 떠났다.

노예가 끌고, 메이스델이 충실하게 따라가는 전차가 또다시 높고 지속적인 음을 내면서, 허약한 로미오를 왼쪽으로 데려갔다. 그는 여러 장면을 연기하느라 탈진한 것 같았다.

⁂

도 음이 아직도 멀리서 들려오고 있는 가운데 퀵시에가 우리를 향해 나아왔다. 그는 활짝 펼친 오른손으로 포도나무가 심겨져 있는 화분을 가슴에 안고 있었다.

왼손으로는 실린더 모양의 투명한 병을 들고 있었는데, 금속튜브가 관통하고 있는 커다란 코르크마개를 갖춘 그 병 아래쪽에는 우아한 수성으로 피어난 화학 소금 더미가 보였다.

두 개의 짐을 땅바닥에 내려놓고, 퀵시에는 주머니에서 작은 랜턴을 꺼내어, 가두리가 넘칠 정도로 흙이 담긴 도기 화분 위에 수평으로 눕혀놓았다. 그러자 휴대용 랜턴 내부에서 작동을 시작한 전류가 별안간 눈부신 빛줄기를 투사했고, 그것은 강력한 렌즈를 통해 천정天頂으로 향했다.

퀵시에가 수평으로 쥔 병을 들어올려 금속튜브 끝에 위치한 열쇠를 돌리자, 포도나무의 한 부분을 향해 세심하게 겨냥된 병 주둥이에서 고압가스가 바깥쪽으로 분출되었다. 조작자의 짧은 설명 덕분에, 우리는 그 유체가 대기와 접촉하면서 고강도 열을 부분적으로 발생시키며, 그 열이 매우 특수한 화학적 성질과 어울려 우리가 보는 앞에서 포도송이를 익게 한다는 사실을 알게 되었다.

설명을 마치자마자 그가 예고한 현상이 벌써 보일락 말락 하는 작은 포도송이 형태로 우리 눈앞에 나타났다. 전설에 나오는 인도의 몇몇 탁발승이 가졌을 법한 능력을 소유한 셈인 퀵시에는, 우리를 위해 순간 개화의 기적을 실현시키는 중이었다.

화학적 기류작용 아래서 포도 알맹이는 빠르게 발육했고, 곧 묵직하고 잘 익은 청포도 송이가 포도나무 한쪽에 외따로 매달렸다.

다시 열쇠를 돌려 튜브를 막은 뤽시에는 병을 땅에 내려 놓았다. 그러고는 우리로 하여금 포도송이를 주목하게 하면서, 반투명 포도알 한가운데에 사로잡혀 있는 미세한 인물들을 보여주었다.

파란색 또는 붉은색 봉봉을 준비하는 데 요구되는 것보다 훨씬 더 세밀한 주조와 채색 작업을 맹아 위에 행하면서 뤽시에는 각각의 알맹이에 우아한 그림의 씨앗을 심었고, 이는 그토록 쉽게 얻어낸 숙성과정에 따라 그림을 조정한 덕분이었다.

가까이 다가가서 보면, 아래쪽으로부터 전기 빛줄기가 밝혀주는 다양한 군상이 특별히 얇고 투명한 포도껍질을 통해 어렵지 않게 보였다.

맹아 위에 행한 조작으로 포도씨는 제거되었고, 그런 만큼 다채롭고 투명한 작은 조상들의 맑은 모습을 흐리는 것은 아무것도 없었다. 그것들은 과육 그 자체로 이루어져 있었다.

"옛 골의 모습입니다." 뤽시에가 첫번째 포도알을 손가락으로 건드리면서 말했다. 거기서는 싸움을 준비하고 있는 켈트족 전사 몇 명의 모습이 보였다.

우리는 윤곽의 섬세함과, 발산하는 빛이 부각시키는 색조의 풍부함에 찬탄을 금치 못했다.

"발트기르 백작의 꿈에서 악마가 외드+를 톱질하고 있습니다." 두번째 포도알을 가리키면서 뤽시에가 말을 이었다.

이번에는 섬세한 껍질 너머로, 나무 발치에서 갑옷을 입은 채 잠을 자는 사람이 보였다. 그의 이마에서 새어나오는 한줄기 연기는 꿈을 나타내는 듯 여겨졌다. 한데 그 연기의 미세한 흐름 속에서 악마는 긴 톱을 들고 있고, 날카로운 톱니로 고통으로 경련하는 저주받은 자의 몸을 자르는 중이었다.

+ 카페왕조의 왕 외드(860~898)를 가리키는 듯하다.

간략하게 설명된 새로운 포도알에서는 수많은 군중으로 터질 것 같은 로마의 원형경기장이 보였는데, 군중은 검투사들의 대결에 열광하고 있었다.

“스페인에 간 나폴레옹.”

퓍시에의 이 말이 적용된 네번째 포도알 속에서는, 초록색 옷을 입은 황제가 말을 타고 주민들 사이를 지나가고 있었다. 말은 없지만 위협적인 태도로 보아 그들은 그를 미워하는 것 같았다.

“누가복음.” 퓍시에가 세 갈래로 갈라진 줄기에 매달린 똑같이 생긴 포도알 세 개를 손가락으로 나란히 스치면서 말을 이어갔다. 포도알들 속에서는 동일한 인물들로 구성된 다음의 세 장면이 나타났다.

첫번째 포도알에서는 예수가 한 소녀를 향해 손을 뻗고 있는 모습이 보였다. 시선이 고정된 소녀는 입술을 벌리고 어떤 가늘고 긴 음을 트릴로 노래하는 것 같았다. 그 옆의 초라한 침대 위에서는 손에 긴 버들가지 하나를 든 어린 소년이 죽음의 잠에 빠져 꼼짝 않고 있고, 죽음의 침상 곁에서 비탄에 빠진 아버지와 어머니는 말없이 울고만 있었다. 구석에서는 병약한 꼽추 아이 하나가 겸손한 태도로 한걸음 물러서 있었다.

가운데 포도알에서는 침대를 향해 몸을 돌린 예수가 죽었던 소년을 바라보고 있고, 기적적으로 되살아난 소년은 가볍고 유연한 버들가지를 능숙한 솜씨로 엮어서 광주리를 만들고 있었다. 경탄을 금치 못하는 가족은 어리둥절한 기쁨을 황홀한 몸짓으로 표현하고 있었다.

같은 배경에서 같은 인물들이 등장하는 마지막 그림에서

는 어린 불구자에게 손을 대어 돌연 멋진 모습으로 일어서게 한 예수를 찬미하고 있었다.

이윽고 짧은 삼부작을 떠난 퀵시에는 포도송이 아랫부분을 들어올려 멋진 포도알 하나를 보여주면서 다음의 설명을 덧붙였다.

"나무꾼 한스와 그의 여섯 아들."

거기서는 희한하게 튼튼한 몸을 지닌 노인이 나무줄기와, 칡넝쿨로 묶은 장작단들이 뒤섞인 엄청난 나뭇짐을 어깨로 실어나르고 있었다. 그 뒤로는 젊은이 여섯 명이, 같은 종류이긴 하지만 훨씬 가벼운 짐에 눌려 휘청댔다. 고개를 반쯤 돌린 노인은 인내심과 힘에서 자기를 따라오지 못하는 낙오자들을 향해 놀리는 듯한 표정을 짓고 있었다.

끝에서 두번째 포도알에서는 루이15세풍 의복을 걸친 청년이 단순히 산책을 하며 지나가다가 선홍색 옷을 입고 문지방에 앉아 있는 젊은 여인을 바라보고 마음이 흔들리고 있었다.

"장자크 루소의 에밀이 처음으로 사랑의 감정을 느끼고 있습니다." 퀵시에가 설명했다. 그는 손가락을 움직여서 찬란한 옷의 강렬한 붉은색 반영들 사이로 전기 불빛이 이리저리 노닐게 했다.

열번째이자 마지막인 포도알은 초인적인 대결 장면을 담고 있는데, 퀵시에는 그것이 라파엘로의 그림을 모사한 것이라고 했다. 지면으로부터 몇 미터 상공에서 맴도는 천사가 사탄의 가슴에 칼을 꽂고 있고, 비틀거리는 사탄의 손에서는 무기가 떨어져나가고 있었다.

포도송이 전체를 보여주고 난 픽시에는 랜턴 불을 꺼서 주머니에 다시 집어넣고는, 올 때처럼 화분과 실린더 모양의 용기를 들고 무대에서 멀어졌다.

VIII

여러 가지 장면이 담긴 청포도알들을 우리가 여전히 눈으로 좇아가고 있을 때, 라오가 나타났다. 그는 노예들을 이끌고 있었는데, 노예들은 부피가 크고 꽤 긴 모양을 한 물체를 들고 있었다.

그들 옆에서는 황제의 맏아들 포가르가 말없이 걷고 있었다. 그는 줄기에 가시가 돋은 멋진 보라색 꽃을 오른손에 들고 있었다.

새로운 짐은 앞의 것들이 있던 자리에 놓였고, 다른 이들이 신속하게 멀어지는 동안, 포가르는 혼자 남아서 그것을 지켜보았다.

달빛에 자유로이 노출된 물건은 다름 아닌 매우 소박한 침대로서, 잡다한 일군의 표식들로 장식된, 별로 안락하지 않은 일종의 틀이었다.

오른쪽으로, 잠자는 사람의 상체를 지탱하도록 솟아오른 부분 뒤쪽에 고정된 화분에는 거대하고 희끄무레한 식물뿌리가 담겨 있는데, 그 식물은 공중에서 저절로 휘어져 침대의 닫집 같은 모양을 하고 있었다.

이 우아한 닫집 위로는, 지금은 빛이 없는 등이 상단이 구부러진 채 금속막대에 의해 지탱되고 있었다.

우리에게서 가장 멀리 떨어진 면에는 질서정연하게 배열된 수많은 장식이 달려 있었다.

거의 오른쪽 모서리에 해당하는 지점에는, 길고 폭이 좁은 깃발처럼 보이는 긴 삼각형 모양의 물체가 파란색으로 칠한 가느다란 막대기 끝에서 옆으로 펼쳐져 있었다. 평직平織 천의 색깔들 덕분에 그 물체는 모르는 어떤 나라를 상징하는 하나의 깃발 같은 인상을 주었다. 그것은 크림색 바탕 위로 비대칭의 붉은색 선들과, 삼각형의 수직면 쪽에서 서로 가까이 층을 이루고 있는 두 개의 검은 점을 보여주고 있었다.

그보다 약간 더 왼쪽에는 넓이가 약 이십 센티미터 정도 되는 자그마한 문틀이 서 있었다. 그 문틀의 횡목에는 드레스나 어떤 의상에 부착될 법한 술장식이 매달려 있는데, 이 장식을 구성하는 일정한 모양의, 그리고 희끄무레한 색깔의 수많은 가는 끈들은, 아주 작은 충격에도 어김없이 일렁거리곤 했다. 한데 그 끈들은 모두 다 강렬한 붉은색 점으로 끝나고 있었다.

계속해서 같은 방향으로 이동하면서 살펴보면 그다지 깊지 않은 용기 하나가 눈에 띄었고, 그 용기에서는 두꺼운 이끼가 덮인 흰색 비누가 보였다.

다음으로는 가늘고 부피가 큰 해면을 담은 금속알코브*가 보였다.

알코브 곁에는 연약한 받침대가 윤곽이 기이한 항아리를 지탱하고 있고, 프로펠러가 달린 실린더 형태의 물건이 그 옆에 길게 누워 있었다.

마지막으로, 그 일관성 없는 일련의 장식이 끝나는 왼쪽 끝에 둥근 아연판 하나가 좁은 지주 위에 수평으로 놓인 채 균형을 유지하고 있었다.

식물과 등을 마주보는 면 또한 복잡하기는 마찬가지였다.

아연판과 이웃한 모서리 옆으로 먼저 누르스름하고 흐물흐물한 일종의 젤라틴 덩어리가 나타났다.

* 침실 벽을 파서 침대를 들여놓은 곳.

바로 옆, 우리와 더 가까운 지점에는 건조된 얇은 시멘트 판이 양탄자 조각에 접합되어 있고, 이 시멘트판 위에는 수직으로 꽂힌 가늘고 뾰족한 흑옥黑玉바늘 백 개가 길이가 같게 열 줄로 늘어서 있었다.

젤라틴 덩어리와 양탄자는 꼭 맞는 크기의 짤막한 판자 위에 나란히 놓여 있었다.

완벽한 배열로 침대틀의 중앙선을 연장하는 듯 보이는 금괴 세 개가, 그것을 발톱으로 단단히 움켜쥐고 있는 세 개의 금속좌대 위로 그 윤곽을 드러냈다. 우리가 그것들을 구별하기는 불가능했는데, 실린더 모양에 둥근 양끝을 지닌 형태가 그만큼 일정하고 유사하기 때문이었다.

그 값비싼 롤러 세 개가 점하고 있는 좁은 공간에 경계를 제공해주는 새로운 판자가 우리와 더 가까운 쪽에서 첫번째 판자와 쌍을 이루고 있었다.

우리가 거기서 우선 발견한 것은 고양이 세 마리가 담긴 바구니였다. 마리우스 부카레사스가 빌려준 그 고양이들은 술래잡기놀이를 하던 고양이들로서 아직도 여전히 초록색 리본을 매고 있었다.

바로 옆에는 케이지 문과 흡사한 섬세한 물건이 놓여 있는데, 그것을 구성하는 두 장의 작고 얇은 판자는 몇 센티미터 간격을 두고 수평으로 마주 놓인 채, 안쪽의 네 끝은 연약한 수직 기둥 두 개에 밀착되어 있었다. 그리고 이렇게 생겨난 장방형을 팽팽하게 당겨진 검은색 말총들이 촘촘하게 채우고 있거니와, 그것들은 얇은 나무판 두 개에 뚫린 미세한 구멍을 빠져나와 위쪽과 아래쪽 바깥면 위에 매듭지어져 있었다. 같은 자리에는 또 매우 곧은 잔가지 절반이 누워 있는데, 세로로 쪼갠 그 잔가지에는 진액이 가볍게 차 있는 안면을 내보이고 있었다.

마지막으로 새로운 모서리 바로 옆 판자 위에 곧추세운, 양옆으로 짙은 빛깔의 자갈 두 개를 거느리고 있는 커다란 양초가 보였다.

거의 침대 중앙, 잠자는 사람 왼쪽으로는 금속막대 하나가 솟았는데, 처음에 수직이던 그것은 갑자기 오른쪽으로 굽으며 지팡이 모양으로 흰 일종의 손잡이로 끝나고 있었다.

포가르는 작은 침상 여기저기를 주의깊게 살펴보았다. 흑단 같은 그의 얼굴에 조숙한 영리함이 빛났다. 이제 겨우 청소년기에 접어든 어린 소년에게 그 같은 지성의 불꽃은 놀라운 것이었다.

혼잡하지 않은 쪽으로, 그는 틀에 올라가 천천히 몸을 눕혔다. 왼쪽 겨드랑이를 흰 손잡이와 일치시키자 정확히 맞아들었다.

그는 보라색 꽃을 오른손이 닿는 곳에 놓고 팔다리를 완전히 뻣뻣하게 한 뒤, 움직임을 멈추고는 마치 시체와도 같은 자세를 취했다.

표정 없는 고정된 눈은 더는 눈꺼풀을 깜빡거리지 않았고, 호흡은 그를 엄습하는 혼수상태에 가까운 강력한 잠의 영향 아래 점차 약해져갔다.

잠시 후 탈진상태는 절대적인 것이 되었다. 젊은이의 가슴은 마치 죽은 사람의 것처럼 움직임이 없었고, 벌어진 입에서는 모든 숨결이 사라진 듯 보였다.

몇 발자국 이동한 벡스가 주머니에서 타원형 거울을 꺼내어 흑인 젊은이의 입술에 갖다댔지만, 그 어떤 입김에도 반짝이는 거울 표면은 흐려지지 않은 채 온전히 제 빛을 유지했다.

이어서 젊은이의 심장에 손을 대본 벡스는 부정적인 신호를 하면서 아무런 박동이 없음을 알렸다.

침묵하는 가운데 몇 초가 흘렀다. 벡스는 조용히 뒤로 물러났고, 틀 주위에는 이제 아무것도 없었다.

문득 마비상태 속에서 어떤 의식의 잔재를 되찾기라도 한 것처럼 포가르가 보일 듯 말 듯 몸을 움직였고, 이 바람에 겨드랑이가 손잡이를 건드렸다.

등이 즉시 켜지면서 눈부시게 하얀 전기 빛다발이 지면을 향해 수직으로 투사되었고, 새로이 닦은 반사경에 의해 빛의 강도는 열 배로 증가했다.

닫집 모양으로 굽은 흰색 식물은 그것을 향하고 있는 듯 보이는 강렬한 조명을 정면으로 받았다. 천정처럼 아래를 굽어보는 부분에서는 선명하고 뚜렷한 양상의 섬세한 그림이 온갖 색깔로 물든 식물조직과 일체를 이루며 투과되어 나타났다.

이음매와 거친 반영이 없다보니 그림은 감탄할 만큼 고르고 부드러웠다.

반투명의 이미지는 동양의 한 풍경을 상기시켰다. 맑은 하늘 아래로 매력적인 꽃들이 가득한 찬란한 정원이 펼쳐져 있었고, 대리석 분수대 한가운데에서는 옥으로 된 관에서 솟구친 물줄기가 높은 곡선을 우아하게 그리고 있었다.

그 옆에는 으리으리한 궁전의 전면이 서 있고, 열린 창문으로는 포옹한 남녀가 보였다. 뚱뚱하고 수염이 난 남자는『천일야화』에 나오는 부유한 상인의 옷을 입은 채, 미소짓는 얼굴 위로 언제나 한결같이 넘치는 기쁨을 드러내고 있었다. 의상과 생김새로 보아 순 무어인인 여인은, 기분좋은 동반자와는 달리 기운이 없고 우울한 표정이었다.

창문 밑 대리석 분수대로부터 멀지 않은 곳에는 곱슬머리 청년 하나가 서 있는데, 그의 차림새는 시대로 보나 장소로 보나 상인과 동일한 배경을 갖고 있었다. 그는 광택 없는 은빛 금속으로 만들어진 확성기를 입에 댄 채, 영감에 가득찬 시인의 얼굴을 들어 남녀를 바라보면서 자신이 지은 비가를 노래하고 있었다.

무어 여인의 시선은 부단히 시인을 훔쳐보았고, 시인은 젊은 여인의 인상적인 아름다움 앞에서 넋을 잃은 모습이었다.

갑자기 발광식물의 섬유에서 미세한 분자운동이 일어났다. 이미지가 선명한 빛깔과 윤곽을 잃었다. 원자들은 피할 길 없는 새로운 배열에 따라 고정되려는 듯 동시에 전율하기 시작했다.

곧 두번째 그림이 구축되었다. 앞의 것처럼 찬란한 양상을 지닌 그것은, 마찬가지로 섬세하고 투명한 식물조직을 바탕으로 한 것이었다.

이번에는 황금빛 색조를 띤 넓은 사구砂丘의 메마른 비탈에 발자국 여러 개가 찍혀 있었다. 첫번째 이미지에 나왔던 시인이 쉽사리 허물어지는 지면 위로 몸을 기울이고 있는데, 사실인즉슨 작고 우아한 발이 낸 깊은 자국에 부드럽게 입을 맞추고 있었다.

잠시 움직임을 멈추었던 원자들이 현기증에 사로잡힌 듯 그들의 어지러운 곡예를 다시 시작했고, 생기 넘치는 화사한 분위기의 세번째 광경이 나타났다.

이번에 시인은 더이상 혼자가 아니었다. 그의 곁에는 보라색 옷을 입은 중국인이 손가락을 들어 커다란 맹금을 가리키고 있는데, 위엄 있게 나는 새의 모습은 아마도 어떤 예언적 의미를 갖고 있는 게 분명했다.

민감한 식물의 새로운 급변은 의아한 실험실을 보여주었고, 거기서 중국인은 시인에게 손글씨가 쓰인 종이를 주는 대가로 금화 몇 닢을 받고 있었다.

식물이 보여주는 장면들은 모두 다 동일한 지속시간을 갖고 있었고, 뒤이어 나타난 그림들은 천정처럼 드리워진 스크린 위로 차례차례 지나갔다.

실험실에 이어, 이번에는 화려하게 장식된 연회장이 나타났다. 가득 차려진 상에 앉은 뚱뚱하고 수염이 난 상인은 두 손으로 받쳐든 요리의 향기를 맡고 있었다. 한데 그의 두 눈은, 모종의 음험한 물질이 들어가 있는 맛있는 향기의 작용 아래 무겁게 감기고 있었다. 그의 맞은편에서는 시인과 무어 여인이 그 무거운 잠이 다가오는 것을 행복하게 엿보고 있었다.

이어서 정오의 태양이 불같은 햇볕을 수직으로 쏟아붓고 있는 경이로운 낙원이 나타났다. 장면 안쪽에서는 우아한 폭포가 흘러내리고, 그 물줄기는 초록색 반영으로 물들어 있었다. 시인과 무어 여인은 거대한 아네모네와도 흡사한 엄청난 크기의 꽃그늘에서 나란히 잠을 자고 있었다. 그동안 왼쪽으로부터 한 흑인이 서둘러 달려오고 있는데, 두 연인에게 임박한 위험을 알리기 위함인 것 같았다.

두번째로 상기된 동일한 배경에서, 이번에는 두 연인이 광적인 질주를 위해 도약하는 불같은 얼룩말 위에 앉아 있었다. 시인은 말 등에 단단하게 자리를 잡고 있고, 그 뒤에 걸터앉은 무어 여인은 금화 몇 닢이 담긴 지갑을 흔들며 웃고 있었다. 흑인은 그들이 떠나는 모습을 바라보며 공손히 작별인사를 하는 중이었다.

매혹적인 광경이 완전히 사라지고, 이제 햇볕이 쨍쨍 내리쬐는 길이 나타났다. 길 가장자리에는 먹을 것이 가득한 노점 하나가 서 있었다. 길 한가운데에 누워 근심어린 시인의 부축을 받고 있는 무어 여인은, 힘이 다한 창백한 얼굴로 주의깊고 열성적인 여주인이 내미는 음식을 받아먹고 있었다.

뒤이은 이미지에 나온 무어 여인은 다시 기운을 차리고 일어나 시인과 함께 길을 헤매고 있었다. 그녀 곁에서는 이상한 태도의 한 남자가 불길한 이야기를 늘어놓고 있는 듯 보였고, 그녀는 혼란과 번민 속에서 귀를 기울이고 있었다.

여러모로 보아 순정적인 사랑의 비극적 결말을 담고 있을 마지막 이미지는, 벽에 뾰족뾰족한 바위들이 솟아 있는 끔찍한 심연을 보여주었다. 바위들의 수많은 날카로운 끝에 상처를 입은 무어 여인은 무시무시한 추락의 끝에 임박해 있었고, 엄한 시선에 위협으로 가득차 있는, 몸도 얼굴도 없는 한 무리의 눈들이 그녀를 어지러이 끌어당기고 있었다. 위쪽에서는 이성을 잃은 시인이 애인의 뒤를 따라 대번에 몸을 던지고 있었다.

이 극적인 장면의 뒤를 이은 것은 타오르는 눈을 지닌, 전혀 예상치 못한 늑대의 초상이었다. 짐승의 몸은 그것 하나만으로 여러 풍경이 앞서 차지했던 자리를 점하고 있었다. 이미지 아래쪽에는 라틴어 명사 ‘LUPUS’*가 굵은 대문자로 씌어 있었다. 한데 비율이나 색깔 측면에서, 분명한 통일성을 지닌 동양 시리즈와 그 거대한 실루엣을 연관지어주는 것은 아무것도 없었다.

늑대는 곧 지워졌고, 대리석 분수대가 있는 정원, 노래하는 시인, 그리고 창문 앞에 선 남녀가 등장하는 첫번째 이미지가 다시 나타났다. 그러고는 모든 그림이 앞서와 같은 순서로, 그리고 동일한 시간 간격을 두고 다시 한번 지나갔다. 늑대가 시리즈를 끝맺음했고, 앞의 두 차례와 정확히 같은 이미지들이 연속적으로 또 한번 이어졌다. 식물은 그 고유의 존재와 연결되어 있는 듯 보이는, 의아한 분자의 순환을 하염없이 되풀이했다.

처음의 정원과 분수대가 네번째로 나타나자, 단조로운 공연에 무료해진 사람들이 아직도 여전히 움직임이 없는 포가르 쪽으로 시선을 향했다.

* 물론 ‘늑대’라는 뜻이다.

젊은 흑인의 몸과 침상 가장자리에 위치한 물건들은, 기이한 닫집에서 오는 여러 가지 빛깔의 반영으로 뒤덮여 있었다.

햇빛을 받은 교회의 포석이 스테인드글라스의 미세한 섬세함을 재생해내듯, 침대틀이 점하고 있는 공간은 식물의 스크린에 나타난 윤곽과 색깔을 고스란히 모사했다.

우리는 인물들, 분수, 궁전의 전면을 알아볼 수 있었는데, 투사에 의해 확대된 그것들은 우연이 던져놓은 다양한 방해물과 우툴두툴한 표면들을 화려하게 물들이며, 무한히 다채로운 그 형태와 어울리고 있었다.

다색의 광선들은, 환상적인 그림자들이 여기저기 뚜렷한 모습을 드러내고 있는 지면 위로 넉넉히 흘러넘쳤다.

따라서 식물을 향해 구태여 눈을 들지 않아도, 우리는 어김없이 일어나는 변화를 본의 아니게 알 수 있었거니와, 그것은 이미 친숙하고, 또 예견된 다음 그림을 반사를 통해 보여주고 있었다.

곧 포가르의 탈진상태가 끝났다. 그의 가슴이 가볍게 부풀어오르면서 호흡의 재개를 알렸다. 벡스는 그토록 오랫동안 멈추었던 심장에 손을 대본 뒤 자기 자리로 돌아와서는 감지될 듯 말 듯한 미약한 박동이 있다고 우리에게 말해주었다.

불현듯 깜빡거린 눈꺼풀이 그의 완전한 회생을 알렸다. 눈은 비정상적인 고정상태를 벗어났고, 포가르는 갑작스러운 몸짓으로 그의 오른손 곁에 떨어져 있던 보라색 꽃을 집어들었다.

그는 줄기의 가시로 왼쪽 손목 아래쪽에 부풀어올라 튀어나와 있는 혈관에 세로로 상처를 내어 열었고, 그로부터 완전히 응고된 푸르스름한 핏덩이 하나를 꺼내어 침상 위에 놓았다.

그러고 나서 그는 민첩하게 떼어낸 꽃잎 하나를 손으로 으깨어 수액 몇 방울을 얻어낸 뒤 그것을 혈관 위에 떨어뜨렸고, 벌어졌던 혈관의 두 가장자리는 순식간에 맞붙었다.

그리하여 모든 방해물로부터 자유로워진 혈액순환은 쉽게 회복될 수 있었다.

포가르 자신이 가슴과 오른쪽 무릎 안쪽에 행한 두 번의 동일한 시술로, 첫번째 것과 유사한 새로운 핏덩이 두 개가 나왔다. 혈관을 접합시키기 위해 또다른 꽃잎 두 장을 보라색 꽃에서 떼내야만 했다.

이제 포가르가 왼손에 나란히 들고 있는 핏덩이 세 개는 투명하고 끈끈한 양상을 띤 가느다란 안젤리카* 조각과도 흡사해 보였다.

젊은 흑인이 자기가 원하는 결과를 얻을 수 있었던 것은 그의 의도적인 강경증強硬症 덕분이었다. 실제로 그가 취한 탈진상태의 유일한 목적은 혈액을 부분적으로 응축시킴으로써 섬세한 뉘앙스를 띤 응고된 파편 세 개를 끌어내는 것이었다.

포가르는 오른쪽으로 고개를 돌려 붉은색 줄이 쳐진 삼각깃발을 쳐다보면서, 핏덩이 하나를 집어들어서는 푸른색 깃대에 대고 천천히 추켜올렸다.

문득, 위쪽에서 쏟아져내린 반영으로 뒤덮인 희끄무레한 평직 천이 부르르 떨렸다. 이어서 이때껏 꼼짝도 않고 있던 그 삼각형 천이 깃대에 매달린 채 아래로 내려오기 시작했다. 우리가 눈앞에 보고 있는 것은 단순한 헝겊이 아니라, 본능과 움직임을 지닌 모종의 기이한 동물이었다. 붉은 색조의 줄무늬는 다름 아닌 강력한 동맥이었고, 대칭을 이루는 검은 점 두 개는 절대로 깜빡이지 않는, 당혹스럽기 그지없는 한 쌍의 눈에서 온 것이었다. 수직상태에 있는 삼각형의 밑면을 깃대에 연결해주는 것은 수많은 흡반들로서, 잠깐 전부터 일련의 몸 비틀기를 통해 일관된 방향으로 이동하고 있었다.

계속해서 초록색 핏덩이를 추켜올리던 포가르는, 규칙적인 움직임에 따라 하강하고 있던 동물과 곧 맞닿뜨렸다.

* 미나리과의 식물.

이제 깃대에 붙어 있는 것은 위쪽의 흡반들뿐이었고, 깃대에서 이탈한 아래쪽 흡반들은 젊은이의 손을 벗어난 핏덩이에 탐욕스럽게 들러붙었다.

게걸스러운 흡인 덕분에, 서로 앞다투어 빨아들이는 입들은 피의 양식을 금방 소진해버렸다. 그들은 그것을 엄청나게 맛있어하는 것 같았다.

식사가 끝나자 그들은 다시 깃대에 가서 들러붙었고, 부동자세로 되돌아간 전체는 맨 처음 보았을 때와 같이 알지 못할 뻣뻣한 깃발의 양상을 되찾았다.

포가르는 두번째 핏덩이를 푸른색 깃대 왼쪽, 침상 가장자리에서 있는 연약한 문틀 곁에 놓았다.

곧 횡목 아랫면에 매달린 술장식이 마치 강력한 미끼에라도 끌린 양 열띠게 요동쳤다.

술장식의 위쪽은 삼각형 동물의 것과 유사한 흡반들로 이루어져 있었다.

술장식은 한차례 곡예를 행한 끝에 한쪽 기둥에 도달했고, 이어서 그에게 제공된 맛있는 먹이를 향해 수직으로 이동했다.

생명과 힘을 지닌 흔들리는 촉수들이 핏덩이를 섬세하게 움켜잡아 흡반들 쪽으로 옮겨놓았고, 기둥에서 잠시 떨어져나온 흡반들은 지체 없이 배를 채웠다.

먹이가 완전히 소진되자, 술장식은 내려올 때와 동일한 방식으로 높은 횡목을 향해 올라가 평소의 자세를 되찾았다.

마지막 핏덩이를, 포가르는 하얀색 비누가 든 용기 바닥에 놓았다.

문득 균일하고 미끄러운 덩어리 윗부분에 펼쳐진 두꺼운 이끼가 움직이는 게 보였다.

세번째 동물이 지금껏 절대적 부동성에 은닉되어 있던, 어리둥절하게 만드는 제 존재의 양상을 드러낸 것이다.

눈처럼 하얀 갑각으로 몸이 뒤덮인 그 이상한 동물은 천천히 기어가면서 마르고 구슬픈 딸꾹질소리를 불규칙한 간격으로 냈다.

닫집에서 내려오는 반영은 완벽하게 깨끗한 외피 위에서 특별한 선명함을 띠었고, 외피는 눈에 띄는 또렷함으로 물들었다.

비누 가장자리에 도달한 동물은 수직으로 내리꽂힌 경사를 내려가 평평한 용기 바닥에 이르렀다. 거기서 조급한 탐식에 사로잡힌 동물은 핏덩이를 집어삼키고는 아무런 소리도 없이 움직임을 그친 채 고요하고 관능적인 소화를 무겁게 시작했다.

포가르는 자기에게서 멀리 떨어진 물건들에 더 쉽게 닿고자 침상 위에서 무릎을 꿇었다.

그는 손가락 끝으로 비누 덩어리 옆의 금속알코브 바깥쪽에 붙어 있는 가느다란 레버를 움직였다.

그러자 빛나는 조명이 즉각 모두의 시선에 노출된 해면을 비추었다. 빛줄기가 관통하는 유리관 몇 개가 알코브 내벽에 수평으로 쌓여 있고, 이런 까닭에 알코브는 별안간 빛으로 범람했다.

환하게 드러난 해면의 거의 반투명인 조직 한가운데로, 매우 복잡한 혈관얼기가 연결되어 있는, 진짜 사람의 것 같은 작은 심장이 보였다. 제대로 만든 대동맥은 일군의 적혈구를 운반했고, 이 적혈구들은 무한히 분기되어나가는 온갖 종류의 혈관들을 통해 기관의 가장 먼 부분까지 생명을 배분하고 있었다.

포가르는 알코브 옆의 항아리를 집어들어서는 맑고 깨끗한 물 몇 리터를 해면 위로 천천히 부었다.

하지만 뜻밖의 물 공급이 그 놀라운 녀석의 마음에는 들지 않은 모양이었다. 그 생물체는 몸을 강하게 수축시키더니 달갑잖은 물을 배출해버렸다.

알코브 아래쪽에 난 중앙 배출구는 이 거부당한 물에 길을 터주었고, 그 물은 가느다란 줄기를 이루며 지면 위로 흘러내렸다.

젊은이는 몇 차례에 걸쳐 동일한 조작을 되풀이했다. 전기 불빛이 환히 비추는 가운데 다이아몬드의 양상을 띤 물방울들은, 계속해서 바뀌는 다색의 투사광 덕분에 때때로 보석 같은 빛을 발했다.

포가르는 항아리를 제자리에 내려놓은 뒤 옆에 있는, 프로펠러가 달린 실린더를 집어들었다.

온통 금속이고 매우 작은 크기를 지닌 이 새로운 물건은, 젊은이가 단추를 누르며 사용할 수 있는 강력한 전지를 담고 있었다.

배의 고물에 고정하듯 실린더 끝에 부착된 프로펠러가 마치 명령을 수행하는 것처럼 가벼운 소리를 내며 빠르게 돌아가기 시작했다.

곧, 포가르가 이동시키는 기구는 언제나처럼 기둥 위에서 균형을 취하고 있는 수평 아연 원판을 내려다보게 되었다.

실린더 아래쪽에 위치한 프로펠러는 회색 표면에 대고 지속적인 바람을 쏘아댔고, 원반 표면의 양상은 차츰차츰 바뀌기 시작했다. 바람은 원반 가장자리의 모든 지점을 차례로 어루만졌고, 그 이상한 원반은 수축을 일으키면서 하나의 돔과 같은 둥근 모양을 띠었다. 마치 어떤 거대한 굴石花의 막이 산酸의 작용 아래 경련하는 것과 같다고나 할까.

포가르는 더이상 실험을 계속하지 않고 선풍기를 멈춘 뒤 그것을 항아리 곁에 정돈했다.

바람이 사라지자 돔 가장자리들이 천천히 다시 일어나기 시작했고, 잠깐 사이에 원반은 예전의 견고함을 되찾았다. 이와 함께 그것에 표출되었던 동물적 생명의 양상은 적어도 표면적으로는 완전히 자취를 감추었다.

왼쪽으로 몸을 돌려 침상의 다른 면을 마주한 포가르는 젤라틴 덩어리를 들어 시멘트 위에 수직으로 꽂힌 백 개의 흑옥 바늘 위에 정성스럽게 얹었다. 젊은 흑인이 손을 놓자, 무기력한 살덩어리는 스스로의 무게에 의해 천천히 아래로 내려갔다.

백 개의 뾰족한 검은색 침에 찔려 별안간 날카로운 아픔을 느낀, 덩어리 앞쪽에 위치한 촉수가 벌떡 일어서면서 고통을 표했다. 그 촉수는 끝에서 세 갈래로 분기되는데, 각각의 갈래는 정면을 향해 입을 벌린 흡반으로 끝나고 있었다.

포가르는 바구니 안에서 졸고 있는 고양이 세 마리를 집어 들었다. 그가 이렇게 움직이는 동안 그의 몸이 드리운 그림자가 젤라틴 덩어리를 벗어났고, 그 위로 거대한 늑대의 실루엣 일부가 투사되었다. 식물의 스크린에 그 늑대가 나타나기는 이번이 최소한 열번째는 되었다.

한 마리씩 한 마리씩 고양이들의 등이 세 개의 흡반에 가서 붙었고, 마치 문어다리 같은 그 흡반들은 포획물을 완강하게 꽉 붙잡았다.

하지만 백 개의 흑옥침은 일정한 형체가 없는 동물의 살 속으로 점점 더 깊이 박혀들어갔고, 계속해서 커지기만 하는 그의 고통은 세 갈래 흡반의 회전운동으로 표출되었다. 그것들은 마치 바큇살처럼 움직이기 시작했다.

회전운동은 처음에는 느렸지만 점점 더 열띠게 가속화되

었고, 고통을 느낀 고양이들은 발톱을 세우며 절망적으로 버둥거렸다.

미친 듯한 선회 속에서 곧 모든 것이 뒤섞이기에 이르렀고, 고양이 울음소리의 사나운 합주만이 겨우 구별될 뿐이었다.

그러나 촉수에는 아무런 뒤틀림도 없었다. 언제나처럼 안정된 자세를 유지한 채 버팀대 역할을 계속 수행했다. 어떤 교묘하고 신비로운 윤심輪心 덕분에, 우리가 보는 광경은 그 위력과 흥미에서 윤충류輪蟲類의 섬모가 제공하는 회전운동을 단연 능가하고 있었다.

백 개의 침이 점점 더 깊이, 그리고 더 가혹하게 박히면서 회전속도도 한층 빨라졌다. 격렬하게 요동치는 공기는 지속적인 바람소리를 냈고, 그 음역은 쉼없이 높아지기만 했다. 서로 뒤섞인 듯 보이는 고양이들은 초록색 줄이 쳐진 간단없는 원반 모양이 되었고, 그로부터 사나운 비명소리가 새어나왔다.

포가르는 다시 젤라틴 덩어리를 들어올려 원래의 자리에 되돌려놓았다.

고통이 사라지자 그 놀라운 회전은 대번에 완만해졌고, 이내 멈추었다. 포가르는 세 차례의 강한 요동으로 고양이들을 떼어냈고, 얼떨떨한 채로 신음하는 그 고양이들을 바구니에 집어넣었다. 세 갈래로 갈라진 촉수는 무기력하게 늘어졌고, 규칙적으로 바뀌는 반영들로 다시 뒤덮였다.

이제 오른쪽으로 몸을 구부린 젊은이는 항아리를 집어들어서는 하얀색 비누 위로 일정한 양의 물을 부었고, 용기 바닥에 나 있는 좁은 구멍들 덕분에 그것은 비가 되어 아래로 흘러내렸다.

완전히 빈 항아리는 프로펠러가 달린 실린더 곁으로 되놓였고, 젊은 흑인은 약간 길쭉한 입방체를 이루고 있는 물에 젖은 비누의 평평한 여섯 면을 한손 가득 움켜쥐었다.

곧이어 침대 머리맡 쪽으로 가능한 멀리 물러난 포가르는 왼쪽 눈을 감고는, 고양이들이 든 바구니와 백 개의 검은색 바늘이 솟은 양탄자 사이에서 앞뒤로 한 줄을 이루고 있는 세 개의 금괴를 오랫동안 조준했다.

문득 젊은이의 팔이 유연하게 이완되었다.

비누는 일련의 위험천만한 도약을 감행하기라도 하듯 긴 곡선을 그리며 첫번째 금괴에 가서 떨어지더니, 그로부터 튀어 올라 계속해서 바퀴처럼 빙빙 돌면서 두번째 황금두루마리에까지 날아가 그것을 잠깐 스친 뒤, 매우 느린 두 차례의 뒤집힘만으로 구성된 세번째 궤도를 통해 세번째 황금실린더에 도달하여, 그 위에 몸을 세우고 움직임을 멈춘 채 균형을 취하고 있게 되었다.

사용된 물체의 의도적인 미끌미끌함, 그리고 세 금괴 윗부분의 둥그스름한 형태는 묘기의 성공을 더욱 돋보이게 했다.

포가르는 특수 용기에 비누를 넣고 난 뒤 이동을 계속하여, 이번에는 왼손으로 케이지 문처럼 만들어진 섬세한 기구를 정성스럽게 집어들었다.

그는 오른손의 세 손가락을 허리옷에 문질러 닦고는 세로로 쪼갠 잔가지를 쥐어들었다.

활을 대신하는 이 마지막 물건은 작은 장방형 하프의 두 기둥 사이에 팽팽하게 매인 검은색 말총들 가운데 하나를 마치 바이올린 현처럼 문지르는 데 소용되었다.

마찰을 수행한 것은 잔가지의 안면이었다. 자연적으로 흘러나와서 굳은 단단한 수액이 송진 역할을 성공적으로 대신해주었다.

말총은 강하게 진동했다. 그것은 매우 의아한 결절結節 효과 덕분에 5도 음정 차이를 보이는 완전히 다른 소리 두 가지를 동시에 냈고, 분명하게 한정되고 뚜렷하게 차이나는 두 요동 구간이 위아래로 보였다.

포가르는 위치를 바꾸어 새로운 말총 위로 활을 움직였고, 그 활 혼자서 이상적이리만치 정확한 장3도 음정을 냈다.

차례로, 그리고 따로, 잔가지가 왕복운동을 한 각각의 줄은, 유사한 진폭의 두 음을 동시에 냈다. 그것들 사이의 차이는 정확하든 거슬리든 매번 달라서 실험에 재미난 다채로움을 더해 주었다.

하프와 활을 정돈하고 난 젊은이는, 짙은 색깔의 자갈 두 개를 집어들어 침상 모서리 옆에 위치한 두꺼운 양초 위에서 강하게 맞부딪쳤다. 첫번째 충격에서 솟아오른 한 다발 불꽃의 일부가 연소성이 매우 강한 심지 위에 내려앉았고, 심지는 금방 불이 붙었다.

고요하고 똑바른 불꽃의 근접 조명에 드러난, 돌발적 기이함이 가득한 양초를 이룬 물질은, 섬세한 결을 지닌 어떤 과일의, 작은 구멍들이 있고 먹음직스러운 과육과도 흡사해보였다.

문득 타닥타닥하는 엄청난 소리가 공기를 뒤흔들었다. 양초가 타면서 생겨난 그 소리는 꼭 천둥소리 같았다.

이 첫번째 천둥소리 뒤에 잠시 침묵이 흐르더니, 곧바로 훨씬 더 격렬한 파열음이 뒤따랐고, 그것은 다시 희미한 으르렁거림으로 이어지면서 진정 국면을 알렸다.

양초는 꽤나 빨리 타서, 얼마 지나지 않아 폭풍우의 환기는 놀랍도록 완벽한 것이 되었다. 끔찍하게 파열하는 몇 차례의 벼락이, 길게 끌리며 사그라드는 먼 메아리와 번갈아 들려왔다.

눈부신 달빛은 독특하고 맹렬한 소음과 강렬한 대비를 보였다. 거기서 부족한 것은 폭풍의 휘파람소리와 번갯불뿐이었다.

점점 짧아지던 양초가 거의 다 없어졌을 때, 포가르는 입김 한 번으로 대번에 심지의 불을 껐고, 즉시 평온한 침묵이 자리잡았다.

곧이어, 잠깐 전부터 돌아와 있던 흑인 짐꾼들이, 젊은이가 나른하게 몸을 눕힌 좁은 침상을 들어올렸다.

무리가 소리 없이 사라지는 동안, 다색의 투사광이 만들어내는 섬광은 언제나처럼 변화를 거듭하고 있었다.

⁂

이제 포상을 시행할 엄숙한 시간이 되었다.

쥐야르가 얇은 양철판에서 오려낸 장식물을 주머니로부터 꺼냈다. 그리스어 대문자 델타의 모양을 한 그 정삼각형은 꼭짓점 가운데 하나에 별로 크지 않은 고리가 달려 있는데, 일부러 방향을 틀어놓은 그 고리는 전체와 직각을 이루고 있었다.

니켈도금을 한 그 하찮은 장식물은, 고리를 지나가는 커다란 파란색 리본과 함께 델타 대훈장을 구성하고 있거니와, 그것을 수여받은 사람은 그에게 신뢰를 표명한 사려깊은 주주들을 부자로 만들어줄 것이었다.

쥐야르는 각각의 공연이 진행되는 동안 흑인 관중이 보였던 반응을 유일한 평가 기준으로 채택했던바, 주저하지 않고 마리우스 부카레사스를 호명했다. 그의 어린 고양이들이 술래잡기를 하면서 포뉘켈레 사람들을 부단한 열광 속에 빠뜨렸기 때문이다.

금방 최고의 훈장으로 치장한 아이는 자부심과 행복을 느끼며 자기 자리로 돌아갔다. 그가 꼭 끼는 희미한 분홍색 옷 위로 대각선 줄을 긋고 있는 푸른색 리본을 찬탄하면서 바라보는 동안, 그의 왼쪽 허리춤에서는 달빛을 받아 빛나는 장식물이 검은색 벨벳타이츠 위로 강렬하게 부각되었다.

구경꾼 무리에서 기쁨의 함성이 터져나왔다. 마리우스에게 투자한 주주들이 내지른 소리였다. 곧 십만 프랑의 상금이 배분될 예정이었다.

대훈장을 수여하고 난 쥐야르는 앞의 것보다 작긴 하지만 같은 금속에서 동일한 형태로 잘라낸 여섯 개의 델타를 내보였다. 그것들에는 각각의 부착 고리가 나머지 부분과 동일한 면을 이루고 있고, 그리로 가느다란 파란색 리본이 지나가고 있는데, 길이가 불과 몇 센티미터밖에 안 되는 리본의 양끝이 만나는 위쪽 지점에는 가볍게 구부러진 수직 핀 한 쌍이 달려 있었다.

앞에서와 마찬가지로, 다양한 후보자들을 향해 토착민들이 보인 호응의 정도를 공평하게 헤아린 쥐야르는 슈커리오프스키, 탕크레드 부카레사스, 위르뱅, 를구알크, 뤼도빅, 그리고 라비요디에르메조니알을 앞으로 나오게 한 뒤, 델타의 기사 계급을 상징하는 여섯 훈장을 아무런 격식이나 담화 없이 각각의 가슴에 하나씩 달아주었다.

⁂

휴식을 알리는 종이 울렸다.

성큼성큼 걸으며 몸소 퇴각을 알린 탈루의 명령에 따라 토착민들은 에쥐르 시내로 흩어졌다.

우리 그룹은 그 이상한 수도 한가운데 배정된 특별구역으로 한 사람도 빠짐없이 옮겨갔고, 원시적인 오두막집들 안에서 곧 잠이 들었다.

IX

다음날 노르베르 몽탈레스코가 새벽부터 우리를 깨웠다.

우리는 서둘러 옷을 입고 빽빽한 무리를 이루어 트로피광장을 향해 가면서, 아침때라 비교적 선선하게 느껴지는 공기를 감미롭게 맛보았다.

황제와 시르다가 노르베르의 기별을 받고 우리와 같은 순간에 광장으로 나왔다. 탈루는 전날 입었던 이상한 옷을 벗어버리고 평소대로 토착민 수장 복장을 하고 있었다.

노르베르가 우리를, 루이즈가 일에 몰두하면서 밤을 샌 작은 집이 있는 곳으로 불렀다. 첫새벽부터 자리에서 일어난 그가 누이의 명령을 듣기 위해 그리로 갔더니, 누이가 모습은 드러내지 않은 채 목소리만 높여 우리를 즉시 깨우라고 했던 것이다.

문득 우리 눈에 일부만 보이는 빛나는 칼 하나가 마치 저절로 움직이듯 마른 파열음을 내며 작은 집의 검은색 벽을 갈랐다.

칼날은 두꺼운 천을 힘차게 자르며 커다란 직사각형 일주를 마쳤다. 안에서 칼을 움직인 것은 루이즈 자신이었다. 그녀는 곧 자른 천을 떼어내고 밖으로 뛰어나왔는데, 속이 꽉 찬 커다란 여행 배낭을 갖고 있었다.

"실험을 위한 모든 준비가 끝났어요." 승리의 기쁨이 감도는 미소를 지으면서 그녀가 외쳤다.

전사의 풍모를 지닌 그녀는 훤칠하고 매력적이었고, 세련된 승마화 속에 아랫단을 집어넣은 부푼 바지가 그런 모습을 완성해주고 있었다.

방금 뚫린 구멍을 통해, 테이블에 뒤죽박죽으로 놓인 온갖 종류의 유리병, 증류기, 그리고 납작한 수조가 보였고, 이는 그 작은 집을 희한한 실험실로 만들어놓고 있었다.

집을 막 빠져나온 까치는 이 무화과나무 저 무화과나무로 자유롭게 날아다녔는데, 맑은 공기와 독립에 도취된 것 같았다.

노르베르는 누이의 손에서 무거운 배낭을 받아들었고, 그녀와 함께 에쥐르 남쪽을 향해 걷기 시작했다.

그런 남매를, 탈루와 시르다를 선두로 한 행렬 전체가 뒤따랐다. 그들은 점점 밝아오는 빛 속에서 꽤 빠르게 걸었다.

도시를 나온 루이즈는 얼마 동안 더 걷다가, 어떤 빛의 조합에 매료되었는지 걸음을 멈추었다. 그녀가 멈추어선 곳은 전날 우리가 불꽃놀이를 구경했던 바로 그곳이었다.

새벽빛이 베윌리프뤼앙 정원의 멋진 나무들을 뒤쪽에서 비추며 전혀 예기치 못한 희한한 빛의 유희를 낳고 있었다.

탈루는 약속된 매력적인 실험을 구경하기에 유리한 장소를 자신이 직접 골랐다. 루이즈는 노르베르가 가져온 배낭을 열어 거기에 접혀 있는 물건을 풀었고, 그것을 원래의 모습으로 일으켜세우자 엄격하게 수직인 이젤이 되었다.

틀 안쪽이 팽팽하게 펼쳐진 캔버스는 이젤 중간 높이에 놓인 뒤, 나사 달린 꺾쇠에 의해 단단히 고정되었다. 루이즈는 그것을 자신이 생각하는 위치로 내렸다. 이어서 젊은 여인은 일체의 접촉을 방지해주는 상자에서 미리 준비되어 있던 팔레트를 매우 조심해서 꺼냈고, 그것은 이젤 오른쪽에 고정되어 있는 금속틀에 정확히 부착되었다. 덩어리들이 서로 명확하게 구분되어 있는 물감들은, 그림을 채워넣어야 할 캔버스와 똑같이 베윌리프뤼앙을 마주보고 있는 얇은 나무판 위쪽에 배열되어, 기하학적 정확성을 지닌 반원형을 그리고 있게 되었다.

배낭에는 이외에도 마치 사진기 삼각대처럼 분절된 받침대 하나가 담겨 있었다. 루이즈는 그것을 집어들어 세 다리를 늘린 뒤 이젤에서 멀지 않은 지점에 놓고는, 전체적인 높이와 균형을 세심하게 조정했다.

이때 노르베르가 누이의 명령에 따라 가방에서 무거운 궤를 꺼내어 이젤 뒤에 놓았고, 궤 속에 나란히 줄 맞추어놓은 전지 몇 개가 유리뚜껑을 통해 보였다.

그러는 동안 루이즈는 아마도 매우 연약할 게 분명한 물건의 포장을 신중을 기해 풀었다. 우리 눈앞에 모습을 드러낸 그 물건은, 두껍고 육중한 판 모양이었는데, 장방형의 형태에 꼭 맞는 금속덮개로 보호되어 있었다.

휘어지지 않는 저울의 뼈대를 간략한 형태로 떠올리는 삼각대의 꼭대기 부분은 넓게 벌어진 일종의 갈래 모양을 하고 있거니와, 그 끝은 두 개의 수직기둥으로 느닷없이 끝나고 있었다. 루이즈는 무언가를 신중하게 박는 동작으로 판의 긴 두 측면 가운데 한쪽을 그 수직기둥들에 고정시켰다. 이를 위해 그녀는 적절한 지점에 위치한 두 개의 가늘고 깊은 구멍을 활용했다. 이 구멍들은 뒤쪽으로 각각 나 있는 덮개의 짤막한 홈을 통해 외부에 노출되어 있었는데, 그것은 에워싼 홈의 가두리 사이로 수직기둥이 용이하게 왕복할 수 있도록 하기 위한 것이었다.

다양한 물건들의 위치를 가늠하기 위해, 젊은 여인은 눈을 깜빡이면서 베윌리프뤼앙 쪽으로 물러섰다. 상대적인 거리를 더 잘 판단하기 위해서였다. 그런 그녀의 오른쪽으로는 받침대가, 왼쪽으로는 이젤과 그 뒤의 궤가, 가운데로는 물감이 가득한 팔레트가 자리잡고 있었다.

장방형 판은, 손으로 잡을 수 있는 고리가 한복판에 달린 매끄러운 덮개를 새벽빛에 직접적으로 노출하고 있었다. 아무런 가리개도 없는 그 뒷면에는 놀랍도록 가느다란 수많은 금속선이 시작되고 있는데, 너무나도 규칙적인 머리칼의 양상을 띤 그 선들은 지각할 수 없는 판의 각 지점을 전기에너지가 공급되는 어떤 기구와 연결해주고 있었다. 그 선들은 절연싸개 아래에서 한데 모여 두터운 술장식 모양을 이루다가 긴 금속원통으로 끝나고 있었고, 자기 자리로 돌아온 루이즈는 몸을 구부려 전지가 든 궤의 측면 구멍에 그것을 꽂았다.

이외에도 배낭 안에는 사진 찍을 때 앉는 의자의 머리받침과 부분적으로 닮은 튼튼한 수직 파이프가 들어 있었는데, 묵직한 원형 받침 위에 견고하게 자리잡은 그 파이프의 꼭대기에는, 안에 들어 있는 쇠막대를 편한 위치에 고정시킬 수 있는, 조작이 용이한 나사가 부착되어 있었다.

그 기구를 이젤 앞에 설치한 루이즈는, 파이프 바깥에서 움직이게 되어 있는 막대를 들어올리고는 그 끝이 도달한 높이를 세심하게 확인한 뒤 나사를 죄었고, 그 결과 막대의 끝은 아직 채 손도 대지 않은 캔버스 정면에 위치하게 되었다.

안정성 있고 외따로 떨어져 있는 막대의 끝에, 젊은 여인은 금속으로 된 커다란 구를 마치 빌보케*처럼 단단히 박았다. 그 구에는 마디가 있고 회전을 하는 일종의 팔이 수평으로 연결되어 있고, 팔레트를 향하고 있는 그 팔 끝에는 열 개쯤 되는 붓이 꼭 엎어놓은 바큇살처럼 달려 있었다.

곧 조작자의 노력으로 이중의 선이 구와 전기상자를 연결하게 되었다.

* 한쪽 끝에 공이 매달려 있고 다른 쪽 끝에 공받이가 있는 장난감.

실험을 시작하기에 앞서, 루이즈는 작은 병을 열어 각각의 붓털에 기름을 한 방울씩 떨어뜨렸다. 노르베르는 성가신 가방을 옆으로 치웠다. 젊은 여인이 금속구를 꺼낸 이후로 가방은 거의 비어 있었다.

이와 같은 준비가 진행되는 동안, 차츰차츰 해가 떠올랐고, 베윌리프뤼앙은 이제 찬란한 빛으로 충만하여 다색의 환상적인 광경을 이루었다.

그 찬란한 정원을 향해 돌아서던 루이즈는 탄성을 금할 수가 없었다. 그만큼 빛은 마술적인 것이었다. 자기의 계획을 실현하기에 그 순간이 비할 데 없이, 그리고 경이롭도록 적합하다고 판단한 젊은 여인은, 삼각대 가까이 다가가 판에 부착된 덮개의 고리를 움켜쥐었다.

모든 구경꾼이 이젤 근처에 밀집했다. 찬란한 햇살을 가리지 않기 위해서였다.

위대한 실험을 시작하기에 앞서 루이즈는 감동한 빛이 역력했다. 음악을 이끄는 그녀의 호흡이 빨라지면서, 견장으로부터 새어나오는 단조로운 화음이 더 자주, 그리고 더 힘차게 반복되었다. 그녀는 갑작스러운 동작으로 덮개를 벗기고는, 받침대와 이젤 뒤쪽으로 해서 우리와 합류했다. 기구의 움직임을 살피기 위해서였다.

젊은 여인이 줄곧 움켜쥐고 있던 차폐막이 사라지면서 바야흐로 헐벗은 가운데 나타난 판은, 매끈하게 빛나는 갈색 표면을 드러냈다. 모든 시선이, 루이즈가 이상한 사진술적 성질을 부여한 그 신비로운 물질을 탐욕스럽게 응시했다. 문득 가벼운 떨림이 이젤 맞은편에 있는 자동팔을 움직였는데, 단순한 모양의 빛나는 수평 날로 이루어진 그 팔은 한가운데가 구부러져 있었다. 각도가 변하는 팔꿈치는 꽤 강력한 용수철의 작용 아래 최대한 벌어지려고 했고, 구로부터 나온 유연한 금속선은 팔 끝을 장악하고 간격을 조절하면서 팔꿈치의 열림을 제어했다. 지금은 금속선이 늘어나면서 각도가 점차 커지고 있었다.

이 첫번째 움직임은 초조하고 불안한 관중들에게서 가벼운 동요를 불러일으켰다.

팔은 팔레트를 향해 천천히 뻗쳐졌고, 끝에 붓들이 방사형으로 달려 있는, 테 없는 수평 바퀴는 수직 굴대 꼭대기를 향해 점진적으로 상승했다. 그것을 위아래로 움직이는 것은 톱니가 새겨진 뙤리쇠로, 이 뙤리쇠는 신축성 강한 동력전달 벨트에 의해 구와 직접 연결되어 있었다.

두 가지 움직임이 결합하여 붓 가운데 한 끝을 팔레트 꼭대기 근처에 모여 있는 두꺼운 파란색 물감 쪽으로 향하게 했다. 붓털은 빠르게 물들었고, 그것은 약간 아래쪽으로 내려가서는 아무것도 없는 나무 표면에 방금 찍어낸 미량의 물감을 칠했다. 똑같은 방법으로 취한 극소량의 흰색 물감은 방금 파란색 물감을 칠한 곳에 첨가되었고, 긴 문지름을 통해 완벽하게 배합된 두 색조는 매우 부드러운 분위기의 창백한 하늘색을 산출했다.

이번에는 금속선의 당김으로 약간 짧아진 팔이 부드럽게 돌더니 이젤에 고정시켜놓은 캔버스 윗부분 왼쪽 모서리 앞에 가 멈추었다. 곧 섬세한 뉘앙스로 물든 붓이 미래의 그림 가장자리에 수직의 가느다란 하늘 띠를 자동으로 그렸다.

찬탄의 웅성거림이 이 첫 시작을 반겼다. 이제 성공을 확신한 루이즈는 만족을 드러내는 커다란 한숨을 내쉬었고, 견장으로부터 떠들썩한 팡파르가 울려퍼졌다.

팔레트 앞으로 되돌아온 붓 바퀴가 돌연히 회전했다. 그것을 움직이는 두번째 동력전달 벨트는 첫번째 동력전달 벨트처럼 신축성 있는 피륙으로 이루어져 있고, 일부가 구 안쪽으로 사라지고 있었다. 이때 짤막한 소리가 들려왔다. 아무 물감도 묻지 않은 새 털을 단 붓을 팔레트 정면에 단단히 고정시켜주는 정지 홈에서 난 소리였다. 곧 팔레트의 다른 부분에서 혼합된 몇 종류의 원색이 광채 가득한 황금빛 노란색을 합성해냈고, 그림 위로 옮겨진 그 물감은 이미 시작된 수직 띠를 연장했다.

베윌리프뤼앙을 향해 고개를 돌린 사람들은, 분명히 구분되는 선을 하늘에 그리고 있는, 갑작스럽게 연속되는 두 가지 뉘앙스가 절대적으로 정확한 것임을 확인할 수 있었다.

작업은 정확하고 빠르게 계속되었다. 이제 팔레트에 한번 접근할 때마다 붓 몇 개가 번갈아가면서 서로 다른 색채를 혼합했고, 그림 앞에 와서도 그것들은 동일한 순서로, 그리고 이따금 미미한 비율로, 새롭고 특별한 색채를 캔버스에 칠했다. 이러한 방식은 가장 섬세한 뉘앙스의 농담도 가능하게 해주었으며, 사실의 찬란함으로 충만한 풍경의 한구석이 차츰차츰 우리 눈앞에 펼쳐지기 시작했다.

기구에서 눈을 떼지 않은 채, 루이즈는 우리에게 도움이 될 수 있는 설명을 해주었다.

거기에서는 전자기 원칙에 의거한 시스템에 의해 갈색 판홀로 모든 것을 작동시키고 있었다. 렌즈가 없음에도 불구하고, 그 매끈한 표면은 극도의 감응성 덕분에 놀랍도록 강력한 빛의 느낌을 수용했거니와, 뒷면에 꽂힌 수많은 선들에 의해 전달되는 그 느낌은 원주가 족히 일 미터는 넘을 구 안의 기계장치를 돌아가게 했다.

우리가 눈으로 직접 확인할 수 있었던 것처럼, 삼각대의 두 수직기둥은 판과 똑같은 갈색 물질로 이루어져 있었고, 완벽한 접합 덕분에 판과 더불어 단 하나의 동질적인 덩어리를 형성하고 있는 그 기둥들은 나름의 특별한 위치에서 사진술적 소통의 지속적인 발현에 기여하고 있었다.

루이즈의 설명에 따르면, 구는 두번째 장방형 판을 담고 있었다. 한데 첫번째 판의 다채로운 감응을 전해주는 또다른 선들의 망을 갖춘 그 판 위로는, 좁은 금속바퀴 하나가 여기저기로 돌아다녔는데, 이 바퀴는 그것이 일으킨 전류를 통해 로드, 피스톤, 그리고 실린더들로 이루어진 복잡한 시스템을 작동시켰다.

작업은 오른쪽 방향으로 점진적으로 진행되었다. 언제나처럼 수직 띠가 위에서 아래로 차례차례 그려졌다. 테두리 없는 바퀴가 팔레트와 캔버스 앞에서 돌아갈 때면, 일이 진행되는 짧은 시간 동안 이 붓 저 붓을 차례로 고정시켜주는 장치가 날카로운 소리를 냈다. 이 단조로운 소리는 훨씬 느리기는 했지만, 장터의 회전식 상품진열대가 내는 긴 마찰음을 연상시켰다.

이제 팔레트는 표면 전체가 물감이 묻거나 더러워져 있었다. 새로운 원색들을 쉼없이 덧칠한 결과, 가장 이질적인 색의 혼합들이 서로 이웃하고 있었다. 하지만 어리둥절하게 만드는 잡색들에도 불구하고 혼동은 전혀 일어나지 않았다. 각각의 붓이 모종의 다소 한정된 특수성을 부여해주는 어떤 뉘앙스의 카테고리를 벗어나지 않았기 때문이다.

얼마 지나지 않아서 그림의 왼쪽 절반이 끝났다.

루이즈는 기쁨을 느끼며 이때껏 아무런 사고나 오류 없이 작동해온 기구의 움직임을 살폈다.

풍경이 완성되는 동안 성공은 단 한 순간도 의심되지 않았다. 그림의 나머지 절반 또한 경이로운 확고함으로 그려졌던 것이다.

실험이 끝나기 몇 초 전, 루이즈는 다시 한번 이젤과 받침대 뒤쪽을 지나 감응판 곁에 섰다. 이때는 캔버스 오른쪽 끝에만 좁다란 흰색 띠가 남아 있었고, 그마저도 금방 채워졌다.

마지막 붓질 직후, 루이즈는 갈색 판 위로 차폐막 덮개를 빠르게 덮었고, 이와 함께 마디진 팔은 움직임을 멈추었다. 젊은 여인은 기계의 작동과 관련된 온갖 생각으로부터 벗어나, 그토록 희한한 방식으로 제작된 그림을 마음껏 살펴볼 수 있었다.

베월리프뤼앙의 커다란 나무들은 멋진 가지를 보여주며 충실하게 재현되었거니와, 이상한 형태와 뉘앙스를 띤 나뭇잎들은 일군의 강렬한 반영으로 뒤덮여 있었다. 땅바닥에서는 파란색, 노란색 혹은 진홍색의 커다란 꽃들이 이끼 가운데 반짝이고 있었다. 더 멀리, 나무줄기와 가지 너머로는 하늘이 빛나고 있었다. 그 아래쪽에서는 피처럼 붉은 첫번째 수평 띠가 위로 갈수록 점점 연해지다가 잠시 후 오렌지색 띠에 자리를 내어주었고, 이 오렌지색 띠는 차츰차츰 밝아지다가 매우 강렬한 황금빛 노란 띠로 이어지고 있었다. 이어서 나타난 것은 약간의 색조만이 들어간 희미한 하늘색 띠였고, 그 오른쪽으로는 채 사라지지 않은 마지막 별이 빛나고 있었다. 전체적으로 보아, 작품은 기이하게 강렬한 색감을 보여주며 모델과 엄격하게 부합했다. 이러한 사실은 정원을 한번 흘끗 바라보기만 해도 확인할 수 있는 것이었다.

루이즈는 노르베르의 도움을 받으면서 이젤의 갈고리쇠를 조작하여 그림이 있던 자리에 그와 동일한 크기를 지닌 종이 묶음을 놓았다. 두터운 그 묶음은 가장자리를 엮은 흰 종이들로 이루어져 있었다. 그녀는 이어서 마지막으로 사용한 붓을 치우고는 그 빈자리에 정성들여 깎은 연필을 꽂았다.

야심만만한 젊은 여인은 불과 몇 마디로 자기가 목표하는 바를 우리에게 넉넉히 설명했다. 섬세한 윤곽의 측면에서 보자면 그림보다 훨씬 더 정교한 데생을 우리에게 보여주길 원하는 그녀는 구의 꼭대기에 위치한 모종의 장치를 움직여 내부의 기계장치를 약간 변경하기만 하면 되었다.

루이즈의 부탁을 받은 구경꾼 열다섯 혹은 스무 명은 복잡하고 생동감 넘치는 주제를 제공하기 위해 판으로부터 얼마 떨어진 곳에 가 모여 섰다. 그들은 특히 판의 시야에서 벗어나지 않도록 주의했다. 생명과 움직임의 효과를 위해, 그들은 붐비는 거리의 행인들 같은 포즈를 취했다. 몇 사람은 빠른 걸음을 떠올리게 하는 자세로 깊은 상념에 잠긴 표정을 한 채 고개를 숙이고 있었고, 한결 차분한 표정의 다른 사람들은 짝을 지어 한가로이 산책하며 이야기를 나누고 있었고, 서로 마주보고 걸어오던 두 친구는 멀리서부터 친근한 인사를 주고받고 있었다.

꼼짝도 하지 말라고, 마치 사진사처럼 배우들에게 요구하면서, 루이즈는 판 곁에 서서 간단한 동작으로 덮개를 벗겼다. 그러고 나서 그녀는 이전과 같은 길로 되돌아와서는 연필의 곡예를 가까이에서 살폈다.

구 위쪽을 눌러 작동시킨 장치에 의해 색다르게 변한 기계는 마디진 팔을 왼쪽으로 천천히 가져갔다. 곧이어 연필이 흰 종이 위를 위아래로 달리기 시작했다. 그것은 붓들이 앞서 지나간, 수직 방향으로 길게 구획된 부분에서 움직였다.

이번에는 팔레트를 향해 이동할 필요도, 도구를 바꿀 필요도, 물감을 조작할 필요도 없었고, 따라서 일이 지체되지 않고 빨리 진척되었다. 아까와 같은 경치가 배경에 나타났지만, 전면의 인물들이, 이제는 부차적인 것이 되어버린 그것의 흥미를 무화시켰다. 생생히 포착된 동작, 매우 선명한 외모, 희한하게 재미있는 실루엣, 명백하게 닮은 얼굴은 의도한 표정, 곧 여기서는 어둡고 저기서는 즐거운 표정을 띠고 있었다. 지면 위로 약간 기울어진 어떤 육체는 앞으로 걸어나가는 세찬 도약을 담고 있는 듯 보였고, 명랑한 어떤 얼굴은 예기치 못한 만남을 향해 상냥한 놀라움을 표시하고 있었다.

연필은 종이 위를 민활하게 미끄러졌다. 그것은 종종 종이에서 떨어져나오기도 하면서 불과 몇 분 만에 종이를 가득 채웠다. 제때에 자기 자리로 되돌아온 루이즈는 판 위에 덮개를 덮고는 단역배우들을 불렀다. 한동안 마비상태에 있다가 몸을 움직일 수 있어서 다행인 그들은 얼른 뛰어와 새로운 작품을 감상했다.

대비되는 배경에도 불구하고, 데생은 열띤 통행이 이루어지고 있는 길의 모습을 정확하게 보여주고 있었다. 배우들은 각자 밀집한 무리 한가운데에 있는 자기 모습을 어렵잖게 알아볼 수 있었다. 가장 열렬한 찬사가 루이즈를 향해 쏟아졌고, 젊은 여인은 감동에 젖은 환한 표정을 지었다.

노르베르가 모든 장비를 분해하여 가방에 넣는 일을 맡았다.

그동안 시르다는 황제가 대단히 만족해했음을 루이즈에게 알렸다. 그는 자신이 엄격하게 부과한 모든 조건을 이 젊은 여인이 완벽하게 충족시킨 것에 대해 커다란 경이를 느끼고 있었다.

⁂

십 분 뒤 우리는 모두 에쥐르로 돌아갔다.

탈루는 우리를 트로피광장까지 데려갔고, 거기서 우리는 라오가 토착민 전사 한 명과 함께 서 있는 것을 보았다.

모두가 보는 앞에서, 황제는 카르미카엘을 가리키며 짧게 몇 마디 했다.

곧 라오가 젊은 마르세유인에게 다가가더니, 그를 붉은 극장 가까운 곳에 서 있는 무화과나무 쪽으로 데리고 갔다.

전사는 불쌍한 죄인을 감시하기 위해 바로 옆에 자리를 잡았고, 죄인은 나무줄기 쪽으로 얼굴을 돌린 채 세 시간 동안 벌을 서기 시작했다. 벌을 서는 내내 그는 전날 불완전하게 암송했던 『테즈강 전투』 읊기를 쉼없이 되풀이해야만 했다.

나는 아무도 없는 무대 뒤쪽에서 아까 쥐야르가 앉았던 의자를 집어들고는 무화과나무 가지 아래로 가서 앉은 뒤, 카르미카엘에게 그의 일을 도와주겠다고 제안했다. 그는 즉각 커다란 낱장의 종이를 내게 내밀었다. 거기에는 포뉘켈레어로 쓴 텍스트의 야만스러운 발음이 프랑스어로 꼼꼼하게 적혀 있었다. 또다시 실수할까 두려운 마음에 자극받은 그는 중간 톤의 목소리로 곡을 흥얼거리면서 그 이상한 낭송을 시작했고, 나는 아주 작은 실수를 지적하거나 잊어버린 구절을 불러줄 준비를 한 채 각각의 행을 한 음절 한 음절 따라갔다.

군중은 트로피광장을 떠나 에쥐르 시내로 천천히 흩어졌고, 순전히 기계적인 일에 약간 마음이 느슨해진 나는 아침의 커다란 침묵 속에서, 벌써 세 달 전부터 내 삶을 가득 채워오고 있는 수많은 모험을 생각하지 않을 수 없었다.

X

지난 3월 15일, 남아메리카의 기묘한 지역들을 돌아다니는 긴 여행을 위해, 나는 마르세유항에서 부에노스아이레스로 가는 거대하고 빠른 배인 랭세호에 올랐다.

항해의 처음 며칠은 평온하고 멋졌다. 식사를 함께하며 친해진 덕분에 나는 승객들 가운데 한 무리와 금세 친분을 쌓을 수 있었는데, 그 간략한 명단은 다음과 같다.

1. 역사가 쥐야르. 그는 상당한 재산의 소유자로서 관광여행을 계속하며 여기저기에서 흥미롭고 재치 있는 명석함으로 이름난 현학적인 강연을 했다.

2. 리보니아 출신의 노파 올가 체르보넨코프. 상트페테르부르크 발레단의 프리마돈나였던 그녀는 이제 뚱뚱하고 콧수염이 나 있었다. 십오 년 전 때맞춰 무대에서 은퇴한 올가는 자신의 고향 마을에서 멀지 않은 리보니아에 구입한 아담한 저택에서 그녀가 사랑으로 돌보는 수많은 동물에 둘러싸인 채 조용히 칩거하고 있었다. 그녀가 가장 총애하는 동물은 고라니 슬라드키와 암탕나귀 밀렌카야였는데, 둘 다 그녀의 목소리가 살짝 들리기만 해도 달려왔고, 이따금 침소까지 그녀를 따라가곤 했다. 그런데 최근에 젊은 시절 아르헨티나에 정착했던 전직 무용수의 사촌 하나가 커피 플랜테이션에서 모은 상당한 재산을 남기고 세상을 떠났다. 올가는 유일한 상속자였고, 죽은 사

람의 공증인에게서 횡재를 통지받자 직접 자신의 수익을 살피기 위해 현지로 떠나기로 작정했다. 그녀는 열성과 호의가 가득한 이웃 여자에게 살림을 맡기고 지체 없이 출발했다. 그러나 마지막 순간, 너무나 고통스러운 이별을 결심하지 못한 그녀는 고라니와 암탕나귀를 위해 격자창이 달린 상자 두 개를 구입했고, 그것들을 짐들 가운데 몰래 두었다. 배가 멈출 때마다, 그 다정한 여행자는 상자에 갇혀 있는 두 짐승을 걱정하며 찾았고, 배에 타고 있는 내내 걱정하는 그녀의 마음은 더욱더 커져가기만 했다.

3. 스무 살의 마르세유 출신 젊은이 카르미카엘은 놀라운 두성으로 벌써부터 유명했다. 그의 목소리는 정말로 여자의 음색을 방불케 했다. 이 년 전부터 카르미카엘은 프랑스 전역을 돌아다니며 모든 카페콩세르 무대에서 격찬을 받고 있었다. 그는 여자옷을 입고 원하는 음역으로 유연함과 한없이 뛰어난 기교를 드러내며 소프라노 레퍼토리에서 가장 멋진 곡들을 불렀다. 그는 신세계 쪽에서 엄청난 계약을 맺고 랭세호에 올랐다.

4. 발베. 권총과 펜싱 부문 프랑스 챔피언으로, 부에노스아이레스에서 거행되는, 모든 종류의 무기를 겨루는 국제대회의 강력한 우승 후보였다.

5. 라비요디에르메조니알. 정교한 물건들을 제작하는 사람으로, 같은 대회에서 다양하고 특출한 속임수 동작을 구사하는 펜싱기계를 선보이고 싶어했다.

6. 뤽소. 불꽃놀이용 화약제조업자로서, 쿠르브부아에 넓은 공장을 소유하고 있으며, 그 공장을 통해 파리의 모든 불꽃놀이를 제작하고 있었다. 배에 오르기 세 달 전, 뤽소는 여러 해 전부터 프랑스에 머물며 엄청난 소비와 지속적인 과시의 생활을 하고 있던 아르헨티나의 젊은 거부 발레스테로스 남작의 방

문을 받았다. 결혼을 위해 고국으로 돌아갈 준비가 끝난 발레스테로스는 자신의 결혼을 기념하여 부에노스아이레스 지척에 있는 그의 성에 딸린 드넓은 정원에서 성대한 불꽃을 쏘아 올리길 원했다. 합의된 금액과 별도로 뤽소에게는 몸소 현장에 와서 모든 것을 보살피는 대가로 상당한 사례금이 예정되어 있었다. 화약제조업자는 제안을 받아들였고, 그것을 직접 수행하겠노라고 약속했다. 헤어지기에 앞서 젊은 남작은 자기의 잘생긴 얼굴에 대한 정당한 명성에 약간 도취되어 한 가지 생각을 표명했는데, 그 생각은 화려한 외양에 수상쩍은 호사를 부리는 이방인의 정신상태를 드러내고 있으나, 그럼에도 불구하고 의외성과 독창성이 없지 않은 것이었다. 말인즉슨 불꽃놀이의 피날레로서, 견딜 수 없으리만치 진부하게 느껴지는 알록달록한 애벌레나 별 모양 대신에, 자신의 모습을 다양한 형태로 허공에 수놓아줄 것을 희망했다. 뤽소는 그 계획이 실현가능하다고 했고, 바로 다음날 두툼한 사진 카탈로그를 받았는데, 불꽃놀이 모델로 사용될 준비가 되어 있는 그 사진들은 호사스러운 고객을 가장 다채로운 차림새로 보여주고 있었다. 결혼식을 올리기 한 달 전, 뤽소는 모든 짐을 갖고 출발했고, 특별한 주의를 기울여 따로 포장한 그 대단한 묶음 또한 잊지 않고 챙겼다.

7. 위대한 건축가 센비요. 그 역시 예의 발레스테로스 남작의 요청을 받았다. 신혼여행 기간 동안 자신의 성에 대해 대대적인 보수공사를 시행하고자 했던 남작은, 오로지 프랑스 건축가만이 자신을 만족시킬 수 있을 것이라고 판단했다. 센비요는 현지 노동자들에게 맡겨진 작업을 엄중히 감독하기 위해 자기의 가장 우수한 일꾼들 중 몇 명을 대동했다.

8. 최면술사 다리앙. 그는 환각을 불러일으키는 속성이 발견된 몇몇 신비로운 식물을 신세계에 소개하길 열망하고 있었

다. 그 식물들은, 향기를 맡은 사람의 감각을 자극하여, 정교하게 채색된 필름들을 통한 빛의 투사를 현실로 받아들이게 했다.

9. 화학자 벡스. 그는 일 년 전부터, 자신의 교묘하고 끈질긴 노력의 결실인 두 가지 경이로운 과학적 발견을 보급할 목적으로 수많은 지역을 사심 없이 두루 다니고 있었다.

10. 발명가 브뒤. 그는 완벽한 직기를 아메리카로 가져가고 있었는데, 그 직기는 흐르는 강물에 설치하면 기묘한 물갈퀴시스템 덕분에 가장 호화로운 직물들을 자동으로 짤 수 있었다. 그의 도면에 따라 제작된 기구를 리오델라플라타강에 설치함으로써, 발명가는 그 지역의 모든 직조업자로부터 유사한 직기의 주문을 받아 커다란 수익을 올릴 것을 기대하고 있었다. 브뒤는 얻고자 하는 비단, 다마스쿠스산 천, 사라사의 다양한 모델을 자신이 직접 디자인하고 또 채색했다. 이러한 그림본에 따라 무수한 물갈퀴들이 한번 맞춰지면, 기계는 아무런 도움이나 감독 없이 동일한 프린트를 무한정 만들어낼 수 있었다.

11. 조각가 푹시에. 그는 경이롭도록 섬세한 주조를 통해, 자기가 만든 붉은색 봉봉 속에 수많은 매혹적인 이미지들을 맹아의 형태로 심었는데, 이 이미지들은 어떤 화염이 닿는 즉시 연기로 피어나게 되어 있었다. 단색의 강렬한 파란색을 띤 다른 봉봉들은, 내부에 동일한 처리를 해놓은 덕분에, 물에 들어가면 즉각 녹으면서 수면에 진짜 같은 부조를 만들어냈다. 자신의 발견을 널리 알리고 싶어했던 푹시에는 직접 조제한 두 가지 물질을 온전하고 넉넉한 수량으로 챙겨 부에노스아이레스로 가져가고 있었다. 붉은색 봉봉 속에 갇혀 있는 가벼운 군상들과 파란색 봉봉 속에 잠재적으로 들어 있는 액상 부조를, 주문에 따라 즉석에서 실행하기 위해서였다. 갑작스러운 개화를 보여주는 그 조각술에는 세번째 활용 방식이 있었는데, 그

방식은 불과 몇 분 만에 익는 포도알 속에 섬세한 주제의 형상을 만들어내는 데 소용되었다. 퀵시에는 이 실험을 위해 커다란 토기에 심은 포도나무 몇 그루를 갖고 있었고, 그에 대한 수분과 바람의 공급을 정성껏 챙기고 있었다.

12. 두 명의 은행가 하운스필드와 세르자. 동업자인 그들은 매우 중요한 여러 가지 업무를 위해 아르헨티나공화국에 가고 있었고, 직원 세 명을 대동하고 있었다.

13. 여러 편의 오페레타를 공연하기 위해 부에노스아이레스로 가고 있던, 많은 인원으로 구성된 극단. 멤버 가운데에는 희극배우 소로와 프리마돈나 잔느 수즈가 있었다.

14. 어류학자 마르티뇽. 그는 몬테비데오에서 증기로 나아가는 조그만 요트를 타고 남쪽 바다에서 다양한 표본조사를 수행하는 학술활동에 참가할 예정이었다.

15. 선의船醫인 르플레브 박사.

16. 이탈리아 출신의 위대한 비극배우 아디놀파. 그녀는 곧 아르헨티나 관객 앞에 처음으로 모습을 드러내려 하고 있었다.

17. 대단한 재능의 치터 연주자인 헝가리 사람 슈커리오프스키. 그는 집시 옷차림을 한 채 자신의 악기로 경이로운 재주를 보여주었으며, 구대륙과 신대륙의 연주회 기획자들로부터 엄청난 개런티를 받고 있었다.

18. 벨기에 사람 카위퍼는 엄청난 보수를 받을 준비가 되어 있었는데, 신비로운 금속으로 만들어진 피리의 사용이 그의 아름다운 테너 목소리를 멋지고 마술적인 것으로 만들어준 덕분이다.

19. 기이한 인물, 조련사, 곡예사들로 이루어진 이상한 무리가, 세 달 동안 부에노스아이레스의 서커스공연장에서 일하

기로 계약되어 있었다. 이 잡다한 구성원 중에는 어릿광대 휘를리기그, 로물루스라는 이름을 지닌 말의 주인인 조교사 워르뱅, 팔도 다리도 없으며 다섯 명의 아이 엑토르, 토미, 마리우스, 봅, 스텔라를 대동하고 있는 탕크레드 부카레사스, 가수 뤼도빅, 브르타뉴 사람 를구알크, 스테판 알코테와 그의 여섯 아들, 그리고 흥행사 젠과 난쟁이 필리포가 포함되어 있었다.

일주일 동안 항해는 평온하고 행복했다. 그러나 여덟째 날 한밤중에 대서양 한가운데서 돌연히 무시무시한 폭풍우가 일었다. 스크루와 키는 격렬한 파도에 부서졌고, 이틀 동안의 미친 듯한 항해 끝에, 랭세호는 무기력한 잔해처럼 떠밀려 아프리카 해안에 좌초했다.

실종자는 없었다. 하지만 사용할 수 없는 보트들 이외에 아무것도 남아 있지 않은 부서진 배 앞에서, 우리는 바다로 다시 나갈 희망을 포기해야만 했다.

배에서 내리자마자, 우리는 수백 명의 흑인이 유연하게 껑충대며 달려오는 것을 보았다. 그들은 즐겁게 우리를 에워싸며 요란한 함성으로 기쁨을 표했다. 그들을 이끌고 있는 것은 영리하고 개방적인 표정을 한 젊은 우두머리였는데, 세일코르라는 이름으로 자신을 소개한 그는 우리의 첫 질문에 쉽고 정확한 프랑스어로 대답하면서 우리를 진정 놀라움에 빠뜨렸다.

주고받은 몇 마디를 통해 우리는 세일코르의 사명을 알 수 있었다. 그는 그의 주인인 탈루7세 황제의 수도 에쥐르까지 우리를 호송할 임무를 부여받았는데, 황제는 몇 시간 전부터 토착민 어부가 제보한 우리 배가 어쩔 수 없이 좌초당할 때를 기다리고 있었다. 그는 충분한 몸값이 지불될 때까지 우리를 그의 지배 아래 억류해둘 생각이었다.

우리는 다수의 힘 앞에 굴복하는 수밖에 다른 도리가 없었다.

흑인들이 뱃짐 내리는 일에 열중하는 동안, 세일코르는 우리의 청에 못 이겨 우리가 앞으로 머물게 될 곳의 다양한 세부 사항을 일러주었다.

높은 절벽이 그늘을 드리운 좁은 바위 위에 앉아서, 그 젊은 연사는 부드러운 모래 여기저기에 누워 있는, 주의깊은 우리들 무리를 향해 자신의 이야기를 하기 시작했다.

그의 나이 열 살 때, 우연이 우리를 던져놓은 바로 그 지역을 떠돌던 세일코르는 로베라는 이름의 프랑스 탐험가를 만났고, 아마도 아이의 영리한 표정에 끌린 탐험가는 그를 데리고 다니기로, 그리고 자기 여행의 추억의 산 증인을 친지들에게 데려가기로 결심했다.

아프리카 서쪽 해안에서 배를 내린 로베는 절대로 포기하는 일은 없을 것이라고 스스로에게 맹세했다. 용맹한 수행원들을 거느린 그는 동쪽으로 굳세게 나아갔고, 이어서 북쪽으로 방향을 틀어 낙타를 타고 사막을 건넌 뒤, 마침내 미리 정해놓은 목표점인 트리폴리에 도착했다.

여행에 바쳐진 이 년 동안, 세일코르는 동료들이 말하는 것을 들으면서 프랑스어를 배웠고, 그 같은 수월함에 강한 인상을 받은 탐험가는 더 큰 관심을 쏟기에 이르러 독서, 역사, 그리고 지리에 관한 수많은 유익한 가르침을 아이에게 주었다.

트리폴리에서 로베는 아내와 딸을 만나게 되어 있었다. 작별 당시 조정된 계획들에 따르면, 그들은 이미 두 달 전에 앙글르테르호텔에 자리를 잡은 뒤 그의 귀환을 기다리고 있어야 했다.

탐험가는 호텔 문지기로부터, 그토록 오랫동안 그의 다감한 보살핌에서 벗어나 헤어져 있던 소중한 두 존재가 거기에 있다는 사실을 듣고는 애틋한 감동을 느꼈다.

세일코르는 눈에 띄지 않게 밖으로 나가 도시를 구경했다. 자신의 보호자가 그토록 간절하게 기다려온 기쁨의 첫 순간을 방해하고 싶지 않았던 것이다.

한 시간 뒤, 호텔 로비로 되돌아온 그는 로베를 보았다. 로베는, 일층에 위치했고 호텔 정원을 향하고 있으며 마침 열린 커다란 창문을 통해 환한 빛이 들어오는 자신의 방으로 그를 데려갔다.

벌써 세일코르가 매우 박식한 인물이라고 말했던 탐험가는, 아이의 생활에서 새로운 동반자가 될 두 사람에게 그를 소개하기에 앞서 간단한 복습시험을 실시하고자 했다.

중요한 역사적 사건들에 대한 몇 개의 질문은 일단 만족스러운 답변을 얻었다.

다음으로 프랑스 지리를 다루면서, 로베는 무작위로 도청소재지들을 물었다.

창문을 마주보고 앉아 있던 세일코르가 거의 기계적으로 행한 대답에서 아직 틀린 건 없었다. 하지만 그가 막 코레즈의 도청소재지를 말하려는 순간, 문득 기절할 것만 같았다. 구름이 그의 눈앞을 미끄러져갔고, 두 다리가 후들거리기 시작했으며, 심장이 가슴 속에서 둔하고 급박하게 뛰었다.

이 동요가 야기된 것은 열두어 살쯤 되어 보이는 매력적인 금발 소녀를 보았기 때문이었다. 방금 정원을 지나온 그녀의 깊고 푸른 멋진 시선이 세일코르의 넋을 잃은 시선과 마주쳤던 것이다.

아무것도 알아차리지 못한 로베가 조바심을 내며 되풀이했다.

"코레즈, 도청소재지는?..."

환영이 사라졌고, 스스로에 대한 통제력을 되찾은 세일코르는 중얼거리듯 대답했다.

"뤨."

영원히, 그 도시의 이름은 세일코르의 기억 속에서 그 놀라운 출현에 연결된 채 남아 있을 것이었다.

시험이 끝나자, 로베는 세일코르를 자기 아내와 딸 니나에게로 데려갔고, 어린 흑인은 환희에 차서 신성한 기쁨을 맛보며 정원의 금발 소녀를 알아보았다.

이제 세일코르의 삶은 지속적으로 곁에 있는 니나의 존재로 환하게 빛났다. 동갑인 두 아이는 놀이와 공부를 위해 끊임없이 만났기 때문이다.

니나가 태어날 무렵, 로베는 아내와 함께 크레타에 살고 있었다. 방대한 책 『칸디아와 그 주민들』을 준비하기 위해서였다. 따라서 어린 소녀가 초년을 보낸 곳은 외국 땅이고, 칸디아 출신 유모에 의해 다감하게 양육되었는데, 유모는 매력과 부드러움이 가득한 약한 억양을 그녀에게 전해주었다.

이 억양은 세일코르를 매혹했고, 그의 사랑과 헌신은 시시각각 커져만 갔다.

그는 니나를 잠시나마 품에 안기를 꿈꾸었다. 상상 속에서 그는 수많은 위험에 사로잡힌 그녀를 보았고, 고뇌와 감사가 가득한 그녀의 부모들이 보는 앞에서 그녀를 위험으로부터 구해내곤 했다.

이 공상들은 머지않아 갑작스러운 현실로 변할 터였다.

어느 날 세일코르는 바다에 면한 호텔 테라스에 서서 그의 여자친구와 함께 낚시를 하고 있었다. 그가 열광적으로 좋아하는 감색 원피스를 입은 그녀는 매혹적이었다.

갑자기, 니나가 방금 물 밖으로 끌어올린 낚시 끝에서 묵직한 물고기가 펄떡거리는 것을 보고 환호성을 질렀다. 자기 쪽으로 줄 끝을 끌어당긴 그녀는 물고기를 떼어내기 위해 그것을 힘있게 잡았다. 그러나 물고기와 접촉하자마자 그녀는 별안간 쇼크를 받고는 의식을 잃고 쓰러졌다. 가오리의 일종으로 외관상 전혀 위험해 보이지 않는 그 물고기는 다름 아닌 전기가오리였고, 그것의 방전이 뜻밖의 결과를 초래한 것이다.

세일코르는 니나를 안아 호텔로 옮겼고, 니나는 신속하게 달려온 아버지와 어머니가 보는 앞에서 별로 심각하지 않은 마비상태 이후 금세 의식을 회복했다.

처음의 불안이 가시자, 세일코르는 그 사건을 축복했다. 한순간일지언정 사랑하는 이를 껴안게 해주었고, 그의 꿈이 실현되었기 때문이다.

니나의 생일이 마침 그 사건 며칠 뒤였다. 로베는 아이들을 위한 작은 무도회를 열고 싶어했다. 거기에는 그 도시에 체류하는 몇몇 유럽인 가정이 초대될 것이었다.

여자친구에게 우화를 이야기해주며 그 중요한 날을 기념하기로 작정한 세일코르는 밤마다 몰래 기억과 어조를 다듬었다.

이외에도 소녀에게 모종의 선물을 줄 계획을 세운 그는 로베의 관대함 덕분에 갖게 된 흰색 동전 몇 개를 도박에 걸기로 했다.

쉽게 들어갈 수 있던 트리폴리의 어느 카지노에 미니 경마게임*이 있었고, 지갑이 얇은 사람도 기기에 돈을 걸 만했다.

사람들이 말하는, 첫 시도에 따라붙는 행운의 도움으로, 세일코르는 판돈의 두 배를 걸어 금방 돈을 땄고, 그곳에서 제일가는 제과점에 엄청난 크기의 사부아 케이크를 주문했다. 케이크는 파티 중간에 모습을 드러낼 것이었다.

한낮에 시작된 무도회는 호텔의 큰 살롱을 즐거운 활기로 가득 채웠다. 다섯시쯤, 아이들은 옆방으로 자리를 옮겨 과일과 과자들이 가득 놓인 커다란 테이블에 앉았다. 바로 그때, 세

* 원반 위에서 장난감 말들을 경주시키는 게임.

일코르가 제공하는 그 대단한 케이크가 들어왔고, 요란한 환호가 그것을 맞았다. 모든 눈이 증여자에게 고정되었고, 증여자는 조금도 당황하지 않은 채 자리에서 일어나 맑고 낭랑한 목소리로 우화를 암송했다. 마지막 구절에 이르렀을 때, 사방에서 박수가 터져나왔고, 니나는 일어나서 세일코르를 위해 축배를 들었다. 그는 잠시 동안 파티의 왕이었다.

간식이 끝나고 무도회가 계속되었다. 세일코르와 니나는 함께 왈츠를 추었다. 그러다가, 여러 바퀴를 돌아 피곤해진 그들은 로베 부인 곁에서 멈추었다. 부인은 조용히 서서 자기를 둘러싸고 있는 아이들의 천진난만한 즐거움을 감미롭게 바라보고 있었다.

딸이 친구와 함께 다가오는 것을 본 그 훌륭한 부인은 세일코르의 모든 배려에 고마움을 느꼈다. 그녀는 미소짓는 얼굴로 어린 흑인을 바라보았고, 그에게 니나를 가리키며 부드러운 목소리로 말했다. "이 아이에게 키스하렴!"

세일코르는 현기증을 느끼며 여자친구에게 팔을 둘렀고, 그녀의 싱싱한 두 뺨에 정숙한 입맞춤을 했다. 그는 도취하여 비틀거렸다.

거의 내밀한 분위기에서 행해진 그 성대한 잔치가 끝나자, 트리폴리 체류로 피로를 말끔히 씻어낸 로베는 프랑스로 돌아가기로 마음먹었다. 탐험가는 피레네지방의 포르도라는 마을 가까운 곳에 집안 대대로 내려오는 작은 성을 소유하고 있었고, 그곳의 고요와 한적함을 몹시 좋아했다. 그는 거기서 자기의 노트들을 들춰가며 상세한 내용의 여행기를 집필할 작정이었다.

출발 날짜는 지체 없이 결정되었다. 순조로운 항해 뒤, 로베와 가족은 마르세유에서 내렸고, 거기서 포르도로 가는 기차를 탔다.

세일코르는 새로운 거주지가 무척 마음에 들었다. 성은 찬탄을 자아내는 O계곡에 위치해 있었고, 아프리카 소년은 날마다 니나와 함께 오랫동안 숲을 쏘다니곤 했다. 따뜻하고 온화한 마지막 가을햇살을 만끽하기 위해서였다.

어느 날 저녁, 산책을 하다가 우연히 마을까지 간 두 아이는 문득 유랑극단을 보았다. 그 극단 사람들은 수레에 빼곡히 올라 호기심에 찬 사람들이 가득한 거리를 천천히 돌아다니며, 감언이설과 큰북 소리로 군중을 끌어모으고, 다량의 광고지를 나눠주고 있었다.

세일코르도 두 장의 광고지를 받아서 니나와 함께 읽었다. 포스터 형식으로 작성된 첫번째 광고지는 광대, 무용수, 곡예사들로 구성된 페레올극단의 놀랄 만한 도착을 알리는, 굵은 글씨로 된 긴 문장으로 시작하고 있었다. 종이의 나머지 절반은 프랑스인들에게 깨어 있을 것을 요청하는 과장된 담화를 담고 있었다. 극단의 우두머리로, 혼자서 능히 군대를 멸하고 요새를 함락시킬 수 있는 그 유명한 격투사 페레올이 그들의 땅에 와 있기 때문이라는 것이었다. 권고는 "떨지어다, 프랑스 국민들이여!..."로 시작하고 있는데, '떨지어다'는 시선을 사로잡기 위해 커다란 글씨로 펼쳐진 채 일종의 두서頭書를 이루고 있었다.

더 작은 크기의 다른 광고지에는 "우리는 페레올에게 패했다"라는 간단한 증언이 적혀 있고, 무수히 많은 서명이 그 증언의 뒤를 잇고 있는데, 이 서명들은 빛나는 챔피언에게 패한 가공할 프로 격투사들의 서명을 모사해놓은 것이었다.

다음날 세일코르와 니나는 약속된 공연을 보기 위해 마을 광장으로 갔다. 커다란 연단이 야외에 설치되어 있었다. 두 아이는, 두 시간 동안 그들의 눈앞을 줄지어 지나간 마술사, 어릿광대, 곡예사, 조련된 동물들을 보며 무척 즐거워했다.

한번은 세 남자가 연단의 오른쪽 끝에 르네상스식 건물 정면의 일부를 가져다가 세웠는데, 이층에는 발코니가 딸린 커다란 창문이 뚫려 있었다.

곧이어 유사한 모양의 두번째 무대장치가 무대 반대편 왼쪽에 설치되었고, 짐꾼 한 명이 정확히 마주보는 발코니 두 개를 꼼꼼하게 고정한 쇠줄로 연결했다.

이러한 준비가 끝나자마자 오른쪽 창문이 조용히 열리면서, 샤를9세 시대 공주들처럼 옷을 입은 젊은 여자 한 명이 나타났다. 그 미지의 여인이 손으로 신호를 보내자 다른 쪽 창문이 곧 열리더니, 화려하게 치장한 영주가 발코니에 모습을 드러냈다. 새로이 등장한 인물은 몸에 꼭 끼는 수를 놓은 저고리에 짧은 반바지를 입고 벨벳기수모를 쓴 채, 그가 준비하고 있는 듯 보이는 은밀한 출정에 어울리는, 목을 가리는 주름장식 깃에 신비로운 검은 가면을 착용하고 있었다.

권유와 약속으로 가득한 신호들을 주고받은 뒤, 사랑에 빠진 남자는 난간을 넘어 쇠줄에 발을 얹고 평형추 모양으로 두 팔을 벌린 채, 그의 대담함에 제공된 공중의 길을 통해, 자신과 아름다운 여인을 갈라놓은 공간을 건너가기 시작했다.

하지만 별안간, 어떤 질투하는 존재의 발걸음을 살피려는 듯 자기 집 안쪽을 향해 귀를 기울이고 있던 젊은 여인이 무모한 연인에게 손짓으로 신호를 보내며 서둘러 집으로 들어갔고, 연인은 성큼성큼 물러서며 출발점으로 되돌아가 커튼 뒤로 사라졌다.

잠시 후 두 창문이 거의 동시에 다시 열렸고, 위험한 여행이 새로운 희망과 함께 다시 시작되었다. 이번에는 여정이 아무런 허위경보도 없이 끝까지 이루어졌고, 두 연인은 끝없이 계속되는 갈채 속에 서로의 품에 안겼다.

쇠줄과 두 개의 무대장식이 신속하게 철거되었고, 스페인 출신의 젊은 남녀가 돌연히 등장하여 소리를 지르고 발을 구르며 열광적인 볼레로를 추기 시작했다. 여자는 만틸라를, 남자는 짧은 조끼에 챙이 넓은 펠트모자를 썼는데, 두 사람 모두 오른손에 얇은 박판들이 달린 바스크 탬버린을 든 채, 그것을 박자에 맞춰 주먹으로 힘차게 두드려댔다. 십 분 동안 지속적으로 빙빙 돌며 엉덩이를 흔들던 두 무용수는 미소를 띤 우아한 포즈로 멈춰서며 춤을 끝냈고, 흥분한 관중은 열렬한 박수를 보냈다.

유명한 페레올의 몇 차례에 걸친 빛나는 승리와 함께 공연은 끝났고, 자신들이 보낸 오후시간에 매혹된 세일코르와 니나가 팔짱을 끼고 성으로 가는 길에 접어들었을 때는, 이미 어둠이 내리고 있었다.

이튿날 끈질긴 부슬비 때문에 집에 갇히게 된 두 아이는 그들의 일상적인 산책을 포기해야만 했다. 다행히도 성에 딸린 부속건물에 커다란 창고가 있었고, 이 창고는 가장 무질서한 놀이에 알맞은 널찍한 공간을 제공해주었다. 장난꾸러기들은 그 안식처에 와서 그들의 휴식시간을 보냈다.

전날 본 공연에 사로잡혀 있던 니나는 세일코르에게 줄타기 곡예사 차림을 연상시키는 분장을 해주려는 목적에서 반짇고리를 갖고 있었다. 창고 안쪽에서 서로 마주보고 있는 두 대의 짐수레는, 맞대어놓은 끌채 덕분에 아직 초심자에 불과한 줄타기 곡예사의 첫 시도에 쉽고도 편한 연습 도구가 되어주었다.

니나는 가위, 실을 꿴 바늘, 그리고 세일코르가 간직해두었던 광고지 두 장을 갖고 작업에 착수했다. 첫번째 종이에서 그녀는 기수모를, 두번째 종이에서는 각각의 귀 뒤쪽에 걸 실이 달린 가면을 오려냈다.

주름장식 깃을 만드는 데는 더 많은 종이가 필요했다. 창고 한구석에 『나튀르』 지난 호들 묶음이 버려진 채 놓여 있었다. 그것은 로베가 정기적으로 받아보며, 자신의 모든 여행기를 기고하던 잡지였다. 니나는 여러 호에서 파란색 표지를 뜯어내어 단색의 우아한 주름장식을 만드는 데 성공했고, 솜씨 좋은 재단사가 정성껏 만든 세 가지 물품으로 금방 치장한 세일코르는, 두 개의 수레 끌채가 제공해주는 좁고 미미한 길을 한쪽에서 다른 쪽 끝까지 주파함으로써 줄타기 경력의 첫발을 내디뎠다.

이 첫번째 성공에 고무된 두 아이는 스페인 남녀가 추던 볼레로를 흉내내고 싶었다.

세일코르는 종이 분장을 내려놓았다. 춤이 시작되었고, 금세 광적이고 열띤 양상을 띠었다. 특히 니나가 자신의 몸짓에 이상한 열렬함을 불어넣었다. 그녀는 바스크 탬버린의 리듬감 넘치는 울림 대신 손뼉을 치면서, 피로나 숨찬 것을 전혀 개의치 않고, 즐거운 깡충거림을 이어갔다. 문득 울려온 간식 종소리에, 두 댄서는 완전한 열광상태에서 춤을 멈추고 창고를 나와 성으로 돌아갔다.

날씨는 이른 황혼과 함께 추워지고 있었고, 파고드는 듯 차가운 일종의 진눈깨비가 캄캄한 하늘에서 천천히 내려오고 있었다.

오랫동안 광란의 춤을 춘 까닭에 온몸이 땀에 흠뻑 젖은 니나는 끔찍한 오한에 사로잡혔다. 오한은 그해 들어 처음으로 피운 불이 활활 타오르고 있는 식당에 들어가서야 그쳤다.

다음날 찬란한 태양이 다시 떠올라, 매해 겨울이 오기 전에 마지막으로 볼 수 있는 맑고 투명한 날들 가운데 하루인 그 날을 비춰주었다. 어쩌면 좋은 날씨에 마지막 작별을 고하는 것일지도 모를 그 청명한 오후를 잘 보내고 싶었던 세일코르는 숲으로 긴 산책을 가자고 니나에게 즐겁게 제안했다.

소녀는 열이 펄펄 끓었지만 일시적인 문제일 것이라고 생각하고, 친구의 제안을 받아들여 그와 함께 길을 나섰다. 세일코르는 간식이 가득 든 커다란 바구니를 손에 들고 앞뒤로 흔들며 길을 나섰다.

숲속에서 한 시간 동안 걷고 난 두 아이는 빽빽한 나무들 군집과 맞닥뜨렸다. 그 고장 사람들이 '마키'✦라고 부르는 전인미답의 방대한 수림이 시작되는 곳이었다. 엄청나게 뒤얽혀 있는 나뭇가지와 칡넝쿨이 그 같은 이름을 납득시켜주었다. 영원히 길을 잃을 각오를 하지 않고서는 누구도 그곳에 들어갈 수 없었다.

그때까지 미친 듯 쏘다니기는 했어도, 세일코르와 소녀는 그 불안한 숲의 언저리만을 얌전히 맴돌았다. 하지만 미지의 것에 유혹된 그들은 언젠가는 그 신비로운 지역을 담대히 둘러보기로 약속했었다. 한데 그날이 그 계획을 실현할 호기인 듯 여겨졌다.

세일코르는 신중하게도 돌아오는 길을 엄지동자처럼 표시하기로 마음먹었다. 그는 도시락 바구니를 열었다. 하지만 유명한 주인공의 실패를 기억해내고는 빵 대신 눈부시게 하얀 빛깔을 띤 스위스 치즈를 조각내어 떨어뜨리기로 했다. 그 조각들은 새들의 입맛을 별로 끌지 못하는데다 그 흰색이 이끼와 히드가 깔린 어두운 바탕 위로 선명히 부각될 것이었다.

탐험이 시작되었다. 매 다섯 걸음마다 세일코르는 칼끝으로 치즈를 잘라 그 가벼운 조각을 땅바닥에 던졌다.

경솔한 두 아이는 반시간 동안 그렇게 마키 속으로 점점 더 깊이 들어갔지만, 그 끝은 보이지 않았다. 어느덧 해가 지기 시작했고, 별안간 불안해진 세일코르는 돌아가자고 했다.

얼마 동안 어린 소년은 쉽게 길을 찾았다. 길을 표시해놓

✦ maquis. 지중해 연안 코르시카섬의 '잡목숲'을 가리킨다.

은 게 온전한 덕분이었다. 하지만 표시는 금방 그쳤다. 맛있는 냄새를 맡은 굶주린 짐승, 예컨대 여우 혹은 늑대가 치즈 조각들을 핥아먹으면서, 길 잃은 두 아이의 길잡이를 끊어버린 탓이었다.

차츰차츰 하늘이 흐려지고 어둠이 짙어졌다.

당황한 세일코르가 마키로부터 나갈 길을 오랫동안 찾아보았지만 허사였다. 기진맥진한 니나는 신열로 덜덜 떨며 힘겹게 그를 따라갔고, 매 순간 금방이라도 힘이 다해 쓰러질 것만 같았다. 마침내 가엾은 소녀는 비탄의 외침소리를 내며 넘어졌고, 그녀의 발밑에 깔린 이끼 위로 몸을 눕혔다. 세일코르가 근심과 낙담이 어린 얼굴로 다가왔다.

니나는 죽음의 잠에 빠졌다. 이제 깜깜한 밤이 되었고, 추위가 매서웠다. 대림절이 막 시작되어, 습하고 차가운 공기에 겨울의 느낌이 감돌았다. 감정이 복받친 세일코르는 겉저고리를 벗어 소녀를 덮어주었다. 그녀에게 휴식이 그토록 절실해 보였기에 그는 감히 그 잠을 빼앗을 엄두를 내지 못했다.

연속적인 꿈들이 가로지르는 긴 잠 끝에, 니나는 스스로 잠에서 깨어나 일어섰다. 그녀는 다시 걸을 준비가 되어 있었다.

맑게 갠 하늘에서 별들이 가장 밝은 빛을 던지고 있었다. 니나는 방향을 찾을 줄 알았다. 그녀는 손가락으로 북극성을 가리켰고, 이제 확고한 방향을 따라 걷기 시작한 두 아이는, 한 시간 뒤 마키 가장자리에 도달했다. 거기서 다시 방향을 잡은 그들은 얼마 후 성에 도착했고, 소녀는 근심과 두려움으로 하얗게 질린 부모의 품에 안겼다.

이튿날 빠르게 진행되는 병마와 맞서 싸우고자 했던 니나는 평소처럼 일어나 학습실로 갔다. 그곳에서는 세일코르가, 로베가 부과한 프랑스어 숙제를 하고 있었다.

아프리카에서 돌아온 이래, 소녀는 마을 교회에서 교리문답 공부를 하고 있었다. 그날 아침 그녀는 다음날 제출해야 하는 요약을 끝내야만 했다.

처음을 "나는 결심한다..."고 쓴 그녀는 다음을 어떻게 써야 할지 조언을 구하기 위해 세일코르 쪽으로 고개를 돌렸다. 이때 끔찍한 발작기침이 그녀의 온몸을 뒤흔들며 깊고 고통스러운 헐떡거림을 유발했다.

대경실색한 세일코르가 환자 곁으로 다가갔고, 환자는 경련들 사이사이 그에게 모든 것을 실토했다. 창고에서 나오던 당시 느꼈던 오한에 대해, 그리고 그날 이후로 사라지지 않았고, 이끼 위의 위험한 잠 동안 악화된 게 분명한 열에 대해.

니나의 부모는 즉시 모든 것을 알게 되었고, 소녀는 지체 없이 자리에 누워야만 했다.

아! 과학적 방책도, 열정적으로 헌신적인 주위의 무수한 관심도, 그 끔찍한 병마를 이길 수는 없었다. 그것은 일주일이 채 못 되어 가엾은 소녀를 가족들의 열렬한 애정으로부터 앗아가버렸다.

이 갑작스러운 죽음 이후, 절망으로 미칠 것 같은 세일코르는, 그때까지 여자친구의 존재가 신성하게 밝혀주던 장소들을 혐오하게 되었다. 니나와 함께 수없이 바라보았던 장소들을 보자, 현재의 애도와 지나간 행복 사이의 소름끼치는 대조가 더욱 추악하게 느껴졌다. 게다가 추운 계절은, 아프리카의 태양에 대한 향수를 마음 깊숙이 간직하고 있던 어린 흑인을 두려움에 빠뜨렸다. 그는 어느 날 자기의 소중한 보호자에게 보내는, 사랑과 감사와 회한이 가득한 편지를 테이블 위에 올려놓고는, 니나가 만들어준 기수모와 주름장식 깃과 가면을 마치 성물처럼 챙긴 뒤 성으로부터 도망쳤다.

지나는 길에 맞닥뜨린 농장들에서 이런저런 일을 하면서, 그는 마르세유까지 가는 여행에 필요한 돈을 충분히 모았다. 마르세유에서는 아프리카 서쪽 해안을 따라 항해하는 배의 화부火夫로 취직했다. 포르토노보에서 잠시 쉬는 동안에는 자기 자리를 버리고 고향으로 갔다. 거기서 교양과 총명함 덕분에 얼마 되지 않아, 그는 황제 측근의 요직을 차지했다.

⁂

우리는 침묵 속에서 세일코르의 이야기를 들었다. 그는 그토록 가슴 아픈 추억에 깃든 감동 때문에 잠시 말을 멈추었다가, 그가 섬기는 주인에 대해 우리에게 알려주고자 금세 말을 이었다.

⁂

빛나는 기원을 지닌 탈루7세는 자신의 몸에 유럽인의 피가 흐른다는 점을 자랑스러워했다. 벌써 오래전에 그의 조상인 수안은 담대함에 힘입어 왕좌를 쟁취했고, 왕조를 창건하기로 마음먹었다. 이 점과 관련하여 전승은 다음과 같이 말한다.

수안이 즉위하고 몇 주가 지났을 때, 폭풍우에 떠밀린 커다란 선박이 에쥐르 해안이 보이는 곳에서 좌초했다. 난파에서 유일하게 살아남은 열다섯 살의 두 소녀는 표류물에 매달려 무수한 위험을 겪은 뒤 마침내 육지에 도달했다.

이 조난자들은 스페인 국적의 매력적인 쌍둥이 자매로, 얼굴이 어찌나 비슷한지 누가 누구인지 구별할 수가 없었다.

수안은 그 매력적인 소녀들에게 반했고, 자식을 많이 낳고 싶은 성급한 욕심에 두 사람 모두와 같은 날 결혼했다. 그는 현재와 미래에 백성들의 물신주의적 상상력을 자극하기에 안성맞춤인 유럽인 혈통을 추가함으로써 자기 가문의 우월함을 공고히 하게 되어 행복했다.

두 자매는 또 정확히 달이 찼을 때 각각 아들을 출산했는데, 그것은 한날한시였다.

탈루와 야우르는(아이들의 이름은 그렇게 지어졌다) 그들의 아버지에게 커다란 근심거리가 되었다. 두 아들이 동시에 태어나는 뜻밖의 일로 당혹스러웠던 아버지는, 누구를 후계자로 선택해야 할지 몰랐기 때문이다.

두 아내가 똑같이 닮았으므로, 수안은 누가 먼저 수태했는지 확신할 수가 없었다. 그것만이 형제 중 한 명에게 우선권을 부여할 수 있는데 말이다.

두 어머니에게 물어 그 점을 밝혀보려고 시도했지만 허사였다. 어렵사리 익힌 토착민 단어 몇 개를 동원하여, 각자 담대히 자기 아들에게 유리하게 증언했다.

수안은 위대한 정령의 결정에 맡기기로 했다.

그는 '트로피광장'이라는 이름으로, 거대한 장방형 광장을 에쥐르에 막 건립한 참이었다. 가장자리에 심은 무화과나무 줄기들에, 그가 권력으로 가는 길을 악착같이 막으려고 애쓰는 가공할 적들의 수많은 유해를 매달아놓기 위해서였다. 그는 새로운 광장 북쪽 끝에 가 서서는, 한쪽에는 종려나무 씨앗을, 다른 한쪽에는 고무나무 종자를 적당히 준비된 흙에 동시에 심도록 했는데, 각각의 씨앗은 증인들 앞에서 미리 지정된 아들과 결부되어 있었다. 신성한 의지를 드러내며 먼저 땅에서 나오는 나무가 미래의 군주를 지명할 것이었다.

씨앗이 심겨진 두 지점에 감시와 함께 수분 공급 또한 공평히 이뤄지도록 했다.

오른쪽에 심은 종려나무가 먼저 지표면을 뚫고 머리를 내밀면서, 무려 하루나 늦은 고무나무의 야우르 대신, 탈루의 권리를 선포했다.

에쥐르에 도착한 지 겨우 사 년 만에, 쌍둥이 자매는 유난히 뜨거웠던 계절의 혹독한 시련을 견뎌내지 못하고 열병으로 거의 동시에 세상을 떠났다. 난파 당시 그들은, 둘 다 스페인 전통의 만틸라를 쓴 모습을 나란히 보여주는, 세밀화로 된 자신들의 초상화를 구해냈었다. 수안은 이 그림을 간직했다. 그의 혈통의 우월한 본질을 확인시켜주는 소중한 자료였기 때문이다.

탈루와 야우르는 성장했다. 그리고 그들의 출생시에 심은 두 그루의 나무도 자라났다. 젊은 형제에게서 드러나는 스페인 혈통의 영향은 피부색이 검정색보다는 좀더 연하다는 것과 입술 두께가 덜 두드러져 보인다는 것이었다.

그들의 성장단계를 지켜보면서, 수안은 종종 자신의 승계 문제로 그들 사이에서 언젠가 터져나올 수 있는 피비린내나는 다툼을 걱정하곤 했다. 다행히 새로운 땅 정복이 그의 근심을 부분적으로나마 해소시켜주었다. 야우르를 위한 왕국을 건립할 기회를 갖게 되었기 때문이다.

수안이 세운 포뉘켈레 제국은 테즈강을 남쪽 경계로 삼고 있었는데, 그 강의 하구는 에쥐르에서 멀지 않은 곳에 위치해 있었다.

테즈강 너머로는 풍요로운 고장 드렐쉬카프가 펼쳐져 있었다. 전투에서 승리한 수안이 자신의 지배에 복속시키는 데 성공한 곳이었다.

이다음에 야우르는, 언젠가 드렐쉬카프의 왕좌에 오르기로 아버지에 의해 결정되었다. 이웃 제국에 비해 영지는 분명 초라해 보였다. 그렇지만 수안은 이 보상을 통해 상속권을 박탈당한 아들의 질투심을 잠재울 수 있기를 희망했다.

두 형제가 스무 살이 되었을 때, 그들의 아버지 수안은 세상을 떠났다. 모든 일은 자연스러운 흐름에 따라 진행되어, 탈루는 포뉘켈레의 황제가 되었고, 야우르는 드렐쉬카프의 왕이 되었다.

탈루1세와 야우르1세는(사람들은 그들을 그렇게 구분했다) 수많은 배우자를 취하여, 언제든 싸움을 시작할 준비가 된 두 가문을 세웠다. 야우르 가문은 탈루 가문의 권리에 이의를 제기하며 제국을 요구했고, 탈루 가문은 탈루 가문대로 그들을 지고의 지위에 앉힌 신성한 개입을 내세우며, 수안의 단순한 변덕으로 그들이 박탈당했다며 드렐쉬카프의 왕관을 주장했다.

어느 날 밤 야우르1세의 정통 직계 후손으로 드렐쉬카프의 왕인 야우르5세는, 자신의 군대와 함께 테즈강을 건너 불시에 에쥐르로 침입해 들어갔다.

탈루1세의 증손자인 황제 탈루4세는 죽음을 면하기 위해 달아나야 했고, 야우르5세는 하나의 왕홀 아래 포뉘켈레와 드렐쉬카프를 통합하며 조상들의 꿈을 실현했다.

이 당시 트로피광장의 종려나무와 고무나무는 성장이 끝난 상태였다.

야우르5세가 황제의 칭호를 취하며 행한 첫번째 조치는, 가증스러운 탈루 일족에 바쳐졌던 종려나무를 불사르고, 땅밖으로 먼저 고개를 내밀어 자기들의 상속권을 박탈한 그 저주받은 나무의 뿌리를 모조리 뽑아버리는 것이었다.

야우르5세는 삼십 년 동안 통치한 뒤 권력의 절정에서 죽었다.

그의 후계자 야우르6세는 비겁하고 무능한 인물로 계속되는 서툰 짓과 잔인함 때문에 인심을 잃었다. 탈루4세는 그토록 오랫동안 견뎌온 먼 유배지를 떠나 수많은 지지자를 거느리게 되었고, 그들은 불만에 찬 백성들을 봉기시켜 폭동을 일으켰다.

겁에 질린 야우르6세는 싸움을 기다리지 않고 도주하여

자신의 드렐쉬카프 왕국에 피신했다. 그는 그 왕위만큼은 유지했다.

다시 포뉘켈레 황제가 된 탈루4세는 야우르4세가 뽑아낸 자리에 새로운 종려나무 씨앗을 심었다. 얼마 지나지 않아 처음의 것과 유사한 종려나무가 모습을 드러냈고, 그때와 동일한 의미를 떠올리며 정통 가계의 복원을 마치 문장紋章처럼 상기시키기에 이르렀다.

이후로 폭력적 침탈이나 승계 분쟁 없이 모든 것이 정상적으로 진행되었다. 지금도 포뉘켈레 제국은 탈루7세가, 드렐쉬카프 왕국은 야우르9세가 통치하고 있으며, 그들은 예로부터 그들의 조상들을 분열시켜온 증오와 질투의 전통을 계속하고 있었다. 유럽 혈통의 흔적은, 순수한 토착민과의 수많은 결합에 의해 이미 오래전에 지워진 터라, 두 군주의 용모에서는 더 이상 확인되지 않았다. 그들은 얼굴 형태와 피부색에서 그들의 백성들과 비슷했다.

트로피광장에서, 탈루4세가 심은 종려나무는 이제 그 웅장한 모습으로, 그것과 짝을 이루는, 늙어서 반쯤 죽은 고무나무를 압도하고 있었다.

XI

이 대목에 이르러 세일코르는 숨을 돌렸다. 그러고는 황제의 사생활에 관련된, 좀더 내밀한 이야기를 시작했다.

치세 초기, 탈루7세는 이상적인 아름다움을 지닌 젊은 포뉘켈레 여인과 결혼했다. 그녀의 이름은 륄이었다.

사랑에 빠진 황제는 일부다처제가 명예로 간주되는 나라의 관습에도 불구하고 다른 배우자 고르기를 거부했다.

폭풍우가 치던 어느 날, 탈루와 임신 삼 개월의 륄은 광포한 바다가 보여주는 숭고한 광경을 감상하기 위해 에쥐르 해변을 다정하게 산책하고 있었다. 바로 그때 난바다에서 조난에 처한 배 한 척이 그들의 눈에 들어왔고, 그 배는 암초와 충돌한 뒤 그들이 보는 앞에서 침몰했다.

끔찍함에 말을 잃은 부부는 오랫동안 꼼짝도 않고 있었다. 그들은 몇몇 표류물만이 떠오르는 숙명의 장소를 그저 바라볼 뿐이었다.

곧, 사라진 선박으로부터 오는 게 분명한 백인 여자의 시체가 파도에 이리저리 구르며 모래사장 쪽으로 밀려왔다. 하늘을 향한 채 누워 있는 그 여자 승객은 짙은 색깔의 스커트, 알록달록 수가 놓인 앞치마, 그리고 빨간색 벨벳코르셋으로 이루어진 스위스 여자 의상을 걸치고 있는데, 허리까지만 내려오는 코르셋은, 통이 넓고 속을 부풀린 소매에 네크라인이 깊게 파인 흰색 블라우스를 감싸고 있었다. 머리 뒤쪽으로는 긴 황금핀들이, 단단히 땋아 쪽진 머리 둘레로 별 모양을 이룬 채 빛나고 있는 것이 투명한 물을 통해 보였다.

치장을 몹시 좋아하는 륄은 빨간색 코르셋과 황금핀에 즉시 매혹되었다. 그녀는 그것들로 자기를 꾸며보기를 꿈꾸었다. 그녀의 간청에 따라 황제는 노예 한 명을 불렀고, 카누에 오른 노예는 익사자를 끌어오는 일에 착수했다.

그러나 악천후 때문에 작업은 힘들었다. 일의 어려움 때문에 병적인 욕망이 더욱 날카로워진 륄은, 희망과 낙담이 교차하는 가운데, 노예의 험난한 작업을 불안하게 지켜보았다. 노예는 포획물이 끊임없이 자기를 벗어나는 것을 바라보아야만 했다.

한 시간 동안 악천후와 쉼없는 싸움을 벌인 끝에, 노예는 마침내 시체를 붙잡았고, 그것을 카누 위로 끌어올렸다. 그제야 비로소 발견한 것은 죽은 여자의 등에 업힌 두 살짜리 아이였다. 그 아이는 아직도 꽉 붙들고 있는 연약한 두 팔로 죽은 여자의 목을 경련하듯 감싸고 있었다. 가엾은 어린이는 아마도 조난당한 여자의 젖먹이였을 테고, 여자는 마지막 순간에 자기의 소중한 짐을 등에 업은 채 헤엄을 치며 탈출을 시도했을 것이었다.

유모와 아이는 에쥐르로 옮겨졌다. 륄은 곧 황금핀들을 차지했고, 그것들을 자기 머리에 빙 둘러 꽂았다. 그녀는 또 붉은색 코르셋도 차지하여, 그녀의 꽉 조인 허리옷 위로 애교스럽게 둘러 채웠다. 이제 그녀는 그녀를 기쁘게 하는 그 장식물들을 절대로 풀지 않았다. 임신으로 몸이 불어났을 때, 그녀는 끈을 늦추었고, 끈은 얇은 금속보완물이 부착된 구멍들로 유연하게 미끄러졌다.

난파가 있고 나서부터 오랫동안 바다는 온갖 종류의 표류물을 해변으로 실어날랐다. 그 가운데에는 다양한 물품이 든 상자들이 여럿 있었고, 이것들은 모두 정성스럽게 수거되었다. 잔해들에서 발견된 것으로는 '실방드르'라는 단어가 새겨진 선원의 모자도 있었는데, 그것은 난파된 불행한 배 이름이었다.

폭풍우로부터 육 개월이 지났을 때, 륄은 딸을 출산했고, 시르다라는 이름이 아이에게 주어졌다.

스위스 여자를 건져올리기까지 젊은 어머니가 보낸 근심의 시간은 흔적을 남겼다. 아이는 건강하고 튼튼했지만, 이마에 특별한 모양의 붉은 모반母班이 있었다. 노란색 긴 별 모양을 한 그 모반은 배열에서 화제의 황금핀을 연상시켰다.

시르다가 처음으로 눈을 떴을 때, 사람들은 아이가 지독한 사시라는 사실을 알아차렸다. 자신의 미모를 무척이나 뽐내던 어머니는 못생긴 아이를 낳았다는 사실이 수치스러웠고, 자기의 자만심에 상처를 입힌 아이를 혐오했다. 반면에 열렬히 딸을 원했던 황제는 그 죄 없는 순진한 아이에게 깊은 사랑을 품었고, 배려와 다정함으로 아이를 감쌌다.

이 당시 탈루는 모셈이라는 신하를 두고 있었는데, 그는 키가 큰 흑인으로 마법사인 동시에 의사였고, 학식이 있는 사람이었다. 그는 재상 역할을 맡고 있었다.

모셈은 매력적인 륄에게 반해 있었고, 그녀 역시 유혹적인 이 신하에게 끌리고 있었다. 그녀는 그의 위엄 있는 풍채와 박식함에 탄복했다.

일의 진행은 피할 수 없는 흐름에 따라 전개되었고, 륄은 시르다를 출산하고 일 년 뒤 이목구비가 모셈을 빼다박은 아들을 낳았다.

다행히 탈루는 그 치명적인 닮음을 알아차리지 못했다. 하지만 이 아들은 그의 마음에서 멀리 떨어져 있었다. 그의 마음에서 최고의 자리를 차지하고 있는 것은 시르다였다.

수안이 제정한 법에 따라, 군주가 죽으면 딸이든 아들이든 맏이가 그 자리를 물려받았다. 두 라이벌 가문에서 각각 한 번씩, 벌써 두 차례나 딸들이 통치해야 했다. 하지만 언제나 그들의 때이른 죽음이 남동생에게 최고의 지위를 넘겨주곤 했다.

모셈과 륄은, 자신들 사이에서 태어난 아들이 언젠가 황제가 될 수 있도록 하려고 시르다를 없애려는 끔찍한 계획을 세웠다.

그러는 동안 호전적 본능으로 충만한 탈루는, 모셈에게 권력을 맡겨둔 채 오랜 원정을 떠났다. 군주가 자리를 비운 동안 절대적인 권위를 행사하는 것은 모셈이었다.

두 공범은 그들의 계획을 실행하는 데 그토록 좋은 그 기회를 놓치지 않았다.

에쥐르의 북동쪽에 보르라고 불리는, 아무도 감히 들어가려고 하지 않는 거대한 처녀림이 펼쳐져 있었다. 무성한 나무 그늘에 악령들이 가득차 있다는 전설이 있기 때문이었다. 거기에 시르다를 버리면 되었다. 미신 때문에 아무도 아이를 찾으려 들지 않을 것이었다.

어느 날 밤, 모셈은 시르다를 품에 안고 떠났다. 다음날 하루종일 걸은 그는 저녁 무렵 보르숲 가장자리에 다다랐고, 초자연적인 이야기들을 믿기에는 너무나도 영악했던 그는 자신의 눈앞에 펼쳐진, 유령이 나오는 나뭇가지들 아래로 서슴없이 들어갔다. 그는 드넓은 숲속 빈터에 도착했고, 잠든 어린 시르다를 이끼 위에 내려놓은 다음, 빽빽한 나뭇가지와 넝쿨들을 헤치고 들어갔던 바로 그 길을 통해 평원으로 돌아나왔다.

그로부터 이십사 시간 뒤, 그는 한밤중에 에쥐르에 도착했다. 그의 출발과 귀환을 목격한 사람은 아무도 없었다.

모셈이 부재하는 동안, 륄은 황제의 집 입구에서 일체의 출입을 막았다. 시르다가 중병에 걸렸고, 모셈이 아이 곁에 머물며 간병하고 있다고, 그녀는 거짓말을 했다. 공범자가 돌아오자, 그녀는 시르다의 죽음을 알렸고, 다음날 성대한 장례식을 거짓으로 치렀다.

전통은 왕가의 구성원이 죽었을 때, 죽음을 조목조목 기록한 사망증명서를 요구했다. 포뉘켈레 글쓰기의 모든 비밀을 파악하고 있던 모셈이 그 일을 맡았고, 그는 시르다의 마지막 순간을 말해주는 날조된 보고서를 양피지에 기록했다.

돌아와서 딸의 죽음을 알게 된 황제의 고통은 컸다.

하지만 황제로 하여금 시르다에 대한 음모를 의심하게 하는 것은 아무것도 없었다. 기쁨에 도취된 두 공범은 자기들의 아들을 유일한 왕위 계승자로 만들어줄 가증스러운 책략이 제대로 성공하는 것을 보았다.

그뒤 이 년이 지났지만, 륄은 아이가 생기지 않았다. 이러한 불임에 난감해진 탈루는, 생김새가 사랑하는 시르다의 이미지를 떠올리게 해줄 두번째 딸을 얻고 싶은 마음에 다른 배우자들을 취하기로 결심했다. 하지만 그렇다고 해서 륄을 버리지는 않았는데, 그는 그녀가 여전히 정숙하다고 믿었기 때문이다.

그의 기대는 실현되지 않았다. 그의 슬하에는 아들들밖에 없었고, 그들이 사라진 가엾은 아이를 잊게 해주지는 못했다.

전쟁만이 그의 시름을 달래주었다. 그는 끊임없이 새로운 원정을 시도하여 드넓은 영토의 경계를 확장시켰고, 트로피광장의 무화과나무에 무수한 유해를 걸었다.

시인의 감수성을 지닌 그는, 각 구절이 혁혁한 무공을 찬양하는 방대한 서사시를 짓기 시작했다. 작품 제목은 『제루카』였는데, 그 단어는 영웅적 승리를 상기시키는 포뉘켈레 말이었다. 야심과 자만심으로 가득찬 황제는 스스로의 인물됨으로 자기 종족의 모든 군주를 압도하고, 장차 올 세대들에게 자기의 치세에 대한 시적 기록을 남겨 물려주기로 마음먹었던 것이다. 그는 자기의 치세가 압도적이며 영광스러운 것이길 원했다.

『제루카』 한 구절을 끝낼 때마다, 그는 그것을 전사들에게 가르쳤고, 전사들은 그것을 일종의 느리고 단조로운 레치타티보처럼 한목소리로 노래했다.

⁂

모셈과 륄 사이에 조금의 불화도 없이 여러 해가 흘렀다. 그들은 계속해서 은밀히 사랑했다.

그러던 어느 날, 새로운 배우자 가운데 한 명이 황제에게 그들의 관계에 대해 말했다.

대담한 중상이라고 생각했던 만큼 그 말을 신뢰할 수가 없었던 탈루는 쾌활한 어조로 륄에게 그 이야기를 하며, 그녀의 압도적인 미모가 경쟁자들에게 불러일으키는 증오어린 질투를 조심하라고 권고했다.

륄은 황제의 명랑한 어조에 안심하긴 했지만 위험을 직감했고, 신중에 신중을 더하기로 마음먹었다.

그녀는 모셈에게 공공연한 정부를 하나 만들어 여봐란 듯이 명예와 부를 안기라고 간청했다.

모셈은 그 계획에 찬성했다. 륄이 그렇게 생각한 것처럼, 그 조처는 그가 보기에도 대단히 시급해 보였다. 모셈은 지즈메라는 이름의, 흑단 같은 얼굴에 매혹적인 미소를 지을 때면 하얀 치아가 찬란하게 빛나는 젊은 미인을 골랐다.

지즈메는 자신의 높은 위치가 부여해주는 특권들에 금방 익숙해졌다. 자기 역할에 충실했던 모셈은 그녀의 가장 사소한 변덕까지도 만족시켜주었다. 젊은 여인은 말 한마디로 전혀 마땅하지 않은 호의마저도 자기가 보호하는 사람들에게 챙겨줄 수 있었다.

이와 같은 신용은 장관의 총희 주위로 알현을 원하는 청원자들이 금세 구름같이 몰려들게 했다. 행복하고 우쭐한 지즈메는 얼마 안 가서 이 몰려드는 사람들을 규제해야만 했다.

그녀의 요청에 따라 모셈은 양피지 몇 장을 오려서 일정한 수의 좁고 유연한 장방형 카드를 마련했다. 그는 각각의 카드에 '지즈메'라고 섬세하게 쓴 뒤, 모서리 중 한곳에 달의 서로 다른 세 국면을 보여주는 간단한 그림을 그려넣었다.

그것은 요컨대 제대로 된 명함이었다. 다량으로 뿌려진 그 카드는, 막강한 중개인이 각 달에 고른 세 접견 날짜를 당사자들에게 알려주었다.

지즈메는 이제 여왕 행세를 즐겼다. 정해진 날짜 가운데 하나가 되면 그녀는 화려하게 치장하고 수많은 청원자를 접견했다. 모셈이 자신의 결정을 온전히 들어줄 것을 미리 확신하고 있는 그녀는, 어떤 이들에게는 자신의 도움을 제공하고, 어떤 이들에게는 그것을 거절했다.

하지만 지즈메의 행복에는 한 가지 부족한 것이 있었다. 아름답고 열정적이며 넘쳐흐르는 젊음으로 충만한 그녀는 열기와 욕망으로 스스로가 불타오르는 것을 느꼈다.

그런데 륄에게 충실한 모셈은, 모두의 눈에 그가 여신처럼 떠받드는 것으로 통하는 그녀에게 단 한 번의 키스도 해주지 않고 있었다.

자기에게 할당된 것이 병풍 역할이라는 사실을 깨달은 지즈메는, 그녀를 헤아려주고 알아주는 사람이라면 그게 누구든 조금의 거리낌도 없이 그에게 자신을 전부 바치겠노라고 마음먹었다.

접견 때마다 그녀는, 청원자들의 맨 앞줄에 나이르라는 젊은 흑인이 있는 것을 발견했다. 그는 항상 감격스럽고 소심한 태도로 그녀에게 말하는 듯 보였다.

몇 번이나 그녀는, 나이르가 그녀를 한순간이나마 바라보기 위해 그녀의 산책시간에 덤불 뒤에 숨어서 그녀의 동정을 살피는 걸 본 것 같았다.

그녀는 곧 사랑에 빠진 젊은이에게 자기가 불러일으킨 열정을 더이상 의심하지 않았다. 그녀는 나이르를 자기를 위해 일하도록 고용했고, 격렬한 감정을 금세 공유하게 된 우아한 구애자에게 자신을 아낌없이 내맡겼다.

모셈이 보기에도 상당히 설득력 있는 하나의 핑계가, 그의 총희 곁에 늘 새 시종이 붙어 있는 이유를 설명해주었다.

당시 에쥐르에는 모기들이 창궐했고, 그것에 물리면 열이 났다. 한데 나이르는 그 위험한 곤충을 백발백중 잡는 덫을 만들 줄 알았다.

그는, 강한 향기가 있어서 잡으려는 벌레를 멀리서부터 유인할 수 있는 붉은 꽃을 미끼로 사용했다. 그는 또 어떤 과일 껍질에서 극도로 가는 섬유를 얻어냈고, 그것을 가지고 거미줄보다 더 가늘되 지나가는 모기를 잡을 수 있을 만큼 충분히 질긴 실을 직접 만들었다. 이 마지막 작업에는 대단한 정교함이 필요했고, 나이르는 긴 제조법을 참조해야만 일을 잘 해낼 수 있었다. 그가 외운 텍스트는 해야 할 동작 하나하나와 지을 매듭 하나하나를 그에게 일러주었다.

지즈메는 연인의 손가락 밑에서 섬세하게 얽히는 실들이

교묘히 배열되며 자아내는 광경을 마치 어린아이처럼 언제나 새로운 즐거움을 느끼며 바라보곤 했다.

지즈메 곁에 나이르가 있는 것은, 창조와 섬세함이 가득한 그의 재능이 지즈메에게 강력한 기분전환을 선사한다는 점에서 마땅한 동기를 찾았다.

어쨌거나 예술가였던 나이르는 그림을 잘 그렸고, 야릇하고 원시적인 화법의 초상화와 풍경화들을 그리면서 고도의 정신집중을 요하는, 덫 만드는 작업의 피로를 풀었다. 그러던 어느 날 그는 사랑하는 여인에게 기묘한 흰색 돗자리를 주었다. 엄청나게 다양한 주제들을 재현하고 있는 수많은 작은 크로키들로 끈기 있게 장식된 것이었다. 그는 그 선물을 통해 지즈메의 잠을 주재하고자 했고, 이제 지즈메는 매일 밤 촉감을 통해 연인의 애틋하고 주의깊은 배려를 떠올리며 푹신한 잠자리에서 휴식을 취했다.

젊은 남녀가 그렇듯 행복하고 평온한 나날을 보내고 있을 때, 나이르의 경솔함이 돌연 진실을 모셈의 눈앞에 드러내고 말았다.

실방드르호가 난파한 뒤 바다가 실어다준 몇몇 상자에는 다양한 의복이 들어 있었고, 그 옷들은 활용되지 않고 있었다. 지즈메는 모셈의 허락을 받아 그 저장고에서 수많은 장신구를 꺼내오곤 했고, 그것들은 그녀의 태평스럽고 가벼운 경박함과 잘 어울렸다.

잘 웃는 그녀는 특히 장갑을 보면 즐거워했는데, 약간 격식 있는 자리가 있을 때면 부드럽고 꼭 끼는 스웨이드장갑에 손과 팔을 가두길 좋아했다.

잡다하고 풍부한 낡은 저장고를 뒤지면서 지즈메는 중절모를 발견했고, 나이르는 그것을 쓰고 다니길 즐겼다. 젊은 흑인은 이후 그 빳빳한 모자를 쓰지 않고는 절대 밖에 나가지 않았고, 멀리서도 모자를 보고 그를 쉽게 알아볼 수 있었다.

에쥐르 남동쪽, 테즈강 우안에서 멀지 않은 곳에 '베월리프뤼앙'이라는 이름의 광활하고 멋진 정원이 있었고, 노예들이 무리를 지어 전대미문의 호화로움을 지닌 그 정원을 돌보았다. 탈루는 진정한 시인으로 꽃들을 완상하며, 그 웅장한 공원의 감미로운 녹음 아래서 자기 서사시의 구절들을 짓곤 했다.

베월리프뤼앙 중앙에는 꽤 높은 일종의 고원이 펼쳐졌는데, 테라스로 정성껏 조성해놓은 그곳은 탄복할 만한 식물들로 뒤덮여 있었다. 그곳에서는 광대한 정원 전체를 굽어볼 수 있었고, 황제는, 그 반하리만치 시원한 장소를 사방에서 둘러싸고 있는 나뭇가지와 잎사귀들의 난간 곁에 자리잡은 채, 긴 휴식시간을 보내길 좋아했다. 종종 저녁이 되면 그는 뤨과 함께 찬란한 전망이 특히 뛰어난 고원의 한구석으로 가서 몽상에 잠기곤 했다.

지루해 보이기만 하는 그 고요한 관조를 좋아할 수 없었던 뤨은, 어느 날 황제와 단둘이 있는 시간을 즐겁게 해달라며 모셈을 초대했다. 언제나 그렇듯 아무것도 모르며 뤨을 전적으로 신뢰하는 탈루는 그런 변덕을 부리는 것에 조금도 반대하지 않았고, 게다가 지즈메가 동석한다면 모든 공교로운 의심을 그의 머리에서 걷어버리기에는 부족함이 없을 터였다.

매일 저녁 애인과 만나던 나이르는 그녀로부터 자기들의 만남을 방해하는 그 일을 전해듣고는 분한 마음이 들었다. 하지만 그럼에도 불구하고 지즈메 곁에 가까이 다가가기로 굳게 마음을 먹은 그는, 다섯번째 인물로 베월리프뤼앙의 회합에 참여할 대담한 계획을 세웠다.

한데 그날따라 지즈메는 통상적으로 몰려드는 청원자들을 접견하고 있었다. 접견이 이미 시작되었고, 나이르는 꽤 복잡한 자기 계획을 설명하는 데 필요한 별도의 긴 대화를 그녀와 나눌 수 없었다.

예술가이면서 학식을 갖춘 나이르는 포뉘켈레 문자를 알고 있었고, 길고 빈번한 그들의 만남 동안 그 문자를 지즈메에게 가르쳐주었다. 그는 애인에게 생생한 목소리로 조목조목 말할 수 없는 위급한 모든 권고를 글로 쓰기로 작정했다.

편지는 양피지에 작성된 뒤 혼잡한 와중에 나이르의 손에서 지즈메의 손으로 능숙하게 전해졌고, 지즈메는 그것을 자신의 허리옷에 얼른 찔러넣었다.

그러나 사람들 사이로 돌아다니던 모셈이 그들의 은밀한 수작을 보았다. 잠시 후 그는, 여러 사람 앞에서 그가 의도적으로 어루만지는 것에 익숙해진 지즈메를 껴안으며 편지를 손에 넣었고, 그것을 읽기 위해 다른 곳으로 갔다.

두서頭書의 자리에 나이르가 그려넣은 것은 저녁 모임에 등장하게 되어 있는 다섯 인물의 행렬이었다. 오른쪽에 탈루가 혼자 걸어가고 있고, 그 뒤에서 모셈과 륄이 조롱하는 동작을 하고 있으며, 그들의 뒤를 따르는 나이르와 지즈메가 그들을 우롱하고 있었다.

텍스트는 다음의 지시사항들을 담고 있었다.

시원한 테라스 한구석에 일단 자리를 잡으면 지즈메는 나이르가 오는지 살필 것이다. 나이르는 정해진 오솔길을 통해 소리 없이 나아갈 것이다. 어둠 속이지만 젊은 흑인의 실루엣은 그가 쓰고 올 중절모 덕분에 쉽게 식별할 수 있을 것이다. 깊은 사색을 위해 탈루가 선택한 장소는 거의 깎아지른 것 같은 경사에 면한 곳이다. 하지만 열 손가락으로 뿌리와 덤불에 매달리며 나이르는 태평스러운 무리가 있는 곳까지 조심스럽게 올라갈 것이다. 지즈메는 꽃이 피어 있는 난간 밖으로 손을 내려뜨리고 있을 것이며, 가볍게 모자를 건드리며 방문자의 신원을 확신한 다음, 연인의 입맞춤에 손을 내맡길 것이다. 연인은 손아귀 힘으로 얼마간 매달려 있을 수 있을 것이다.

그가 적발해낸 모든 세부사항을 기억에 아로새긴 모셈은, 지즈메에게로 돌아가서는 애무를 핑계로 총희의 허리옷 속에 쪽지를 다시 집어넣었다.

오래전부터 모두의 웃음거리였다는 생각에 자존심이 상하고 화가 난 모셈은 두 공범을 사로잡을 명백한 증거를 얻을 방도를 찾았다. 그들을 엄하게 벌하고 싶었던 것이다.

그는 계획을 세우고 세일코르에게로 갔다. 이 당시 세일코르는 이미 몇 년 전부터 황제를 섬기고 있었는데, 나이와 생김새가 완벽하게 일치하는 까닭에 밤에는 나이르처럼 보일 수 있었다.

모셈의 계획은 이러했다.

진짜처럼 보이기 위해 중절모를 쓴 세일코르는 쪽지에 분명히 지시되어 있는 오솔길로 해서 지즈메에게 나타날 것이다. 가짜 나이르는 기어오르기 전에, 마르지 않아 끈적거리는 도료로 정해진 글자 몇 개를 모자에 쓸 것이다. 지즈메는 황제와의 파티에서도 자기의 습관에 따라 틀림없이 장갑을 낄 것이다. 세일코르는 입맞춤에 앞서 편지에 시시된 대로 신중한 동작을 취할 것이고, 지즈메는 의미심장한 글자를 본의 아니게 스웨이드에 찍음으로써 스스로를 고발할 것이다.

세일코르는 그 임무를 수락했다. 사실 거절은 불가능했다. 왜냐하면 무소불위의 권력을 지닌 모셈의 명령이었기 때문이다.

우선 야간 원정에 나선 나이르를 붙잡는 게 중요했다. 그런데 미리 알려져 계책이 실패로 돌아갈까 염려한 모셈은 그 어떤 외부의 도움도 받지 않길 원했다.

따라서 혼자 움직여야만 했던 세일코르는 사냥꾼들이 피레네 숲속에서 사냥감을 포획할 때 사용하던 올가미를 기억해냈다. 그는 오래전 실방드르호 난파 때 챙겨두었던 로프를 가지고 나이르가 지나갈 오솔길 한가운데에 올가미를 쳤다. 이 술수 덕분에, 세일코르는 음험한 족쇄로 인해 반쯤 마비상태에 처할 적수보다 확실히 유리한 위치에 있을 것이었다.

이 작업을 마친 세일코르는 적당한 시간에 기어오르려고 계획하고 있는 가파른 비탈 밑에 백악질의 돌과 물을 섞어 만든 모종의 혼합물을 가져다놓았다.

저녁이 되자, 그는 자기가 쳐놓은 올가미 가까운 곳에 가 몸을 숨겼다.

나이르는 곧 나타났고, 교묘하게 짜놓은 함정에 별안간 발이 걸렸다. 세일코르가 그를 향해 대번에 달려들었고, 잠시 후 그 경솔한 인물은 재갈이 물리고 결박당한 신세가 되었다.

아무의 눈에도 띄지 않고 조용하게 이루어진 승리에 만족한 세일코르는, 희생자의 모자를 쓰고는 만남의 장소로 향했다.

그는 지즈메를 멀찌감치서 알아보았다. 그녀는 황제 부처, 그리고 모셈과 함께 열의 없이 한담을 나누고 있었다.

새로이 도착한 이의 실루엣, 특히 모자에 속은 지즈메는, 그가 나이르인 줄 알고 난간 밖으로 미리 팔을 내려뜨렸다.

비탈 밑에 도착한 세일코르는 흰색 혼합물 속에 손가락을 담갔다가 검은 모자에 장난삼아 'PINCÉE(체포된 여인)'라는 프랑스어 단어를 대문자로 썼다. 불쌍한 지즈메에게는 미리부터 적용되는 말이었다. 그런 다음 그는 그를 지탱해줄 수 있는 것이면 무엇이든 아주 작은 가지에조차 힘겹게 매달리면서 비탈을 기어오르기 시작했다.

마침내 고원에 도달하자 그는 오르기를 멈추고, 아래로 내려뜨려진 손을 감촉했다. 손은 빳빳한 펠트모자를 스친 뒤 약속된 입맞춤을 받기 위해 아래로 내려왔다.

세일코르는, 모셈이 예견한 대로, 지즈메가 행복하게 치장한 장갑 가죽에 조용히 입술을 눌렀다.

임무를 완수하자 그는 소리 없이 비탈을 내려왔다.

고원 위에서는 모셈이 쉼없이 지즈메의 동태를 살피고 있었다. 그는 그녀가 팔을 다시 거두어들이는 것을 보았고, 그와 동시에 회색 장갑에 분명히 찍힌 'C'자를 발견했다. 그것은 손가락이 시작되는 부분에서 손바닥 아래까지 펼쳐져 있었다.

지즈메는 급히 손을 감추었고, 그동안 모셈은 자신의 계책이 성공한 것을 확인하고 마음속으로 기뻐했다.

한 시간 뒤, 모셈은 지즈메와 단둘이 있게 되자 그녀의 얼룩진 장갑을 벗기고는 그 불운한 여인의 허리옷에서 문제의 편지를 꺼내어 그녀의 눈앞에 난폭하게 들이댔다.

다음날 나이르와 지즈메는 투옥되었고, 사나운 보초들이 그들을 감시했다.

탈루가 이 엄격한 조치에 대한 설명을 요구하자, 모셈은 그것을, 혹시라도 륄과 자신에 대해 의심을 품지나 않을까 언제나 걱정하던 황제의 신뢰를 굳건히 다질 기회로 삼았다. 그는 사실 자존심이 구겨진 데 기인한 분노의 결과에 지나지 않는 것을, 질투하는 애인의 복수로 탈바꿈시켰다. 계산에 의해 그는 군주에게 자신의 원한의 깊이를 과장했고, 올가미, 모자, 장갑과 관련한 자초지종이 포함된, 사건의 모든 디테일을 길게 이야기했다. 하지만 편지 서두에 나이르가 그려놓은 위험한 초상들에 대해서는 언급을 피하면서, 륄과 자신의 이야기는 철저히 함구했다.

탈루는 모셈이 두 죄인에게 가한 징벌을 승인했고, 그들은 계속해서 감금상태에 있게 되었다.

⁂

시르다가 실종된 지 어느덧 십칠 년이 흘렀으나, 탈루는 마치 첫날처럼 딸을 그리워하며 눈물을 흘렸다.

그토록 간절히 그리워하는 아이의 모습을 매우 분명하게 기억 속에 간직하고 있던 그는, 죽음이 그의 일을 완수하지 않았더라면 지금 그의 눈앞에 있을 소녀를 순전히 상상의 방식으로 떠올리려고 애썼다.

그의 머릿속에 명료하게 새겨진, 금방 젖을 뗀 여자아이의 모습이 그의 정신적인 작업의 기반이 되었다. 그는 형태를 고스란히 유지한 채로 아이의 모습을 확대시키면서 한 해 한 해 점진적으로 피어나는 양상을 관찰하는 듯했고, 그렇게 해서 자신만을 위한 열여덟 살의 시르다를 만들어내기에 이르렀으며, 매우 또렷한 그녀의 유령은 그를 끊임없이 따라다녔다.

어느 날 통상적인 원정중에 있던 탈루는 메이스델이라는 이름의 매혹적인 아이를 발견했고, 그애의 모습에 어리둥절해지고 말았다. 그의 앞에 있는 아이는, 그의 생각이 주조해낸 이미지들의 끝없는 연쇄에서 일곱 살쯤 먹은 시르다의 살아 있는 초상이었다.

황제가 메이스델을 발견한 때는, 그가 불지른 마을의 불길에서 빠져나온 포로 가족들을 훑어보던 중이었다. 그는 서둘러 아이를 자신의 보호하에 두었고, 에쥐르로 돌아온 뒤에는 아이를 마치 자신의 친딸처럼 대했다.

탈루의 자식들 가운데, 메이스델은 금세 칼리라는 아이와 각별한 사이가 되었는데, 그녀처럼 일곱 살인 칼리는 함께 놀기에 제격이었다.

칼리는 죽지나 않을까 걱정이 될 정도로 몸이 허약했다. 그의 내면은 모든 것이 정신에 사로잡혀 있는 듯 보였다. 나이에 비해 조숙한 그는 지능과 섬세함에서 대부분의 형제를 능가했지만 너무 야위어서 연민을 자아냈다. 자기의 상태를 잘 알고 있던 그는 너무나도 자주 깊은 슬픔에 사로잡혔고, 메이스델은 그 슬픔을 물리쳐주기로 마음먹었다. 서로에 대한 애틋함에 사로잡힌 두 아이는 뗄 수 없는 단짝이 되었고, 집에 새로 들어온 아이가 자기 아들 옆에 끊임없이 붙어 있는 것을 깊은 비애 속에서 바라보던 탈루는 이따금 자기에게도 딸이 있다는 착각에 빠질 수 있었다.

메이스델을 입양하고 얼마 지나지 않았을 때, 보르 인근에 위치한 마을 미위에 살고 있던 토착민 몇 명이 에쥐르 주민들에게 와서는, 벼락에서 시작된 불이 전날 저녁부터 거대한 처녀림의 남쪽 부분을 삼키고 있다고 전했다.

탈루는 건장한 장정 열 명이 운반하는 가마에 올라 보르 가장자리로 갔다. 그의 안에 있는 시인의 영혼에 영감을 불어넣어줄 수 있는 눈부신 광경을 바라보기 위해서였다.

그가 땅에 발을 디뎠을 때, 해는 막 떨어진 참이었다. 북동쪽에서 부는 거센 산들바람이 그가 있는 쪽으로부터 불길을 몰아댔고, 그는 불이 빠르게 번져나가는 것을 바라보며 꼼짝도 못하고 있었다.

미위의 모든 주민도 그 장대한 광경을 하나도 놓치지 않기 위해 주변에 모여들어 있었다.

황제가 도착한 지 두 시간이 지났을 때, 성한 나무라고는 이제 빽빽한 덩어리를 이룬 십여 그루뿐이었고, 불꽃이 그것들마저 핥아대기 시작하고 있었다.

그때 별안간 덤불숲으로부터 열여덟 살 정도 먹은 젊은 토착민 소녀 하나가, 알제리 보병 제복에 소총과 탄띠로 무장한 프랑스 병사 한 명과 함께 뛰어나오는 게 보였다.

불빛에 드러난 소녀의 이마에서 탈루는 노란 선들이 퍼져 나간 붉은 표지를 보았고, 그는 확신할 수 있었다. 자신의 눈앞에 있는 것은 사랑하는 시르다였던 것이다. 그녀는, 그가 힘들여 만들고 메이스델이 완벽하게 구현하고 있던 상상의 초상화와는 많이 달랐다. 하지만 황제에게 그따위는 별로 중요하지 않았다. 그는 미칠 듯이 기뻐하며 딸을 향해 달려가 얼싸안았다.

그런 다음 그녀에게 말을 하려고 했다. 하지만 놀란 시르다는 그가 사용하는 언어를 이해하지 못했다.

행복한 아버지가 기쁨을 토로하는 동안, 뿌리가 타버린 나무가 갑자기 쓰러지며 알제리 보병의 머리를 강타했고, 그는 정신을 잃었다. 시르다는 즉시 병사에게로 달려갔다. 그녀는 가장 강렬한 불안을 드러냈다.

탈루는 부상자를 두고 가고 싶지 않았다. 자기 딸에게 순수하고 애틋한 관심을 불러일으키는 듯 보였기 때문이다. 게다가 황제는 시르다의 실종과 관련한 오래된 수수께끼를 풀기 위해 그의 증언에 기대를 걸고 있었다.

잠시 후 장정들이 드는 가마는 황제, 시르다, 그리고 여전히 의식이 없는 알제리 보병을 에쥐르 쪽으로 실어날랐다.

다음날 탈루는 수도에 귀환했다.

자기 딸 앞에 선 륄은 고문의 위험을 느끼며 미칠 듯한 공포에 사로잡힌 나머지 황제에게 사건의 전모를 자백했고, 황제는 당장 모셈을 체포했다.

장관의 집에서 가증스러운 배신의 증거를 찾던 탈루는, 몇 달 전에 나이르가 지즈메에게 쓴 연애편지를 발견했다. 서두의 그림에서 자기가 조롱당하고 있는 것을 본 군주는 격노했고, 대담한 짓을 한 나이르와, 그 같은 행위를 용인하며 그 장본인을 고발하지 않는 표리부동한 처신을 한 지즈메에게 벌을 내리기로 결심했다.

데려다가 눕힌 집에서 간호를 받은 병사는 의식을 되찾았고, 자초지종을 알아내기 위해 불려온 세일코르에게 자기가 겪은 파란만장한 모험을 이야기했다.

벨바르(부상자의 이름은 그러했다)는 마르세유에서 태어났다. 장식 화가였던 그의 아버지는 일찍부터 그에게 자신의 기술을 전수해주었고, 찬탄할 만한 재능을 타고난 아이는 데생과 수채화를 무료로 가르쳐주는 대중강의를 들으면서 자신의 예술에 완벽함을 더했다. 열여덟 살 때 벨바르는 자신에게 힘찬 바리톤 소리가 있다는 사실을 발견했다. 하루 온종일 비계 위에 서서 간판을 그리던 그는 당시 유행하던 여러 연가를 목청껏 불러댔고, 가던 길을 멈추고 그의 노래를 듣던 행인들은 그의 풍부한 목소리의 매력과 순수함에 한껏 매료되곤 했다.

어느덧 군대에 갈 나이가 되었고, 벨바르는 부자이아로 가서 제5알제리 보병연대에 들어갔다. 한 시간 동안의 항해 끝에 젊은이는 새로운 고장을 보게 된 것을 무척이나 기뻐하며 아프리카 땅을 밟았다. 11월의 어느 화창한 아침이었다. 그는 곧 신병 여러 명과 함께 병영으로 향했다.

신참 알제리 보병의 시작은 힘들었고, 매일매일이 수많은 학대로 점철되었다. 불길한 우연에 의해 그는 레퀴루 상사의 휘하에 배치되었는데, 그 상사는 자신의 전설적인 잔혹함을 오만하게 자랑하는 편집광적이고 가차없는 폭한이었다.

그 당시 레퀴루는, 애인인 까다롭고 낭비벽 심한 플로르크리니스라는 여자의 물질적 필요에 부응하기 위해 유혹적인 룰렛이 끊임없이 돌아가는 불법 도박장에서 오랜 시간을 보내곤 했다. 그때까지는 행운이 대담한 노름꾼의 편을 들어주었기에, 플로르는 호사스럽게 부양받으며 보석으로 휘감고 도처에 모습을 드러낼 수 있었다. 그녀는 상사와 함께 마차를 타고 도시의 우아한 산책로를 으스대며 돌아다녔다.

그동안 벨바르는 힘든 사병 입문을 계속했다.

어느 날 부자이아로 돌아오던 연대가 오랜 행군 뒤 아직 전원에 있을 때, 행군의 피로를 다만 얼마라도 잊게 해줄 흥겨운 노래를 부르라는 명령이 병사들에게 떨어졌다.

아름다운 목소리로 익히 잘 알려져 있던 벨바르가 끝없는 애가의 소절들을 독창으로 부르는 동안, 연대는 하염없이 동일하게 반복되는 후렴구를 합창하기로 했다.

황혼 무렵 작은 숲을 지나가고 있는데, 그곳 나무 아래 홀로 앉은 한 봉상가가 고독과 명상에서 피어오른 멜로디를 오선지에 적고 있었다.

혼자만으로도, 주기적으로 화답하는 거대한 합창소리보다 더 큰 울림을 낳는 벨바르의 목소리를 들은 영감에 찬 그 산책자는, 갑자기 일어서더니 연대가 도시에 입성할 때까지 따라갔다.

미지의 사람은 다름 아닌 작곡가 포시용이었거니와, 그의 유명한 오페라 〈다이달로스〉는 프랑스에서의 빛나는 경력 이후 알제리의 주요 도시들에서 연이어 공연된 참이었다. 그의 작품을 연주하는 음악가들과 함께 포시용은 전날부터 부자이아에 와 있었는데, 그 도시는 그의 승리에 찬 순회공연의 여정 가운데 하나였다.

그런데 마지막 공연 이후, 막중한 다이달로스 역으로 과로하여 심하게 목이 쉰 바리톤 아르동소는 청중 앞에 나설 수 없는 상태였다. 몹시 당황하여, 자기 악단의 제일가는 가수를 대체해보려고 애썼지만 소용이 없었던 포시용은, 마침 행군하며 노래를 부르는 그 젊은 병사의 목소리를 듣고는 유심히 귀를 기울인 터였다.

다음날 포시용은 수소문 끝에 벨바르를 찾아갔고, 벨바르는 무대에 선다는 생각에 뛸 듯이 기뻐했다. 연대장의 허락은 쉽게 떨어졌고, 작곡가의 지도를 받으며 며칠 동안 열심히 연습한 끝에, 젊은 신인 가수는 자신에게 맡겨진 역할을 감당할 수 있는 자신감을 갖게 되었다.

공연은 만원상태에서 진행되었다. 귀빈석 제일 앞줄에는 플로르 크리니스가 레퀴루 상사와 함께 앉아 있었다.

다이달로스 역이 멋지게 어울리는 벨바르는, 자신의 천재가 품은 웅대한 발상들에 온통 사로잡힌 예술가의 고뇌와 희망을 완벽한 배우로서 표현해냈다. 그리스풍의 주름옷은 그의 훌륭한 풍채를 돋보이게 했고, 강력한 그의 목소리에 실린 이상적인 음색은 각각의 소절이 끝날 때마다 급격하게 도약하는 열광을 불러일으키곤 했다.

플로르는 그에게서 눈을 뗄 줄을 몰랐다. 오페라글라스를 그에게 고정한 그녀는, 젊은 가수가 처음 등장할 때부터 이미 자기 안에 생겨난 저항할 수 없는 감정이 더욱더 커져가는 것을 느꼈다.

3막에서 벨바르는 작품의 주요 아리아를 뛰어나게 불렀다. 기쁨과 자부심의 찬가 같은 그 노래에서 미궁의 건축을 완성한 다이달로스는 자신의 걸작을 보고 강렬한 감동을 느끼면서 자기 꿈의 실현을 도취 가운데 찬양했다.

마음을 사로잡는 그 곡의 훌륭한 연주는 플로르의 마음에 동요를 일으키고야 말았다. 그녀는 당장 다음날부터 벨바르에게 다가가기 위한 치밀한 계획을 세웠다.

무슨 계획이든 그것을 수행하기에 앞서 미신을 믿는 플로르는 언제나 앙젤리크 노파에게 의견을 구했다. 친근하고 수다스러운 모사꾼인 노파는, 카드점을 치고 손금을 읽는 동시에 점성술사 노릇을 하고 전당포 주인 역할을 하며, 돈만 생기면 무슨 일이든 했다.

급한 편지를 받고 앙젤리크는 플로르의 집으로 갔다. 꼬질꼬질 때가 묻은 바구니를 들고, 때로 혹독하기도 한 알제리의 겨울 추위에 맞서기 위해 십 년 전부터 입고 있는 헐렁한 망토를 걸친 노파는 점쟁이의 완벽한 전형을 구현하고 있었다.

플로르는 자신의 비밀을 털어놓으면서 무엇보다도 자신의 열정이 행복한 전조 아래 생겨난 것인지를 알고자 했다. 앙젤리크는 즉각 자기 바구니에서 천체 평면구형도를 꺼내어 벽에 핀으로 고정했다. 그런 다음 전날을 별점의 출발점으로 삼아서는 진지한 명상에 빠졌는데, 부지런하고 복잡한 계산을 하고 있는 것처럼 보였다. 그러더니 그녀는 마침내 손가락으로 전갈자리를 가리켰다. 그 별자리의 좋은 영향이 장차 플로르의 사랑을 모든 역경으로부터 지켜주리라는 것이었다.

이 첫번째 문제가 밝혀지자, 이제 문제가 되는 것은 가능한 한 비밀리에 연애를 하는 것이었다. 왜냐하면 의심 많고 질투심 많은 상사가 자기 애인의 가장 사소한 동태까지도 음험하게 감시하고 있었기 때문이다.

앙젤리크는 평면구형도를 바구니에 넣고는, 낡은 가방의 깊숙한 곳에서 구멍 몇 개가 불규칙하게 뚫려 있는 카드를 꺼냈다. 암호작성 용어로 '그릴'이라고 부르는 그 도구는 두 연인이 아무런 위험 없이 편지를 주고받게 해줄 것이었다. 흰 종이에 그 구멍들을 대고 쓴 문장은, 그로부터 생겨난 간격을 순서대로 메우기 위해 아무렇게나 써넣은 글자들 때문에 해독이 불가능했다. 오직 벨바르만이 글 위에 똑같은 카드를 올려놓음으로써 편지의 의미를 이해할 수 있을 터였다.

하지만 이러한 책략은 사전설명이 필요한데다가, 벨바르와 앙젤리크가 만나는 은밀한 회견을 요구했다. 노파가 병영에 간다면, 그녀와 플로르와의 친밀한 관계를 훤히 알고 있는 상사와 맞닥뜨리는 위험을 피할 수 없을 것이었다. 한편 노파가 자기 집으로 벨바르를 초대하는 것은 젊은 병사의 경계심을 불러일으킬 게 뻔했는데, 그는 그 초대에서 유료 상담이라는 타산적 욕망만을 볼 것이었다. 따라서 앙젤리크는 공공장소에서 만날 약속을 하되, 서로를 알아보기 위한 신호를 정하여 일체의 예기치 못한 사고를 피하기로 했다.

플로르가 보는 앞에서, 노파는 다음과 같이 유혹적인 약속들이 가득한 익명의 편지를 썼다. 벨바르는 이튿날 저녁 레오폴드카페의 테라스에 앉아, 생자크교회에서 성체강복식 종소리가 울리는 바로 그 순간 아를르캥을 주문한다. 그러면 곧 신뢰할 만한 사람이 젊은 병사에게 다가가 기분좋은 소식을 전할 것이다.

다음날 약속된 시간에 앙젤리크는 레오폴드카페의 자기 자리에 앉아 있었다. 그녀로부터 멀지 않은 곳에서는 알제리 보병이 말없이 조용하게 파이프를 빨고 있었다. 벨바르의 얼굴을 모를뿐더러 실수라도 저지를까 두려운 노파는 신중하게 시작 신호를 기다렸다.

문득 성무일과를 알리는 종소리가 가까이에 있는 생자크 교회의 종루를 뒤흔들었고, 병사는 종소리에 대해 물어보더니 아를르캥을 주문했다.

앙젤리크가 그에게 다가갔고, 익명의 편지에 대해 말하며 자기를 소개했다. 그러는 동안 종업원은 벨바르 앞에 주문한 아를르캥을 가져다놓았다. 한 접시에 다양한 빛깔의 고기와 야채를 잡다하게 쌓아올린 일종의 짬뽕 같은 요리였다.

노파는 몇 마디 말로 상황을 설명했고, 황홀해진 벨바르는 플로르가 받은 것과 완벽하게 똑같은 구멍 뚫린 카드를 받았다.

두 연인은 지체 없이 은밀하고 뜨거운 편지를 주고받았다.

벨바르는 〈다이달로스〉 공연 뒤에 상당한 액수의 출연료를 받았고 그 돈의 일부를 매력적인 거처를 임대하고 꾸미는 데 사용했는데, 거기서 그는 훼방꾼들을 염려하지 않은 채 애인을 맞을 수 있었다. 남은 돈으로는 플로르에게 선물을 하고자 했고, 도시의 제일가는 보석상에서 섬세하게 조각된 멋진 시계가 달린 은사슬을 골랐다.

플로르는 그 매력적인 선물을 받고 기쁨의 비명을 질렀다. 그녀는 그것을 당장 자기 허리띠에 매달았다. 레퀴루에게는 자기가 직접 그 장식물을 샀다고 말하기로 했다.

하지만 전갈자리에도 불구하고, 그들의 사랑은 비극적인 결말을 향하고 있었다.

레퀴루는 플로르의 행동거지에서 이상한 점들을 발견했고, 어느 날 벨바르가 임대한 아파트까지 그녀의 뒤를 쫓아갔다. 그는 길모퉁이에 매복한 채 두 시간을 기다렸고, 마침내 두 연인이 나오는 것을 보았다. 그들은 몇 발짝 더 간 지점에서 애틋하게 작별했다.

다음날 레퀴루는 플로르와의 모든 관계를 단절했다. 그는 벨바르에 대해 죽일 것 같은 증오를 품었고, 그를 잔인하게 핍박했다.

끊임없이 그는 자기 연적을 감시하며 흠을 잡으려고 했고, 가장 가혹하고 부당한 처벌들을 그에게 악착같이 부과했다. 그는 치켜든 오른손 엄지손가락을 접으며 “영창 나흘!”이라는 말을 발음하는 특유의 방식으로 징계일수를 통고하곤 했다. 이는 벨바르의 얼굴에 피가 끓어오르게 했고, 그렇게 격분한 순간의 그는 금방이라도 자기 상관을 모욕할 태세였다.

그러나 끔찍한 선례 하나가, 그 위험한 반항충동을 억누를 필요가 있음을 젊은 병사에게 일깨워주었다.

그의 동료 가운데 하나인 쉬르는 열여덟 살부터 스무 살까지 파란만장한 삶을 살았던 것으로 통했다. 입대 전에 부자이아의 빈민가에 드나들며 매춘부와 포주들 사이에서 살았던 그는 일종의 자객으로서, 소문에 따르면 돈을 받고 두 차례의 살인을 저질렀지만 아무런 처벌도 받지 않았다.

거칠고 폭력적인 성격의 쉬르는 까다로운 규율에 잘 적응할 수 없었고, 레퀴루의 지속적인 질책을 견뎌내지 못했다.

어느 날 내무반을 점검하던 상사는 규정대로 되어 있지 않은 장비를 즉시 시정하도록 쉬르에게 명령했다.

가뜩이나 기분이 안 좋았던 쉬르는 꿈쩍도 않고 가만히 있었다.

상사는 그의 명령을 되풀이했다. 하지만 쉬르는 단 한 마디로 대답했다. "싫습니다!"

격분한 레퀴루는 날카로운 목소리로 쉬르에게 욕설을 퍼부어댔다. 그는 신랄한 기쁨을 드러내며 삼십 일간의 영창을 말했다. 아마도 명령불복에 부과할 징계였으리라. 그는 자리를 뜨기에 앞서 마지막 모욕으로 쉬르의 얼굴에 침까지 뱉었다.

이 순간 쉬르는 분별을 잃었다. 그는 자기의 총검을 집어들고 가증스러운 상사의 가슴 한복판을 가격했다. 상사는 즉시 실려갔다.

비록 기절을 하고 피투성이가 되었지만 레퀴루는 무기에 아주 약한 상처를 입었을 뿐이었다. 총검이 갈비뼈 위를 스치고 지나갔던 것이다.

쉬르는 그럼에도 불구하고 군사법원에 회부되었고 사형이 언도되었다.

빠르게 회복된 레퀴루는 총살집행반을 지휘했다. 벨바르도 거기에 속해 있었다.

상사가 “거총!”이라고 외쳤을 때, 벨바르는 자기가 누군가를 죽일 것이라고 생각하고는 온몸이 동요되는 커다란 전율을 느꼈다.

별안간 “발사!”라는 말이 울려퍼졌고, 쉬르는 총탄 열두 발을 맞고 쓰러졌다.

벨바르는 그 끔찍한 순간의 기억을 영원히 간직할 것이었다.

플로르는 이제 벨바르와의 관계를 스스럼없이 드러내고 다녔다. 하지만 레퀴루의 포기 이후, 그 가엾은 처녀는 끊임없이 수많은 빚을 지고 있었다. 한동안 상사에게 재원을 만들어준 도박장을 잘 알고 있던 그녀는 이번에는 자신이 직접 나서보기로 마음먹고는 날마다 룰렛 테이블 앞에 가서 앉았다.

지속적인 불운은 그녀로 하여금 마지막 금화 한 닢까지도 잃게 만들었다.

그러자 그녀는 앙젤리크에게 도움을 청했다. 좋은 돈벌이 냄새를 맡은 노파는 꽤 상당한 금액을 고리로 연거푸 빌려주었다. 이제 차용자의 유일한 재산이 된 보석과 가구들이 그 담보였다.

하지만 슬프게도, 도박은 그 새로운 자금을 빠르게 축냈다.

어느 날 초록색 카펫 앞에 앉은 플로르는, 흥분되고 신경질적인 상태에서 자신의 마지막 금화들을 걸었다. 그녀를 완전히 파산시키기 위해서는 주사위 몇 번으로 충분했다. 망연자실한 그 불쌍한 여자는 팔린 보석들과 차압당한 가구가 마치 섬광처럼 눈앞을 지나가는 것을 보았고, 돌연 자살 생각에 사로잡혔다.

그때 불법 도박장 입구에서 커다란 소리가 들려왔다. 누군가 “경찰이다!” 하고 외치며 들어왔다.

도박을 하고 있던 사람들은 공황에 사로잡혔고, 몇 명은 출구를 찾으려는 듯 창문을 열었다. 하지만 발코니는 길에서 사층 높이에 있어서 도주는 어림도 없었다.

곧 문이 부서지고, 사복경찰 열 명가량이 대기실을 거쳐 홀에 들어왔다.

만연한 동요 가운데 플로르의 흥분은 절정에 달했다. 가난의 공포에 스캔들의 전망이 덧붙여지면서 불행한 기도企圖의 완성을 재촉했다. 단숨에 그녀는 창문으로 달려가 포도 위로 몸을 던졌다.

다음날 도박장의 비극과 애인의 실종을 동시에 알게 된 벨바르는 불길한 예감을 느꼈다. 그는 영안실로 갔고, 거기서 얼굴이 만신창이가 되어 알아볼 수 없게 된 여인의 시체 위에 눈에 익은 은사슬이 매달려 있는 것을 보았다. 자신이 가엾은 플로르에게 선물한 것이었다. 그 단서는 죽은 여인의 신원을 확인하는 데 사용되었다. 젊은 알제리 보병은 출연료로 받은 돈으로 최근에 사들인 가구들을 당장 헐값에 정리하여 그녀의 장례비용을 치를 수 있었다.

플로르의 죽음은 레퀴루의 증오를 진정시키지 못했다. 그는 그 어느 때보다 더 욕설과 징계로 자신의 연적을 괴롭혔다.

오월의 어느 밤, 달빛이라고는 없이 별만 반짝이는 가운데 야간행군을 하다가 잠깐 쉬고 있을 때, 레퀴루가 벨바르에게로 다가왔다. 그는 복장불량을 구실로 벨바르에게 팔 일 간의 영창을 처분했다. 그러고 나서 상사는 젊은 병사에게 차가운 욕을 퍼붓기 시작했고, 분노로 하얗게 질린 병사는 스스로를 주체하지 못해 부들부들 몸을 떨었다.

마지막으로 레퀴루는 벨바르의 얼굴에 침을 뱉음으로써 쉬르와의 마지막 장면을 되풀이했다. 벨바르는 현기증을 느꼈다. 그는 자신이 무슨 행동을 하고 있는지 알지도 못한 채 본능적인 움직임으로 있는 힘을 다해 상사의 따귀를 갈겼다.

갑자기, 거의 반사적인 그 동작의 끔찍한 결과가 무섭도록 눈에 선했으니, 총살집행반의 총탄 아래 쓰러지는 쉬르의 소름 끼치는 모습이 빠르게 지나갔다. 그는 상사와, 자기들의 우두머리를 돕기 위해 다가오는 부사관들을 밀쳐내고, 들판을 가로질러 도망쳤다. 어두운 밤이라서 그는 금방 추격에서 벗어날 수 있었다.

그는 부자이아항으로 가서는, 남아메리카로 가는 거대한 증기선인 생티레네호 선창에 몸을 숨겼다.

다음날 생티레네호는 닻을 올렸다. 하지만 닷새 뒤 폭풍우에 파손된 배는 미위가 보이는 곳에서 좌초하고 말았다. 실방드르호와 스페인 쌍둥이 소녀를 태우고 왔던 여객선을 포함하면, 오래전 수안이 즉위한 이래 그 수역에서 비슷한 일이 일어나기로는 이번이 세번째였다.

여전히 군복 차림에 총과 탄띠를 지닌 벨바르는, 불현듯 은신처를 나와 승객 무리에 섞여들었다.

무시무시한 식인종이었던 미위의 주민들은 난파자들을 엄중한 감시하에 가두었다. 그들의 살로 배를 채우기 위해서였다. 그들은 매일 포로 한 명을 신속하게 처형한 뒤 즉석에서 다른 사람들이 보는 가운데 먹어치웠다. 얼마 지나지 않아서 벨바르만이 살아남았다. 그는 불행한 동료들이 마지막 한 명까지 사라지는 모습을 지켜봐야만 했다.

자신이 처형되는 날, 그는 사형집행인들로부터 벗어나기 위해 불가능을 시도하기로 했다. 사람들이 그를 찾으러 왔을 때, 그는 개머리판을 휘두르며 군중들 사이로 빠르게 길을 뚫었다. 그리고 닥치는 대로 뛰기 시작했다. 토착민 스무 명가량이 그를 붙잡기 위해 쫓아왔다.

한 시간 동안 정신없이 달린 뒤 이제 힘이 떨어지기 시작할 때, 그는 보르숲 가장자리를 보았고, 거대한 숲의 빽빽한 덤불 아래 숨으려는 생각으로 다시 힘을 냈다.

식인종들은 식인종들대로 소리를 질러 서로를 고무하며 도망자에게 다가왔지만, 그들에게 막 잡히려는 순간 벨바르는 첫번째 나뭇가지들 아래로 들어갔다. 추적은 즉시 끝났다. 토착민들은 감히 악령들의 어두운 소굴에 발을 들여놓을 수 없었던 것이다.

벨바르는 보르숲이 제공하는 안전한 은거지에서 평온하게 살았고, 잔인한 식인종들에게 다시 붙잡힐까봐 절대 밖으로 나가지 않았다. 그는 나뭇가지들로 작은 오두막을 짓고, 열매와 뿌리를 먹었으며, 야수들의 공격에 대비하여 총과 탄약을 소중하게 간직했다.

상사에게 숙명적인 따귀를 날리던 당시, 벨바르는 수채화 물감통과 앨범을 갖고 있었다. 그는 우묵한 조약돌에 길어온 시냇물로 물감을 풀었고, 고독한 긴긴 나날을 미술작업으로 진정시킬 수 있었다. 그는 부자이아에서 일어난 음울한 비극을 그림으로 요약하고 싶었고, 자신을 몰입하게 만드는 그 작업을 완수하기 위해 온 정성을 쏟았다.

가엾은 은둔자의 상황에 아무런 변화도 일어나지 않은 채 여러 달이 흘렀다.

어느 날 벨바르는 먼 울음소리를 들었다. 그 소리는 그의 드넓은 영지에서 울리는 대체로 고요한 메아리를 타고 실려오고 있었다. 그는 소리가 나는 장소로 다가갔고, 모셈이 최근에 유기한 시르다를 발견했다. 그는 불쌍한 아이를 품에 안았고, 아이는 금세 울음을 그쳤다. 며칠 전 그는 덫을 이용하여 야생 물소 한 쌍을 사로잡아서는, 튼튼한 넝쿨을 뿔 주위에 감아 나무기둥에 묶어놓은 터였다. 암컷의 젖은 그가 수양딸을 기르는

데 소용되었고, 이때까지 그토록 고독했던 그의 삶은 바야흐로 관심과 목표를 갖게 되었다.

자라나면서, 사팔뜨기이지만 매력과 우아함이 가득한 시르다는, 자신이 보호자로부터 매일매일 받는 혜택을 애정으로 보답해주었다. 벨바르는 그녀에게 프랑스어를 가르쳤고, 보르숲 밖으로는 절대 나가지 말라고 일렀다. 그녀를 그토록 잔인하게 죽음으로 내몰았던, 그리고 이마의 표지 때문에 쉽게 그녀를 알아볼 사나운 적들의 수중에 그녀가 떨어지지나 않을까 그는 두려웠던 것이다.

여러 해가 흘러 아이가 벌써 여인이 되었을 때, 격렬한 불길이 보르숲을 태우면서 두 은둔자를 바깥으로 내몰았다. 그들은 커다란 나무들이 제공하는, 점점 더 좁아지기만 하는 피신처에 마지막 순간까지 몸을 숨기고 있었다.

그토록 오랫동안 숨어 지내던 은거지 밖으로 나왔을 때, 벨바르는 미위의 식인종들의 수중에 다시 떨어졌다고 생각했다. 다행히 황제의 존재가 그 끔찍한 위험으로부터 그를 지켜주었다.

⁂

세일코르가 벨바르의 이야기를 통역해주자, 탈루는 자기 딸의 은인에게 응분의 보상을 하겠노라고 약속했다.

하지만 슬프게도, 그 관대한 계획을 실행하기에는 시간이 부족했다.

벨바르는 불타는 나무가 쓰러지면서 받은 끔찍한 충격을 이겨내지 못했다. 에쥐르에 도착한 지 일주일 뒤, 그는 수양딸의 품에 안겨 숨을 거두었다. 그녀는, 그토록 헌신적이었으며 어린 시절의 유일한 버팀목이었던 은인을 마지막까지 가장 활기찬 다감함으로 용기 있게 보살폈다.

벨바르에게 최고의 경의를 표하고 싶었던 탈루는 알제리 보병의 시신을 트로피광장의 서쪽 면 한중간에 명예롭게 안장하라고 세일코르에게 명령했다.

세일코르는 여러 노예의 도움을 받으며, 프랑스식 장례의 전범을 모방하여, 지정된 위치에 시신을 내려놓은 뒤 그 위에 넓은 묘석을 덮었다. 그런 다음 묘석 위에 군복, 총, 탄띠를 대칭이 되도록 놓았다. 병사의 주머니에서 발견된, 그의 생애를 담은 수채화들은 무덤 뒤에 세운, 검은 천을 씌운 일종의 표지판을 장식하는 데 사용되었다.

그녀를 고통스러운 마비상태에 빠뜨린 그 죽음 이후, 천성이 온순하고 상냥한 시르다는 이제 모든 애정을 황제에게로 옮겨갔다. 세일코르는 그녀의 출생의 비밀을 프랑스어로 알려주었고, 그녀는 부당한 운명이 두 사람 모두에게 가한 오랜 세월의 이별을, 아버지에게 정성을 쏟음으로써 상쇄하고자 했다.

세일코르의 도움을 받아 그녀는 선조들의 언어를 공부했다. 장차 자기 백성이 될 사람들과 유창하게 말하기 위해서였다.

발걸음이 벨바르의 무덤 쪽으로 향할 때면 그녀는 매번 소중한 고인에게 바쳐진 돌에 경건히 입을 맞추었다.

시르다가 돌아온 것이 메이스델에게 그늘을 드리우지는 않았다. 그녀는 여전히 황제의 다감한 사랑을 받았는데, 최근의 사건들에도 불구하고, 황제는 그토록 자주 떠올리던 그 유명한 비현실적 유령의 살아 있는 이미지 바라보기를 여전히 좋아했다.

옛 사랑의 추억을 고려하여, 탈루는 륄의 목숨을 살려주었다. 그녀는 이제 베윌리프뤼앙 정원을 돌보는 노예 가운데 하나로서 하루종일 땅 위로 허리를 구부린 채 쉬지 않고 삽질하며 잡초를 뽑아야 했다. 왕의 복수는, 모셈과 닮은 모습이 해가 갈수록 더욱더 두드러지게 나타나던, 간통으로 낳은 아들에게까지 뻗치지 않아도 되었다. 시르다가 도착하고, 오로지 자신만을 위해 이루어진 먼 옛날의 음모가 발각되면서 충격을 받은 그 불행한 젊은이, 자신이 언젠가는 탈루8세라는 이름으로 나라를 통치할 것이라고 믿고 있던 그 젊은이는 쇠약증에 걸렸고, 그로부터 불과 몇 주 만에 세상을 뜨고 말았다.

모셈, 나이르, 그리고 지즈메는 끔찍한 형벌을 받기로 되어 있었지만, 그 일은 황제에 의해 하루하루 연기되었다. 그는 하염없이 연장되는 잔인한 기다림의 고통을 세 죄인에게 부과하고 싶었던 것이다.

모셈의 제자로서, 꽤나 복잡한 스승의 지식을 전수받은 라오라는 이름의 흑인이, 파면당한 장관의 뒤를 이어 조언과 통치의 중요한 직무를 맡으라는 명을 받았다.

그러나 모멸감에 빠진 륄은 복수를 다짐했다. 특히, 돌아와서 자신의 모든 불행을 야기한 시르다에게 분개한 그녀는 딸에 대한 증오를 달래줄 수단을 찾았다. 그녀는 시르다의 출생을 저주했다.

숱한 생각 끝에 파렴치한 어미가 생각해낸 것은 다음과 같다.

모종의 질병이 전염병의 형태로 나라를 휩쓸고 있었다. 그것은 전염성이 매우 강한 두 개의 백반으로 나타나 눈 위로 퍼지면서 하루하루 점점 더 두꺼워졌다.

오직 혼자 사는 조용한 늙은이인 마법사 바쉬쿠만이 비밀 연고를 이용하여 그 위험한 병을 치료할 수 있었다. 하지만 신속한 치유는 테즈강 하상에 위치한 신성한 지점에서만 가능했다. 일정한 소용돌이에 환자와 함께 잠긴 바쉬쿠는 방향성 진통제를 사용하여 두 개의 백반을 쉽사리 떼어냈고, 그 백반들은 물결을 따라 즉시 바다로 흘러갔는데, 바다에서는 끔찍한 전염을 더이상 염려할 필요가 없었다. 많은 환자들이 치료 뒤 금방 시력을 되찾았다. 하지만 운이 덜 좋은 다른 환자들은 병이 너무 크게 번진 나머지 시력을 영영 회복하지 못했다. 점차 퍼진 병이 안구 전체에 파급되었던 것이다.

뤌은 백반의 전염성을 잘 알고 있었다. 어느 날 저녁, 베윌리프뤼앙 곳곳에 배치되어 있는 노예감독관들의 감시를 따돌린 그녀는 바닷가에 도착하여 카누를 타고 테즈강 하구까지 갔다. 그녀는 바쉬쿠가, 금방 눈이 치유된 사람들에게 휴식을 주는 부드러운 미광을 배려해주기 위해 언제나 해질 무렵에 시술한다는 사실을 알았다. 어두운 황혼의 베일로 자신을 가린 그녀는, 들키지 않은 채 마법사가 떼어낸 백반들이 흘러내려오는 것을 살피다가 물결이 솟아오르는 지점에서 지나가는 백반 하나를 잡았고, 자기가 배에 올랐던 강가로 되돌아갔다.

한밤중에 그녀는 황제의 집에 인접해 있는 시르다의 집으로 소리 없이 들어갔다. 밝은 달빛 아래 길을 찾으며 신중하게 앞으로 나아간 그녀는, 두 손가락 사이에 끼운 위험한 백반을 잠든 딸의 속눈썹에 대고 문질렀다.

하지만 뤌의 가벼운 발소리에 잠이 깬 탈루가, 범죄 행위를 목격하기에 딱 알맞은 시점에 시르다의 집으로 급히 뛰어들어온 참이었다. 그는 곧 타락한 어미의 목적을 알아챘고, 그녀를 거칠게 밖으로 끌어내서는 감시 책임을 맡은 세 명의 노예에게 넘겼다.

황제는 그런 다음 시르다의 곁으로 돌아왔고, 그녀는 소리 때문에 깊은 잠에서 막 깨어나 있었다. 병은 이미 작용을 시작하여, 가엾은 아이의 눈에는 장막 같은 게 퍼져나가기 시작했다.

분노로 제정신이 아닌 탈루의 명령에 따라 잔혹한 죽음이 예정된 뤌은 모셈, 나이르, 지즈메와 함께 투옥되었다.

다음날 시르다의 병은 벼락같은 진행을 보였다. 불과 몇 시간 만에 눈 위에 형성된 두 개의 뿌연 백반은 그녀를 완전히 장님으로 만들어버렸다.

즉각적인 시술을 원했던 황제는 해질 무렵 딸과 함께 테즈강을 건너 바쉬쿠가 사는 꽤 넓은 오두막집으로 다가갔다.

하지만 마법의 치료가 이루어지는 장소는 강의 좌안에 인접한 곳이었으니, 이 한 가지 사실로 인해 드렐쉬카프에 속하는 땅이었다.

그런데 뤌의 범죄에 대해 듣고, 아버지와 딸의 행보를 예견한 야우르9세는 바쉬쿠에게 서둘러 상세하고 엄한 지시를 내렸다.

마법사는 입을 열어 야우르의 명령을 언급하며 시르다를 위한 치료를 거부했다. 야우르가 자신의 영토에서 치료를 받게 해주는 대가로 젊은 처녀와의 결혼을 요구한다는 말도 덧붙였다.

실제로, 그가 생각하는 결혼 덕분에 시르다와 함께 탈루를 승계한다면, 야우르는 언젠가 포뉘켈레와 드렐쉬카프를 자기의 지배 아래 통합할 수 있을 터였다.

이러한 메시지의 통보와, 자기 나라가 원수 지파의 손에 넘어가는 것을 본다는 생각에 격분한 탈루는 대답조차 하지 않고 딸을 다시 에쥐르로 데려갔다.

불과 몇 주일 전으로 거슬러올라가는 이 사건 이후, 상황은 변화가 없었고, 시르다는 눈이 먼 상태로 남아 있었다.

XII

여전히 우리 모두는 높은 절벽 그늘 아래 누운 채로, 세일코르가 늘어놓는 긴 이야기의 우여곡절을 끊지 않고 듣고 있었다.

이러는 동안 흑인들은 랭세호의 깊은 바닥에서 많은 물건과 상자들을 끄집어냈다. 그러고 나서 그들은 돌연 그것들을 어깨에 짊어졌는데, 세일코르의 지시를 따른 것이었다. 막 이야기를 마친 그가 맑은 목소리로 출발 신호를 알렸던 것이다. 이어진 여러 차례의 여정에서 배의 하역은 마무리될 테고, 노획물 전체는 조금씩 조금씩 에쥐르로 옮겨질 터였다.

잠시 후 수많은 짐을 진 채 등을 구부린 흑인들 한가운데에서 종대를 이룬 우리 그룹은, 세일코르가 이끄는 대로 예고된 수도를 향해 일직선으로 나아갔다. 난쟁이 필리포는 그의 흥행사 젠에게 아이처럼 안겼고, 탕크레드 부카레사스는 영리한 고양이 가족과 함께 그의 아들 엑토르가 미는 작은 앉은뱅이 수레에 군림하듯 앉아 있었다. 올가 체르보넨코프가 선두에 가고, 슬라드키와 밀렌카야가 그 뒤를 따랐으며, 그들로부터 조금 떨어진 곳에서 자신의 말 로물루스에 올라탄 조교사 위르뱅이 의기양양하게 일행 전체를 굽어보고 있었다.

우리가 에쥐르에 도착하는 데는 반시간으로 충분했다. 우리는 바로 황제를 만났다. 그는 우리를 맞이하기 위해 트로피 광장에서 딸과 열 명의 배우자, 그리고 당시 서른여섯 명에 달하던 아들 모두를 거느리고 있었다.

세일코르가 탈루와 몇 마디 말을 교환했고, 군주의 뜻에 근거한 다음의 칙령을 우리에게 곧장 통역해주었다. 우리 각자는 가족 중 한 사람에게 편지를 써야 한다. 몸값을 얻기 위해서인데, 금액은 편지 서명자의 외양에 따라 달라질 것이다. 이 일이 끝나면, 세일코르는 많은 인원으로 구성된 토착민 부대를 거느리고 북쪽을 향해 걸어가 포르토노보에 도착하여 귀중한 편지들을 유럽으로 보낼 것이다. 그리하여 요구된 돈을 손에 넣으면, 그 충실한 대리인은 다양한 소비 물자를 구입할 것이고, 그의 지휘하에 있는 부하들은 그것들을 에쥐르로 운반할 것이다. 그러고 나면 세일코르가 우리를 포르토노보까지 안내할 것이고, 거기서 우리는 아주 쉽게 귀국할 수 있을 것이다.

각각의 편지에는, 아주 작은 구출 시도조차 즉각 우리에게 죽음의 신호가 될 것이라는 사실을 수취인에게 경고하는 특별 문구가 포함되어야 했다. 어쨌거나 몸값을 지불할 수 없는 사람들은 지체 없이 사형에 처해질 것이었다.

이상한 거리낌 때문에 탈루는 우리 주머니를 뒤지려 하지 않고 우리가 지닌 용돈을 온전히 소유하게 해주었다. 그러나 우리를 즉석에서 약탈하여 얻을 돈의 액수는 예상된 몸값의 엄청난 금액에 비하면 푼돈에 불과할 것이었다.

커다란 문구류 일습을 풀었고, 각자 서둘러 편지를 쓰며 황제의 사주 아래 세일코르가 불러주는 몸값을 적었다.

⁂

일주일 후 세일코르는 흑인들을 대동하고 포르토노보로 향했다. 그들은 난파 당시 우리 앞에 나타나 채 일주일도 안 되는 시간에 쉼없이 왕복을 거듭하며, 승객들 무리가 빈번히 방문하는 가엾은 우리 배의 노획물 전부를 에쥐르로 옮긴, 바로 그 흑인들이었다.

이 출발은 우리에게 단조롭고 지루한 생활의 시작이었다. 우리는 석방의 날을 염원하며, 밤에는 우리에게 할당된 오두막에서 잠을 잤고, 낮에는 책을 읽거나, 벨바르의 동포들을 알게 되어 무척 기뻐하는 시르다와 프랑스어로 말을 하며 시간을 보냈다.

오락과 소일거리의 원천을 마련하기 위해 쥐야르는 엘리트들을 모아 하나의 이상한 클럽을 만들 생각을 했는데, 각각의 구성원은 독창적인 작업을 통해서든, 아니면 특출한 전시를 통해서든, 두각을 드러내면 되었다.

곧 가입 요청이 쇄도했고, 제일 먼저 아이디어를 낸 영예를 지닌 쥐야르는, '탁월한 자들의 클럽'이라는 거드름 피우는 명칭을 취한 새로운 단체의 의장직을 수락해야만 했다. 그리고 각각의 회원은, 해방을 의미하는 세일코르의 귀환을 축하하기 위해 대규모 축하공연에 맞추어 나름의 준비를 해야만 했다.

클럽에 본부가 없을 수 없기에, 셴비요는 그룹의 상징이 될 만한 작은 건축물을 세우겠다고 제안했다. 쥐야르는 수락했고, 장차 있을 전시를 위해 바닥을 약간 높인 무대 형태로 그 기념물을 만들어달라고 요청했다.

하지만 트로피광장의 땅 한 뙈기를 얻기 위해서는 황제의 허락이 필수적이었다.

우리의 입장에 아주 헌신적이었던 시르다가 탈루에게 부탁하는 일을 맡았고, 자기 수도를 아름답게 꾸미려 한다는 사실을 알고 기쁨을 느낀 황제는 그 청원을 흔쾌히 환영했다. 그러나 계획하는 건축물 용도가 무엇인지 묻는 것은 잊지 않았다. 시르다는 축하공연에 대해 즉시 간략하게 설명했고, 황제는 예기치 않은 그 축제를 미리부터 즐거워하며 스펙터클을 조직하는 데 필요한 물건들을 랭세호의 노획물 가운데 자유로이 취해도 좋다고 자진해서 허락했다.

젊은 처녀는 자기가 맡은 임무의 행복한 결과를 우리에게 알려주었고, 셴비요는 장비를 갖춘 그의 인부들과 함께 베윌리프뤼앙의 나무 몇 그루를 베었다. 이 나무줄기들은 널빤지가 되었고, 트로피광장의, 바다에서 먼 쪽 가장자리 중간 지점에서는 건축물이 올라가기 시작했다.

클럽의 다양한 구성원들 간에 약간의 경쟁심을 불러일으키고 싶었던 쥐야르는 가장 뛰어난 사람들에게 수여할 새로운 훈장을 만들기로 작정했다. 아주 새로운 동시에 제작이 간단한 어떤 표지를 오랫동안 찾은 끝에, 그는 그리스어 대문자 델타를 선택했다. 그것이, 두 가지 요구조건을 모두 만족시키는 듯 보였기 때문이다. 그는 랭세호의 물건들 가운데 찾은 낡은 용기를 해체하여 양철판을 얻었고, 거기서 삼각형 여섯 개를 잘라낸 뒤 위쪽에 고리를 붙였다. 그렇게 만들어서 짧은 파란색 리본에 매단 각각의 델타는 훈장 수여자의 가슴에 부착될 것이었다.

단 하나뿐인 최고 훈장을 만들기 위해, 쥐야르는 모양은 그대로 유지한 채로, 왼쪽 허리에 찰 거대한 델타를 만들었다.

훈장들은 축하공연이 끝났을 때 수여될 터였다.

⁂

각자 결전의 날을 위해 미리미리 준비했다.

올가 체르보넨코프는 자신이 예전에 가장 빛나는 성공을 거둔 〈님프의 발자국〉을 연기하기로 마음먹고, 왕년의 유연함을 되찾으려는 희망에서 종종 따로 떨어진 곳에 가 연습했다.

쥐야르는 브란덴부르크 선제후들의 역사와 관련하여 초상화들을 보충자료로 활용하는 빛나는 강연을 구상하고 있었다.

짐에 무기와 탄약을 챙겨둔 발베는, 프로그램에 등장하기로 약속했는데 탄약통이 모두 바닷물에 젖은 것을 발견했다. 좌초 당시 생겨난 넓은 틈을 통해 만조 때마다 바닷물이 들어가 랭세호의 화물창 일부를 적시곤 했던 것이다. 이런 난감한 사정을 알게 된 시르다가, 관대하게도 벨바르의 무기와 탄띠를 제안했다. 제안은 받아들여졌고, 아프리카 기후의 건조함 덕분에 완벽한 상태로 남아 있는 스물네 개의 탄약통과 훌륭한 그라 소총이 발베의 손에 들어가게 되었다. 모든 것을 알제리 보병의 무덤 위 제자리에 놔둔 그 유명한 챔피언은 축하공연 날 멋진 사격 시범을 보이고, 그에 이어 라비요디에르메조니알의 펜싱기계에 맞서 특출한 공격을 시도하겠다고 예고했다.

뤽소의 꾸러미들은 발베의 것들보다 훨씬 더 큰 침수 피해를 입었다. 화약 부품들은 다행히 제자리에 남아 있었지만 모두 돌이킬 수 없이 망가져 있었던 것이다. 따로 정성스럽게 포장한 마지막 폭죽은 홀로 재난을 면했다. 이제 발레스테로스 남작의 결혼식에 제때 도착하기는 틀려버린 뤽소는 그 눈부신 초상화들을 쏘아올림으로써 우리의 복합적인 축제를 아름답게 장식하기로 마음먹었다.

어류학자 마르티뇽은 시르다가 구해준 카누를 타고 바다에서 시간을 보냈다. 여행 가방에서 꺼낸, 긴 줄이 달린 거대한 그물로 무장한 그는 쉼없는 조사를 했다. 그는 흥미로운 발견을 하고 그것을 발표함으로써 축하공연의 프로그램을 더욱 풍요롭게 만들기를 희망하고 있었다.

발명가, 예술가, 조련사, 귀재, 곡예사 등 클럽의 다른 모든 구성원은 영광의 날에 최선의 능력을 발휘하고자 각자 다양한 전문 분야에서 열심히 훈련했다.

랭세호에는 충격에 의해 특히 크게 손상된 부분이 있었는데, 사람들은 거기서 바퀴가 두 개 달리고 요란한 그림들이 장식된, 일종의 로마 전차 같은 탈것 열두 대를 발견했다. 순회공연을 다니는 동안 부카레사스 가족과 알코트 가족은 서로 제휴하여 그 전차들을 기묘한 음악 연주에 사용하곤 했었다.

각각의 전차는 일단 굴러가기 시작하면, 움직이는 바퀴가 맑고 떨리는 음정을 냈다.

전차들을 공개할 때, 스테판 알코트와 그의 여섯 아들, 그리고 부카레사스 사형제와 그들의 누이는 느닷없이 원형 트랙에 나타나서는, 모종의 방식으로 신속하게 길들인 말이 한 마리씩 매인 열두 대의 전차에 각각 오르곤 했다.

원형 트랙에 나란히 정렬한 소리나는 전차들은 낮은 으뜸음에서 높은 솔에 이르는 도의 온음계를 제시했다.

이윽고 스테판 알코트의 신호에 따라 아름다운 선율을 낳는 느린 산책이 시작되었다. 전차들은 정해진 순서와 리듬에 따라 차례로 전진하면서, 전조가 없는 후렴구나 잘 알려진 노래들 가운데 엄선된 일단의 유행가들을 연주했다. 정렬상태는 음정들의 열기와 빈도 때문에 금세 흐트러졌다. 어떤 전차는 온음을 내면서 옆의 전차를 사오 미터나 앞질러갔고, 뒤처진 전차는 간단한 16분음을 내면서 겨우 조금 앞으로 나아갔다. 곧 트랙 전체로 흩어진 말들은 능숙한 채찍질 가운데 언제나 지정된 순간에 전진하곤 했다.

한데 뭍으로 올리는 과정에서 열한 대의 전차가 부서졌다. 유일하게 성한 채로 남은 것은 탈루가 어린 칼리를 위해 압수했다. 매일매일 조금씩 더 허약해져가는 소년에게는, 피곤함을 주지 않는 길고 건강한 산책이 필요했던 것이다.

랭세호에서 가져온, 버들가지로 엮은 의자의 네 다리가 전차 바닥에 고정되었다. 전차바퀴는 높은 도 소리를 냈다.

양 끌채 사이에 자리잡은 노예가 일체를 완성했다. 칼리는 무척 만족스러운 표정이었다. 이제 사람들은 버들가지 의자에 앉은 어린 환자와 종종 마주치곤 했는데, 씩씩한 동반자인 메이스델이 옆에서 걷고 있었다.

XIII

삼 주 만에 센비요는 매우 예쁜 모양의 작은 무대를 완성했다. 일꾼들은 모두 지칠 줄 모르는 열심을 보였는데, 그 가운데 도장공 토레스와 직조공 보크로가 특별한 찬사를 받을 만했다. 아메리카 제품이 심히 못미더워 다양한 페인트통을 가져온 토레스는 건물 전체를 멋진 붉은색으로 칠했다. 박공에 쓰인 글자들 '탁월한 자들의 클럽'으로부터 일군의 광선이 뻗어나가고 있는데, 그 선들은 뛰어난 단체의 영광을 상징했다. 발레스테로스를 위해 많은 직물을 가져온 보크로는, 유연한 진홍색 다마스쿠스산 천으로, 무대 중앙에서 서로 만나거나 양쪽의 기둥까지 열리는 넓은 두 장의 커튼을 설치했다. 섬세한 황금색 아라베스크 무늬가 있는 흰색 베일은 안쪽에 세운 판자벽을 가리는 데 소용되었다.

센비요의 작품은 큰 성공을 거두었고, 카르미카엘이 그의 레퍼토리 가운데 몇몇 로망스를 멋진 두성으로 부르며 새로운 무대를 열기로 했다.

그날 네시경 여성 분장을 꺼내들고 자기 오두막으로 물러갔던 카르미카엘은, 한 시간 뒤 완전히 바뀐 모습으로 다시 나타났다.

그는 파란색 비단 드레스를 입었는데, 그것을 장식하고 있는 끌리는 옷자락에는 '472'라는 숫자가 검은색으로 씌어 있었다. 숱이 많은 금발로 이루어진 여성용 가발은 아직 수염이 나지 않은 얼굴과 더할 나위 없이 잘 어울리며 그 기묘한 변신을 완성하고 있었다. 치마에 적힌 이상한 숫자의 유래에 대해 질문을 받자, 카르미카엘은 다음의 일화를 우리에게 이야기해주었다.

겨울이 끝날 즈음, 화려한 계약이 그를 부르는 아메리카로 급히 가야 했으나 징병 추첨 날짜인 3월 14일까지 마르세유에 붙잡혀 있었던 카르미카엘은, 여러 대형 여객선 가운데 같은 달 15일에 출발하는 랭세호를 골랐다.

이 무렵 젊은이는 매일 저녁 '폴리마르세예즈'에서 노래를 부르며 엄청난 성공을 거두고 있었다. 3월 14일 아침 그가 시청에 나타났을 때, 거기 모여 있던 징집적령자들은 유명한 동향 사람을 어렵잖게 알아보았고, 추첨 뒤 출구를 나갈 때는 모두들 그를 뜨겁게 반겨주었다.

카르미카엘은 그들처럼 번쩍이는 채색장식이 붙은 부드러운 번호표를 모자에 꽂았고, 한 시간 동안 도시의 거리에서는 노래와 껑충거림이 넘치는 즐겁고 우애 깊은 행진이 펼쳐졌다.

작별하면서 카르미카엘은 새로운 친구들에게 특별 입장권을 나눠주었고, 그들은 그날 저녁 '폴리마르세예즈' 무대 뒤로 몰려갔다. 그들은 약간 취한 몸짓으로, 여전히 눈부신 그림이 장식된 모자를 흔들어댔다. 가장 비틀거렸던 것은 도시에서 제일가는 재단사의 아들이었는데, 그는 카르미카엘이 성대한 치장을 하고 무대에 오르려 하는 것을 보고는 자신의 주머니에서 가위와, 커다란 검은색 비단 견본에 싸인 실 꿴 바늘을 꺼냈다. 그는 술 취한 사람의 고집으로 우아한 푸른색 드레스에다, 그날 아침 자신의 유명한 친구가 뽑은 '472'라는 숫자가 적힌 번호표를 꿰매려고 했다.

카르미카엘은 웃으면서 그 기이한 변덕에 기꺼이 응해주었고, 십 분 동안의 작업 후 예술적으로 재단되고 꿰맨 세 숫자들이 그의 긴 옷자락 위에 검은색으로 펼쳐지게 되었다.

잠시 후 홀에 자리잡은 징집적령자들은 그의 모든 로망스를 따라 부르고 "472번 만세!"를 외치며 카르미카엘에게 왁자지껄한 갈채를 보냈고, 젊은 가수의 치마에 새겨진 숫자를 놀라움 가운데 바라보던 관객들은 크게 즐거워했다.

그다음날 출발한 카르미카엘은 기상천외한 그 장식을 떼어낼 시간이 없었는데, 지금은 그 장식을 탈루의 단순한 변덕 때문에 영원히 돌아가지 못하는 일이 얼마든지 일어날 수 있는 고향 도시에 대한 소중한 추억으로 간직하고 있었다.

⁂

이야기를 마치자, 카르미카엘은 '탁월한 자들'의 무대에 올라가 다리첼리의 〈오바드〉를 눈부시게 불렀다. 전대미문의 유연함으로 소프라노의 극한까지 올라가는 그의 두성은 놀라운 보칼리스들을 자유자재로 노래했다. 반음계는 마치 불꽃처럼 시작되었고, 믿기지 않을 정도로 빠른 바이브레이션은 끝이 없이 연장되었다.

오랜 갈채가 마지막 종지부를 돋보이게 했고, 곧 처음 곡 못지않게 놀라운 새로운 로망스 다섯 곡이 이어졌다. 무대를 떠날 때 카르미카엘은 감동과 감사로 가득한 모든 청중으로부터 뜨거운 축하를 받았다.

공연이 시작할 때부터 자리해 있던 탈루와 시르다는, 우리와 감동을 함께하고 있음이 역력했다. 놀란 황제는 카르미카엘의 주위를 맴돌았다. 그의 엉뚱한 치장이 황제를 매혹하고 있는 듯 보였다.

곧 강압적인 몇 마디가 떨어졌고, 시르다가 신속하게 통역해준 덕분에, 우리는 탈루가 카르미카엘처럼 노래 부르기를 원한다는 사실을 알게 되었다. 그는 젊은 예술가에게 몇 차례 교습을 요청했는데, 그 첫 교습이 당장 시작되어야 한다는 거였다.

시르다가 말을 채 마치기도 전에 황제는 벌써 무대로 올라갔고, 카르미카엘은 순순히 뒤를 따랐다.

거기서 탈루는 반시간 동안 꽤 맑은 가성을 내며 카르미카엘이 보여준 예를 맹목적으로 모방하려고 애썼다. 카르미카엘은 군주의 이상한 수월함을 확인하고는 깜짝 놀랐고, 지칠 줄 모르는 진지한 열의를 그에게 보여주었다.

예정되지 않았던 이 무대가 끝나자, 비극배우 아디놀파가 낭독의 시점에서 트로피광장의 음향을 시험해보고자 했다. 이를 위해 흑옥같이 검은 멋진 드레스를 잠깐 사이에 걸친 그녀는, 무대에 올라 인상적인 몸짓연기가 동반된 이탈리아 시구들을 읊었다.

황제의 양녀 메이스델이 우리와 합류했는데, 유명한 예술가의 멋진 자세에 깜짝 놀란 것 같았다.

다음날, 베윌리프뤼앙의 향기로운 궁륭 아래를 돌아다니던 아디놀파는 뜻밖의 장면을 보았다. 이 정원의 타오르는 듯한 식물들은, 늘 자연적이거나 예술적인 찬란함을 찾는 그녀의 감수성 예민한 영혼을 날마다 끌어당기고 있던 참이었다.

잠시 전부터 비극배우는 찬란한 꽃들로 뒤덮인 매우 울창한 지역을 가로지르고 있었다. 그녀는 곧 숲속의 빈터에 이르렀는데, 그 한가운데서는 메이스델이 서정적 고양이 넘치는 대사를 도대체 알아들을 수 없는 그녀만의 말을 사용하여 즉흥적으로 꾸며내며, 전날 탈루의 교습 이후 '탁월한 자들'의 무대

쪽으로 모든 시선을 끌어모았던 비극배우의 대단한 몸짓연기를 칼리 앞에서 재현하고 있었다.

스무 걸음 떨어진 곳에는 전차가 세워져 있고, 이끼 위에 누운 노예가 그것을 지키고 있었다.

아디놀파는 소리를 내지 않은 채 잠시 기다리며 메이스델의 동정을 살폈고, 메이스델의 몸짓은 우아한 정확함으로 아디놀파를 놀라게 했다. 비극배우는 극적 본능이 드러나고 있는 사실에 관심을 갖고 소녀에게로 다가갔다. 그녀는 소녀에게 무대 위에서 취해야 하는 자세와 움직임의 기본원칙들을 가르쳐주었다.

이 강의는 엄청난 결과를 낳았다. 메이스델은 가장 섬세한 지침들을 어려움 없이 이해했고, 사적이거나 비극적인 표정연기들을 스스로 터득했다.

이어진 며칠 동안 몇 차례에 걸쳐 같은 공부가 이루어졌고, 메이스델은 금세 진정한 예술가가 되었다.

이 경이로운 발전에 고무된 아디놀파는 축하공연 날 예정하고 있는 장면 전체를 자기 제자에게 가르쳐주고자 했다.

자기가 키우는 학생의 데뷔가 강력히 돋보이도록 하기 위해 비극배우는 기발한 아이디어를 생각해냈고, 이것은 그녀가 자신의 과거에 대해 우리에게 몇 마디 하지 않을 수 없게끔 만들었다.

세상 모든 사람이 아디놀파에게 갈채를 보냈는데, 특히 영국인들이 열렬하고 광신적인 숭배를 드러냈다. 런던 관객이 그녀에게 보내는 환호는 다른 어느 곳과도 같지 않았고, 그녀의 사진들은 영국 방방곡곡에서 수천 장씩 팔려나갔다. 영국은 그녀에게 두번째 조국이 되었다.

안개의 도시에서 매년 장기 체류를 해온 터라 고정된 주거지를 소유하고 싶었던 비극배우는, 템스강가에 매우 오래된 화려한 성을 구입했다. 그 성의 소유자였던 듀스버리 경이라는 사람이 위험한 투기로 파산하여 건물과 거기에 딸린 모든 것을 헐값으로 그녀에게 팔아넘겼던 것이다.

그곳에서는 런던을 쉽게 드나들면서도 넓은 공간과 맑은 공기의 이점을 누릴 수 있었다.

접견에 사용되는 일층의 여러 살롱 가운데, 비극배우는 값비싼 장정으로 된 고서들로 벽들이 온통 뒤덮인 널찍한 도서관을 특히 좋아했다. 희곡작품들이 가득 꽂힌 커다란 책꽂이는 위대한 예술가가 다른 무엇보다도 더 자주 찾는 것이었는데, 영어에 매우 조예가 깊었던 그녀는 제2의 조국의 걸작들을 오랜 시간 동안 뒤적이곤 했다.

어느 날 아디놀파는 셰익스피어 작품 열 권을 동시에 집어서 테이블에 내려놓았다. 어떤 주석을 찾기 위해서였다. 그 존재는 알고 있되, 관련되는 희곡 제목이 정확히 떠오르지 않았던 것이다.

주석을 찾아 옮겨적은 비극배우는 책들을 능숙하게 집어들어 제자리에 가져다놓으려고 했다. 그런데 서가에 이르렀을 때, 그녀는 책이 있던 나무판 위에 먼지가 두껍게 앉아 있는 것을 보았다. 그녀는 손에 든 짐을 잠깐 의자에 세워놓고는 먼지가 덮인 매끈한 표면을 손수건으로 닦았다. 그녀는 거기서 그치지 않고 그 임시변통의 먼지닦이를 가구 깊은 곳까지 들이밀었다. 수직면 역시 청소가 필요했기 때문이다.

그때 갑자기 둔탁한 소리가 났다. 아디놀파가 어떤 특정 지점을 본의 아니게 누르면서 모종의 비밀장치를 작동시킨 것이다.

좁고 얇은 판자가 문득 접히면서 은닉처가 드러났고, 흥분한 비극배우는 극도의 주의를 기울여 겨우 읽을 수 있는 몹시 오래된 필사본을 꺼냈다.

그녀는 발견한 것을 곧장 런던에 있는 위대한 전문가 크레이튼에게로 가져갔다. 크레이튼은 돋보기로 얼른 살펴보더니 경악의 비명을 질렀다.

그들의 눈앞에 있는 것은 의심의 여지 없이 셰익스피어가 자필로 쓴『로미오와 줄리엣』원고였다!

이 발견에 넋을 잃은 아디놀파는, 그 귀중한 자료의 명료하고 충실한 사본을 만들어달라고 크레이튼에게 부탁했다. 거기에는 굉장한 가치를 지닌 어떤 미지의 장면이 들어 있을 수 있기 때문이었다. 이어서 그녀는 그 두툼한 자필 원고의 가치를 물어보았고, 전문가는 막대한 금액을 추정했다. 그녀는 생각에 잠겨 자신의 새 거주지로 향했다.

정확하고 명백한 매매계약에 따라 성의 모든 물건은 의당 비극배우의 소유였다. 하지만 아디놀파는, 거래를 수치스러울 정도로 유리하게 만들어주는 우연한 상황으로부터 이익을 얻어내기에는 너무나도 양심적이었다. 그녀는 그 사건을 이야기하기 위해 듀스버리 경에게 편지를 쓰면서, 그 엄청난 물건에 대해 전문가가 추정한 가격을 그에게 수표로 보냈다.

듀스버리 경은 장문의 감사 편지로 자신의 열렬한 고마움을 표시했는데, 그는 신비로운 발견에 대해 다음과 같은 그럴듯한 설명을 제시했다. 그의 조상 가운데 오직, 자필 원고와 희귀본의 위대한 수집가였던 앨버트 드 듀스버리만이 그만한 중요성을 지닌 원고를 도난으로부터 보호하기 위해 그 같은 은닉처를 상상할 수 있었다. 그런데 앨버트 드 듀스버리는, 말에서 떨어지는 끔찍한 사고로 두개골이 깨지는 바람에 완벽한 건강 상태에서 갑작스럽게 죽음을 맞이했다. 이런 까닭에 그는 아마도 죽기 전 마지막 순간에 하리라 마음먹고 있던, 그토록 철저히 숨겨놓은 보물의 존재를 아들에게 알려주는 일을 하지 못했고, 이후 그것은 같은 자리에 그대로 남아 있을 수밖에 없었다.

보름 뒤, 크레이튼은 두 벌의 사본과 함께 필사본을 비극배우에게 직접 들고 왔다. 첫번째 사본은 고풍스러운 표현과 난해함으로 가득한 원본 텍스트와 엄격하게 일치하는 것이었고, 두번째 사본은 언어와 글자체가 현대화한 진정한 번역본으로 명료하고 읽기에 어려움이 없었다.

전문가가 떠난 뒤 아디놀파는 두번째 사본을 집어들고 주의깊게 읽기 시작했다.

각각의 페이지는 그녀를 깊은 경악에 빠뜨렸다.

그녀는 줄리엣 역할을 여러 차례 연기하여 극 전체를 속속들이 외우고 있었다. 한데 희곡을 읽어나가면서 그녀는 완전히 새롭고 전혀 알려지지 않은 대사, 장면, 그리고 몸짓과 의상 관련 세부사항들을 끊임없이 발견했던 것이다.

처음부터 끝까지 작품은 그렇듯 많은 것이 풍부하게 추가되어 있는데, 그것들은 내용을 변질시키지 않으면서 뜻밖의 정취 있는 그림들을 작품 여기저기에 박아넣고 있었다.

유명한 베로나 비극의 진본을 손에 들고 있다고 확신한 비극배우는 서둘러 자신의 발견을『타임스』에 알렸고, 신문의 한 페이지 전체가 원고에서 취한 인용문들로 가득 채워졌다.

게재된 기사는 엄청난 반향을 불러일으켰다. 예술가와 학자들이 그 놀라운 자필 원고를 보기 위해 오래된 듀스버리 저택에 몰려들었고, 아디놀파는 드러나지 않게 감시하며 원고를 들춰보게 해주었다.

금세 두 진영이 형성되어, 그 유명한 원고를 옹호하는 사람들과 그것이 위서僞書라고 언명하는 반대파 사이에 격렬한 논쟁이 벌어졌다. 신문 지면들은 열띤 변론들로 가득했고, 상반된 증거와 세부사항들은 곧 영국과 전 세계 사람들의 화젯거리가 되었다.

아디놀파는 이 열기를 이용하여 새로운 판본에 따른 희곡을 무대에 올리고자 했다. 줄리엣 역할은 자기가 맡을 예정이었거니와, 깜짝 놀랄 만한 공연은 그녀의 이름을 형언할 수 없는 광채로 둘러싸게 해줄 것이었다.

하지만 그 어떤 극장장도 이 제안을 수락하지 않았다. 필사본의 각 페이지가 요구하는 막대한 연출 비용이 가장 대담한 사람까지도 겁에 질리게 만들었기 때문이다. 위대한 예술가가 문이란 문은 전부 다 두드려봤지만 허사였다.

낙담한 아디놀파는 그 일에 대한 관심을 접었고, 얼마 가지 않아, 별안간 대중의 주의를 사로잡은 충격적인 범죄에 밀려 논쟁도 막을 내렸다.

아디놀파가 그 유명한 자필 원고의 지시에 따라 메이스델더러 연기하라고 하려던 것은 셰익스피어 비극의 마지막 장면이었다. 비극배우는 현대판 사본을 수중에 갖고 있었다. 아메리카의 몇몇 극장장과 혹시 협상이 가능할지도 모른다는 생각에 거의 우연히 집어온 것이었다. 그토록 예민하고 그토록 재주가 뛰어난 칼리가 매력적인 로미오 역을 맡을 것이었는데, 매우 빽빽하게 적힌 몸짓연기 덕분에 두 아이가 감당하기 힘든 대사는 쉽사리 생략할 수 있을 것이었다. 게다가 텍스트가 없어도 그토록 인기 있는 주제를 이해하는 데는 하등의 문제가 없을 터였다.

의상이 완전히 갖춰지지 않은 까닭에 두 인물을 알아보게 해줄 어떤 의상 또는 치장 조각을 찾아봐야 했다. 이런 측면에서 모자는 가장 간단하고 가장 만들기 쉬운 요소를 갖고 있었다.

하지만 필사본에 따르면 두 연인은 붉은색 무늬가 있는 천으로 된 옷을 입고, 그와 어울리게 풍성한 수가 놓인 모자를 쓰게 되어 있었다.

이 마지막 지시사항은 아디놀파를 곤경에 빠뜨렸고, 어느 날인가 베월리프뤼앙 덤불을 가로지르는 일상적인 산책 동안에도 그녀의 마음을 떠나지 않고 있었다. 그때, 시선을 땅에 고정하고 생각에 몰두한 채 걷고 있던 그녀가, 느리고 군데군데 잘린 일종의 독백 소리에 걸음을 멈추었다. 그녀는 이내 고개를 돌렸고, 쥐야르를 알아보았는데, 그는 풀밭에 책상다리를 하고 앉아 손에 공책을 들고 메모를 작성하며 그것을 큰 소리로 읽고 있었다. 한데 펼쳐진 채로 바닥에 놓여 있는, 삽화가 그려진 커다란 책이 비극배우의 주의를 끌었다. 불그스름한 그 색조가 그녀의 내밀한 생각과 마침 합치했던 것이다. 그녀가 다가가자, 쥐야르는 자신이 고른 은신처가 지닌 강력한 매력을 그녀에게 자랑했다. 최근에 축하공연을 위한 강연 준비를 끝낸 그는 날마다 이곳에 와서 명상과 침묵 가운데 보불전쟁에 대한 긴 작업을 준비하고 있었다. 그가 몸짓으로 자기 주위에 흩어져 있는, 그 끔찍한 전쟁 동안 출간된 책 몇 권을 보여주었다. 그 가운데에는 커다란 모음집이 있는데, 비극배우의 시선을 끈 두 페이지 중 한 페이지는 라이슈호펜 공격을, 다른 페이지는 파리코뮌 에피소드를 실감나게 드러내고 있었다. 왼쪽에서는 군복과 깃털장식이, 오른쪽에서는 화재의 불길이 내뿜는 붉은 색조가, 멀리서 보면 셰익스피어의 자필 원고가 요구하는 자수와도 같다는 착각을 불러일으킬 수 있었다. 자신의 목적을 위해 그 채색된 종이들로 옷감을 대체하고자 했던 아디놀파는 쥐야르에게 자기의 바람을 피력했고, 쥐야르는 선선히 그녀가 원하는 종이들을 떼어주었다.

비극배우는 칼리와 메이스델을 위해 가위와 핀을 사용하여 베로나 연인들의 고전적인 모자 두 개를 만들었다.

이 첫번째 문제가 해결되자, 아디놀파는 셰익스피어의 작품을 다시 집어들었다. 연출의 가장 사소한 세부사항까지 꼼꼼히 연구하기 위해서였다.

마지막 대목의 몇몇 에피소드는 프롤로그에서 그 설명을 찾을 수 있었다. 꽤 자세한 그 프롤로그는 아직 서로를 모르던 로미오와 줄리엣의 어린 시절을 보여주는 두 개의 장을 포함하고 있었다.

아디놀파는 이 프롤로그를 특히 세심하게 읽었다.

첫번째 장에서 어린 로미오는 가정교사인 발디비에소 신부의 수업을 듣고 있는데, 학식 높은 수사인 신부는 가장 순수하고 가장 종교적인 도덕원칙들을 주입하고 있었다.

여러 해 전부터 발디비에소는 그의 즐거움인 이절판 책들과, 그의 어김없는 통찰력이 그 비밀을 간파해내는 오래된 양피지들에 둘러싸여, 연구로 밤을 지샜다. 엄청난 기억력과 설득력 있는 언변의 소유자인 그는 매우 다채로운 이야기들로 제자의 마음을 사로잡았는데, 그 이야기들의 의미는 거의 항상 어떤 유익한 교훈을 숨기고 있었다. 극의 첫번째 장면은 그의 역할로 완전히 채워져 있고, 거기에 어린 로미오의 순진한 개입이 덧붙여지고 있었다.

성경의 기억들이 수사의 입술에 연달아 올랐다. 그는 이브의 유혹을 자세히 상기시켰고, 시온 한복판에서 통음난무를 벌이다가, 무섭게 분노한 하느님의 환영이 나타나는 것을 본 방탕한 티지아스의 이야기를 들려주었다.

이어서 알렉산드리아의 페이오르에 관한 다음의 자세한 이야기를 들려주었는데, 그는 타이스✦와 같은 시대를 산 젊은 탕자다.

✦ 4세기에 살았던 이집트 출신의 성녀. 원래 매춘부였으나 한 은둔 수도자의 권유로 개종하고 수도원으로 들어간 것으로 전해진다. 아나톨 프랑스의 소설이자 마스네의 오페라인 『타이스』(1890)의 주인공이기도 하다.

페이오르는 사랑하는 정부로부터 버림받고 절망했다. 그녀는 사랑의 약속을 의도적으로 잊어버리며 결별을 표명했던 것이다. 그는 쾌락의 삶을 접고 신앙 속에서 위안을 찾고자 사막에 가서 은둔 수도자의 삶을 살았고, 이따금 복음을 설파하기 위해 과거에 자신이 잘못을 저질렀던 곳으로 되돌아오곤 했다.

오랜 금식 끝에, 페이오르는 극도로 야위어 있었다. 원래부터 큰 편인 그의 머리는 앙상한 몸에 비해 거대해 보였고, 특히 광대뼈는 비쩍 마른 얼굴 양쪽에 엄청나게 돌출해 있었다.

어느 날 페이오르가 광장에 나타났을 때, 소집된 시민들이 거기서 국사를 논의하고 있었다. 당시에는 각각 젊은이와 노인으로 구성된 서로 다른 두 의회가 정해진 날에 일종의 포럼이라고 할 그곳에 모이곤 했는데, 젊은이가 대담한 법안들을 제출하면, 노인이 그것을 온건한 방향으로 수정하곤 했다. 두 무리는 각각 면적이 천이백 평 남짓 되는 정사각형 모양을 하고 서 있었다.

갑작스러운 회심으로 유명해진 페이오르의 출현은 잠시 동안 논의를 중단시켰다.

초심자는 곧 평상시 습관대로 부와 쾌락에 대한 경멸을 열정적으로 설교하기 시작했다. 그는 특히 젊은이들을 겨냥하며 그들이 저지르는 온갖 악덕과 파렴치함을 비난하는 것 같았다.

이 도발적인 태도에 분노한, 그가 지목한 이들은 그에게로 달려들어 그를 사납게 땅바닥에 자빠뜨렸다. 스스로를 방어하기에 너무나도 허약했던 페이오르는 간신히 몸을 일으켰고, 온통 피투성이가 된 채 자신을 공격한 사람들을 저주하며 자리를 떠났다. 그런데 길모퉁이를 돌아서던 그는 문득 무릎을 꿇고 황홀경에 빠졌다. 그를 보지 못한 채 지나가는 옛 애인의 모습을 본 것이다. 호화롭게 치장한 그녀는 수많은 노예를 거느리고 있었다. 페이오르는 한순간 불같은 열정에 다시금 사로잡힌 느낌이었다. 그러나 환영이 사라지자 다시 스스로를 추슬러 사막으로 돌아갔다. 거기서 그는 여러 해 동안 지속적으로 고행한 끝에 자신의 성향을 극복하고 용서받은 뒤 세상을 떠났다.

페이오르의 전설에 이어, 발디비에소 수사는 유명한 두 순교를 이야기했다. 그것은 자기 동포들에게 날카롭고 뾰족한 규석으로 맞아 죽은 예레미야의 순교와, 맹수들에게 던져진 성 이그나티오스의 순교였다. 맹수들은 성자의 몸을 찢었지만, 그의 영혼은 경이로운 섬의, 꿈처럼 아름다운 모습으로 나타난 천국으로 올라갔다.

이 이야기들은 커다란 통일성을 보여주고 있었다. 그것의 인상적인 주제들은 로미오의 정신을 선善으로 이끈다는 분명한 목표를 갖고 있었다. 그리고 순수한 부부의 사랑의 이미지를 구현하는 줄리엣이, 애초에 가볍고 천박한 연애에 골몰하던 젊은이를 얼마나 쉽게 사로잡는지 설명해주고 있었다.

첫번째 그림과 감동적인 짝을 이루는 프롤로그의 두번째 그림에는 유모 곁에 앉은 어린 줄리엣이 보이는데, 유모가 은혜롭거나 무서운 이야기로 그녀를 기쁘게 해주고 있었다. 유모가 그리는 여러 이야기 속 인물들 가운데서도, 머리채를 흔들어 자기 뒤로 한없이 많은 금화를 뿌려대는 착한 요정 위르젤과, 노란 얼굴과 초록 입술 때문에 추악해진, 자신의 식욕을 만족시켜줄 아이들이 부족하여 암송아지 두 마리를 야식으로 먹어치우는 식인귀 페르고베뒬이 보였다.

아디놀파가 무대에 올릴 작정이었던 마지막 장면에는, 독이 든 음료를 마시고 지속적인 환각에 사로잡힌 두 연인의 눈에, 프롤로그에서 빌려온 수많은 이미지가 다시 나타나게 되어 있었다.

필사본의 지시에 따르면, 그 모든 유령은 일련의 활인화를 이루거니와, 그것의 너무나도 빠른 연속은 에쥐르에서는 넘을 수 없는 어려움을 야기할 게 뻔했다.

아디놀파는 퓍시에를 생각했다. 그의 봉봉이 그림과도 같은 효과를 내어 의상과 소품을 대신해줄 수 있을 것이기 때문이었다.

퓍시에는 비극배우의 바람을 듣고 그녀가 요구하는 모든 영상을 마련해주겠다고 약속했고, 영어의 섬세한 부분까지 정통했던 덕에 프롤로그와 마지막 대목을 읽을 수 있었으니, 이 독서는 흥미로운 작업에 필요한 풍성한 소재를 그에게 제공해주었다.

필사본에 특별히 언급된 바에 따르면, 줄리엣의 무덤 옆으로는, 두 연인이 연기하는 가슴 에는 장면을 비극적인 빛으로 조명하기에 적합한 푸르스름한 불화로가 있어야 했다. 한데 바다 소금으로 색깔을 낼 이 화로는 앞서 말한 봉봉을 연소시키기에 안성맞춤인 것처럼 보였다. 마지막 대목에서 몸소 식인귀 페르고베될의 모습으로 분장하고 나타날 아디놀파는, 무덤 뒤에 누워 그 누구의 눈에도 띄지 않은 채, 하나의 이미지를 만들어낼 봉봉을 적절한 순간에 화로 속으로 던져넣을 수 있을 것이었다.

이 방식으로 모든 단역이 배제된 것은 아니었다. 두 역할, 그러니까 금빛 광택이 나는 옷으로 치장한 캐퓰럿과, 유명한 나귀 위에 꼼짝 않고 앉아 있는 그리스도의 역할은 소로가 맡기로 했는데, 두 역할을 구성하는 데 필요한 모든 것은 그가 보유한 의상 가운데 갖춰져 있었다. 역할 전환은 사람들의 시선을 벗어난 곳에서 불과 몇 초 만에 이루어질 것이고, 유순한 밀렌카야를 필요한 시점에 활용할 터였다. 센비요는 배경막에 걱자 두 개를 교묘하게 그려넣기로 약속했는데, 각각의 격자를 비출 반사등은 정해진 시각에 격자를 투명하게 만들어줄 것이었고, 뒤편으로는 넉넉한 크기를 지닌 알코브 두 개가 적절한 높이에 마련될 터였다.

로미오의 유령은 자신의 시신이 누워 있는 가운데 하늘로부터 내려오게 되어 있었는데, 나이와 용모가 칼리와 매우 흡사한 형제가 분신 역할을 맡기로 했다. 라이슈호펜의 흉갑기병들이 그려진 종이의 남은 부분에서 첫번째 것과 똑같은 두번째 모자를 오려냈고, 셴비요는 랭세호의 로프와 도르래를 이용하여 손으로 작동하는 승강시스템을 쉽게 상상해냈다.

위르젤을 연상시키기 위해서는, 배의 화물 중에서 부에노스아이레스의 어느 미용사에게 보내는 궤짝 속에 온전하게 남아 있는 인형을 꺼내왔다. 바퀴 달린 받침대가 금방 제작되어, 커다랗고 파란 눈을 지닌, 희고 장밋빛인 흉상을 지탱하게 되었다. 궤짝으로부터 멀지 않은 곳에는, 다양한 놀이기구들로 가득한 찌그러진 상자에서 튀어나온, 이십 프랑짜리 루이 금화 비슷한 수많은 황금색 코인이 흩어져 있었다. 약간의 풀만으로도, 가늘게 땋아 사방으로 흩어진 흉상의 멋진 금발에 그것들을 살짝 붙여놓을 수 있었다. 아주 약한 진동에도 그 눈부신 금화들은 떨어질 수 있었으니, 따라서 인심 좋은 요정은 그것들을 얼마든지 풍성하게 뿌릴 수 있을 것이었다.

무덤과 화로를 비롯한 연출의 나머지 부분에 관해서는 셴비요에게 전적으로 믿고 맡겼다.

필사본의 짧은 구절에 따르면, 로미오는 혼수상태에서 깨어난 줄리엣의 목에 화려한 루비목걸이를 걸어준다. 하지만 신랑의 생각 속에서 그 목걸이는 워낙에는 사랑하는 여인의 차디찬 시신을 장식하기 위한 것이었다.

이 세부사항은 벡스에게 그가 만든 방향성 수지를 사용할 기회를 주었는데, 그것의 사용은 그가 난해한 조작을 할 때마다 언제나 성공을 거두고는 했다.

그것은 피부가 뜨거움을 느끼지 못하게 만들 정도로 충분히 강력한 마취제였다. 손에 그 보호 연고를 바르면, 벡스는 자기가 발명하고 벡슘이라 명명한 금속을 그 어떤 온도에서도 다룰 수 있었다. 그 귀중한 성분을 먼저 발견하지 못했다면, 화학자는 벡슘을 발견하는 일도 성공적으로 수행할 수 없었을 것이다. 벡슘의 특성은 극단적인 온도 변화에 있었기 때문이다.

에쥐르에서는 모조품조차 구할 수 없는 루비목걸이를 대체하기 위해, 벡스는 그가 제공하는 석면사에 불타는 숯 몇 개를 매달아 사용할 것을 제안했다. 칼리는 화로에서 붉게 빛나는 이상한 보석을 취해 메이스델을 치장하면 될 것이고, 메이스델의 가슴과 어깨는 믿을 수 있는 연고를 미리 발라놓으면 문제가 없을 터였다.

비극배우는 벡스의 제안을 받아들였다. 그전에 그녀는 메이스델의 동의부터 얻어냈는데, 메이스델은 자신에 찬 씩씩한 모습이었다.

그 장 전체는 대사 없이 연기될 예정이었다. 하지만 몸짓 연기를 공부하며 칼리와 메이스델이 어찌나 대단한 총명함과 선의를 보여주었던지, 성공에 고무된 아디놀파는 다양한 출현들을 설명하기에 적합한, 불어로 번역된 문장 몇 마디를 자기 제자들에게 가르쳐보았다. 이 시도는 금방 성과를 냈다. 따라서 이제는 축하공연 날까지, 두 아이가 그토록 잘 이해한 감동적인 무대연기를 다듬기만 하면 되었다.

XIV

'탁월한 자들'의 극장이 거둔 성공에 고무된 쥐야르는, 중요한 날에 대비하여 사람들의 정신에 열기를 불어넣고, 센비요에게는 다시 한번 건축가로서의 재능을 발휘할 기회를 주기 위해 또다른 놀이를 제안했다. 그것은 클럽의 모든 구성원에 대응하는 주식을 발행하고 투기게임을 정하는 것이었는데, 배당이 가장 큰 사람이 새로이 제정한 훈장들 가운데 최고 훈장을 받을 것이었다. 계획이 채택되자, 사람들은 지체 없이 실행에 전념했다.

승객 오십 명이 각자 이백 프랑씩 출자하여 적립금 일만 프랑을 조성하는 것에서부터 일을 시작했다. 클럽의 각 구성원별로 백 장씩의 주식이 발행되었는데, 그것은 클럽 구성원이 사인한 단순한 사각형 종이였다.

모든 주식을 한데 모아 마치 카드처럼 오래 뒤섞었고, 다시 똑같은 오십 개의 꾸러미로 나누어, 오십 명의 승객 한 사람 한 사람에게 공정하게 지급했다.

축하공연이 끝나면, 일만 프랑은 델타 최고 훈장을 받은 행복한 승자의 주주들에게 분배될 것이었다. 그때까지 주식들은, 각각의 경쟁자가 제공하는 듯 보이는 행운의 정도에 따라 온갖 종류의 변동을 겪을 터였다.

클럽 구성원들은 거래를 해서는 안 되었는데, 그것은 경마 기수들에게 내기를 금지시키는 것과 같은 이유에서였다.

여러 내기꾼 간의 주식거래를 조정하기 위해 중개인들이 필요했다. 하운스필드, 세르자, 그리고 그들의 직원 셋, 이렇게 다섯 사람은 증권거래인 역할을 수락했고 적립금을 공탁받았으며, 셴비요는 거래가 이루어질 수 있도록 새 건물을 짓기로 했다.

보름 뒤 파리증권거래소의 정확한 축소판인 미니 증권거래소가 '탁월한 자들'의 무대 맞은편에 세워졌다. 나무로 된 그 건물은, 토레스가 바른 하얀색 페인트 덕분에 완전히 돌로 지은 듯한 착각을 불러일으켰다.

그 유용한 건물에 여유를 주기 위해 알제리 보병의 유해를 남쪽으로 몇 미터 옮겼다. 찬란한 수채화들이 언제나처럼 붙어 있는 검은색 판자가 있는 묘비도 함께였다.

투기 대상이 '탁월한 자들' 자체라는 독특한 사실은 별도의 언어를 요구했고, 오로지 알랙상드랭 시구로 작성된 주문만 집행하기로 결정되었다.

건물이 완성된 날 여섯시, 증권거래소가 처음으로 문을 열었고, 다섯 명의 증권거래인은 그들을 위해 작은 열주 뒤에 마련된 다섯 개의 테이블에 앉았다. 곧 그들은 다량의 주문서를 큰 목소리로 낭독했는데, 주위에 무리지어 있는 내기꾼들이 그들 손에 건넨 그 주문서들은 숱한 허시와 모음중복이 발견되는, 십이음절의 보잘것없는 시구로 쓴 매매 주문을 담고 있었다. 매매가는 공급과 수요에 따라 결정되었고, 즉각 결재되고 양도된 주식들은 손에서 손으로 건너갔다. 새로운 주문서들이 끊임없이 테이블 위로 몰려들었고, 엄청나게 시끌벅적한 거래는 한 시간 동안 계속되었다. 관사를 앞에 붙인 이름이 각각의 주식을 나타냈다. 거래가 끝났을 때, 카르미카엘은 오십이 프랑, 탕크레드 부카레사스는 이 루이의 가치를 지녔던 반면, 마를리농은 이십팔 수, 올가 체르보넨코프는 육십 상팀밖에 나가지 않았다.* 발베는 매우 유망했던 사격 연습 때문에 십오 프랑에 매수한 사람이 나왔고, 뤽소는 엄청난 결과가 기대되는 놀라운 불꽃놀이 덕분에 십팔 프랑 구십 상팀에 달했다.

증권거래소는 일곱시 정각에 문을 닫았다. 하지만 이날부터 거래소는 매일 이십 분 동안 개장하여 투기꾼들에게 커다란 기쁨을 주었다. 한데 그들 중 다수는 마지막 결과에는 신경을 쓰지 않은 채, 온갖 종류의 소문을 유포하며 상승과 하락에 관련된 대담한 수를 쓸 생각만 했다. 어느 날 카르미카엘은 젊은 가수의 목이 쉬었다는 헛소문 때문에 구 포인트 떨어졌으나, 다음날 그 소식이 허위로 확인되면서 십이 프랑이나 급상승했다. 발베 역시 그라 소총의 작동과 탄약의 보존 정도를 둘러싼 끊임없이 상반된 보고들 때문에 심하게 요동쳤다.

⁂

날마다 교습을 받은 덕분에, 탈루는 그의 곁에 자리잡은 카르미카엘이 한 소절 한 소절 불러주는 것들을 그대로 따라하며 다리첼리의 〈오바드〉를 부를 수 있게 되었다. 황제는 이제 첫눈에 자신의 욕심을 불러일으킨 여자 복장을 입어보길 원했고, 몸짓과 자세의 기술을 발전시킴으로써 자신의 교육을 완성하고자 했다. 시르다가 아버지의 바람을 통역했고, 황제는 마르세유 젊은이의 도움을 받아 마치 어린아이처럼 즐거워하며 푸른색 드레스와 금발의 가발로 세심하게 치장했는데, 이 치장이 지닌 이중의 이상함은 약간 연극조의 경향이 있는 시인 군주의 영혼을 매료했다.

황제는 그렇게 여가수로 분장하고 무대로 올라갔다. 이제 카르미카엘은 교습을 하면서 자기에게는 친숙한 다양한 팔동

* 1루이는 20프랑, 1수는 1/20프랑, 1상팀은 1/100프랑의 가치에 해당한다.

작을 세부동작으로 천천히 나누어 설명했고, 자신의 학생에게 거추장스러운 긴 옷자락을 능란한 발길로 쫓아내며 편안하게 걷는 방법을 가르쳐주었다. 이후 탈루는 언제나 성대한 치장을 한 채로 배웠고, 결국 스스로에게 부과한 일을 명예롭게 해냈다.

⁂

축하공연 날 꽤 풍부한 의상과 소품을 갖춘 오페레타 가수들이 일련의 활인화를 보여주기로 되어 있었다.

이 계획을 주도하고 이끄는 소로는 〈올림포스 신들의 잔치〉 장면에서 시작하기로 했다. 〈지옥에 내려간 오르페우스〉의 소품들을 갖고 쉽게 해낼 수 있었기 때문이다.

다른 그룹들을 위해서는 북미, 영국, 러시아, 그리스, 이탈리아를 순회하는 동안 수집한 일화 다섯 편을 활용하기로 했다.

먼저 퀘벡에서 들은 캐나다 설화가 떠올랐다. 그것은 일종의 동화인데, 그 내용을 요약하면 다음과 같다.

온타리오호숫가에 주앙동이라는 이름을 지닌 프랑스 출신의 부유한 대농장주가 살고 있었다.

얼마 전에 아내를 잃은 주앙동은 딸 위르쥘에게 모든 애정을 쏟았다. 여덟 살의 귀여운 아이인 위르쥘은 헌신적인 마파가 돌보았는데, 부드럽고 상냥한 휴론족 여인 마파는 아이를 자신의 젖으로 키웠다.

한데 제르베즈라는 교활한 여자가 주앙동에게 술책을 부리고 있었다. 이 여자는 못생기고 가난한 까닭에 스물다섯이 되도록 처녀로 있었는데, 부유한 대농장주와 결혼하겠다는 생각을 품고 있었기 때문이다.

성격이 유약한 주앙동은 악녀가 능숙하게 연기하는 사랑의 연극에 속아넘어갔고, 그녀는 곧 그의 두번째 부인이 되었다.

예전에는 그토록 평온하고 그토록 빛나던 집에서, 삶은 이제 견디기 힘든 것이 되었다. 제르베즈는 자신의 거처에 자매인 아가트와 남자형제인 클로드와 쥐스탱을 머무르게 했는데, 셋 모두 그녀만큼이나 시기심이 많았다. 이 지옥 같은 패거리는 아침부터 저녁까지 고함을 지르고 과장된 몸짓을 해가며 집안을 주름잡았다. 위르쥘은 패거리의 지원을 받는 제르베즈에게 주된 조롱의 대상이 되었고, 마파는 막 자행되려는 학대로부터 소녀를 힘겹게 구해내곤 했다.

이 년 뒤 주앙동은 근심과 후회로 지친 나머지 쇠약증으로 죽고 말았다. 그는 통탄할 그 결혼으로 자신과 딸을 불행에 빠뜨렸으나 그것을 깨뜨릴 힘이 없음을 자책했다.

이후 제르베즈와 세 공범은 불행한 위르쥘을 그 어느 때보다 더 못살게 굴었다. 그들은 그녀의 전 재산을 차지하기 위해 그녀가 아버지처럼 죽게 만들기를 바랐다.

분개한 마파는 어느 날 자기 부족의 전사들에게로 가서, 매우 광범위한 힘을 지닌 것으로 정평이 나 있는 늙은 마법사 노오에게 상황을 설명했다.

노오는 죄인들을 징벌하겠다고 약속하며 마파의 뒤를 따랐고, 마파는 그를 저주받은 집으로 인도했다.

온타리오호수를 따라 걷던 그들은 멀리서 제르베즈와 아가트가 호수 기슭을 향해 가는 것을 보았다. 그들 곁에는 두 남자형제가 동행하고 있는데, 그들은 움직임도 말도 없는 위르쥘을 짊어지고 있었다.

네 괴물은 유모가 없는 틈을 타 아이에게 재갈을 물렸고, 깊은 호숫물에 던지러 오는 길이었다.

마파와 노오는 작은 총림 뒤에 몸을 숨겼다. 무리는 그들을 보지 못한 채 둑에 다다랐다.

두 형제가 강물에 던지기 위해 위르줄을 좌우로 흔드는 순간, 노오가 낭랑한 목소리로 마법의 주문을 외웠고, 이는 즉각 갑작스러운 변신 네 가지를 일으켰다.

제르베즈는 암나귀로 변했고, 식욕을 돋우는 밀기울이 가득한 여물통 앞에 놓였다. 하지만 그녀가 넘치는 음식에 다가가기만 하면, 별안간 일종의 배액선 같은 것이 그녀의 턱을 속박하며 허기 채우는 것을 방해했다. 고통에 지친 나머지 그녀가 기만적인 유혹으로부터 도망치려고 하면, 황금 살문이 그녀 앞에 드리워지며 길을 막았다. 이 뜻밖의 장애물은 엄격하게 한정된 구역의 모든 지점에 아무 때고 나타날 준비가 되어 있었다.

아가트는 거위로 변하여, 보레아스에게 쫓기며 미친 듯이 뛰어다녔는데, 보레아스는 그녀를 향해 있는 힘껏 입김을 내불며 가시 있는 장미로 그녀를 채찍질해댔다.

클로드는 인간의 몸을 유지했다. 그러나 머리가 멧돼지 대가리로 바뀌었다. 무게가 다른 세 가지 물건, 즉 달걀, 장갑, 짚단이 그의 손에서 튀어오르기 시작했고, 그는 자기 의지와는 상관없이 지속적으로 그것들을 허공에 던졌다가 능숙하게 되받기를 계속했다. 자질구레한 물건들을 길들이기보다 그것에 끌려가는 곡예사처럼, 그 불행한 인물은 일종의 현기증나는 자기磁氣에 이끌리며 직선으로 내달렸다.

쥐스탱은 곤들매기로 바뀌어 호수에 던져졌다. 그는 마치 거대한 경마장에 풀어놓은 말처럼 호수를 빠른 속도로 하염없이 맴돌아야만 했다.

마파와 노오는 위르줄에게 다가가 재갈을 풀어주었다.

네 가지 변신이 이루어지는 것을 본 어린 소녀는 모든 원한을 잊고 연민으로 가득찼다. 그녀는 자기를 괴롭힌 악당들을 위해 중재에 나서고자 했다.

그녀는 마법사에게 주술을 그치게 할 방법을 물어보며, 죄인들의 입장을 열렬히 변호했다. 그녀에 따르면, 그들이 영원한 형벌을 받을 만할 정도는 아니라는 것이었다.

그 같은 선의에 감동한 노오는, 그녀에게 다음의 값진 정보를 일러주었다. 일 년에 한 번, 주술이 행해진 그날 그 시간에 마법에 걸린 네 인물은 나귀가 있는 호수 둑의 자리에서 모두 만나게 될 것인데, 세 떠돌이가 유랑의 경주를 벌이는 동안 나귀는 혼자서 한 곳에 정주하고 있을 것이다. 불행한 도망자들에게 아무런 휴식시간도 허용되지 않는 만큼, 그 만남은 일 초밖에 지속되지 않는다. 그런데 만약 거의 감지하기도 힘든 그 순간 동안, 어떤 기구를 갖춘 관대한 손이 곤들매기를 낚아 호수 기슭에 던지면 마법은 즉각 풀릴 것이고, 저주받은 네 인물은 사람의 모습을 되찾을 것이다. 하지만 구원하는 동작에 조금의 서투름이라도 있다면 새로운 시도의 가능성은 이듬해로 미루어질 것이다.

위르쥘은 모든 세부사항을 기억에 아로새겼고 노오에게 감사했다. 노오는 자기 부족의 원시인들에게로 홀로 돌아갔다.

일 년 뒤 지정된 시각 몇 분 전, 위르쥘은 마파와 함께 배에 올랐다. 그녀는 나귀가 언제나 가득차 있는 여물통을 보람도 없이 계속 냄새를 맡고 있는 장소 가까이에서 곤들매기를 기다렸다.

그때 별안간 소녀는 맑은 물속 저멀리서 그녀가 기다리는 빠른 물고기를 알아보았다. 이와 동시에 지평선의 두 반대지점으로부터 같은 목적지를 향해 멧돼지 머리를 한 곡예사와 보레아스에게 잔인하게 채찍질당하는 거위가 달려왔다.

위르쥘은 곤들매기가 가는 길목에 커다란 그물을 수직으로 담갔다. 물고기는 너울대는 그물 속으로 화살처럼 파고들었다.

급격한 움직임으로 어린 어부는 물고기를 둑에 던지고자 했다. 그러나 아마도 속죄가 충분치 않은 모양이었다. 왜냐하면 그물이 촘촘하고 견고했음에도 불구하고 사로잡힌 물고기는 빠져나갔고, 물에 다시 떨어져 광란의 질주를 이어갔기 때문이다.

일순간 당나귀 곁에 모인 곡예사와 거위는 그들의 질주를 늦추지 못한 채 서로 엇갈렸고 금세 다른 방향으로 사라졌다.

분명히 위르쥘의 실패는 초자연적인 영향력에 근거한 것이었다. 왜냐하면 그 같은 일이 있었음에도 불구하고 그물코에 그 어떤 손상도 없었기 때문이다.

일 년마다 한 번씩 모두 세 차례의 새로운 시도가 있었지만 결과는 똑같이 부정적이었다. 마침내 다섯번째 해, 위르쥘이 어찌나 능숙하고 어찌나 재빠른 움직임을 보였던지, 곤들매기는 그를 사로잡는 그물 사이로 채 미끄러지지 못하고 호수 기슭 가장자리에 가 떨어졌다.

사형제는 즉각 인간의 모습을 되찾았다. 그들은 또다시 마법에 걸릴 수 있다는 생각에 겁을 집어먹고 지체 없이 그 고장을 떠났고, 이후 아무도 그들을 다시 보지 못했다.

영국에서 소로는 코필드 백작의 『헨델에 대한 추억들』에 실린 다음의 이야기를 알게 되었다. 백작은 위대한 작곡가의 친한 친구였다.

1756년 이래로, 이미 사 년 전에 시력을 잃어버린 늙은 헨델은 런던에 있는 그의 집에서 거의 나오지 않았고, 대신에 그의 찬미자들이 무리를 지어 그를 방문하곤 했다.

어느 날 저녁 유명한 음악가는 이층에 위치한 작업실에 있었다. 넓고 화려한 그 방은 한쪽 벽면에 붙여놓은 멋진 오르간 때문에 그가 일층의 살롱들보다 선호하는 곳이었다.

환한 불빛 가운데 손님 몇 명이 떠들썩하게 담소를 나누고 있었다. 그들은 감미로운 요리와 좋은 포도주의 애호가인 대가가 제공한 푸짐한 식사를 하고 기분이 유쾌했다.

거기 있던 코필드 백작이 식사를 대접한 주인의 천재로 화제를 옮겼다. 그는 가장 진지한 감탄의 어조로 그의 걸작들을 칭송했다. 다른 이들도 한목소리를 냈다. 그들은 모두, 평범한 사람이 아무리 악착같이 노력해도 얻을 수 없는 천부적인 창조력을 감탄해 마지않았다.

코필드는, 신성한 광채로 장식된 이마 아래서 피어난 악절은 단순한 기술자에 의해 진부하게 발전될지라도 여러 페이지에 생기를 불어넣을 수 있다고 했다. 반면에 범용한 주제는, 가장 영감에 찬 두뇌가 다룬다고 해도 평범한 기원의 지울 수 없는 흔적을 숨기지 못한 채 무거움과 서툶을 숙명으로 간직한다는 것이다.

이 말에 헨델은 강하게 반대했다. 그는 순전히 우연이 제공하는 방식에 따라 기계적으로 구성된 주제라고 할지라도 자신의 작품 목록에 인용될 가치가 있는 오라토리오 전곡을 쓸 수 있다고 주장했다.

이 장담은 의혹에 찬 웅성거림을 자아냈다. 연회에서 마신 술로 활기가 넘치는 헨델은 대뜸 일어서더니 즉석에서, 그리고 사람들이 보는 앞에서 정직하게 문제의 작업틀을 짜보겠노라고 선언했다.

더듬거리면서, 유명한 작곡가는 벽난로 쪽으로 가더니 지난 크리스마스 때 화병에 꽂아놓은 호랑가시나무 가지 몇 개를 뽑았다. 그는 그것들을 대리석 위에 늘어놓고는 몇 개인지 세어보라고 했다. 모두 일곱 개였다. 각각의 가지는 음계의 음들 가운데 하나를 나타내고, 그것을 식별하게 해주는 어떤 표지를 지녀야만 했다.

바느질 잘하는, 대가의 늙은 가정부 맷지가 곧 불려왔고, 작곡가는 가느다란 리본 일곱 개를 서로 다른 색깔로 당장 만들어달라고 요청했다.

솜씨 좋은 여인은 그 정도 일에는 조금도 당황하지 않았다. 그녀는 잠시 물러갔다가 가느다란 리본 일곱 개를 가져왔는데, 각각의 리본은 프리즘 빛깔 가운데 하나씩을 띠고 있었다.

위대한 음악가의 요청에 따라, 코필드는 가지런한 배열을 흐트러뜨리지 않으면서 각 가지 둘레에 리본을 묶었다.

이 작업이 끝나자, 헨델은 참석한 사람들에게 그들의 눈앞에 형상화된 음계를 잠시 동안 바라보라고 말했다. 사람들은 그렇게 해서 리본의 빛깔과 음의 일치를 기억해두어야만 했다.

이어서 대가는 실명으로 인해 신기할 만큼 예민해진 촉각으로 가지들을 세밀하게 살폈다. 그는 잎사귀의 배열이라든가 가시들의 간격 등에서 생겨난 이런저런 특징들을 기억 속에 세심하게 기록했다.

이제 확신이 든 헨델은 호랑가시나무 가지 일곱 개를 왼손에 모아들었다. 그는 작업 테이블을 가리키며 코필드에게 펜과 잉크를 들어달라고 부탁했다.

후원자 가운데 한 명의 인도를 받아 방을 나오면서, 눈먼 대가는 계단 가까이 나아갔는데, 평평한 흰색 난간은 그의 의도와 매우 잘 맞아떨어지는 것이었다.

한참 동안 호랑가시나무 가지를 섞어서 그것들이 더이상 원래의 순서대로 있지 않게 되었을 때, 헨델은 코필드를 불렀고, 코필드는 잉크에 적신 펜을 그에게 건넸다.

자유로운 오른손 손가락들로, 촉감만을 이용하여 개별적 특성을 인식할 수 있는 따가운 잎사귀들을 무작위로 스치면서 맹인은 난간에 다가갔고, 그 위에다 빠른 촉지가 지시해준 음을 보통 글씨로 힘들이지 않고 적었다.

두툼한 다발을 또다시 뒤섞으며 계단을 내려간 헨델은 순전히 제멋대로인 접촉 방식으로 두번째 음을 얻어냈고, 그것을 난간 조금 더 아래쪽에 적었다.

계단을 내려가는 것은 그렇게 느리고 규칙적으로 계속되었다. 매 계단마다 대가는 의식적으로 다발을 뒤섞은 다음 손가락 끝으로 의도하지 않은 어떤 음을 얻어내고는 그것을 곧장 충분히 알아볼 수 있는 글씨로 기록했다.

손님들은 주인을 한 걸음 한 걸음 따라가며 다양한 뉘앙스의 리본들을 확인함으로써 작업의 정확성을 쉽게 확인할 수 있었다. 이따금 코필드는 펜을 받아 잉크에 적셔서는 맹인에게 건넸다.

십 분이 지났을 때, 헨델은 스물세번째 음을 기록했고 마지막 계단을 내려가 일층에 도달했다. 의자가 있는 곳에 이른 그는 잠시 거기 앉아 일의 피로를 풀었다. 그는 그토록 이상한 기록방식을 택하게 된 결정적인 이유를 친구들에게 털어놓았다.

죽음이 가까움을 느낀 헨델은 런던시에 자기 집 전체를 기증했고, 집은 박물관이 될 예정이었다. 다량의 필사본, 골동품, 온갖 종류의 기념품이 벌써 그 이름 높은 집의 방문을 무척이나 매력적인 것으로 기대하게 만들고 있었다. 하지만 대가는 장차 있을 순례와 관련하여 그 매력을 부단히 증대시키고픈 열망에 사로잡혀 있었다. 그리하여 적당한 기회를 잡은 그날 저녁, 그는 문제의 난간 손잡이에, 애초에 알지 못한 계단 수만이 그 길이를 결정한 별나고 두서없는 주제를 적어넣음으로써, 그리고 그렇게 해서 작곡의 의도된 기계적 측면에 부가적 특성을 부여함으로써, 그 난간을 불후의 기념물로 만들고자 했던 것이다.

잠시 안정을 취한 덕분에 기운을 회복한 헨델은 친구들과 함께 이층 방으로 되돌아갔고, 파티는 거기서 즐겁게 끝났다.

코필드는 우연의 변덕에 의해 만들어진 악절을 음악적으로 옮겨적는 임무를 맡았고, 대가는 초안 내용을 엄격히 따르기로 약속했다. 다만 두 가지 자유는 유지하기로 했는데, 하나는 음가의 자유였고, 다른 하나는 한 옥타브에서 다른 옥타브로 아무런 제약 없이 이동할 수 있는 음역의 자유였다.

다음날부터 헨델은, 그가 부르는 대로 받아적는 데 익숙한 비서의 도움을 받아 일을 시작했다.

시각 상실은 유명한 음악가의 지적 활동을 조금도 위축시키지 못했다.

그의 작업을 거치자, 제멋대로의 윤곽을 지녔던 주제는 리듬과 화음의 교묘한 조화에 힘입어 흥미롭고 아름다운 모습을 띠었다.

스물세 개의 음으로 이루어진 악절은 매번 새로운 양상 아래 제시되며 끊임없이 반복되었고, 그것만으로도 지금껏 성공이 지속되고 있는 강력하고 평온한 작품인 저 유명한 오라토리오 〈베스페르〉를 구축하기에 이르렀다.

소로는 러시아를 돌아다니다가, 차르 알렉시스 미하일로비치에 관한 다음의 역사적 노트를 얻었다.

1648년 말경, 거의 어린아이에 가까우나 이미 삼 년 전에 황제 자리에 오른 알렉시스는 두 총신 플레체이에프와 모로소프가 그들 멋대로 나라를 통치하도록 내버려두었다. 그러나 그들의 부정과 잔인함은 도처에 불만을 낳고 있었다.

특히 그를 상대한 모든 사람으로부터 미움을 산 플레체이에프는 지나는 길마다 달랠 길 없는 원한을 불러일으켰다.

12월의 어느 아침 궁전에 소문이 돌았다. 플레체이에프가 자기 처소에서 고통으로 울부짖으며 눈은 핏빛이 되고 입술에는 거품을 문 채 끔찍한 발작으로 몸을 비틀고 있다는 것이었다.

어의御醫를 거느린 차르가 총신의 방으로 들어섰을 때, 끔찍한 광경이 눈앞에 펼쳐졌다. 카펫 위에 누운 플레체이에프는 사지가 오그라들고 얼굴과 두 손이 완전히 파랗게 변색된 채 막 숨을 거둔 참이었다.

테이블에는 죽은 사람이 먹은 아침식사 흔적이 남아 있었다. 의사는 다가갔고, 찻잔 바닥에 남아 있는 몇 방울 액체의 냄새에서 매우 강한 독의 자취를 알아보았다.

차르는 즉각 조사를 진행하여 플레체이에프의 모든 하인을 출두시켰다. 하지만 그 어떤 자백도 얻어내지 못했고, 이어진 가장 면밀한 심문 또한 전혀 결과를 내놓지 못했다.

알렉시스는 범인이 자기 의지와는 상관없이 스스로 죄를 드러내도록 할 방법을 쓰고자 했다. 모두가 훤히 보는 앞에서, 그는 예배당에 홀로 틀어박혀 영감을 달라고 하느님께 기도했다. 한 시간 뒤 그는 문을 열고는, 의심받는 하인들을 자기 곁으로 불렀다. 하인들은 곧 성스러운 장소로 말없이 들어갔다.

한쪽 벽을 향해 몸을 돌린 알렉시스는 금방 들어온 이들에게 귀중한 스테인드글라스를 가리켜 보였다. 경탄할 만한 그 투명 모자이크는 석양 무렵 죽어가는 십자가의 그리스도를 보여주고 있었다. 지평선과 거의 같은 높이에서 이제 막 사라지려고 하는 태양은 완전히 둥근 다갈색 원반 모양으로 형상화되어 있었다.

알렉시스의 명령에 따라 무리에서 떨어져나온 두 명의 하인이 충분히 튀어나온 돌 끝을 밟고 스테인드글라스에까지 닿았다. 칼로 무장한 그들은 환한 태양의 원주에 접합된 얇은 납판을 떼어낸 뒤 손가락 끝으로 둥근 유리를 집어들었고, 그것을 온전하게 빛나는 상태로 차르에게 가져다주었다.

그 기이한 물건을 사용하기에 앞서 알렉시스는, 그가 방금 전 그곳에서 고독의 명상을 하던 중에 본 환영을 다음과 같은 말로 이야기했다. 잠깐 전에 방에 들어와 있던 알렉시스는 신에게 범인의 이름을 알려달라고 기도하고 있었다. 바로 그때 갑작스러운 빛이 그의 눈을 들게 했다. 그는 이제는 불완전한 것이 된 스테인드글라스에서 예수의 상이 마치 살아 움직이는 것 같은 모습을 보았다. 예수 그리스도의 눈이 그를 열렬히 응시하고 있었고, 살아 있는 듯 유연한 입술은 곧 다음의 선고를 내렸다. "유리창에서 내 고난을 비추는 태양을 떼어내라. 내 고통으로 거룩하게 된 그 프리즘을 통과할 때, 네 시선은 범인에게 벼락을 내릴 것이다. 그는 자기 손으로 부은 독의 효과를 스스로의 징벌로 받을 것이다." 이 말을 하고 난 그리스도의 상은 처음의 부동성을 되찾았고, 그 기적에 넋을 잃은 차르는 주께 감사하기 위해 한참을 더 기도했다.

하인의 무리는 미동도 하지 않고 이 이야기를 들었다.

알렉시스는 이제 말이 없었고, 다갈색 태양을 천천히 자기 눈높이로 가져간 뒤 반투명 원반을 통해 앞에 도열한 하인들을 한 명 한 명 뚫어지게 응시했다.

목적을 이루기 위해 차르가 종교적 고양에 기대한 것은 타당한 선택이었다. 왜냐하면 그의 말은 듣는 이들에게 깊은 인상을 주었기 때문이다. 갑자기, 채색유리 뒤에서 심문하는 빛나는 시선에 충격받은 한 사내가 비명을 지르며 휘청거리다가 동료들 품에 쓰러졌다. 그는 죽어가는 플레체이에프처럼 사지가 비틀리고 얼굴과 양손이 파랗게 되었다. 차르가 그 불행한 인물에게 다가갔다. 그는 가장 무서운 고통 가운데 숨을 거두기 전, 자신의 죄를 자백했다.

그리스는 소로에게 시적인 일화를 제공해주었다. 아테네에 머무는 동안 그는 자유시간을 이용하여 가이드와 함께 도시와 주변 시골의 아름다운 곳들을 방문했다.

어느 날 아르기로스숲 깊은 곳에서, 가이드는 소로를 그늘진 교차로 모퉁이로 안내한 뒤 놀랍도록 맑은 소리로 유명한 그 메아리를 시험해볼 것을 청했다.

소로는 그의 말을 따라 일련의 단어와 소리들을 냈고, 그것들은 곧 완벽하도록 정확하게 재생되었다.

가이드는 다음의 이야기를 들려주었는데, 그것은 문득 그 장소에 대해 뜻밖의 흥미를 돋우었다.

1827년, 그리스에 독립을 선물한 까닭에 범국민적 우상이 된 카나리스는 얼마 전부터 국회의원 직을 수행하고 있었다.

어느 여름날 저녁 그 유명한 뱃사람은 친한 친구 몇 명과 함께 아르기로스숲을 천천히 산책하고 있었다. 화려한 석양의 매력을 맛보며, 나라의 안녕이 자신의 유일한 관심사인 만큼 그 앞날에 대해서도 이야기했다.

그곳이 처음이었던 카나리스는, 소리가 잘 울리는 교차로에 이르렀을 때 동행인 중 한 사람으로부터, 모든 산책자가 시험해보는 음향현상에 관한 고전적인 이야기를 듣게 되었다.

신비로운 목소리를 들어보고 싶은 영웅은 정해진 장소로 가서 되는대로 '장미'라는 말을 내질렀다.

메아리는 단어를 충실하게 반복했다. 한데 모두를 깜짝 놀라게 만든 것은, 그윽하고 파고드는 듯한 장미 향기가 메아리와 동시에 공기중에 퍼졌다는 사실이다.

카나리스는 향기가 가장 짙은 꽃이름들을 연달아 말하며 실험을 반복했고, 매번 맑고 즉각적인 대답이, 단어에 상응하는 향기의 도취시키는 내음에 감싸여 도달하곤 했다.

다음날 입에서 입으로 떠돈 소식은 구원자에 대한 그리스인들의 열광을 더욱 고양시켰다. 그들에 따르면, 자연은 가장 경이로운 꽃잎들의 섬세하고 미묘한 영혼을 그의 발걸음마다 뿌림으로써 승리자를 영광스럽게 하고자 했다는 것이다.

훨씬 더 현대적인 에피소드가 소로에게 이탈리아 체류를 떠올리게 했다.

이야기의 주인공은 고질적인 도벽의 소유자 사벨리니 공이었다. 그는 막대한 재산에도 불구하고 철도역과, 일반적으로 군중들로 혼잡한 모든 장소를 배회하면서, 기적 같은 솜씨로 시계와 지갑들을 매일 풍성히 거두어들였다.

공작의 광기는 특히 가난한 사람들의 주머니를 터는 데 있었다. 지극히 우아하게 차려입고 값을 매길 수 없는 보석으로 치장한 그는 로마의 빈민가로 가서 때가 꼬질꼬질 묻은 주머니들을 세심하게 찾아서는, 반지를 잔뜩 낀 손을 찔러넣는 것이었다.

어느 날, 매춘부와 포주들의 소굴인 한 평판 고약한 거리에 도착한 그는 멀리 사람들이 모여 있는 것을 발견했고 즉시 걸음을 빨리했다.

가까이 다가간 그는 서른 혹은 마흔 명가량의 질 나쁜 부랑자들을 알아보았는데, 그들은 칼을 들고 싸우는 두 인물 둘레로 주의깊은 원을 이루고 있었다.

공작은 눈앞에 구름이 지나가는 것만 같았다. 그때까지 그 같은 기회가 그의 악벽惡癖을 만족시켜준 적은 결코 없었다.

기쁨에 취해, 딱딱 부딪치려 하는 이를 앙다문 채, 그는 후들거리는 다리를 비틀거리며 몇 발자국 앞으로 나아갔다. 가슴을 두드려대는 심장박동 때문에 그는 숨도 제대로 쉬지 못했다.

모두의 정신을 사로잡는 피비린내나는 광경 덕분에, 도벽 환자는 자유롭게 자기 기술을 구사할 수 있었다. 그는 비할 데 없는 솜씨로 푸른색 천이나 줄무늬 벨벳으로 된 주머니들을 뒤졌다.

잔돈, 조악한 시계들, 담배쌈지, 그리고 온갖 종류의 잡동사니들이, 공작이 사치스러운 모피외투 안쪽에 마련해놓은 커다란 구멍 속으로 쉽없이 빨려들어갔다.

그때 갑자기 주먹다짐을 보고 달려온 경관 몇 명이 무리를 덮쳤고 싸움꾼 두 명을 체포했다. 그들은 두 사람을 경찰서로 연행했다. 동시에 좀도둑질 행각이 포착된 공작도 데리고 갔다.

사벨리니궁전에 대한 압수수색은 불쌍한 편집광의 무수한 좀도둑질을 드러냈다.

다음날 끔찍한 스캔들이 신문들에 터져나왔고, 고상한 도벽 환자는 온 이탈리아의 웃음거리가 되었다.

모든 장치를 만들어주기로 약속한 센비요의 도움을 받아, 소로는 계획한 여섯 편의 활인화 연출에 열정적으로 전념했다.

〈신들의 향연〉을 위해서는, 배경이 같은 색인지라 보이지 않는 검은색 줄이 머큐리를 공중에 떠 있게 해주고, 랭세호 요리장이 풍성한 식탁 차리는 일을 맡기로 했다.

온타리오호수의 전설은 한층 복잡한 작업을 요구했다. 올가 체르보넨코프가 빌려준 암나귀 밀렌카야가, 모형 배액선의 양쪽 끄트머리를 주둥이에 붙인 채 모조 밀기울 앞에서 맡은 역을 연기할 것이었다. 한데 얇은 노란색 종이로 만든 밀기울은 짐승에게 그 어떤 위험한 유혹도 행사하지 않을 것이고, 따라서 굴레가 가짜라는 사실은 드러나지 않을 터였다. 소로는 마법에 걸린 자들을 구하기 위해 행해진, 하지만 실패로 돌아간 시도들 가운데 하나를 보여주기로 했다. 달아나는 곤들매기를 잡기 위해 덧없이 애쓰는 자비로운 위르줠 역할은 스텔라 부카레사스가 맡았고, 얼굴과 손에 물감을 칠한 잔느 수즈는 그녀 옆에서 충직한 마파 역을 연기하기로 했다. 보레아스 역을 맡은 소로는 요리장의 가금사육장에서 데려온 거위를 암나귀 앞쪽에서 뒤쫓을 것이었다. 거위의 날개는 보이지 않는 골조에 의해 펼쳐져 있을 것이고, 발은 강한 접착제로 판자에 붙여놔서 빠르게 도망치는 것처럼 보일 터였다. 곡예사를 분장시키기 위해서는 극단의 소품들 가운데, 마분지로 완벽하게 만든 돼지 대가리를 발견했다. 이 장식물은 원래 어떤 오페레타의 3막에서 코티용* 가면으로 사용되는 것이었는데, 그 오페레타에는 어느 한순간 극의 모든 인물이 엄청난 부를 소유한 호사가 이방인의 가장무도회에 한꺼번에 등장하는 장면이 있었던 것이다.

작곡을 하는 헨델과 관련해서, 셴비요는 런던의 사우스켄싱턴 박물관에 소중하게 간직된 그 유명한 난간을 직접 눈으로 볼 기회를 가진 소로로부터 매우 상세한 지침을 전달받았다.

차르 알렉시스의 출현은 조정하기가 쉬웠다. 카나리스의 출현 또한 마찬가지였는데, 그것은 강력하고 다양한 향기를 인위적으로 첨가하는 것 외에 다른 어려움이 없었다.

이 마지막 문제를 해결해줄 수 있는 사람은 다리앙밖에 없었다. 그는 오세아니아 식물에 대한 조사를 계속하면서 온갖 식물의 향기에 대한 수많은 연구에 몰두했었다.

능숙한 학자는 여행 중 남는 시간을 메워줄 새로운 연구를 계획하고는 온갖 종류의 에센스를 챙겨왔는데, 그것들을 기술적으로 혼합하면 가장 다양한 향들을 얻어낼 수 있을 것이었다.

무대 뒤에 몸을 숨긴 다리앙은 메아리로 불린 꽃이름들을

* 19세기에 유행한, 무도회 마지막에 추는 춤. 네 명 혹은 여덟 명이 추는데, 리더 역할을 하는 한 쌍의 동작을 나머지 쌍들이 흉내내며 춘다. 이 춤 고유의 음악은 따로 없고, 왈츠, 폴카, 마주르카, 갈로프 등을 사용한다.

반복할 것이고, 그보다 몇 초 앞서 휘발성이 극도로 강한 혼합물로 가득찬 어떤 병의 뚜껑을 미리 열어놓을 것이었는데, 거기서 발산된 향기는 사방으로 퍼져나가면서 불현듯 관객의 후각을 때릴 것이었다.

도벽 환자의 장면에서, 사벨리니 공작 역을 맡은 소로는 풍성한 모피외투를 걸치기로 했는데, 그것은 항해하는 동안 갑판에서 세찬 바닷바람에 맞서기 위한 것이었다.

카르미카엘은 내레이터 역을 맡았고, 여섯 무리 각각이 구성하는 주제를 단 몇 마디로 설명해줄 것이었다.

XV

에쥐르에는 매력적인 독특함의 표본이라고 할 만한 인물이 있는데, 그는 바로 황제의 맏아들 포가르였다.

이제 겨우 열다섯 살인 그 소년은 때로 질겁하게 만드는 이상함으로 우리 모두를 놀라게 하곤 했다.

초자연적인 것에 이끌린 포가르는 마법사 바쉬쿠로부터 다양한 마법을 전수받았고, 이후 그것을 자기 나름대로 완성해 놓고 있었다.

자기 아버지처럼 본능적인 시인인 젊은이는 자연을 열정적으로 사랑했다. 특히 대양은 그의 정신에 저항할 수 없는 매력을 행사했다. 그는 해변에 앉아 여러 시간 동안, 변하는 파도를 바라보며 액체의 심연 속에 감추어진 비밀스러운 경이들을 꿈꾸곤 했다. 수영을 아주 잘했던 그는 매혹적인 물속에서 관능적으로 헤엄쳤고, 그의 조숙한 상상력을 사로잡고 있는 신비로운 공간을 은밀히 탐험하기 위해 가능한 한 오랫동안 잠수를 했다.

여러 가지 불가해한 행위 중에서도, 바쉬쿠는 포가르에게 아무런 도움도 받지 않은 채 죽음에 가까운 혼수상태에 들어가는 방법을 가르쳐주었다.

간이침대로 사용하는 소박한 틀에 누운 그 젊은이는 일종의 최면적 황홀 가운데 부동의 상태로 있으면서, 조금씩 조금씩 심장박동을 정지시켜 흉부의 호흡운동을 완전히 멈추게 하는 데 이르렀다.

이따금 실험이 끝날 때면, 포가르는 응고된 혈액으로 혈관이 막힌 것을 느끼곤 했다.

하지만 그것은 예견된 바였고, 젊은이는 이를 치유하기 위해 바쉬쿠가 일러준 특별한 꽃을 언제나 손닿는 곳에 갖고 있었다.

단단한 핏덩어리를 꺼내기 위해, 그는 줄기에 달린 가시를 갖고 막힌 혈관을 열었다. 그런 다음 꽃잎 하나를 손가락으로 짓이겨 보랏빛 액체를 얻었고, 그 몇 방울로 치명적으로 위독한 상처를 다시 봉합했다.

그는 자신도 모르게 눈부신 환영들로 가득 채운 바다 밑 은신처를 방문하고픈 강박적인 욕망에 사로잡혔고, 그것을 위해 자신의 신체기능을 일시적으로 무화시켜줄 신비로운 기술을 개발하기로 마음먹었다.

환하게 빛나는 그의 목표는, 허파작용을 완벽하게 멎게 하는 최면상태를 이용하여 물속에 오랫동안 잠겨 있는 것이었다.

단계적인 연마 덕분에, 그는 그의 계획에 도움이 되는 가사상태에 빠진 채로 반시간 동안 버틸 수 있었다.

그는 그의 틀에 몸을 눕히는 것으로부터 시작했는데, 이는 그의 작업을 용이하게 해주는 혈액순환의 유익한 소강상태를 유도했다.

그렇게 몇 분이 지났을 때, 심장과 가슴은 더이상 움직이지 않았고, 포가르는 일종의 기계적인 활동이 수반된, 꿈을 꿀 때처럼 의식은 반쯤 남아 있는 상태를 유지하게 되었다.

그는 일어서려고 했다. 하지만 자동인형처럼 몇 걸음 걷다가 균형을 잃고 바닥에 쓰러졌다.

제약과 위험 따위는 아랑곳하지 않고, 포가르는 오래전부터 계획해온 수중 탐사를 지체 없이 시도하고자 했다.

그는 가시가 있는 보랏빛 꽃 한 송이를 들고 해변으로 가서는 바위틈에 내려놓았다.

그런 다음 모래 위에 누웠고, 최면에 빠져드는 데 성공했다.

곧 그의 호흡이 멈추었고, 심장은 박동을 중단했다. 이윽고 포가르는 마치 몽유병자처럼 일어나 바닷물 속으로 들어갔다.

밀도 높은 원소인 물이 지탱해주는 덕분에, 그는 쉽게 균형을 유지하며, 기슭에서 이어진 가파른 경사를 비틀거리지 않고 내려갔다.

바위틈 하나가 불현듯 깊고 비틀린 미궁으로 들어가는 길을 열어주었고, 그는 계속해서 내려가며 미궁을 되는대로 탐험했다.

자유롭고 가볍게, 그는 구불대는 좁은 통로를 나아갔는데, 그곳은 산소 튜브를 갖춘 그 어떤 잠수부도 들어간 적이 없는 곳이었다.

무수한 우회로를 거쳐 그는 마침내 널찍한 동굴로 들어갔다. 그곳의 벽은 어떤 발광성 물질로 뒤덮인 듯 화려한 광채로 빛나고 있었다.

이상한 해저동물들이 동화 같은 그 은신처 곳곳에 서식하고 있었다. 그 웅장함은, 소년이 미리 그려본 상상의 광경을 뛰어넘는 것이었다.

가장 놀라운 경이를 차지하기 위해서는 손을 뻗는 것으로 충분했다.

포가르는 벽에서 튀어나온 부분 가장자리에 꼼짝도 하지 않고 붙어 있는, 살아 있는 해면을 향해 몇 발자국 나아갔다. 발광성 발산물은 동물의 몸을 통과하면서, 물을 머금은 조직 한가운데로, 혈관에 연결된 작은 크기의 사람 심장을 보여주었다.

포가르는 신중을 기해 그 기묘한 표본을 채취했다. 식물계와 무관한 그 표본은 어떤 뿌리와도 연결되어 있지 않았다.

조금 위쪽으로, 그것 못지않게 기이한 세 개의 표본이 벽면에 붙어 있었다.

길쭉한 모양의 첫번째 것에는, 가구나 옷의 술과도 비슷한 가는 촉수들이 나란히 달려 있었다.

유연한 옷감처럼 납작하고 물렁물렁한 두번째 것은, 날씬한 삼각형 모양으로 밑변이 벽에 붙어 있었다. 그것의 강력한 동맥은 도처에 붉은색 줄무늬를 형성했고, 검은색 완두콩처럼 고정된 동그란 두 개의 눈이 보태지면서 너울대는 전체는, 어떤 잊힌 토착민 부족을 상기시키는 깃발의 모습을 띠었다.

옆에 있는 다른 둘보다 작은 마지막 표본은, 새하얀 빛깔의 갑각을 등에 달고 있었다. 비누거품이 응고된 것과도 흡사한 그것은 섬세하고 가벼워서 더욱 의아해 보였다.

포가르는 해면과 그 세 가지 포획물을 확보하고는 돌아가려고 했다.

그러다가 문득 동굴 한구석에서 커다란 젤라틴 덩어리를 주웠다. 하지만 흥미로운 점을 전혀 발견하지 못해, 그는 표면이 우툴두툴하고 뾰족뾰족한 근처의 바위 위에 그것을 아무렇게나 올려놓았다.

한데 그 고통스러운 가시들에 닿으면서 깨어나기라도 한 듯, 덩어리는 몸을 부르르 떨더니 고뇌의 표시로, 나팔처럼 생겼으되 끝이 세 개의 가지로 나뉜 긴 촉수를 쳐들었다.

그 가지들 각각은, 무시무시한 문어 다리를 연상시키는 흡반으로 끝나고 있었다.

동물은, 가시들이 살 속으로 파고들어감에 따라 더욱 고통스러워했다.

동물의 격앙은 곧 예기치 않은 방식으로 표현되었다. 흡반이 달린 가지들이 바큇살들처럼 돌아가기 시작했고, 처음에 완만했던 속도는 점점 더 빨라졌다.

그 이상한 기관을 보고 마음이 바뀐 포가르는 덩어리를 다시 집어들었다. 이제는 관심을 둘 만한 가치가 있다고 판단했기 때문이다. 동물은 아프게 하는 뾰족뾰족한 표면을 벗어나자, 별안간 곡예를 멈추고는 처음의 무기력상태로 되돌아갔다.

젊은이는 어느덧 동굴 입구에 도착했다.

그의 눈높이에 있는 어떤 부유하는 형태가 그의 길을 가로막았다.

그것은 물의 밀도 때문에 천천히 아래로 내려가는, 어떤 둥글고 가벼운 금속판 같았다.

포가르는 팔을 휘저어 장애물을 걷어내려고 했다.

그러나 살짝 스치자마자 그 겁 많고 예민한 판은 오그라들면서 윤곽과 심지어 뉘앙스까지 바꾸었다.

포가르는 애초에 아무런 가치도 부여하지 않았던 그 새로운 표본을 탐욕스럽게 움켜쥔 채 앞서 지나온 구불구불한 통로를 올라가기 시작했다.

수압 덕분에, 그는 지치지 않고 해변까지 올라갔고, 몇 걸음 걸어간 뒤 그 자리에 쓰러졌다.

차츰차츰 심장과 허파는 제 기능을 되찾았고, 혼수상태는 온전한 의식에 자리를 내어주었다.

포가르는 주위를 둘러보았다. 그는 고독한 여행의 세부사항을 절반 이상 떠올릴 수가 없었다.

평소보다 긴 그 시도는, 혈액이 뭉치면서 발생하는 울혈이 그의 혈관 속에 여럿 생겨나게 했다.

우선 다급한 일부터 하기 위해, 포가르는 미리 준비해놓은 보랏빛 꽃을 움켜쥐었다.

익숙한 수술과 즉각적인 봉합은 길쭉한 혈전들로부터 그를 구해주었다. 그는 핏덩어리들을 모래 위에 아무렇게나 던졌다.

그러자, 소년이 쓰러진 이후 바닥에 널브러져 있던 해저동물들 사이에서 즉각 움직임이 일었다.

아마도 먹잇감들의 피를 흡입하여 영양을 섭취하는 데 익숙해 있었던지, 수직 암벽에서 채취한 세 표본은 어떤 저항할 수 없는 본능에 이끌리기라도 하듯 응고되어 흐릿한, 가느다란 롤러 모양의 핏덩어리들을 게걸스럽게 차지하고는 포식하기 시작했다.

그 예기치 않은 식사는, 흰색 갑각을 지닌 이상한 연체동물이 내는 가벼운 미식의 딸꾹질소리에 맞추어 진행되었다.

그러는 동안 돌아가는 세 촉수를 지닌 덩어리, 해면, 그리고 납작한 회색 원반은 평평한 모래 위에서 꼼짝도 하지 않고 있었다.

원래의 상태로 완전히 되돌아온 포가르는 에쥐르로 달려가서 그릇을 가져왔고, 먼저 거기에 바닷물을 채운 다음 해저동굴에서 데려온 손님들을 담았다.

이어진 며칠 동안, 잠수 성과가 무척이나 자랑스러웠던 포가르는 축하공연에서 자기의 발견물들을 선보일 계획을 세웠다.

그는 여섯 표본을 자세히 연구했다. 그것들은 그들의 환경인 바닷물을 떠나도 계속 살아 있었다. 하지만 완전한 부동성을 유지했다.

한데 그렇듯 무기력한 상태는 포가르의 마음에 들지 않았다. 그는 바닷물에 담아서 보여주는 진부한 생각을 거부했고, 장터의 동물조련사처럼 자기 동물들을 돋보이게 하고 싶었다.

해변에 던진 혈전들을 향해 자기 동물의 절반이 앞다투어 달려들던 모습을 떠올린 포가르는 동일한 자극을 또다시 사용해보기로 마음먹었다.

젊은 흑인이 모두가 보는 앞에서, 다양한 동물이 대칭을 이루며 배열된 틀에 게으르게 누워 보여줄 혼수상태는 실험을 더욱 흥미롭게 만들어줄 것이었다.

해면의 경우, 우연히 얻은 손쉬운 방법이 있었다.

자기 학생들에게 공기에 대한 적응을 시험하며 암중모색을 이어가던 포가르는, 생체조직들 위로 이따금 바닷물을 부어주곤 했다. 지나치게 건조하면 자칫 그것들이 죽을 수도 있기 때문이었다.

그러던 어느 날 젊은이는 비축된 바닷물을 절약하기 위해 담수를 사용할 생각을 했고, 먼저 해면에 그것을 부었다. 그러자 동물은 즉각, 그 액체가 자신의 생체기능에 부적합하다는 사실을 혐오감을 갖고 피력하려는 듯 힘차게 수축했다.

축하공연 날 시행될 동일한 물세례는 필요한 반응을 유발하며 같은 효과를 이끌어낼 터였다.

젤라틴 덩어리는 특히 무기력해 보였다.

다행히 포가르는 해저동굴을 생각하다가 바위의 우툴두툴한 표면이 동물의 살 속을 아프게 파고들며 세 갈래 촉수의 회전운동을 유발하던 모습을 기억해냈다.

그는 불규칙하고 울퉁불퉁한 돌의 가시를 우아하게 흉내낼 방법을 찾았다.

여자의 유혹적인 옷 하나가 그의 기억을 떠나지 않았다. 그가 머리에 떠올리고 있는 것은 탁월한 자들의 무대를 열기 위해 아디놀파가 선택했던 드레스였다.

그는, 비극배우에게 비단옷에 꿰맨 커다란 흑옥바늘 몇 개를 얻어달라고 시르다에게 부탁했다.

아디놀파는 관대하게도 드레스 전체를 그에게 내주었고, 바늘을 수확하는 일은 용이했다. 치마와 코르셋에 그것이 풍부하게 달려 있었기 때문이다.

포가르는 셴비요의 노동자에게서 얻은 시멘트 소량을 카펫 조각 위에 얇게 펴발랐다. 그리고 아직 물렁물렁한, 하지만 곧 응고될 그 물질에 흑옥바늘 백 개를 비슷하게 열 줄이 되도록 심었다. 그 결과 바늘들은 뾰족하고 위협적인 침들을 수직으로 드리우고 있게 되었다.

젤라틴 덩어리의 전시를 더욱 흥미롭게 만들기 위해, 포가르는 회전하는 세 촉수 끝에 있는 흡반마다 포로를 하나씩 달아두고자 했다. 그러면 촉수의 근력과 회전속도가 더욱 돋보일 것이었기 때문이다.

그의 요청에 따라, 부카레사스 가족은 영리한 고양이 세 마리를 협조하기로 약속했다. 고양이들은 일시적인 어지러움 말고는 별탈이 없을 것이었다.

회색 판의 경우, 일단 물에서 나오면, 아연처럼 딱딱해졌다.

포가르는 그 위에 입김을 불어서 우아하고 미묘한 뒤틀림을 다양한 방향으로 만들어냈는데, 축하공연 날 보여주기에 그만이었다.

허파를 피곤하게 하지 않으면서 길고 지속적인 변형을 얻어내고 싶었던 그는 통역을 해주는 누이를 통해 벡스에게 도움을 청했다. 벡스는 대체전지를 가지고 가볍고도 간편한 프로펠러 송풍기를 제작했다. 이 전지는 그가 밤을 새워 일한 끝에 만들어낸 열역학 오케스트라에 여차하면 쓰려던 것이었다.

이 장치는 단순한 풀무에 비해 부드럽고 단절이 없으며 완벽하게 규칙적인 바람을 만들어낸다는 장점을 갖고 있었다.

포가르는 줄곧 벡스 옆에 붙어서는, 미풍을 산출해내는 그 정교한 기계의 부속품들이 어떻게 배열되어 있는지 열정적으로 살폈다.

모든 걸 자기 것으로 흡수하는 기묘한 능력으로 포가르는 섬세한 메커니즘 전체를 이해했으며, 정교한 톱니바퀴나 교묘하게 배치된 제동장치에 대해 감탄의 몸짓을 했다.

이런 나라에서 만날 것이라고는 전혀 기대하지 않았던 포가르의 이상한 성품에 흥미를 느낀 벡스는 그에게 자기가 보유한 화학적 비밀 몇 가지를 전수해주었고, 포가르는 그가 보는 앞에서 자동오케스트라를 작동시키기까지 했다.

포가르는, 작동하면서 풍부하고 다양한 화음의 물결을 산출해내는 다양한 기관들 앞에서 넋이 나간 듯 꼼짝도 하지 않았다.

하지만 한 가지 세부사항이 상대적으로 빈약하여 그를 놀라게 했고, 자리에 있던 시르다 덕분에 여러가지 설명을 벡스에게 요청할 수 있었다.

그는 각각의 줄이 한 번에 하나 이상의 음을 낼 수 없다는 사실을 알고 놀랐다. 그에 따르면, 베윌리프뤼앙의 특별한 지점에는 일종의 갈기가 있는 설치류가 사는데, 그 털을 충분히 팽팽하게 당겨놓으면 그것을 문질렀을 때 한번에 두 음을 낸다는 것이었다.

벡스는 그 이야기를 믿으려 하지 않았다. 그는 어깨를 으쓱하며, 확신에 차서 문제의 설치류가 사는 곳으로 안내하는 포가르를 따라갔다.

포가르와 함께 화학자는 베윌리프뤼앙 깊은 곳으로 들어갔고, 마침내 땅굴 모양의 구멍이 숭숭 뚫려 있는 장소에 도착했다.

포가르는 걸음을 멈추었고, 느닷없이 벡스에게 놀라움을 표현하는 몸짓을 했다. 그는 손가락으로 번개의 지그재그 모양을 그리며, 목청으로는 천둥의 우르릉 쾅쾅 소리를 흉내냈다.

벡스는 알겠다는 신호를 했다. 젊은이는 제법 명확한 방식으로, 설치류들은 현재 덤불숲에 흩어져 있지만 폭풍우소리를 매우 두려워하며, 벼락이 치자마자 겁을 집어먹고 자기들의 굴로 들어갈 것이라는 사실을 설명했던 것이다.

눈을 든 벡스는 구름 한 점 없이 맑은 하늘을 보았고, 포가르가 무슨 말을 하고자 하는지 의아해했다. 하지만 포가르는 그의 생각을 알아차렸고, 손짓으로 가만히 기다리라는 신호를 했다.

거품 뜨는 국자 모양을 한 교차로는 기이한 모양의 큰나무들이 그늘을 드리우고 있는데, 거대한 바나나와도 비슷한 열매들이 바닥 여기저기에 떨어져 있었다.

포가르는 손가락으로 그 열매 중 하나의 껍질을 어렵지 않게 벗긴 뒤 희고 말랑말랑한 속을 짓이겨서는 살짝 굽은 모양을 없앴다.

그는 그렇게 해서 완벽하게 똑바른 원통형 덩어리를 만들었고, 가늘고 곧은 나뭇가지를 이용하여 세로로 구멍을 뚫었다.

이 빛나는 빈 구멍으로 그는 나무줄기에서 떼어낸 칡줄기를 밀어넣었다. 그러고는 또 한번 빠르게 주물러서 전체를 단단하게 만들었다.

차츰차츰 열매는 진짜 양초로 변신했다. 포가르는 정성껏 고른 조약돌 두 개로 불꽃을 일으켰고, 인화성 강한 심지에는 별안간 불이 붙었다.

벡스는 곧 그 복잡한 조작의 의도를 깨달았다.

평평한 돌 위에 세운 양초는 타면서, 정확히 천둥소리를 연상시키는, 길게 울리는 타닥타닥 소리를 냈다.

연소성 열매의 이상한 속성에 궁금증을 느낀 화학자가 가까이 다가갔다. 열매에서 나오는 소리는 꼭 세찬 폭풍우가 내는 격렬한 소리와도 같았다.

그때 갑자기 달음질치는 소리가 큰나무숲 아래에서 들려왔다. 벡스는 검은 동물 무리가 나타나는 것을 보았다. 그들은 거짓 벼락에 속아 황급히 굴로 돌아가고 있었다.

무리가 손이 미치는 지점에 도달했을 때, 포가르는 되는대로 돌을 던져 설치류 한 마리를 즉사시켰다. 다른 동물들이 그들의 무수한 구멍 속으로 숨어들어가는 동안, 돌에 맞은 동물은 땅바닥에 그대로 누워 있었다.

요란한 연소가 더이상 쓸모없게 된 식물성 심지의 불을 끈 청년은 설치류를 집어 벡스의 눈앞에 놓았다.

다람쥐와 약간 닮은 동물은 척추 위로 빽빽하고 뻣뻣한 검은 갈기를 달고 있었다.

갈기를 살펴보면서 화학자는 기이한 결절들을 주목했다. 아마도 그것들이, 그의 호기심을 몹시 자극하는 이중 음을 낼 수 있을 것이었다.

자리를 뜨려는 순간, 포가르는 동행인의 충고에 따라 꺼진 양초를 주워들었다. 그것은 아주 작은 부분만 소진되어 있었다.

에쥐르로 돌아온 벡스는 젊은이의 말을 당장 확인해보고 싶었다.

그는 설치류의 등에서 서로 다른 결절을 지닌 갈기털 몇 가닥을 골랐다.

그런 다음 일종의 울림 틀을 얻기 위해 그는 두 장의 얇은 나무판을 오려서 맞붙이고는, 거의 눈에 띄지 않는 구멍들을 일정한 간격을 두고 한꺼번에 뚫었다.

이 작업을 끝내고 나서 그는 단단한 갈기털들을 겹친 나무판에 꿰었고, 그것들이 계속해서 매어 있도록 하기 위해 양끝에 두터운 매듭을 엮었다.

이어서 두 나무판 사이를 최대한 벌린 뒤 수직기둥 둘을 설치했고, 그렇게 하자 악기의 현으로 변모된 갈기털들이 팽팽해졌다.

포가르가 가늘고 유연한 나뭇가지를 제공했다. 그것은 베윌리프뤼앙에서 주워 길이 방향으로 쪼갠 것으로서, 완벽하게 매끈하고 약간 점성이 있는 안쪽 면을 보여주고 있었다.

벡스는 그것을 공들여 잘랐고, 나뭇가지 조각은 하나의 연약한 활이 되었다. 그는 곧 그 활로 그토록 신속하게 만든 소형 류트의 현들을 어렵지 않게 문질러대기 시작했다.

포가르가 예언한 대로, 모든 갈기털이 각각 따로따로 진동하며 동일한 울림의 두 음을 동시에 냈다.

열광한 벡스는 축하공연 날 상상을 불허하는 그 악기와 함께 불붙이기가 용이한 식물성 양초를 사람들 앞에 선보이도록 젊은이를 설득했다.

⁂

성공에 고무된 포가르는 자신의 출현에 흥미를 더해줄 새로운 경이를 찾았다.

어느 날 저녁 랭세호의 선원 하나가 테즈강에서 빨래하는 것을 보고 있던 그는, 물 위에 퍼진 비누거품이 자기의 바다동물 가운데 하나와 닮았음을 보고는 깜짝 놀랐다.

빨래가 끝나자, 선원은 장난삼아 비누를 포가르에게 주었다. 그러면서 선원은 의도가 있는 그 선물에, 젊은 흑인의 피부색에 대한 우정의 농담을 곁들였다.

소년은 손가락 사이로 미끄러지는 물에 젖은 덩어리를 그만 떨어뜨리고 말았다. 하지만 즉시 조심해서 그것을 다시 주워든 그는 축하공연에 관련된 이중 계획을 생각해냈다.

먼저 포가르는 비누 위에 하얀색 갑각을 지닌 동물을 올려놓기로 했다. 그러면 애초에는 움직임 없는 거품으로 여겨지던 그것이 갑작스러운 활동성을 드러냄으로써 관객들에게 깊은 인상을 줄 것이었다.

이어서, 그에게는 새로울 수밖에 없는 물질의 이상하게 미끄러운 속성을 이용하고 싶었던 포가르는, 충분히 물에 적신 탓에 불안정한 비누 덩어리를 어떤 과녁을 향해 던지고자 했다.

이를 위해 젊은이는, 강물이 평소보다 더 맑았던 어느 날, 바쉬쿠가 테즈강 바닥에서 발견한 금괴를 생각해냈다. 마법사는 재빨리 물에 뛰어들어 그 빛나는 물체를 움켜쥐었고, 이후 그는 가장 극진한 정성을 기울여 그것을 간직해오고 있었다.

형태가 양끝이 둥근 실린더 모양인 만큼, 금괴는 포가르가 구상한 까다로운 실험에 안성맞춤일 터였다.

하지만 마법사는 자기의 발견물에 너무나도 큰 가치를 부여하고 있었기 때문에 단 한 순간도 그것과 떨어지려고 하지 않았다.

테즈강이 분명히 처음의 것과 비슷한 다른 금괴들을 감추고 있을 것이라고 생각한 포가르는 담수 속으로의 잠수를 계획했고, 그로부터 내실 있는 결과를 얻을 것을 확신을 갖고 기대했다. 운명의 도움을 받는 도박사처럼, 그는 성공만을 고려하며 값비싼 실린더 몇 개를 소유한 자신의 모습을 미리부터 상상했다. 그 황금실린더들은, 기이한 동물들을 벌써 그토록 풍부하게 갖춘 자신의 침상을 장식하면서, 찬란한 광채에 그 내력의 흥미를 덧붙임으로써 숱한 화제를 불러일으킬 것이었다.

새로운 보랏빛 꽃을 구비한 포가르는 테즈강 기슭에 주저앉아 혼수상태가 오길 기다렸다.

그는 자기 의도에 꼭 맞는 의식이 반쯤 있는 기묘한 상태에 도달했고, 강을 향해 굴러 내려가서는, 바쉬쿠가 금괴를 발견한 강물 깊은 곳으로 사라졌다.

강바닥에 무릎을 꿇은 포가르는 손가락으로 모래를 뒤졌고, 끈질긴 탐색 끝에 빛나는 황금실린더 세 개를 발견했다. 아마도 먼 곳에서 실려온 그것들은 부단한 마찰 때문에 깔끔하고 완벽하게 매끄러워진 게 분명했다.

젊은이가 일어나 물 밖으로 나갈 채비를 하고 있을 때였다. 문득 그는 놀라서 못 박힌 듯 그 자리에 멈춰섰다.

희끄무레한 빛깔의 거대한 식물이 전체 높이에 걸쳐 넓게 핀 채로 마치 거대한 갈대 모양 수직으로 그의 곁에 서 있었던 것이다.

한데, 그렇게 펼쳐져 있는 스크린 위에서, 포가르는 모랫바닥에 무릎을 꿇고 몸을 앞으로 기울인 자신의 모습을 보았다.

곧 이미지가 변하더니, 이번에는 같은 인물이 약간 다른 포즈를 취하고 있는 모습이 보였다.

그러고는 또다른 변화들이 일어났고, 어리둥절한 소년은 자신의 주요 동작들이 민감한 속성을 지닌 그 이상한 판 위에 재생되는 것을 보았는데, 그 판은 그가 물속에 천천히 도착한 이래 그가 모르게 작용하고 있었던 것이다.

모래에서 꺼낸 세 금괴가 하나하나 살아 있는 판 위에서 반짝였다. 판은 불투명한 물속이기 때문에 다소 약화되긴 했지만 모든 빛깔을 충실하게 보여주었다.

한차례 끝나자마자, 일련의 그림은 동일하게, 그리고 같은 순서로 다시 돌아가기 시작했다.

이 새로운 주기가 끝나길 기다릴 것도 없이, 포가르는 그 거대한 흰색 갈대 둘레의 진흙을 팠고, 뿌리를 건드리지 않은 채 그것을 땅에서 들어냈다.

같은 종에 속하는, 그러나 더 어린 식물 몇 포기가 여러 군데서 자라고 있었다. 능숙한 잠수부는 그 가운데 몇 포기를 뽑은 뒤, 마침내 수확물과 금괴들을 들고 물 밖으로 올라갔다.

의식을 완전히 회복하고, 보랏빛 꽃을 이용하여 혈전들을 꺼낸 포가르는 소중한 식물들을 마음껏 살펴보기 위해 자기 집으로 달려가 틀어박혔다.

첫번째 식물은 일련의 동일한 그림들을 변함없는 순서로 끝없이 반복했다.

하지만 다른 것들은, 종의 측면에서는 엄격하게 유사했지만, 빛에 대해서는 그 어떤 반응도 보이지 않았다.

분명히, 눈처럼 흰 갈대가 그들의 조직에 작용하는 채색된 윤곽들을 기록하는 것은 오로지 거대한 성숙과정의 일정한 단계에서뿐이었다.

젊은이는 그 순간을 엿보기로 마음먹었다. 그것을 활용하기 위해서였다.

처음 식물에 기록된 광경은 흐리고 선명하지 못한 만큼 그를 만족시킬 수가 없었다.

그는 모두가 보는 앞에서 돋보일 수 있는, 분명하고 섬세한 영상을 만들고 싶었다.

누구의 도움도 받지 않은 채, 포가르는 베윌리프뤼앙에서 다량의 부식토를 퍼다가는 자기 집 벽면 옆에 두껍게 펼쳐놓았다.

그는 거기에 그 굉장한 갈대들을 옮겨 심었다. 그것들은, 일부 수륙양서水陸兩棲 해초류들처럼, 순전히 땅에서 이루어지는 그 새로운 재배에 어려움 없이 적응했다.

이후 젊은 흑인은 늘 자기 집에 틀어박혀 지냈다. 그는 화단을 극진히 살피며 한결같은 정성으로 가꾸었다.

어느 날 그는 비좁은 수풀 위로 고개를 숙이고 식물들 가운데 하나를 바라보고 있었다. 이미 늘씬하게 자란 그것은 일정한 개화 단계에 도달한 듯 보였다.

그때 문득 식물조직에서 어떤 작용이 시작되었고, 포가르는 그것을 더욱 자세히 관찰했다.

희끄무레한 수직 표면에서 이상한 분자의 움직임이 규칙적인 간격을 두고 반복되었다.

일련의 변화들이 꽤 오랜 시간 동안 그런 식으로 이루어졌다. 그러더니 현상의 성격이 바뀌었고, 이번에는 그다지 크게 놀라지 않은 포가르는, 앞에 펼쳐진 광경에 탐욕스럽게 동화된 식물이 자신의 모습을 생생하게 재생하는 것을 보았다.

유일한 모델의 다양한 포즈와 표정이, 지속적인 교란으로 내부가 동요된 스크린 위를 차례차례 지나갔다. 소년은 거의 짐작하고 있던 수수께끼를 이해할 수 있었다. 그가 테즈강 바닥에 도착한 순간은, 첫번째 식물의 성장에 도래한 기록 단계와 일치했고, 따라서 식물은 자기 앞에 위치한 상들을 악착같이 포착했던 것이다.

불행하게도 그 새로운 일련의 이미지들은 선명함에 있어서만큼은 완벽했지만, 미학과 흥미 면에서는 절대적으로 부족했다. 전혀 준비가 되어 있지 않던 포가르는 온갖 종류의 괴상야릇한 포즈를 취했고, 반쯤 인상을 쓰고 있던 그의 초상들은 가장 따분한 단조로움 가운데 이어지고 있었다.

그러나 조만간 빛을 수용하는 시기에 들어갈 준비가 되어 있는 듯 보이는 바로 옆의 식물을 발견한 젊은이는 사람들의 주의를 사로잡을 만한 일련의 광경을 미리 준비하는 일에 열중했다.

며칠 전 부식토를 갖고 베윌리프뤼앙을 가로지르다가, 포가르는 짙은 녹음 아래 자리잡은 쥐야르를 발견했었다.

그 부지런한 사람은 자기가 가장 좋아하는 자리에 앉아 있었다. 한데 그 자리는, 그림이 들어간 오래된 신문을 들여다보고 있던 그를 아디놀파가 발견한 자리이기도 했다.

이번에는 새로운 장르의 연구에 몰두해 있던 쥐야르는, 화려하게 채색된 동양 판화가 풍부하게 들어간 값비싼 이절판을 뒤적이고 있었다.

잠시 동안 눈부신 페이지들을 바라보며 기분을 전환한 포가르는, 일에 깊이 몰두해 있는 사색가의 주의를 깨우지 않은 채 가던 길을 계속 갔다.

하지만 이제 그의 머릿속을 맴도는 그 책은 그의 계획을 실현하기에 안성맞춤인 것처럼 보였다.

그는 쥐야르 몰래 그 사치스러운 책을 집어들었다. 그런 뒤 채색삽화들을 마음껏 바라보고 호기심을 느끼고는, 이야기의 의미를 알아보기 위해 시르다를 찾아갔다.

소녀는 카르미카엘에게 별로 두껍지 않은 그 텍스트를 읽어달라고 했고, 『시인과 무어 여인』이라는 제목을 지닌 아랍 이야기의 다음과 같은 줄거리를 자기 오빠에게 알려줄 수 있었다.

옛날 바그다드에 샤니자르라는 이름의 부유한 상인이 살고 있었다.

삶의 모든 즐거움을 세련되게 향유하는 샤니자르는 예술, 여자, 그리고 맛있는 음식을 열정적으로 좋아했다.

상인 곁에 고용되어 있던 시인 기리즈는, 흥겹거나 애처로운 시구들을 짓고 거기에 능숙하고도 즉흥적인 곡조를 붙여 매력적으로 노래하는 일을 맡고 있었다.

잠에서 깨어난 순간부터 장밋빛 인생을 보고 싶어했던 샤니자르는, 자신의 뇌로부터 아름다운 꿈의 창백한 행렬을 부드럽게 몰아내줄 오바드를 매일 기리즈에게 요구했다.

정확하고 순종적인 시인은 아침마다 주인의 궁전을 사방에서 둘러싸고 있는 멋진 정원으로 내려갔다. 거기서 그는 먼저 잠자는 부자의 창문 밑에 이르고, 이내 날씬한 분수가 옥으로 된 관을 통해 솟구치는 대리석 수조 멀지 않은 곳에 가 멈춰섰다.

그런 다음 윤기 없는 섬세한 금속으로 된 일종의 확성기를 입에 대고, 기리즈는 그의 풍요로운 상상력에서 피어난 새로운 애가를 부르기 시작했다. 그런데, 이상한 울림 덕분에, 그가 사용하는 가벼운 나팔은 각 음에 그보다 3도 낮은 음이 겹쳐지게 했다. 그 결과 시인은 혼자서 듀엣 몫을 노래했고, 그의 멋진 발성법이 지닌 매력을 한층 배가시키기에 이르렀다.

곧 잠에서 완전히 깬 샤니자르그가, 그의 애첩 네두와 함께 창가에 모습을 드러냈다. 그녀는 샤니자르그가 미칠 듯이 반한 아름다운 무어 여인이었다.

기리즈는 그 순간 자신의 심장이 격렬하게 뛰는 것을 느꼈다. 그는 신성한 네두를 도취 속에서 바라보았고, 그녀는 그녀대로 불타는 사랑이 가득한 긴 시선을 그에게 던졌다.

오바드가 끝나면 창문은 다시 닫혔고, 시인은, 슬프게도 너무나 순간적인 그 눈부신 모습을 마음에 간직한 채로 푸른 하늘 아래를 방황했다. 기리즈는 네두를 열정적으로 사랑하고 있었고, 자기가 그녀로부터 사랑받고 있음을 알았다.

매일 저녁, 확실한 예술애호가를 자처하는 샤니자르그는 일몰을 보기 위해, 서쪽으로 전망이 넓게 펼쳐진 모래언덕에 애첩과 함께 올라가곤 했다.

불모의 융기 꼭대기에 다다르면, 상냥한 상인은 핏빛으로 물든 지평선이 제공하는 동화 같은 장면을 유쾌하게 실컷 즐겼다.

풍만한 불덩어리가 완전히 사라지고 나면, 샤니자르그는 동반자의 팔에 안겨 언덕을 내려오며, 잠시 후 그에게 행복과 환희를 가져다줄 매우 공들인 요리와 엄선된 음료들을 미리 떠올렸다.

기리즈는 돌아가는 시간을 엿보다가, 주위에 자기 혼자밖에 없음을 확인하고는, 딱딱하지 않은 모래에 선명하게 새겨진 네두의 작은 발자국들을 향해 달려가 그것들에 열정적으로 입을 맞추었다.

이는, 샤니자르가 면밀히 감시하는 무어 여인과 도대체 소통할 방법이 없는 시인에게는 가장 강렬한 기쁨이었다.

그러던 어느 날, 가까이 다가갈 희망이라고는 없이 그렇게 먼발치에서 연모하는 데 염증을 느낀 기리즈는, 바그다드에서 점쟁이와 마법사 역할을 하고 있던 중국인 케우은간을 찾아갔다.

그때까지 그토록 구속이 심하던 연애의 미래에 대해 질문을 받은 케우은간은 기리즈를 데리고 자기의 정원으로 갔다. 거기서 그는 커다란 맹금을 풀어놓았고, 새는 점점 더 커지는 장엄한 곡선을 공중에 그리기 시작했다.

새의 강력한 선회를 살피면서, 중국인은 아주 가까운 장래에 꿈이 실현될 것이라고 시인에게 예언했다.

새는 주인이 부르자 그의 어깨에 와 앉았고, 주인은 기리즈와 함께 그의 실험실로 다시 들어갔다.

자기 앞에 흩어져 있는 여러 자료를 참조하며, 중국인은 시인이 목표를 달성하기 위해 따라야 할 몇 가지 지시사항을 양피지 위에 기록했다.

양피지를 받으면서 기리즈는 상담료로 금화 몇 개를 케우은간에게 주었다.

밖으로 나온 시인은 희망으로 가득차서 소중한 부적을 서둘러 해독했다.

그는 거기서 매우 복잡한 요리법을 발견했다. 요리는 냄새만으로도 샤니자르를 깊고 지속적인 잠에 빠뜨릴 수 있는 것이었다.

그 밖에도 마법 주문 하나가 종이 아래쪽에 분명하게 씌어 있었다.

큰 목소리로 그것을 세 번 말하면, 일관성 없는 그 음절들은 수면 성분 가득한 요리를 담은 접시에서, 귀찮은 염탐꾼이 졸고 있음을 드러내는 맑은 소리가 나게 할 수 있었다.

종소리가 강하고 빠르게 울리는 한, 두 연인은 깊이 잠든 사람을 겁내지 않고 도취에 자유로이 몸을 맡길 수 있을 터였다.

점점 작아지는 종소리는 한참 전부터 깨어나는 순간을 알리며 위험을 제때 일러줄 것이었다.

기리즈는 당장 그날 저녁 문제의 요리를 준비했고, 주인을 위해 푸짐하게 차린 식탁 한가운데에 있는 은으로 된 보온기 위에 그것을 올려놓았다.

샤니자르는 처음 보는 방식으로 조리된 새로운 특별요리를 보고 매료되어, 두 손으로 접시를 받쳐들고는 이상한 향기를 관능적으로 흡입했다.

하지만 그 즉시 무거운 마비상태에 빠진 그는 눈을 감고 머리를 떨어뜨린 채 둔중하게 쓰러졌다.

기리즈는 주문을 세 차례에 걸쳐 분명하게 발음했다. 그러자 식탁에 떨어진 접시가 낭랑하고 급박한 울림소리를 힘차게 냈다.

아름다운 네두는 시인을 통해 중국인의 영험한 조치를 알게 되어 기쁨으로 몸을 떨며 샤니자르의 드넓은 정원으로 밤 산책을 나가자고 제안했다.

무어 여인의 충실한 노예인 흑인 스팅고가 상인 곁에서 보초를 서기로 했다. 그는 종소리가 약해지는 징후를 보이자마자 그것을 두 연인에게 알리는 사명을 부여받았다.

보초의 절대적인 헌신에 의해 보호받는 기리즈와 네두는 아무런 다른 생각 없이 달려나갔다.

그들은 가장 진귀한 꽃들이 만발한 매혹의 에덴에서 기나긴 도취의 밤을 보내고는, 동틀 무렵 폭포의 중얼거림을 자장가 삼아 평화롭게 잠이 들었다.

태양이 벌써 운행을 절반이나 완수했을 무렵, 스팅고가 와서 경보를 전하며 마법의 종소리가 잠시 전에 작아졌으니 머지않아 멈출 것이라고 말했다.

화들짝 놀라 잠에서 깨어난, 관능적인 기억으로 충만한 두 연인에게는, 새삼스러운 이별의 전망이 끔찍하게 여겨졌다.

네두는 이제 기리즈와 함께 도망침으로써 샤니자르의 굴레를 떨쳐버릴 생각만 했다.

그때 갑자기 얼룩말 한 마리가 나타났다. 이리저리 뛰어다니다가 우연히 그곳에 온 말이었다.

길을 막고 있는 뜻밖의 사람들을 보고 겁이 났던지, 동물은 오던 길을 되돌아가려고 했다.

하지만 여주인의 명령을 받은 흑인이 펄쩍 뛰어올라 준마의 콧구멍을 잡았고, 동물은 금세 제어되었다.

기리즈는 네두의 생각을 알아차렸다. 그는 민첩하고 가볍게 얼룩말에 올라탔고, 자신의 동반자가 잔등에 오르도록 도와주었다.

잠시 후 두 명의 도망자는 스팅고에게 작별 신호를 보낸 뒤 속보로 멀어졌다. 무어 여인은 가난을 비웃으며 금화 몇 개가 들어 있는 돈주머니를 휘둘렀다. 무모한 모험에 쓸 유일한 재산이었다. 전날 자신의 전 재산을 케우은간에게 줘버린 기리즈는 그 보잘것없는 돈에 한 푼도 더 보탤 수 없었다.

쉬지 않고 미친 듯이 달린 끝에, 얼룩말은 저녁 무렵 어두운 숲 한가운데에서 지쳐 쓰러지고 말았다.

당분간 모든 추적을 따돌렸다고 확신한 키리즈와 네두는, 피로와 바람 때문에 더욱 날카로워진 허기를 달래고 싶었다.

두 연인은 일을 나눴다. 기리즈는 맛있는 과일을 구해오기로 했고, 네두는 갈증을 풀어줄 시원한 샘물을 찾아오기로 했다.

만나는 지점은 거대한 줄기 때문에 쉽게 식별할 수 있는 고목으로 정해졌고, 희미한 어둠이 퍼져나가는 가운데 각자 길을 나섰다.

여러 번 이리저리 방향을 바꾸며 돌아다닌 끝에 네두는 찾던 샘을 발견했다.

젊은 여인은 곧 돌아가려고 했다. 그러나 빠르게 내리는 어둠 속에서 그녀는 점점 길을 잃었고, 불안에 사로잡힌 채 여러 시간 동안 헤맸지만 목표로 지정된 커다란 나무를 찾을 수가 없었다.

고통으로 미칠 것 같은 네두는 기도를 하기 시작했다. 그녀는, 만약 기리즈를 다시 만날 수만 있다면, 열흘 동안 금식하겠노라고 맹세했다.

그녀는 지고의 존재를 향한 이 고양에 힘을 얻어 새삼 용기를 갖고 다시 걷기 시작했다.

잠시 후, 영문은 알 수 없지만 어떤 신비로운 길을 통해서 그녀는 문득 기리즈 앞에 있게 되었다. 그는 얼빠진 눈을 하고 약속 장소를 지키고 있었고, 소리쳐 부르며 그녀를 기다리는 중이었다.

네두는 그토록 빨리 자신의 기도를 들어준 알라신에게 감사하며 시인의 품으로 뛰어들었다.

기리즈는 자기가 수확해온 과일들을 보여주었다. 하지만 네두는 방금 효과를 본 맹세의 내용을 이야기하며 먹기를 거부했다.

다음날 두 도망자는 걸어서 길을 갔다. 밤에 얼룩말이 줄을 끊고 달아났기 때문이다.

며칠 동안 두 남녀는 이 마을 저 마을로 다니며 정처 없이 떠돌았다.

네두는 배고픔의 고통을 느끼기 시작했다. 절망스러웠지만, 기리즈는 약속을 어기도록 그녀를 부추기지 못했다. 하늘의 진노가 그녀에게 떨어질까 두려웠기 때문이다.

열흘째 되던 날, 젊은 여인은 어찌나 약해졌는지 연인의 부축을 받는데도 겨우 앞으로 나아갈 수 있을 정도였다.

그때, 갑자기 그녀가 비틀거리더니 의식을 잃고 땅바닥에 쓰러졌다.

기리즈는 도와달라고 외쳤고, 길가에 노점을 차려놓고 있던 여자 음식물 장수가 달려왔다.

죽음이 자기 애인을 빼앗아가려고 한다는 사실을 느낀 시인은 얼른 결정을 내렸다.

그의 요청에 따라 상인은 다양한 음식을 가져왔고, 다시 눈을 뜬 네두는 열락을 주는 그 음식을 감미롭게 포식했다.

새로운 에너지를 얻은 젊은 여인은 다시 걷기 시작했다. 그녀가 익히 잘 알고 있는 것처럼, 열렬한 애정을 지닌 부유한 샤니자르는 그녀를 뒤쫓기 위해 틀림없이 수많은 밀사를 풀어놓았을 테고, 그녀는 그로부터 도망쳐야만 했다.

하지만 걱정이 쉼없이 그녀를 따라다녔다. 그것은 정해진 기일 이전에 금식을 파기했다는 후회에서 오는 것이었다.

다음날 있었던 일로 그녀의 불안은 더욱 가중되었고, 별안간 끔찍할 정도로 명확해졌다.

벌판 한가운데를 가고 있는데, 광인 행색의 한 사내가 여러가지 몸짓을 해대며 그녀를 따라붙었고, 맹세를 어긴 벌로 현기증나는 추락이 임박했음을 예언하면서 그녀의 마음을 혼란스럽게 했던 것이다.

몇 시간 동안 기리즈와 네두는 침묵을 지켰다. 두 사람 모두 그 이상한 예언에 고통스러운 충격을 받았기 때문이었다.

저녁 무렵, 길모퉁이에 이른 젊은 여인이 공포의 비명을 질렀다. 그녀는 어떤 끔찍한 환영을 손으로 쫓아 보내려고 애썼다.

그녀 앞에 몸도 얼굴도 없는 무수한 눈이 둘씩 나타나 비난과 엄격함이 어린 시선으로 그녀를 혹독하게 노려보았던 것이다.

게다가 그 홀리는 시선들은 그녀를 길 가장자리로 조금씩 조금씩 이끌었는데, 길은 뾰족한 바위들이 비죽비죽 솟아 있는, 깊이를 헤아릴 수 없는 심연을 굽어보고 있었다.

그 갑작스러운 환영을 알지 못했던 기리즈는 애인의 공포가 전혀 이해되지 않았다.

갑자기, 그녀를 붙잡을 새도 없이, 저항할 수 없는 힘에 의해 그녀가 절벽으로 이끌려가는 것을 그는 그저 바라보기만 했다.

불행한 여인은 이 바위 저 바위로 몸을 부딪치며 떨어졌고, 그녀가 그렇게 떨어지는 동안, 신에 대한 모욕을 비난하는 것처럼 보이던 위협적인 눈들은 그녀를 뒤쫓았다.

심연을 내려다보던 기리즈는 애인과 운명을 함께하고 싶었다. 그는 단숨에 허공으로 몸을 던졌다.

두 시체는 한곳에 떨어져 나란히 있게 되었고, 닿을 수 없는 심연 속에서 영원히 결합되었다.

⁂

포가르는 시르다의 이야기를 주의깊게 들었다.

채색삽화들은 이제 그에게 분명하고 통일성 있는 의미를 갖게 되었고, 따라서 계획했던 그 삽화들의 활용은 확정적인 것이 되었다.

무해한 좀도둑질을 통해, 소년은 만일에 대비하여 이절판 외에도 초등학생들을 위한 그림책을 슬쩍해왔는데, 그것의 매 페이지에는 라틴어 학명이 적힌 동물의 초상화가 수록되어 있었다.

아랍 이야기의 채색삽화들로는 수효가 모자랄 수 있었다. 하지만 각각의 그림이 그 자체로 충족되는 두번째 책이, 식물이 요구하는 스펙터클에 끝까지 소재를 제공할 수 있는 넉넉한 보유분을 보장해주었다.

이절판 책과 예비 앨범으로 무장한 포가르는 이제 노련하고 의식 있는 관찰자로서 때를 기다렸다.

마침내 기다리던 순간이 오자 그는, 원자의 변화를 엿보고 있던 거대한 흰색 갈대 앞에 이야기 순서에 따라 배열된 동양 판화들을 연속적으로 갖다댔다.

판화가 끝나자, 그는 그림책을 펼쳤고, 그중 한 페이지가 마지막 순간에 기록되었다.

수용의 단계가 종료되었을 때, 젊은이는 자기 작업이 완벽하게 성공한 것을 확인했다. 이미지들이 식물스크린 위에 섬세하게 인쇄되어 선명하게 전개되는 것을 볼 수 있었기 때문이다.

이제 스스로의 일부가 되어버린 섬세한 그림들을 끝없이 재생하게 되어 있는 그 식물을 돌보기만 하면 되었다.

포가르는 두 권의 책을 은밀하게 원래의 자리로 가져다놓았다. 쥐야르는 새로운 연구에 몰두해 있어 그 책들이 일시적으로 사라졌다는 사실을 의심조차 하지 않고 있었다.

전시에 필요한 모든 요소를 갖고 있는 젊은이는 기발한 연계 방법을 찾았다.

그는 자기 틀 위에 모든 것을 모아놓기로 결정했다. 그 틀은, 혈전을 만들어내는 혼수상태에 들어가기에 너무나도 편리한 자리였기 때문이다.

센비요는, 예정된 동물과 물체의 특별한 형태에 공들여 맞춘, 필요한 부속물들을 간이침대에 부착했다.

거대한 갈대의 자동영상은, 단조롭게 지속될 의도적인 기절 시간 동안 관객들의 무료함을 달래기에 안성맞춤인 듯 여겨졌다.

하지만 기절의 첫 단계는 생기와 호흡의 점진적인 사라짐 때문에 실질적인 흥미를 제공하므로, 시체와 유사해지는 절대적 탈진 순간까지 포가르만을 부각시키는 게 적절해 보였다.

이를 위해 셴비요는 식물을 닫집처럼 조정하고, 그 위에 빛나는 반사경이 달린 전등을 설치했다.

충분히 어두운 시간에 실험을 행하면, 변하는 이미지들은 손으로 쉽게 조작할 수 있는 전류의 흐름에 따라 눈부시게 빛나거나 보이지 않을 터였다.

모든 것을 자기가 직접 하고자 했던 포가르는 혼자서 조명을 작동시키기로 했다. 하지만 혈액응고를 유도하기 위해서는 혼수상태 동안 팔과 다리가 완전히 경직되어 있어야만 했다. 그래서 셴비요는 일종의 구부러진 손잡이로 끝나는 수평 막대로 전류를 조정하게 하면서, 손잡이가 잠든 사람의 왼쪽 겨드랑이에 꼭 맞도록 했다. 그리하면 아직 첫번째 이미지가 나타나는 것을 살필 만한 의식이 남아 있는 소년은 몸의 미세한 움직임만으로도 원하는 순간에 전구의 불을 켤 수 있을 터였다.

특별 조명을 갖춘 작은 알코브는 기이한, 그리고 살아 있는 해면의 내부구조를 자세하게 보여주는 데 소용될 것이었다.

셴비요가 작업을 마치자, 포가르는 간이침대 발치에 있는, 발톱이 달린 세 개의 견고한 받침대 위에 고정된 세 개의 금괴 위로 젖은 비누가 튀어오르게 하는 연습을 끈질기게 했다.

그는 그 어려운 놀이에서 경이로운 솜씨를 갖게 되어 정확함과 균형의 진정한 기적을 실현하기에 이르렀다.

그러는 다른 한편 그는 식물을 정성껏 보살폈다.

세심하게 간수한 뿌리는 이제 틀에 고정된 토기 속에서 휴식을 취하고 있었다. 규칙적인 수분 공급은 조직들이 생기를 잃지 않게 했고, 끊임없이 재생되는 이미지들은 온전한 선명함을 유지했다.

XVI

우리가 에쥐르에 도착한 이후, 헝가리인 슈커리오프스키는 마음을 흔드는 맑은 소리를 내는 치터를 날마다 연습했다.

절대로 벗지 않는 집시 유니폼을 몸에 꼭 맞게 입은 능란한 거장은 굉장한 곡들을 연주했고, 그 곡들은 연주만 했다 하면 토착민들의 경탄을 자아냈다.

그가 연주할 때면 다수의 주의깊은 포뉘켈레 사람들이 어김없이 따라붙었다.

그 거추장스러운 청중이 거슬렸던 위대한 예술가는 작업을 위해 성가신 방문이 없는 외롭고 매력적인 은둔처를 찾고자 했다.

치터와, 그것을 받치는 접이식 받침대를 들고서 그는 베윌리프뤼앙을 찾았고, 높은 나무들 아래로 힘차게 들어섰다. 그는 어디로 가야 할지 주저하지 않았다.

꽤 오랫동안 걸은 뒤, 그는 샘 가장자리의 그림 같은 매력적인 장소에 멈추었다.

슈커리오프스키는 고독과 신비의 그 장소를 이미 알고 있었다. 어느 날, 그는 빛나는 운모질 바위들 위로 무수한 반영을 일으키며 흐르는 투명한 시냇물에서 목욕을 할까 했다. 하지만 놀랍게도 물의 저항을 이겨낼 수가 없었다. 그것의 비범한 밀도가, 조금이라도 깊이가 있는 모든 침투를 막았기 때문이다.

그는 무릎과 손을 짚고, 수면 위에 지탱된 몸이 젖지 않은 채, 무거운 강물을 사방으로 건너갈 수 있었다.

슈커리오프스키는 이제 그 이상한 시냇물에는 아무런 관심도 없이 의자로 사용할 수 있는 나지막한 바위 앞에 치터와 받침대를 설치했다.

곧 악기 앞에 앉은 거장은 애틋함과 나른함이 감도는 헝가리 멜로디를 천천히 연주하기 시작했다.

벌써 몇 소절을 연주한 슈커리오프스키는 픽의 왕복에 몰두해 있었음에도 불구하고 강 쪽에서 일어나는 가벼운 움직임을 시각적 직관으로 포착했다.

그는 빠른 눈길을 통해 거대한 벌레를 보았다. 물에서 나온 그것은 둑을 기어오르기 시작했다.

연주를 중단하지 않은 채, 집시는 일련의 빠른 시선으로 새 도착자를 살폈는데, 그는 치터 쪽으로 서서히 다가오는 중이었다.

벌레는 받침대 밑에서 멈추더니 헝가리인의 발 사이에서 겁 없이 똬리를 틀었고, 시선을 아래쪽으로 향한 헝가리인은 벌레가 땅바닥에 붙어 꼼짝도 하지 않고 있는 것을 보았다.

이 일을 금세 잊어버린 슈커리오프스키는 연주를 계속했고, 무려 세 시간 동안 그의 시적인 악기에서는 화음의 물결이 쉼 없이 흘러나왔다.

저녁이 되자, 연주자가 마침내 자리에서 일어났다. 그는 비가 내릴 기색이라고는 조금도 없는 맑은 하늘을 보고는 다음 연습을 위해 치터를 그 자리에 두고 가기로 마음먹었다.

한데 은둔처를 막 떠나려는 순간, 그는 벌레를 보았다. 그것은 온 길을 되짚어 둑 쪽으로 향하더니 금세 강물 속으로 사라졌다.

다음날 슈커리오프스키는 또다시 이상한 샘 곁에 자리잡고는 변화무쌍한 느린 왈츠를 연주하기 시작했다.

첫번째 후렴을 연주하는 동안, 거장은 그 거대한 벌레에게 얼마간 주의를 빼앗겼다. 그것은 물 밖으로 몸을 내뻗고 전날 있던 자리로 곧장 와서는, 음악 연습이 끝날 때까지 우아하게 똬리를 틀고 있었다.

이번에도 역시 슈커리오프스키는 자리를 떠나기에 앞서 그 온순한 파충류가 멜로디를 포식한 채 고요한 시냇물에 소리 없이 잠기는 것을 볼 수 있었다.

똑같은 수작이 여러 날 동안 재연되었다. 뱀을 부리는 사람처럼 헝가리인은 그의 재주로 멜로디를 좋아하는 벌레를 어김없이 유인해냈다. 벌레는 한번 매료된 다음에는 더이상 그 황홀에서 벗어나지 못하는 것 같았다.

집시는 파충류에게 강한 흥미를 느꼈다. 그의 신뢰가 그를 놀라게 했기 때문이다. 어느 날 저녁 일이 끝났을 때, 그는 손으로 파충류의 길을 막고 그를 길들여보려고 했다.

벌레는 아무런 두려움 없이 자기 앞에 들이민 손가락을 타고 기어올랐다. 그리고 헝가리인이 소매를 걷어올림에 따라 그의 손목을 여러 차례 휘감았다.

슈커리오프스키는 자기를 누르는 어마어마한 무게에 깜짝 놀랐다. 강물의 밀도 높은 환경에 적응된 벌레는 몸이 유연함에도 불구하고 엄청난 무게를 지니고 있었던 것이다.

이 첫번째 실험은 많은 다른 실험들로 이어졌다. 벌레는 곧 주인을 알아보았고, 그의 목소리가 들리기만 하면 어김없이 복종했다.

이러한 순종은 집시의 머릿속에, 소중한 결과로 이어질 조련 계획이 싹트게 했다.

문제는, 대기층의 울림에 대한 파충류의 신비로운 열정을 끈기 있게 계발함으로써 파충류 스스로 치터에서 어떤 소리를 이끌어내도록 만드는 것이었다.

오랜 생각 끝에, 슈커리오프스키는 벌레가 사는 특별한 물의 무게를 이용하는 장치를 상상해냈다.

그는 강의 바위들에서 견고하고 투명한 운모판 네 장을 얻었다. 그는 그것들을 얇게 자른 다음 점토로 붙여, 어떤 목적에 부합하는 용기를 만들어냈다. 치터 양쪽 지면에 수직으로 박아 세운 두 개의 튼튼한 나뭇가지가 그 갈라진 끝으로, 여물통처럼 길고 가는 바닥을 지닌 장치를 지탱해주었다.

슈커리오프스키는 벌레가 운모 용기 속으로 기어들어간 뒤 몸을 뻗어서 안쪽 각에 마련된 홈을 막도록 조련시켰다.

커다란 열매 깍지를 이용하여 그는 샘에서 물 몇 리터를 길어다가 투명한 여물통에 부었다.

그런 다음 잔가지 끄트머리로 누워 있는 몸뚱이의 작은 일부를 아주 잠깐 동안 들어올렸다.

그러자 물 한 방울이 새어나가서 현을 때렸고, 현은 매우 맑게 진동했다.

인접한 부분에서 여러 차례 시도한 실험은 상투적인 일련의 음을 냈다.

그러다가 갑자기 똑같은 음악 곡선이 벌레에 의해 반복되었다. 벌레는 의도한 지점에서 일련의 꿈틀대는 동작을 어김없이 수행하여 액체를 유출했던 것이다.

슈커리오프스키로서는 벌레가 그토록 빨리 이해하리라고는 결코 기대하지 못했었다. 그의 일은 이제 쉽고 보람이 있어 보였다.

한 소절 한 소절, 그는 벌레에게 경쾌하거나 우수에 젖은 헝가리 멜로디를 여럿 가르쳐주었다.

집시는 잔가지를 이용하여 파충류를 가르쳤고, 그리하면, 파충류는 아무런 도움 없이 요구하는 소절을 연주해냈다.

두 개의 울림 구멍을 통해 물이 치터의 내부로 흘러들어갔기 때문에, 슈커리오프스키는 핀을 사용하여 악기 아래쪽에 보이지 않는 구멍을 뚫었고, 통에 담긴 액체는 가느다란 폭포를 이루며 그리로 흘러내렸다.

집시는 바로 옆의 시냇물에 가서 물을 길어왔고, 작업은 순조롭게 진행되었다.

곧 더 큰 야심을 품게 된 헝가리인은 양손에 잔가지를 들고는 동시에 두 음을 얻고자 했다.

벌레는 대번에 그 새로운 요청에 호응했고, 두 개의 픽으로 동시에 현을 치는 치터 곡도 모두 연주할 수 있게 되었다.

아예 연주자가 아니라 조련사로 축하공연에 나가기로 결심한 집시는 벌레를 가르치는 일에 여러 날 동안 열정적으로 전념했다.

막바지에는 난이도를 더욱 증가시켜서, 그는 열 손가락 각각에 긴 잔가지 하나씩을 묶고는 일반적으로 그의 레퍼토리에서 제외되는 수많은 난해한 다성곡을 벌레에게 가르쳤다.

이제 그 놀라운 파충류를 선보일 수 있다고 자신하게 된 슈커리오프스키는, 장치 전체를 개선할 다양한 방법을 강구했다.

그의 부탁에 따라 센비요는, 그때까지 운모판 용기를 지탱해주던 끝이 갈라진 나뭇가지 두 개를, 치터의 받침에 고정된 이중의 금속틀로 대체했다.

그 밖에도 악기에 부착한 펠트 조각이 묵직한 물방울들의 요란한 충격을 부드럽게 완화시켜주었다.

트로피광장에 물이 넘치는 것을 막기 위해, 펠트를 댄 도관이 달린 단지로 치터에서 흘러나오는 가느다란 폭포수를 받기로 했다.

이러한 준비를 마친 슈커리오프스키는 벌레의 교육을 완성하기 위해 애썼는데, 벌레는 매일 첫번째 치터소리와 함께 두터운 강물로부터 빠르게 나와서는, 공부가 끝나면 헝가리인의 손에 의해 다시 강물로 되돌아가곤 했다.

XVII

황제의 모든 아들 가운데 열두 살 먹은 레제드는 가장 장난기가 많고 가장 부산스러웠다.

그는 수많은 기이한 놀이를 고안하며 시간을 보냈는데, 그 가운데에는 종종 그의 목숨을 위험에 빠뜨릴 정도로 도를 벗어난 것들이 있었다.

그가 자주 성공을 거두는 무대인 베윌리프뤼앙숲은, 그의 혈기왕성한 성정을 만족시키는 수많은 기회를 제공해주었다.

때로 민첩한 흑인 소년은 가장 높은 가지의 새둥지를 거두기 위해 거대한 나무를 기어올랐고, 때로 돌맹이를 던져 새나 네발짐승들을 잡곤 했다. 그는 또 매우 기발한 덫을 놓을 줄 알았다.

어느 날 숲속의 작은 빈터에 막 도착한 레제드는, 갈 길을 선택하기 위해 바람의 냄새를 맡고 있는 듯 보이는 적갈색 털을 지닌 설치류를 발견했다.

아이는 덤불에서 금방 취한 튼튼한 장대 하나를 손에 들고 있었다. 그는 그 원시적인 무기를 한번 휘둘러 설치류를 가격했고, 짐승은 빈터 한가운데에서 모로 쓰러졌다.

다가가면서 레제드는 시체의 아가리로부터 많은 양의 침이 흘러나오며 비범하게 강한 특별한 냄새를 풍기는 것을 발견했다. 이 광경에 구역질이 난 그는 빈터를 가로질러, 가던 길을 계속 갔다.

그때 갑자기 격렬한 날갯짓소리를 듣고 그는 고개를 돌렸고, 긴 다리를 지닌 멋진 맹금이 몇 차례 동심원을 그리며 선회한 뒤 별안간 설치류 곁으로 달려드는 것을 보았다.

레제드는 새를 죽일 계산을 하며 가던 길을 되돌아왔고, 새는 벌써 부리로 시체를 공격하고 있었다.

특히 취약한 머리를 정확히 겨누고자, 그는 새가 고개를 숙이고 있는 동안 천천히 정면으로 다가갔다.

아이는 깜짝 놀랐다. 부리 위쪽에 두 개의 콧구멍이 있는 것을 발견했기 때문이다. 그것들 덕분에 새는 아마도 멀리서부터 이상한 침 냄새를 감지했고, 구미가 당긴 나머지 약속된 잔치에 조급히 달려왔을 터였다.

여전히 장대로 무장하고 있던 레제드는 펄쩍 뛰어 새의 후두부를 정통으로 가격했고, 새는 비명도 지르지 못한 채 그 자리에 쓰러졌다.

하지만 더 가까이에서 새로운 희생물을 살펴보려던 아이는, 이겨낼 수 없는 자력에 의해 땅에 붙박인 느낌이 들었다.

그의 오른발은 설치류의 침으로 뒤덮인 납작하고 묵직한 바위를 밟고 있었다.

이미 반쯤 마른 그 액체는 저항할 수 없이 강한 끈끈이가 되어 있었고, 레제드는 격렬한 노력 끝에 깊고 혹독한 찰과상을 입으며 겨우 자신의 맨발을 떼어낼 수 있었다.

또다시 옭매일까 두려운 개구쟁이는 자유로운 몸이 되자 위험한 장소에서 재빨리 멀어질 생각만 했다.

그러나 곧 멀리서 들려오는 날갯소리에 그는 고개를 돌렸고, 공중에서 같은 종류의 다른 새를 알아보았는데, 언제나처럼 강하게 파고드는 냄새를 맡은 그 새는 유혹적인 먹이를 향해 빠르게 쇄도하고 있었다.

레제드는 이때 놀라운 침의 점성, 그리고 그것이 발산하는 냄새가 강력한 날개를 지닌 새들에게 불러일으키는 듯 보이는 명백한 동요에 근거하여 대담한 계획을 구상했다.

금방 눌린 다양한 풀들이 설치류가 지나온 마지막 길을 일러주었다.

동일한 종의 동물들이 머지않아 지나갈 수 있는 그 길의 한 지점에, 레제드는 작은 구덩이를 파고 그 위에 가벼운 나뭇가지들을 덮어 완전히 가렸다.

다음날 아이는 자기 함정이 거둔 성공에 기뻐하며 좁은 구멍으로부터 처음 것과 완전히 흡사한 적갈색 털의 설치류를 꺼내서는, 그것을 산 채로 자기 집으로 가져갔다.

모험심 강한 레제드는 포가르의 계획들이 촉발시킨 경쟁을 의식하고 있던 차라, 베윌리프뤼앙에 서식하는 콧구멍을 지닌 새를 타고 하늘에 날아오름으로써 축하공연에 흥미를 더하고 싶었다.

마지막 순간에 죽일 설치류는 다량의 침을 제공할 터인데, 이 침은 그 발산물로 필요한 새를 유인하는 한편, 기발한 비행용 연결재를 급히 만들어내는 데 사용될 것이었다.

이 마지막 조건은 동물성 접착제를 받기에 적합한 평평한 물체를 요구했다. 그것을 그냥 땅바닥에 쏟으면 사용할 수 없을 것이기 때문이었다.

레제드는 랭세호의 잔해 가운데로 돌아다니다가, 자기 계획에 매우 적합한 가벼운 장롱 문짝 한 개를 찾아냈다.

아이는 자기 계획의 일부만 공개했고, 아버지가 반대할 게 뻔한 창공으로의 여행과 관련한 모든 것은 함구했다.

XVIII

세일코르가 떠난 것은 벌써 두 달 전이었다. 우리는 그가 돌아오길 초초하게 기다렸다. 축하공연 준비도 끝나고, 그때까지 일과 투기로 이겨냈던 권태가 머지않아 또다시 우리를 사로잡으리라는 것을 느끼고 있었기 때문이다.

다행히 전혀 기대하지 않던 사건이 강력한 기분전환 거리가 되어주었다.

어느 날 저녁, 시르다가 그날 일어난 중대사건을 우리에게 이야기해주었다.

세시경 야우르왕의 특사 한 명이 카누를 타고 테즈강을 건너와 탈루의 집으로 들어가서 희소식을 전했는데, 에쥐르에서 일어나고 있는 일의 소문을 들은 드렐쉬카프의 군주가, 눈부신 치장을 한 황제가 두성으로 노래하는 것을 듣고 싶은 뜨거운 열망에 사로잡혀 있다는 것이었다. 군주는, 시르다의 아버지가 자기 앞에서 '탁월한 자들'의 무대에 올라가 여자의 목소리로 다리첼리의 〈오바드〉를 부른다면, 아무런 조건 없이 눈먼 소녀의 치료를 허락한다고 했다.

그 부탁에 우쭐해지고, 그토록 쉽게 딸의 시력을 되찾아줄 수 있다는 사실에 매료된 탈루는, 긍정적인 대답을 하려고 했다. 그때 가이즈뒤(이것이 흑인 특사의 이름이었다)가 몇 발짝 다가와서는 낮은 목소리로 비밀스러운 폭로를 했다. 그토록 열렬하게 표명된 소위 열망이라는 것은, 야우르가 수많은 호위대의 선두에서 자유롭게 에줘르에 들어오려는 술책에 불과하다. 탈루의 교만을 알고, 이 가공할 이웃이 군대를 거느리고 영접함으로써 자기를 압도하려 할 것이라는 사실을 미리 아는 야우르왕은 트로피광장이라는 상대적으로 좁은 공간에서 적군을 함정에 빠뜨리길 바란다. 에줘르 주민들이 행사에 이끌려 광장 언저리에 모여 있을 동안, 드렐쉬카프 군대는 급조된 카누들에 몸을 싣고 테즈강을 건너서는, 수도 주위에 퍼져 그 둘레로 인간 띠를 형성한 뒤, 사방에서 동시에 공연장에 침입할 것이다. 바로 이때 야우르는 호위대에 공격 신호를 보낼 것이다. 그리하면 바이스에 조여진 형국의 포뉘켈레 전사들은, 수많은 이점 가운데 급습의 이점을 지닌 혈기왕성한 공격자들에 의해 도륙될 수밖에 없을 것이다. 그 결과 야우르는 상황을 지배하게 될 테고, 탈루와 그의 모든 혈통을 노예로 만든 뒤 스스로 황제임을 선포할 것이다.

가이즈뒤는 그렇듯 거리낌없이 자기 주인을 배신하고 있었는데, 주인은 그의 봉사에 대해 제대로 보상하지 않을뿐더러 그를 종종 거칠게 대했던 것이다. 밀고의 대가와 관련해서는, 그는 탈루의 관대함을 믿었다.

경고를 역이용하기로 작정한 황제는, 다음날 해질녘에 야우르왕을 초대하는 사명을 지워 가이즈뒤를 돌려보냈다. 특사가 대단한 보상을 미리 예감하며 희망에 차서 돌아가는 동안, 탈루는 벌써 머릿속으로 방어와 공격 계획을 구상하고 있었다.

다음날 황제의 명령에 따라, 포뉘켈레 군대의 절반은 베윌리프뤼앙의 덤불 속에 매복했고, 나머지 절반은 아주 작은 그룹으로 나뉘어 에줘르 남쪽 구역의 집들에 몸을 숨겼다.

약속된 시간에, 야우르와 가이즈뒤가 지휘하는 호위대는 열 대 정도의 카누에 나누어 타고 테즈강을 건넜다.

모셈의 후계자 라오가 강의 우안에 서서 하선을 기다렸다. 그는 왕을 트로피광장까지 인도했다. 그곳에서는 무기를 들지 않은 탈루가 여자옷 차림으로 단지 소수의 경호원만을 거느린 채 기다리고 있었다.

도착하면서 야우르는 주변을 훑어보았고, 함정에 빠뜨리려고 생각하고 있던 전사들이 없는 것을 발견하고는 심히 당황하는 것 같았다. 탈루가 앞으로 나아갔고, 두 군주는 몇 마디 말을 주고받았다. 우리와 함께 있던 시르다가 그들의 말을 통역해주었다.

먼저 야우르는 불안을 감추기 위해 헛되이 애쓰면서, 그 대담함과 자부심이 사방에서 칭송받는 멋진 포뉘켈레 군대를 볼 수 없는지 물었다. 이에 탈루는, 손님이 정해진 시간보다 조금 일찍 도착했고, 현재 치장을 마치는 중에 있는 자신의 전사들은 잠시 후면 광장에 집결함으로써 그들의 존재로 공연에 광채를 더해줄 것이라고 답했다. 이 대답에 안심한, 하지만 신중하지 못한 질문으로 황제의 의심을 일깨운 게 아닌가 걱정하는 야우르는, 곧 하찮은 것들에 신경을 쓰는 척했다. 그는 탈루의 분장에 열정적으로 감탄하며, 그와 같은 의상을 자기도 갖고 싶다는 뜨거운 욕망을 피력했다.

이 말에, 적군이 도착하기까지 시간을 벌 기회를 찾던 황제는 돌연히 우리 쪽으로 고개를 돌리고는, 자기 것과 유사한 분장을 우리 짐 가운데서 찾아보라고 시르다를 통해 명령했다.

모든 순회공연에서 괴테의 『파우스트』를 연기하곤 했던 아디놀파가 무리 밖으로 달려가더니, 얼마 뒤 마르가리테의 드레스와 가발을 들고 돌아왔다.

자기에게 제공된 선물을 본 야우르는 환한 탄성을 내질렀다. 그는 무기들을 땅바닥에 던지고는, 극도의 야윔 덕분에 별

어려움 없이 드레스를 입었고, 허리옷 위로 훅 단추를 채웠다. 이어서 두 갈래로 굵게 땋은 금발 가발을 쓴 그는 위엄 있게 몇 발짝 걸었다. 그는 그의 기이한 분장이 낳을 효과로 인해 실제로 즐거워하는 듯 보였다.

그러나 별안간 거대한 함성소리가 밖에서 울려퍼졌다. 배반을 눈치챈 야우르는 재빨리 무기를 집어들고는 호위대와 함께 도망쳤다. 적의 편에서 싸울 준비가 된 가이즈뒤는 포뉘켈레 전사들과 합류했고, 이들은 탈루와 라오의 뒤를 따라 왕을 추격했다. 바야흐로 준비되는 감동적인 광경에 끌린 우리 그룹은 곧 같은 방향으로 뛰기 시작했고, 잠시 후 에쥐르 남단에 도착했다.

우리는 방금 일어난 일을 쉽게 파악할 수 있었다. 드렐쉬카프 군대는 왕의 결정에 따라 카누를 타고 테즈강을 건넜다. 마지막 전사가 우안에 발을 딛는 순간, 탈루의 무리들이 신호 대신 함성을 지르며 에쥐르의 집들과 베윌리프뤼앙의 덤불로부터 동시에 나와 적을 사방에서 포위했다. 야우르가 상상한 전술을 그들이 활용한 것이다. 그리하여 벌써부터 지면에는 드렐쉬카프의 사상자들이 널려 있었고, 황제 군대의 승리는 결정적인 듯 보였다.

여전히 드레스와 가발로 분장한 야우르는, 전투에 용감하게 뛰어들어 자기 전사들과 함께 싸웠다. 창으로 무장한 탈루가 왼팔에 드레스 자락을 걸친 채 그에게 달려들었고, 카니발 분장을 한 두 군주 간에 이상한 대결이 시작되었다. 왕은 일단 몇 차례의 공격을 막아내는 데 성공했다. 하지만 황제는 곧 능숙한 속임수 동작 끝에 상대방의 심장을 깊이 찔렀다.

대장의 죽음에 급격히 낙담한 드렐쉬카프 전사들은 점점 더 사망자가 늘어나 얼마 못 가서 항복했고, 에쥐르로 끌려가 포로가 되었다.

야우르의 시체를 제외한 모든 시체는 테즈강에 던져졌고, 강은 그들을 바다까지 실어날랐다.

XIX

탈루가 승리하기 얼마 전, 놀라운 소식 하나가 에쥐르까지 전해졌다. 야우르 곁에 유럽인 남녀가 있다는 것이었다. 그들은 탐험을 하다가 우연히 테즈강을 건너게 된 젊은 여인과 그녀의 남동생이었다.

동생은 별다른 역할을 하는 것 같지 않았다. 하지만 아름답고 매력적인 여인은 야우르와의 관계를 자랑스럽게 과시했다. 매력으로 가득한 그녀의 아름다움은 그에게 대번에 깊은 인상을 준 듯했다.

전투가 끝나고 탈루는 미지의 두 사람을 데려오게 했다. 그들은 자신들의 운명을 가늠할 판결을 기다리는 동안 감시하는 사람 없이 마음대로 돌아다닐 수 있었다.

프랑스인으로 이름이 루이즈 몽탈레스코인 그 여성 탐험가는 우리와 금세 가까워졌고, 같은 나라 사람들을 만나서 반가운 그녀는 동생과 함께 이 머나먼 아프리카 고장까지 오게 된 숱한 우여곡절을 우리에게 이야기해주었다.

보잘것없는 집안 출신인 루이즈는 파리 교외에서 태어났다. 도기공장 직원이던 그녀의 아버지는 다채로운 모델의 꽃병과 그릇들을 만들면서 착실하게 식구들을 먹여 살렸다. 그의 작업은 진정한 조각가의 재능을 드러내는 것이었지만, 그 건실한 사람은 그에 대해 아무런 허영심도 품지 않았다.

루이즈는 남동생이 하나 있었고, 그 동생에 대해 따뜻한 애정을 갖고 있었다. 노르베르(이것이 어린 꼬마의 이름이었다)는 아주 어려서부터 아버지의 지도를 받으며 일했고, 작은 병이나 휴대용 촛대 모양의 섬세한 조상들을 손쉽게 빚어낼 수 있기에 이르렀다.

일찍 학교에 들어간 루이즈는 공부에 놀라운 적성을 드러냈다. 뛰어난 시험성적 덕분에 여자고등학교에서 장학금을 따냈고, 탄탄한 공부를 할 수 있었다. 스무 살에 이미 모든 종류의 수료증을 갖고 있던 그녀는, 개인지도를 통해 쉽게 생활비를 벌면서 독학으로 문학과 과학 공부를 계속했다. 풍요로운 일이 주는 열정에 사로잡혀 그녀는 잠자고 밥 먹는 시간도 아까워했다.

특히 화학에 심취했던 그녀는 오래전부터 머릿속에서 싹트고 있던 위대한 발견을 이룩하기 위해 잠도 자지 않고 열심히 일했다. 그녀가 추구하는 것은, 연필이나 붓을 확고하게 움직일 수 있을 만큼 충분히 정교한 동력을 순전히 사진술적인 방식을 통해 얻어내는 것이었다. 루이즈는 벌써 목표에 근접해 있었다. 하지만 매우 중요한 식물에센스가 여전히 부족했고, 아직 발견하지 못하고 있었다. 일요일마다 그녀는 파리 인근 숲에서 식물채집을 하면서 자신의 혼합물을 완성해줄 미지의 식물을 찾았지만 허사였다.

한데 탐험가들의 다양한 이야기에서 열대지방의 식물상에 대한 수많은 환상적인 묘사를 읽던 그녀는, 중부 아프리카의 뜨거운 고장을 돌아다니는 꿈을 꾸기에 이르렀다. 견줄 데 없는 식물들 한가운데에서라면 빈약한 성공 가능성이 크게 배가될 것이라고 그녀는 생각했던 것이다.

그 같은 고정관념을 떨쳐버리기 위해 루이즈는 그림이 많이 들어가고 재미있는, 짤막한 길이의 식물학 개론 집필에 날마다 매달렸다. 그것은 식물세계의 놀라운 경이를 부각시켜 보여주는 대중적인 책이었다. 이 작은 책은 금방 끝났다. 그리고 많은 부수가 간행되어 그녀는 짭짤한 금액의 돈을 벌게 되었다.

예상치 못한 돈을 갖게 된 여인은 이제 그토록 뜨겁게 열망하던 대여행을 감행하는 꿈만을 꾸게 되었다.

하지만 얼마 전부터 그녀는 오른쪽 폐에 불편함을 느끼고 있었다. 일종의 고통스럽고 지속적인 압박감이, 빠져나가지 못하는 공기의 느낌 같은 것을 주었다. 먼 원정을 떠나기에 앞서 정평이 있는 의견을 듣고 싶었던 그녀는 르넴므 박사에게 진찰을 받으러 갔다. 그녀는 흉부 질환에 관한 그의 유명한 저작들을 읽고 감탄한 바 있었다.

위대한 전문가는 그녀가 보여주는 임상 케이스의 기이함에 놀랐다. 루이즈의 폐 속에는 종양 하나가 생겨났는데, 환부의 이완이 흡입한 공기의 배출을 불완전하게 만들고 있었다.

르넴므에 따르면, 질환의 원인은 아마도 그녀가 화학 실험을 하다가 들이마신 해로운 가스에 있었다.

따라서 인위적인 공기 배출구를 만드는 것이 시급했다. 그러한 조처를 취하지 않는다면 종양은 한없이 커지기만 할 것이기 때문이었다. 이외에도 호흡장치에는 이 장치의 정상적인 작동을 지속적으로 확인시켜줄 음향기가 구비되어야 했다. 혹시라도 장치의 주요 기관 가운데 하나가 막히기라도 한다면 종양은 돌이킬 수 없는 상태로 진행될 것이기 때문이었다.

육체적 관점에서 감탄할 만한 혜택을 받은 루이즈는 진지한 성격에도 불구하고 얼마간의 애교 또한 갖고 있었다. 르넴므의 진단에 낙담했던 그녀는, 이제부터 자기 몸의 일부를 이루게 된 외과장치를 가능한 한 우아하고 미적인 것으로 만들려고 애썼다.

위험한 고장을 향해 곧 출발한다는 사실을 핑계로, 그녀는 편리함을 내세워 대담한 탐험의 어려움에 완벽하게 부합하는 남성 복장을 택하기로 결심했다.

그녀의 선택은 장교 유니폼으로 낙착되었다. 그녀는 따라서 귀막이용 뿔나팔을 부챗살이나 우산살에 숨기는 방식을 흉내내어, 음향관에 견장 술장식의 외양을 줄 수 있을 것이었다.

르넴므는 이러한 기발한 생각을 실현하는 데 기꺼이 협력했다. 그는 제시된 도면에 따라 장치를 제작했다.

일은 원하는 대로 성공했다. 폐 아래쪽에 위치한 종양은 좁은 구멍을 통해 바깥 공기와 소통하게 되었고, 몇 개의 술장식으로 갈라진 뻣뻣한 관이 거기에 와서 연결되었는데, 속이 빈 그 술장식들에서는 소리가 울려나왔다.

이 밸브의 유익한 작용 덕분에, 루이즈는 이제 아무런 두려움 없이 피곤하고 고단한 생활도 감당할 수 있게 되었다. 매일 저녁 그녀는 잠자는 시간 동안에는 평온하고 규칙적인 방식으로 숨쉴 수 있는 까닭에 잠시 소용이 없어진 장치를 제거하고 금속마개로 구멍을 막아두면 되었다.

처음으로 장교 유니폼을 입은 자신의 모습을 보았을 때, 그녀는 그동안의 슬픈 불행에 대해 얼마간의 위안을 느꼈다. 그녀는 새로운 복장이 매우 잘 어울리는 것을 발견했을 뿐만 아니라 자신의 멋진 금발이 자아내는 효과에도 감탄을 금할 수가 없었다. 금발은 귀 쪽으로 당당하게 기울여 쓴 뾰족한 약모 아래로 자연스러운 컬을 이루며 쏟아져내리고 있었다.

공부에 온통 집중해야만 했던 바쁜 시기에도, 루이즈는 동생 노르베르를 결코 등한시한 적이 없었다.

동생에 대한 그녀의 애정은, 전염병이 창궐했던 끔찍한 겨울, 거의 한날한시에 그들의 부모가 세상을 떠나면서 더욱 깊어졌다.

노르베르는 이제 도기공장의 자기 아버지 자리를 차지하고 있었고, 우아함과 생동감이 넘치는 온갖 종류의 작은 조상들을 재빨리 빚어내는 경이로운 솜씨를 갖고 있었다. 매우 현실적인 이 재능 이외에 젊은이는 별달리 아는 것이 없었고, 누이의 훌륭한 영향을 고스란히 받고 있었다.

루이즈는 돌연한 풍요를 노르베르와 공유하고 싶었다. 그녀는 자기의 멋진 여행에 그를 데리고 가기로 작정했다.

여인은 얼마 전부터 이상한 상황에서 발견한 길들인 까치에게 관심을 쏟고 있었다. 새가 그녀에게 처음 나타난 것은 어느 일요일 샤빌 숲속에서였다. 멀리서 정오를 알리는 종소리가 울렸을 때, 고단한 식물채집을 한차례 마친 루이즈는 간단한 식사를 하기 위해 나무 밑에 앉았다. 그때 문득 대담하고 먹성 좋은 까치 한 마리가 빵 부스러기를 얻어먹으려는 듯 깡충거리며 다가왔고, 그녀는 즉각 빵 부스러기를 넉넉하게 던져주었다. 고마움 가득한 새는 겁이라고는 조금도 내지 않은 채 한층 더 가까이 다가와서는, 관대한 보시자가 쓰다듬고 들어올리게 내버려두었다. 루이즈는 새를 자기 집으로 데려가 교육을 시작했다. 곧 까치는 부르기만 하면 여주인의 어깨에 날아와 앉았고, 손가락으로 가리키는 물건을 부리로 물어서 가져오기까지 했다.

루이즈는 이제 날개 달린 동반자와 너무나 정이 들어서, 돈을 받고 돌보아주는 사람에게는 그를 맡길 수가 없었다. 따라서 넘치는 낙관주의로 가득찬 그녀가 동생을 데리고 마르세유행 특급열차에 오른 날, 새도 함께 열차에 태웠다.

쾌속 여객선을 타고 포르토노보로 간 남매는, 백인들로 이루어진 작은 호위대를 서둘러 꾸려 남쪽으로 향했다. 루이즈의 계획은 몇몇 탐험가들의 책에서 언급된 보르에 도달하는 것이었다. 그녀의 상상은 거기서 온갖 종류의 식물이 주는 경이를 미리부터 발견하고 있었던 것이다.

그녀의 희망은 틀린 것이 아니었다. 오랜 고생 끝에 압도적인 원시림과 마주쳤기 때문이다. 그녀는 당장 조사를 시작했고, 거의 매 걸음마다 어떤 알려지지 않은 새로운 보물이 꽃이나 식물의 형태 아래 나타나는 것을 보고는 커다란 기쁨을 느꼈다.

출발하기에 앞서 루이즈는 그녀의 일을 용이하게 해줄 부식성 용액을 화학적으로 합성하는 데 성공했다. 이제 그것을 아무 식물이고 한 방울 부으면 가벼운 연기와 함께 식물의 일부가 연소되면서, 그녀가 찾는 에센스가 있고 없음이 분명히 드러나게 된 것이다.

한데 보르에는 끝없이 다양한 식물종이 집적되어 있음에도 불구하고 지속적으로 반복되는 시도는 도대체 보람이 없었다. 여러 날 동안 루이즈는 용기를 갖고 일을 추진하면서, 감탄할 만한 그 숲속으로 더욱 깊이 들어갔다. 이따금 어떤 나무 위에서 이상하게 끌리는 이파리라도 보게 되면, 그녀는 까치에게 그것을 가리켜보였고, 까치는 부리로 그것을 물어다주었다.

이렇게 보르 전체를 북쪽에서 남쪽으로 가로질렀지만 아무런 성과도 없었다. 절망한 루이즈는 이제 늘 해오던 검사를 기계적으로밖에는 행하지 않았다. 그러던 어느 날, 혹시나 해서 새로운 식물에 뿌린 용액이 그토록 오랫동안, 그리고 헛되이 기다려온 짧은 연소를 돌연히 불러일으켰다.

여인은 환희의 순간을 맛보았고, 이는 그녀의 지나간 실망을 상쇄해주었다. 그녀는 가늘고 불그스름한 그 소중한 식물을 다량 채취했다. 온실에 그 씨앗을 뿌려 재배하면 앞으로 필요한 양을 충분히 얻을 수 있을 것이었다.

여행자가 그 기념비적인 발견을 한 것은 해가 질 무렵이었다. 일행은 자신들이 멈춘 바로 그 자리에서 야영을 하기로 했다. 포르토노보로 속히 돌아가는 데 필요한 모든 사항을 결정하면서 든든한 식사를 하고 모두들 잠을 자기 위해 몸을 눕혔다.

다음날 잠에서 깨어난 루이즈와 노르베르는 자기들뿐인 것을 알게 되었다. 안내인들이 그들을 배반한 것이었다. 그들은 여인이 늘 어깨에 둘러메고 다니는, 여러 다양한 칸에 금덩어리와 지폐가 묵직하게 든 가방의 끈을 끊고 훔쳐가버린 참이었다. 고발당하는 일을 피하고 싶었던 그 한심한 인간들이 가장 먼 지점인 그곳까지 오기를 기다린 것은, 먹을 것도 없이 버려진 두 사람이 혹시라도 돌아올 가능성을 차단하기 위해서였다.

루이즈는 포르토노보로 돌아가기 위해 불가능을 시도하고 싶지는 않았다. 그녀는 도리어 남쪽을 향해 걸었다. 토착민 마을에 도달할지도 모른다는 희망이 있었기 때문이다. 거기서 그녀는 후사를 약속하고 고국으로 돌아갈 수 있을 터였다. 그녀는 과일을 충분히 확보하고는 곧 보르를 나왔다. 그 거대한 숲을 가로지르는 동안, 그녀는 벨바르와 시르다의 흔적은 전혀 발견하지 못했다. 바로 얼마 전에 있었던 화재가 은신처로부터 그들을 쫓아낸 게 분명했다.

몇 시간을 걸은 루이즈는, 에쥐르에서 얼마 떨어진 곳에서 눈에 띄게 북쪽으로 거슬러올라가는 테즈강 때문에 멈춰야만 했다. 한데 바로 그 순간, 통나무 하나가 물결에 떠내려왔다. 누이의 신호에 따라 노르베르는 긴 표류물을 붙잡았고, 두 사람은 축축한 나무껍질 위에 이럭저럭 걸터앉은 뒤, 커다란 나뭇가지를 노 삼아 저어 강을 건널 수 있었다. 그녀는 자신과 안내인들 사이에 하나의 장벽을 두게 된 것을 기쁘게 생각했다. 그들은 두 사람을 살려둔 것을 후회하고는 해치기 위해 언제든 가던 길을 되돌아올 수 있기 때문이었다.

거기서부터 남매는 계속해서 테즈강 좌안을 따라갔고, 그렇게 해서 야우르의 수중에 떨어지게 되었다. 한데 루이즈의 아름다움은 야우르에게 깊은 인상을 주었다.

학창 시절 그녀는 일단의 남녀 학생들과 어울렸는데, 매우 앞서나가는 이들의 신조가 그녀에게 영향을 미쳤다. 그녀는 몇몇 사회적 규약에 대한 경멸을 기꺼이 드러냈고, 때때로 자유연애를 설파하기까지 했다. 젊고 인상적인 얼굴을 지닌 야우르는, 예측 불허의 것을 좋아하는 그녀의 상상에 강한 매력을 행사했다. 그런데 그녀의 생각에 따르면, 서로 애정에 끌리는 두 존재는 그 어떤 편견의 굴레에도 굴복해서는 안 되었다. 그 같은 모험이 지닌 소설 같은 측면에 자부심과 행복을 느낀 그녀는, 자기를 처음 본 순간부터 열정이 불붙어 있던 이방인 왕에게 자기의 전 존재를 내던졌다.

예기치 못한 이 결말로 인해, 귀국과 관련한 모든 계획은 연기되었다.

안내인들은 보르숲 한가운데에서 음험하게 도망치면서 배낭 하나를 내버려두고 갔다. 거기에는 그들에게는 소용이 없지만 루이즈에게는 무한히 소중한 일군의 도구와 재료가 들어 있었는데, 이것들은 그때까지 미완의 상태로 남아 있던 위대한 사진술적 발견에 관련되는 것들이었다.

젊은 여인은 열의를 갖고 작업을 재개했고, 이제 더이상 성공을 의심하지 않았다. 원시림의 붉은 식물이 제공해준 희귀한 에센스를 갖고 있기 때문이었다.

하지만 일은 다시 한번 오랜 모색을 요구했고, 테즈강 전투가 벌어지던 무렵에야 겨우 목표에 도달할 수 있었다.

이야기를 마치면서 루이즈는 불운한 야우르의 죽음이 그녀에게 야기한 격렬한 슬픔을 고백했다. 그에 대한 뜨거운 기억은 평생토록 그녀의 삶 위를 맴돌 것이었다.

XX

승리한 다음날, 황제는 시르다에게 여러 가지 임무를 부여한 뒤 우리에게 보냈다.

군주와 종교 수장 기능을 겸하고 있던 탈루는 스스로를 드렐쉬카프의 왕으로 축성할 예정이었는데, 이는 그의 마지막 승리가 가져다준 칭호였다.

한데 군주는 '탁월한 자들'의 공연을 동시에 거행함으로써 그 특별한 선포가 지닌 찬란함을 드높이고 싶어했다.

백성들에게 강한 인상을 주길 바랐던 그는 백인들 사이에서 통용되는 장엄한 전통을 알려달라고 했다.

쥐야르는 즉각 성유병에 대해 말하면서 성사를 수행하는데 필요한 모든 세부사항을 제공하겠다고 제안했다. 그와 동시에 셴비요는 트로피광장 북쪽 면에 작은 제단을 세우기로 했다.

첫번째 문제가 결정되자, 시르다는 또다른 부탁을 전했다.

야우르9세에게는 야우르1세의 핏줄을 이어받은 혈육이 없었다. 따라서 그의 죽음과 함께 그의 혈통은 결정적으로 꺼진 셈이었다.

황제는 대관식을 장식하고 탈루가家의 확고한 권리를 주장하기 위해 일종의 가계도를 전시하고 싶어했는데, 그 가계도에서는 수안에게서 출발한 경쟁 혈통의 단절이 선명한 방식으로 강조되어야만 했다.

자신의 유럽 혈통을 매우 자랑스러워하는 황제는 계획하고 있는 서류에 옛 초상화가 실리게 하고 싶어했다. 탈루 가계에서 아버지로부터 아들로 경건하게 전수되어온 그 초상화는, 수안의 배우자들로 스페인 출신인 두 자매를 재현하고 있었다.

쥐야르가 자진해서 그 왕가 족보의 작성을 맡았다. 그것은 이미 셴비요의 머릿속에서 건축된 제단을 장식할 예정이었다.

이 같은 다양한 세부사항들 외에, 의아하게도 불행한 야우르의 시체가 전시될 계획이었다.

황제가 죽은 왕을 친 창은 많은 포뉘켈레의 무기들처럼 그 끝에 매우 강력한 독이 묻어 있었다. 한데 그 독은 어김없이 죽음을 부를 뿐만 아니라 얼마 동안 신체조직이 부패하지 않게 하는 이상한 속성 또한 지니고 있었다.

따라서 그 유명한 패자의 시체는 오랜 기다림 뒤에도 장엄한 의식을 위해, 그 옛날 야우르 족속에 봉헌된 노쇠한 고무나무 아래 놓일 수 있을 터였다.

황제에 따르면, 저주받은 나무에 부과된 그 같은 치욕은 일종의 대비 효과를 위해, 탈루4세가 그보다 나중에 씨를 뿌린 종려나무의 영광스러운 장식을 요구했다.

페인트공 토레스가 기념판을 제작할 사람으로 선택되었다. 그것은 벌써 오래전에 이루어진 복원을 상기시켜줄 것이었는데, 복원의 날짜는 나무의 기원과 정확히 일치했다.

시르다는 또한 우리에게 알려주길, 대관식 날 모든 죄인이 처형될 것이고, 그 집행은 라오가 맡을 것이라고 했다.

가이즈뒤는 빛나는 보상을 요구했다. 하지만 황제는 대답할 뿐이었다. "너는 배신자다. 너는 배신자로서 단죄될 것이다." 그는 특수한 나무로 된 도끼날에 의해 목이 잘릴 예정이었는데,

이 나무는 쇠처럼 단단하면서도 피가 쏟아지지 않게 하는 속성을 지니고 있었다.

모셈은 벌겋게 달군 쇠로 발바닥 지짐을 당하게 되어 있었다. 쇠는 예전에 모셈이 시르다의 사망증명서에 거짓으로 써넣은 글자들을 하나하나 새길 것이었다.

륄은 그토록 오랜 세월 동안 자신의 머리를 장식했던 긴 황금핀들에 찔려 죽게 되어 있었다. 바늘의 뾰족한 끝은, 오래 걸친 나머지 이제는 누더기 상태에 이른 붉은색 코르셋의 단춧구멍들을 통해 그녀의 살을 찌를 것이었다.

상상력이 바닥난 나머지 지즈메를 어떻게 해야 할지 몰랐던 황제는, 우리들 나라에서 시행되는 형벌을 알려달라고 요청했다. 셴비요가 한 가지 생각을 해냈다. 그것은 죄인이 일체의 고통을 겪지 않도록 하는 외에 어쩌면 먼 훗날로 그의 죽음을 미루는 이점을 갖고 있었다. 건축가가 지닌 물건 가운데에는 최신 모델의 피뢰침이 있었는데, 발레스테로스 남작의 성을 위한 것이었다. 충분히 직접적인 폭풍우가 몰아칠 때, 피뢰침의 도선을 지즈메의 몸에 연결하고, 그렇게 함으로써 구름을 통해 그녀를 전기 처형하는 것은 쉬운 일이었다. 한데 에쥐르에는 궂은 날씨가 드물었고, 불행한 여인을 구해줄 수 있는 어떤 예기치 못한 사건이 첫 벼락이 내려치기에 앞서 얼마든지 일어날 수 있을 것이었다.

솜씨 좋은 나이르는 모기를 잡는 아주 유용한 덫을 만들 줄 아는 덕분에 살아남을 예정이었다. 하지만 지즈메에게 그림 쪽지를 써서 보낸 장본인이 아무런 고통도 겪지 않고 단지 붙잡혀 있기만 하면 된다는 사실은 너무 가벼운 징벌로 여겨졌다. 따라서 탈루는 트로피광장 가장자리에 받침대를 세운 뒤, 예전 어느 날 저녁 세일코르가 나이르를 잡기 위해 놓았던 올가미를 부착하게 했다. 지속적으로 부동자세를 유지해야 하며, 잠을 자려고 해도 누울 자리라고는 찾을 수 없는 나이르는, 이미 한 차례 자신에게 치명적이었던 고리에 발이 묶인 채, 그의 섬세한 기구들을 만들기 위해 쉼없이 일해야만 했다. 또한 그를 지치게 하는 육체적 구속에 정신적 형고刑苦를 더하기 위해, 그의 우스꽝스러운 실패의 도구들인 중절모, 스웨이드장갑, 그리고 그림편지가 계속해서 그의 눈에 보이도록 배치될 것이었다.

이외에도 대관식 들러리에 더욱 만전을 기하기 위해, 탈루는 감옥을 설치할 것을 요구했다. 그의 절대적 권력의 살아 있는 증거인 죄인들이 그의 승리를 바라보도록 하기 위해서였다.

음산한 소식들을 설명하고 난 시르다는 역시 축하공연이 열리는 날로 예정된 행복한 사건을 알려주었다. 그것은 이제 탈루의 권위에 복종하는 마법사 바쉬쿠가 시르다 자신을 치유해주는 일이었다. 테즈강 전투가 있던 날 저녁, 조급함을 느낀 황제는 당장에 딸을 그 능숙한 시술자한테 데려가려고 했다. 그러나 시르다는 그토록 많은 피로 더럽혀진 그날에 시력을 회복하길 거부했다. 그녀는, 아버지에 대한 눈부신 찬양이 벌써 예고하고 있는 대관식 날을 위해, 일종의 덤인 그 기쁨을 유보해두기로 했다.

몽탈레스코 남매에 대한 몇 마디와 함께, 시르다의 임무는 끝났다.

황제가 보기에, 루이즈는 그에 관한 모든 기억이 사라져야만 하는 철천지원수와 애정관계를 맺었다는 사실만으로도 극형에 처해 마땅했다. 탈루는 심지어 무고한 노르베르에 대해서마저도, 가깝든 멀든 야우르의 호의를 맛본 모든 사람에 대해 그가 느끼는 증오를 품었다. 하지만 시르다는, 젊은 여인의 머리를 떠나본 적이 없는 위대한 발견에 대해 이야기함으로써, 아주 적절한 때 자기 아버지의 호기심을 자극했다. 계획된 기구가 작동하는 것을 보고 싶은 탈루는 여학생에 대한 심판을 보류하기로 했고, 여학생은 자유롭게 일을 계속할 수 있었다.

⁂

셴비요가 그의 새로운 작업을 수행하는 데는 일주일로 충분했다.

트로피광장 북쪽에, 앞에 계단이 있는 작은 제단이 섰다. 맞은편 남쪽 면에는 죄인들을 위한 감옥이 설치되었고, '탁월한 자들'의 극장으로부터 멀지 않은 곳에는 요구된 모든 부속물을 갖춘 나무받침대가 솟았다. 나이르는 즉시 그 위에 묶였다.

지즈메가 하늘의 불꽃에 맞아 죽는다는 생각에 각별히 매료된 탈루는 셴비요의 기획을 기꺼이 승인했다. 자기가 어떤 종류의 형벌을 받을 것인지 알게 된 불행한 여인은 황제에게서 마지막 두 가지 호의를 얻어냈다. 그 하나는 그녀의 애인이 예전에 선물한 여러 가지 그림이 들어간 흰 돗자리 위에서 죽는 것이었다. 다른 하나는 달의 세 단계가 그려진 카드를 목에 걸고 숙명의 순간을 맞는 것이었는데, 화려한 접견의 날들을 상기시키는 그 카드는 고뇌 속에서도 찬란한 권력을 누리던 시절을 떠올려줄 것이었다.

셴비요는 문제의 돗자리를 벼락만이 작동시킬 수 있는 전기 사형기구를 덮는 데 사용했었다.

XXI

몽탈레스코 남매는 새로운 거주지에 금방 익숙해졌다. 루이즈는 자신의 놀라운 발견에 열정적으로 매달렸고, 노르베르는 베윌리프뤼앙이나 테즈강 우안을 호기심을 품고 탐사했다.

길들인 까치는 언제나처럼 충실하게 애착과 영리함을 보이면서 모두를 감탄하게 했다. 매일 새로운 발전을 보이는 새는, 여주인이 내리는 다양한 명령들을 경이롭도록 확실하게 수행해냈다.

어느 날 테즈강가를 돌아다니던 노르베르는 약간의 습기가 함유되어 있는, 극도로 보드라운 누런 흙에 매혹되었고 서둘러 그것을 챙겼다. 이때부터 젊은이는 한가할 때면 평소의 수월한 능력으로 감미로운 모습의 매력적인 작은 조상들을 빚으며 시간을 보냈다. 이 조상들은 일단 햇볕에 말리고 나면 테라코타의 양상과 견고함을 보였다. 탈루는 이러한 예술작업에 대해 눈에 띄는 관심을 보이며 모종의 계획을 세우는 듯했는데, 곧 우연한 상황이 그 계획을 완전히 무르익게 했다.

우리가 에쥐르에 머문 이래로, 여행 도중에 도축하고자 랭세호에 실었던 다양한 짐승이, 차례차례 우리 식탁에 올랐다. 이 소중한 비축 식량을 몹시도 아끼는 알뜰한 요리장 덕분에, 아직도 송아지 여러 마리가 제 동료들과 같은 운명의 부름을 기다리고 있었다. 주도면밀한 요리사는 마침내 이 살아남은 짐승 무리에 손을 대기로 작정하고는, 어느 날 저녁 첫번째로 희생된 송아지로 만든 먹음직스러운 저민 고기와, 섬세하게 양념을 친 허파 요리를 만찬에 내놓았다. 본능적인 호기심으로 늘 우리가 먹는 유럽 요리를 좋아하던 탈루는 이 요리를 세심하게 맛보고는, 그것의 원재료와 자연적인 양상을 당장에 알고 싶어 했다.

다음날, 슬프고 고뇌어린 표정을 한 시르다가 아버지의 이름으로 우리를 찾아와서는, 자신의 개인적인 의견을 풍부하게 덧붙이면서 수행하기 힘든 어려운 명령들을 설명했다.

그녀가 보기에 탈루는 루이즈를 혐오했다. 그의 머릿속에서 그녀의 이미지는 항상 야우르왕의 이미지와 결부되기 때문이었다. 사나운 증오의 감정에서 동생과 누이는 구별되지 않았다. 황제가 두 사람에게 자유를 허락하는 것은 오로지 실현 불가능한 기적을 이룰 경우뿐이었다. 탈루는 악의에 찬 잔인함이 가득한 세련을 다하여 그 기적에 관련된 세부사항 일체를 애써 정했다.

랭세호가 난파할 당시 파손된 상자와 짐들 가운데에는, 부에노스아이레스의 한 상인에게 가는 상당한 물량의 장난감이 있었다. 상자에 담긴, 그에게는 색다른 장난감들을 자세히 들여다본 탈루는, 기계 부품이 들어간 것들에 각별한 관심을 보이며 자신이 직접 태엽장치를 조작해보기도 했다. 그가 특히 주목한 것은 철도로서, 쉽게 조립할 수 있는 복잡한 레일 노선을 따라 경이롭게 굴러가는 모습이 그를 매료했다. 시르다가 우리에게 와서 그 내용을 설명한 것은, 바로 이 재미있는 발명품에 부분적인 연원을 둔 탈루의 기획이었다. 탈루는 불쌍한 노르베르에게 실물크기의 조상 제작을 요구했다. 한데 이 조상은 매력적인 주제를 담아야 할 뿐만 아니라, 전날 요리장이 그토록 훌륭하게 요리했던, 결코 단단하지 않은 재료를 날것 그대로 이용하여 만든, 두 레일 위를 무사히 굴러갈 수 있을 정도로 가벼워야만 했다. 이외에도 황제는, 특별히 무게와는 상관없이, 많게 적게 마디진 세 점의 조각작품을 요구했는데, 영리한 까치가 부리나 발을 사용하여 기계장치를 작동시켜야 한다는 점이 문제였다.

이러한 요구들이 충족되고, 루이즈가 완성을 위해 연구를 계속하고 있는 기구가 제대로 작동된다면, 남매는 자유를 얻을 것이고 우리 그룹과 합류하여 포르토노보에 갈 수 있을 터였다.

극도로 준엄한 이 최후통첩에도 불구하고, 루이즈는 낙담하지 않았다. 그녀는 노르베르를 격려하고 이끄는 게 자기 의무라고 생각했다.

첫번째로 문제가 되는 것은, 거의 무게라고는 없는 조상을 세우는 데 필요한, 가볍고 유연하고 튼튼한 재료를 찾아내는 일이었다.

루이즈는 우리 배에서 끄집어낸 짐들을 닥치는 대로 뒤졌고, 커다란 꾸러미 몇 개를 발견하고는 갑자기 기쁨의 환호를 질렀다. 그것들은 검은빛 일색의 코르셋받침살들로 가득차 있었던 것이다. 라벨을 보니, 청산중인 상사商社에서 발송한 것으로, 미국의 어느 제조업자에게 싼값으로 넘기는 재고 물량인 게 분명했다.

워낙 중요한 것이 걸려 있는 만큼 마음이 꺼림칙할 여유가 없었던 루이즈는 물품 구매자에게는 나중에 보상해주기로 하고 우선 그것을 챙겼다.

황제의 지침이 요구하는 재미있는 주제를 선택하기 위해, 젊은 여인은 수많은 독서로 대단히 풍요로운 머릿속에서 그저 퍼내기만 하면 되었다. 그녀는 투키디데스가 『펠로폰네소스

전쟁사』에서 이야기하고 있는 일화를 기억해냈다. 유명한 연대기 작가는 거기서 짧은 서두를 통해 아테네인의 성격과 스파르타인의 정신을 비교하고 있었다.

숱한 세대의 고등학생들에 의해 그토록 자주 번역되었던 그 고전적인 이야기를 요점만 간추리면 이렇다.

크테나스라는 이름의 부유한 스파르타인은 수많은 노예를 거느리고 있었다.

한데 동료 시민들에 의해 짐 나르는 마소의 위치로 전락한 이 노예들을 멸시하는 대신, 크테나스는 오로지 교육을 통해 그들의 정신적 감각적 수준을 높일 생각만 했다. 고귀하고 인간적인 그의 목표는 노예들을 그의 동류로 만드는 것이었고, 게으른 자들로 하여금 열심을 다해 일하도록 하기 위해 엄한 벌을 주기도 했던 그는 이따금 생사여탈권을 행사하는 것도 두려워하지 않았다.

제일 맘대로 되지 않는 것은 두말할 필요 없이 사리다키스란 자였다. 무기력증 환자만큼이나 재능이 부족한 그는 동료들에게 뒤떨어지면서도 부끄러움을 몰랐다.

가장 혹독한 벌에도 불구하고 사리다키스는 나아질 줄을 몰랐고, 단순한 조동사 변화에 여러 시간을 투자해도 도무지 헛일일 따름이었다.

크테나스는 이 완벽한 무능의 표출에서, 자기 학생들을 무서운 방식으로 정신차리게 할 기회를 보았다.

그는 사리다키스에게 사흘의 시간을 주고 '에이미'+ 동사를 확실히 암기하라고 했다. 기한이 되면 그 노예는 동료들이 지켜보는 가운데 크테나스 앞에서 그동안 외운 것을 읊을 것이고, 크테나스의 손에 들린 비수는 조금의 실수에도 그것을 범한 자의 심장을 가격할 터였다.

+ εἰμι. '있다, 존재하다'라는 뜻의 be동사에 해당하는 그리스어.

주인이 무서운 약속을 이행하리라는 것을 진작에 확신하고 있던 사리다키스는, 최후의 시험을 준비하기 위해 머리를 쥐어짜며 영웅적인 노력을 기울였다.

예정된 날, 노예들을 모은 크테나스는 사리다키스 곁에 자리를 잡고는 그 불행한 자의 가슴에 칼끝을 겨누었다. 그 장면은 오래가지 않았다. 노예는 단순 미완료과거의 쌍수 인칭 변화에서 터무니없는 실수를 했고, 둔탁한 타격 음이 고뇌에 찬 침묵 가운데 문득 울려퍼졌다. 칼에 심장이 찔린 노예는 그 자리에서 잠시 빙빙 돌다가 가차없는 판관의 발치에 쓰러져 죽었다.

더이상 주저하지 않고, 루이즈는 이 충격적인 제재를 채택했다. 누이의 조언에 도움을 받은 노르베르는 유연한 코르셋받침살들을 이용하여 바퀴가 달린 가벼운 조상을 세우는 데 성공했다. 이 작업에 필요한 못과 연장은 셴비요에게서 얻을 수 있었는데, 셴비요 자신은, 마지막 순간에 섬세하고 연약한 레일들을 부착할 잘 균형잡힌 시소받침대를 만들었다. 인상적인 박력이 충만한 그 작품을 완성하기 위해, 루이즈는 검은색 초석에 흰색 글씨로, 설명적인 내용을 담은 커다란 제목을 썼고, 그 뒤로 죽어가는 노예의 입술이 중얼대는 그 유명한 쌍수 인칭 변화를 적었다.

이제 황제가 주문한 움직이는 조상들을 위해, 또다른 세 가지 주제를 생각해내야만 했다.

열렬한 성격의 루이즈는 대단한 칸트 숭배자로서, 그의 초상들은 그녀의 머릿속에 선명하게 각인되어 있었다. 그녀가 지켜보는 가운데 노르베르는 유명한 철학자의 흉상을 제작했다. 그는 조상의 속을 비우되 머리 윗부분에는 아무런 두께도 없는 얇은 점토막만을 남겨놓았다. 셴비요는 텅 빈 두개골 안에 강력한 반사경이 부착된 전기램프 세트를 설치했는데, 찬란한 광채는 빛나는 생각을 빚어내는 천재의 불꽃을 형상화하기 위한 것이었다.

이어서 루이즈는 페르페튀 수녀의 유명하고 영웅적인 거짓말을 전해주는 오래된 브르타뉴 전설에서 영감을 얻었다. 그 수녀는 목숨을 걸고, 쫓아온 악당들에게 자기 수녀원에 숨은 두 도망자를 내주길 거부했다고 한다.

이번의 경우 노르베르는 요령과 인내를 다해서 한 무리의 인물을 빚어내야만 했다.

누이의 말을 고분고분 잘 따르는 젊은이는 마지막으로 루이15세 앞에서 허리를 굽힌 섭정을 제작했다. 왕국에서 가장 강력한 사람이 아이에게 공손한 존경을 표시하는 그 모습에서 여학생이 좋아했던 것은 거기에 담긴 대조였다.

각각의 작품에는 매우 단순한 기계장치가 부착되어 있었다. 그것은 까치의 부리와 발을 위해 특별히 고안된 것이었지만, 그 작동을 위해 까치를 교육시키는 일은 예상보다 훨씬 더 힘들었다.

과연 새로운 작업은, 그때까지 새가 수행했던 별로 대단찮은 재주들에 비해 한결 복잡한 것이었다. 움직임은 아무런 조정이나 안내 없이 한달음에 행해져야 했고, 그렇듯 다양하고 정교한 일련의 변화를 새가 기억하기란 쉽지 않았다. 노르베르는 누이가 힘들게 새를 조련하는 일을 도왔다. 그 일을 잘해내는 게 무엇보다도 시급했기 때문이다.

그러는 동시에 루이즈는 화학 실험을 활발히 계속했다. 한데 마지막 조작을 위해서는 매우 특수한 방식의 조명이 설비된 장소가 필요했다.

셴비요는 그녀의 요구에 따라 대단히 협소한 일종의 작은 집을 만들었는데, 출구가 없는 관계로 벽에는 그 어떤 틈도 없었다.

실험실 안에는 매우 약해진 누르스름한 빛만이 들어와야 했다. 그런데 채색유리는, 설사 그것이 가장 밀도 높은 불투명함에 의해 어두워져 있다고 해도, 현재 준비중인 이상한 감응판에 끔찍한 반영을 불러일으킬 게 뻔했다.

루이즈와 건축가의 대화에 참여했던 쥐야르가 문제를 해결했다.

학자는 커다란 책 상자에 『퍼스의 아름다운 소녀』*라는 귀중한 판본을 갖고 있었다. 그것은 그 유명한 작품의 초판이었다. 한데 한 세기도 더 된 그 책의 페이지들은 완전히 누렇게 퇴색되어서 아프리카 태양의 눈부신 빛을 거르거나 흐려지게 만들 수 있었다.

극도로 희귀한 그 책의 값을 매길 수 없는 가치에도 불구하고, 쥐야르는 망설임 없이 그 책을 여학생에게 주었고, 그것이 자기 기획에 완벽하게 부합하는 것을 발견한 여학생은 친절한 기증자에게 뜨거운 고마움을 표시했다.

셴비요는 페이지들을 기와 모양으로 잘라서는 가느다란 골조 위에 몇 종류의 두께로 얹어 작은 집의 윗부분을 구성했다. 그 가벼운 지붕에 뚫어놓은 작은 문은, 집에 갇힌 여인이 이따금 자신의 다양한 용기와 재료들을 세심하게 덮어둔 뒤 잠깐 동안 맑은 공기를 호흡하게 해줄 것이었다. 그토록 위중한 경우 신중함이 안락함에 우선하는 만큼, 루이즈는 이 유일한 구멍을 통해, 그리고 건축가가 그 특별한 목적을 위해 평평한 가로대를 부착한 두 개의 작은 A형사다리를 이용하여 그 집에 들어가고 나왔다. 실제로 아주 적은 빛의 틈입도 일을 그르칠 수

* 1866년에 조르주 비제가 완성한 오페라 대본.

있는 만큼, 측면에 낸 문보다 천장의 작은 문이 그 무게의 작용 덕분에 빈틈없는 밀폐에 더 적합했다.

그 작은 집이 들어선 지점은 트로피광장의 증권거래소에서 가까운 곳으로, 두 건물 사이에는 노르베르의 조상들이 정렬되어 있었다. 지붕을 놓기에 앞서 셴비요는 집 내부를 꾸몄는데, 두 A형사다리 가운데 한 개, 자유롭게 이동할 수 있는 의자, 그리고 경이로운 발견에 필요한 비품들로 가득한 테이블이 거기에 설치되었다.

루이즈는 이제 하루의 가장 큰 부분을 실험실에 갇혀 약품, 접시, 그리고 식물들 사이에서 보냈다. 자유시간이 날 때면, 그 부서지기 쉬운 독방 한가운데에서도, 언제나 충실히 그녀의 곁을 지키는 까치를 보다 완벽하게 조련시키기 위해 애썼다.

화학 실험의 성과에 대해 물으면, 젊은 여인은 희망과 기쁨이 가득한 표정을 보였다.

XXII

한편 몸값으로 산 수많은 물품들의 무게에 눌려 허리가 휜 흑인 짐꾼들을 이끌고, 마침내 세일코르가 나타났다. 붙잡혀 있는 사람들 각각은 능력에 따라 돈을 냈고, 가장 가난한 선원들의 가족은 저축을 긁어모아 전체 금액에 그들의 몫을 보태는 것으로 만족했다.

세일코르가 황제와의 긴 논의를 마치고 우리에게 와서 소식을 전했다. 우리가 쓴 편지들을 통해 충분한 돈을 마련했으므로, 적어도 그 점에 있어서 우리의 해방은 지체 없이 이루어질 것이었다. 하지만 전혀 예상하지 못한 한 가지 조건을 충족시켜야만 했다.

드렐쉬카프 군대와의 피비린내나는 전투 이후 울창한 베윌리프뤼앙숲에 들어가 고독을 찾았던 탈루는 수많은 시구를 지으며 적잖은 시간을 보냈는데, 야우르에 대한 승리를 주제로 삼고 있는 그 시구들은 『테즈강 전투』라는 제목의 노래로 구성되어 『제루카』에 추가될 예정이었다.

대관식 때 황제는 군대로 하여금 그 서사시 전체를 노래하게 할 계획이었다. 하지만 바로 그날 아침에 끝난 새 노래는 아직 흑인 전사들이 채 알지도 못하는 상황이었고, 따라서 그토록 많은 무리가 그것을 암기하려면 오랜 연습이 필요할 터였다.

결국 탈루는 카르미카엘에게 임무를 맡겼다. 예정된 날 그는 찬란한 두성으로 작품의 새로운 부분을 노래할 것이었다. 이러한 선택은 방대한 서사시의 알려지지 않은 시구들을 부각시킬뿐더러 초연임을 강조함으로써 화제를 불러일으킬 수 있을 게 분명했다.

마르세유 젊은이는 남자옷을 그대로 입은 채 『테즈강 전투』를 불러야 했다. 탈루가 승리의 날과 동일한 의상을 걸치고 드렐쉬카프의 왕위에 오르고 싶어했기 때문이다. 화려한 그 복장이 지닌 형태는 그에게 특별히 위엄 있는 것으로 여겨졌던 것이다. 황제는 다리첼리의 〈오바드〉를 보칼리스로 부르면서 프로그램에 참여할 예정이었다.

설명을 마친 세일코르는 카르미카엘에게 커다란 종이를 건네주었다. 거기 적힌 단어들은 이상하긴 해도 읽는 데는 아무런 문제도 없었는데, 그 난해한 발음을 불어로 충실하게 적어놓았기 때문이었다. 그 종이는 황제의 구술을 젊은 흑인이 그 자리에서 받아적은 『테즈강 전투』였다.

곡은 단 하나의 짧은 모티프를 지속적으로 반복하는 것이었고, 세일코르가 카르미카엘에게 수월하게 가르쳐줄 수 있었다.

완벽한 연주를 위해서는 두려움이 효과적이라고 생각한 탈루는 아주 작은 기억의 누락이라도 세 시간 동안 벌을 세우기로 진작에 결정했다. 이 세 시간 동안 카르미카엘은 똑같은 코드에 따른 새로운 낭송을 위해 트로피광장의 무화과나무 가운데 하나를 마주보고 서서 꼼짝도 하지 않은 채 외우는 연습을 할 것이고, 흑인 한 사람이 가까운 곳에서 그를 감시할 것이었다.

젊은 가수에게서 강제로 동의를 얻어낸 세일코르는, 시르다의 서른여섯 형제가 대관식에서 무슨 역할을 맡았으면 좋겠는지 언제나처럼 탈루의 대리인 자격으로 우리에게 조언을 구했다.

우리가 보기에 그 나이의 아이들한테는 시동 역할이 딱 맞는지라, 자기네 아버지가 제단을 향해 위엄 있게 나아갈 때 그의 길게 늘어진 옷자락을 들어준다면, 그림의 정취가 배가될 것으로 여겨졌다. 하지만 기껏해야 여섯 명만이 치마 주위에 자리를 얻을 수 있었기에 추첨이 불가피했다. 셴비요가, 여섯 줄로 나뉜 그 많은 소년 가운데 선택받은 자들을 지명해줄 커다란 주사위를 제작하기로 했다.

열 명에 달하는 황제의 배우자들은 『뤼엔셰튀즈』를 추기로 했는데, 이는 중요한 제식과 긴밀하게 연결된 엄숙한 춤이었다.

이야기를 마치면서 세일코르는 탈루가 거칠게 그린 호전적인 무리들로 뒤덮여 있는, 둥글게 감긴 긴 양피지 띠를 우리에게 가리켜 보였다.

전투가 진행되는 동안, 황제는 아무것도 쓰지는 않고 오로지 그림으로만 일과를 기록했다. 기억이 아직 생생하고 정확할 때 그의 군대들이 수행한 다양한 작전을 크로키로 남겨두기 위해서였다.

수도로 돌아온 그는 이 전략노트를 활용하여 시구들을 지었다. 요컨대 우리는 『제루카』의 초안을 눈앞에 두고 있는 셈이었다.

우리 짐 속에서 자동기록 기압계를 발견하고 그 작동에 대해서 설명을 들은 탈루는, 그 귀중한 기구의 돌아가는 롤러 위로 자기가 그린 그림이 자동으로 돌아가는 것을 보기를 원했다.

섬세한 작업에 익숙한 라비요디에르메조니알이 황제의 바람을 이루어주기로 했다. 그는 기압계에서 연약한 장치를 꺼내어서는 더 빠르게 돌아가도록 조정했고, 곧 양피지 띠를 두른 기발한 기구가 '탁월한 자들'의 무대 곁에서 작동하게 되었다.

XXIII

또 며칠이 지나갔다. 그동안 카르미카엘은 『테즈강 전투』의 야만적인 텍스트를 앵무새처럼 외웠다. 세일코르의 안내를 받아 그는 시구들에 맞춘 이상한 곡을 별다른 어려움 없이 익혔고, 『제루카』의 새로운 구절을 능숙하게 노래할 수 있다고 자신하게 되었다.

가사로 보나 음악으로 보나 놀랍도록 기이한 작품인 포뉘켈레 노래가 젊은 마르세유 사람의 평상시 레퍼토리를 대체한 이래로, 증권거래소에서 카르미카엘의 주가는 계속해서 상승하기만 했다.

위대한 날이 가까워지면서 투기는 또다시 불붙었고, 공연 시작 직전에 있을 마지막 거래는 크게 요동칠 것으로 예상되었다.

⁂

황제를 위해 호화로운 대관식 망토를 직조함으로써 특별 공연의 화려함을 드높이고 싶었던 브뒤는 테즈강 위에 자신의 유명한 직기를 설치했는데, 그 기계는 난파에도 전혀 손상되지 않은 상태였다.

그는 드넓은 바다로 둘러싸인 아프리카 지도를 그리고는 탈루의 왕홀 아래 복속된 모든 고장을 강렬한 붉은색으로 표시했다.

드렐쉬카프의 남쪽 경계선이 명확하게 알려지지 않아서

예술가는 얼마든지 자유재량을 발휘할 수 있었고, 그는 아침의 일환으로 왕국의 범위를 희망봉까지 확장하고는 그 이름을 온전하게 써놓았다.

물갈퀴들을 조정하자 기계가 움직이기 시작했고, 곧 묵직한 성장盛裝이 완성되어 장엄한 순간 군주의 어깨 위로 쏟아져 내리기만을 기다리게 되었다.

이러한 성공에 고무된 브뤼는, 우리에게 언제나 선의와 헌신을 보여준 시르다를 놀라게 해주고 싶었다.

그는 그녀를 위해 화려한 망토 모형을 그렸거니와, 그것을 장식한 주제는 노아의 홍수로서, 수많은 감동적인 장면을 보여주고 있었다.

발명가는 대관식 날 아침에 기구를 조정해놓기로 했다. 그것이 작동하는 모습을 시르다에게 보여주기 위해서였는데, 마침내 눈이 낳는다면 그녀는 놀라운 기계의 환상적인 작업이 제공하는 광경을 바라보면서 세찬 기쁨을 맛볼 터였다.

바쉬쿠의 시술은 땅거미가 질 무렵에 이뤄질 예정이어서, 랭세호에서 발견되어 강가에 설치된 아세틸렌등은 그 반사경에서 투사된 찬란한 빛다발들을 기계 위로 쏘아댈 것이었다.

⁂

강에서의 스펙터클을 보다 풍부한 것으로 만들기 위해 퓍시에는 파란색 봉봉 몇 개를 만들기로 했다. 그것들을 물에 던지면 선명하지만 덧없는 온갖 종류의 영상이 수면 위로 나타날 것이었다.

작업에 들어가기에 앞서, 그는 취급할 주제의 선택에 관해 우리에게 의견을 구했고, 일군의 생각들을 뒤죽박죽 그러모았다. 그 가운데 그는 다음의 것들을 골랐다.

1. 메두사의 머리를 든 페르세우스.

2. 광적인 춤이 있는 스페인 사람들의 연회.

3. 프로방스 시인 지아팔뤼의 전설. 어느 날, 바르강이 땅에서 솟구쳐오르는 그림 같은 경치 속으로 영감을 얻고자 찾아갔던 시인이, 그만 늙은 강에게 쓰던 시를 들키고 말았다. 호기심을 느낀 강이 어깨 너머로 내려다보며 그가 쓰던 시를 읽고 말았던 것이다. 다음날 웅얼거리는 물결은 발원지에서부터 하구까지 새로운 시구들을 읊어댔고, 천재성이 각인된 그 시들은 곧 어떤 저자의 이름 표시도 없이 온 고장에 알려졌다. 어리둥절한 지아팔뤼는 자기가 그 시를 쓴 장본인임을 입증하려 했지만 허사였다. 사람들은 그를 사기꾼으로 취급했고, 불쌍한 시인은 아무런 영광도 맛보지 못한 채 슬픔으로 죽고 말았다.

4. 코칸뉴지방의 규칙적인 바람. 그 바람이 주민들에게 정확한 시간을 알려주는 덕분에, 그곳 주민들은 시계를 마련하여 그 태엽을 감을 필요가 없었다.

5. 콩티 공의 연애사건. 그는 한 편지에서 그 사건을 다음과 같이 신중한 어조로 이야기한다.

1695년 봄 콩티 공 프랑수아루이 드 부르봉은 팔순 노인인 *** 후작의 집에 머무르고 있었다. 후작의 성은 드넓고 울창한 정원 한가운데에 있었다.

바로 전해 후작은 젊은 여인과 결혼했는데, 그녀에 대해서 대단한 질투심을 드러내곤 했다. 아버지 같은 배려 이외에는 아무것도 해줄 수 없었음에도 불구하고 말이다.

콩티 공은 매일 밤, 스무 살의 나이에 지속적인 고독을 못 견뎌 하고 있던 후작부인에게로 갔다.

이 방문은 무한한 신중함을 요구했다. 필요할 경우 자신의 도주에 구실을 마련하기 위해, 공은 후작부인을 만날 때마다 길들인 어치 한 마리를 정원에 풀어놓았다. 오래전부터 그의 모든 여행에 동행하는 새였다.

어느 날 저녁 의심을 품은 후작이 손님의 방문을 두드렸다. 대답이 없자 그는 빈방으로 들어갔고, 부재하는 방주인의 옷이 가구 위에 흩어져 있는 것을 발견했다.

팔순 노인은 즉시 아내의 방으로 가서 당장 문을 열라고 재촉했다. 후작부인은 소리 없이 창문을 열었다가 닫았고, 그 동안 그녀의 애인은 땅위로 미끄러져내려갔다. 이 모든 게 이루어지는 데는 불과 몇 초밖에 걸리지 않았고, 방문 빗장은 제때에 벗겨질 수 있었다.

질투하는 노인은 아무 말 없이 들어가 방안 구석구석을 뒤졌으나 허사였다. 이윽고 창문으로 도주했을지도 모른다는 생각이 든 그는, 성을 나와 정원을 샅샅이 뒤지기 시작했다.

그는 반쯤 벌거벗은 콩티를 금방 발견했다. 공은 자기 어치가 도망치는 바람에 찾고 있는 중이라고 설명했다.

후작은 그 말이 진짜인지 보기 위해 콩티 공과 동행하고 싶어했다. 몇 걸음 걸어가던 공이 "저기 있다!"라고 외치며 나무에 앉아 있는 길들인 새를 가리켰고, 부름을 받은 새는 당장에 날아와 그의 손가락 위에 내려앉았다.

노인의 의심은 즉시 사라졌고, 후작부인의 명예는 온전한 채로 남았다.

이 다섯 주제가 마련되자 퓍시에는, 셰익스피어의 장면들을 다양한 붉은색 봉봉 안에 새겨넣기 위해 이미 한차례 수행한 바 있는 정밀한 작업을 이번에는 파란색 덩어리를 갖고 시작했다.

XXIV

어느 날 아침 세일코르는 황제에 대한 헌신 때문에 하마터면 죽을 뻔했다. 열시경 르플레브 박사에게 보이기 위해 피투성이의 그를 트로피광장으로 데려왔다.

사건은 순식간에 일어난 뜻하지 않은 일 때문에 발생했다.

불과 몇 분 전 배반자 가이즈뒤가 탈출에 성공하는 일이 일어났다. 이 대담한 행위를 본 세일코르는 도망자를 추적했고, 금방 따라잡아서는 왼팔을 붙잡았다.

오른손에 무기를 든 가이즈뒤는 격분한 표정으로 몸을 돌려 세일코르의 머리를 쳤다. 이 갑작스러운 장면으로 인해 야기된 가벼운 지체 덕분에, 감시인들이 달려와 죄수와 부상자를 동시에 데려갔다.

르플레브 박사는 상처를 싸맨 뒤 병자의 목숨을 구해주겠다고 약속했다.

다음날 당장, 모든 죽음의 위험은 사라졌다. 하지만 뇌 손상으로 인한 정신적 문제가 발생했다. 세일코르가 기억을 상실하여 그 어떤 얼굴도 알아보지 못하게 된 것이다.

환자를 방문한 다리앙은 최면식물을 이용하여 기적을 완수할 경이로운 기회를 발견했다. 아무런 착색도 되지 않은 필름 몇 장을 갖고 있던 그는 투명하고 유연한 긴 띠 위에 세일코르의 삶에서 가장 기억에 남을 만한 시기와 관련된 몇 개의 장면을 그려달라고 브뒤에게 부탁했다.

니나와의 목가적인 사랑은 단연 첫손에 꼽히는 것이었다. 자기 눈앞에 실재하는 것 같은 여자친구를 곁에 두고 있다고 생각하게 되면, 그 젊은 흑인은 건강한 감동을 받을 테고, 이는 그에게 모든 지각능력을 되돌려줄 것이었다.

이 불쌍한 광인의 물건들 가운데에는 커다란 사진이 있었고, 니나를 정면으로 보여주는 그 사진은 브뒤에게 소중한 지표를 제공해주었다.

⁂

봉봉 준비를 마친 뢱시에는, 우리가 요청하는 대로 각각의 알맹이가 매번 다른 주제를 담은 포도송이를 여물게 하면서, 일련의 실험을 완성하고 싶어했다.

이를 위해 뢱시에는 주변에서 새로운 영감을 찾았다. 포도송이의 크기를 마음대로 정할 수 있었던 그는 알맹이 수를 열 개로 정한 뒤 다음의 테마들을 골랐다.

1. 골지방의 모습.

2. 발트기르 백작의 유명한 환영. 그는 꿈에서 그의 원수, 강건왕 로베르의 아들 외드의 몸을 악마가 톱질하는 것을 보았다. 그의 적수에게 죽음과 저주를 내리는, 하늘의 지원을 약속하는 듯한 이 꿈에 용기를 얻은 발트기르는 신중함도 잊은 채 외드와 그의 당파에 맞선 피비린내나는 전투에 악착같이 임했다. 이 맹렬함은 그에게 치명적인 것이었다. 그는 포로로 잡힌 뒤 즉시 목이 잘렸기 때문이다.

3. 원형경기장이 상징하는 고대 로마 전성기의 한 광경.

4. 스페인에서 승리했지만 주민의 저주를 받는 나폴레옹. 그들은 언제든 반항할 준비가 되어 있다.

5. 한 복음서에서 성 누가가 이야기하는, 게달리엘 부부의

아들에게 예수가 행한 세 기적. 신성한 주主의 존재로 환하게 밝혀진 초라한 오두막집이, 그지없이 애달픈 애도의 분위기로 가득찼다가 문득 찬란한 울림으로 충만해졌다. 예수가 방문하기 이틀 전, 허약하고 창백한 열다섯 살 어린 소년인 그 집의 맏아들이 직업인 광주리 만드는 일을 하다가 돌연히 죽었다. 침상에 누워 있는 그는 오그라든 손가락 사이에 죽음의 순간에 다루던 버들가지를 쥐고 있었다. 죽은 소년이 귀여워하던 두 누이 가운데 첫째는 시체를 보고 놀란 나머지 벙어리가 되었다. 어린 누이는 못생기고 병약한 꼽추인지라 부모가 겪는 이중의 불행을 위로해줄 수가 없었다. 집으로 들어오면서 예수는 인상적인 벙어리 소녀에게 손을 뻗었고, 즉시 치유된 소녀는 기쁨과 희망이 다시 찾아올 것을 예고하기라도 하듯 온 목청을 다해서 끝없는 바이브레이션으로 빠르게 노래 불렀다. 전능한 두 번째 손짓은 이번에는 죽음의 침상을 향했고, 죽은 소년에게 생명을 되돌려주었다. 중단되었던 작업을 재개한 소년은 유연하고 부드러운 버들가지를 숙련된 손가락으로 구부리고 엮었다. 같은 순간, 새로운 경이가 나타나서 아이들 부모의 넋을 잃게 했다. 예수가 그의 손가락으로 온순한 성격의 병약한 소녀를 스치자, 소녀는 별안간 몸이 바로 서면서 아름다운 모습이 되었던 것이다.

6. 슈바르츠발트의 전설적인 나무꾼인 힘센 한스의 이야기. 고령의 나이에도 불구하고 그는 그의 여섯 아들 전부가 지는 것보다 더 많은 통나무와 나뭇단을 짊어졌다고 한다.

7. 『에밀』의 한 구절. 장자크 루소는 선홍색 옷을 입고 문지방에 앉아 있는 모르는 젊은 여인을 본 주인공이 난생 처음으로 느끼는 남자로서의 감정을 길게 묘사하고 있다.

8. 〈천사의 칼에 상처를 입은 사탄〉이라는 제목이 붙은 라파엘로 그림의 복제.

이 모든 것이 준비되자 퓍시에는 일에 착수했다. 그의 이상하고 끈질긴 작업은 우리에게 매력적인 볼거리를 제공해주었다.

포도나무 앞에 앉은 그는 강철로 된 극도로 예리한 기구들을 가지고 미래의 포도송이의 배胚를 헤쳤다. 그 기구들은 봉봉의 내부조작에 사용했던 것과 같은 기구들이었다.

이따금 그는 미세한 상자에서 다양한 착색 물질을 덜어내곤 했는데, 이는 인물들의 크기가 확대될 때 색깔을 부여하기 위한 것이었다.

여러 시간 동안 그는 그 놀라운 일을 계속했다. 그는 포도 알갱이들이 솟아날 바로 그 자리에만 집중했다. 한데 미래의 그 포도 알갱이들은 그의 엄청난 조작에 의해 미리 씨앗이 제거되어 있었다.

XXV

모두가 준비되었음을 알리자, 탈루는 대관식 날을 정한 뒤 포뉘켈레 달력에서 6월 25일에 해당하는 날짜를 골랐다.

24일, 카누를 타고 해안을 따라 탐사를 계속하던 어류학자 마르티뇽이 매우 홍분된 얼굴로 돌아왔다. 깊은 물속을 조사하다가 놀라운 발견을 했기 때문이었다.

그는 여행용 모포로 꽁꽁 덮은 어항을 두 손에 정성스럽게 들고 있었는데, 그 내용물을 보여주길 한사코 거부했다. 다음 날 그 효과를 한껏 나타내기 위해서였다.

이 사건은 마지막 거래 때 마르티뇽 주가 크게 요동칠 것을 예고했다.

⁂

6월 25일 오후 두시, 모두들 장엄한 의식에 참여할 준비가 끝났다.

랭세호의 찬장에서 꺼낸, 성유병을 표상하는 기름병이 제단에 놓인 채 탈루의 손길을 기다리고 있었다. 이마에 기름 붓는 법을 황제에게 가르쳐준 것은 쥐야르였다.

유리병 곁에는 커다란 양피지가 놓여 있었다. 황제가 라오에게 구술한 그 칙서는 장엄한 선언을 담고 있었다.

전대미문의 사격 시범을 상상해낸 발베는, 센비요의 노동자가 깎은 커다란 말뚝을 제단 오른쪽에 꽂았다. 말뚝 바로 뒤에 선 무화과나무의 줄기는, 건축가의 지시에 따라 한정된 표면을 수직으로 평평하게 깎아놓은 모습이었는데, 이는 공교롭게 옆으로 튀어나갈 염려 없이 총알을 받아내도록 하기 위한 것이었다.

말뚝 꼭대기에 유명한 사수는 반숙계란을 얹었다. 그것은 그의 주문에 따라 노른자의 유연함이 조금도 감소됨이 없이 흰자위만을 주방장이 세심하게 익힌 것이었다.

완벽하게 신선한 그 계란은, 마르세유에서 랭세호에 실은 암탉 가운데 한 마리가 방금 낳은 것이었다.

올가 체르보넨코프는 베월리프뤄앙에서 채취한 나뭇잎들로 머리와 가슴을 장식하고, 자기가 직접 힘들여 만든 무용수의 의상을 괴상망측하게 걸친 모습이었다. 엑토르 부카레사스는 그의 예비 타이츠 가운데 하나를 양보했고, 인내심을 발휘하여 자르고 기운 그 타이츠는 이제 육중한 중년 여자의 다리와 허벅지를 죄고 있었다. 실내장식업자 보크로의 재고품에서 골라낸 창문 커튼 몇 장으로 스커트의 망사천을 만들었고, 가슴이 넓게 파인 하늘색 코르셋이 의상을 완성해주었는데, 이는 리보니아 여인이 부에노스아이레스의 대극장들에서 있을 파티를 염두에 두고 가져온 예식용 드레스에서 온 것이었다.

예전에 무대 위에서 〈님프의 발자국〉을 연기할 때, 날씬하고 가벼운 올가는 깊고 원시적인 숲의 배경 한가운데로 암사슴을 타고 등장하곤 했다. 그와 비슷한 입장을 원했던 전 무용수는 슬라드키의 등에 오를 생각을 해냈다. 전날 한차례 시도해본 결과, 그 우아한 짐승이 적어도 얼마간은 여주인의 어마어마한 무게를 견뎌낼 힘이 있기 때문이었다.

공연 시간을 기다리는 동안, 제어된, 그러나 충실한 도약의 기운이 리보니아 여인의 옆구리에 평온하게 흘렀다.

브뒤는 바로 그날 아침 세일코르의 잠든 기억을 깨워줄 채색필름 작업을 끝냈다. 매우 선명한 영상을 얻고 싶은 다리앙은 어둠이 완전히 내린 순간 실험에 착수하기로 마음먹는 한편, 예전에 니나가 오려 만든 챙 없는 모자, 가장무도회 가면, 주름장식 깃을 사용하기로 했다. 조숙한 연인이 소중하게 간직해온 그 세 물건과의 접촉은 이전 기억의 갑작스러운 부활에 상당 부분 기여할 수 있을 것이었다.

악착같은 작업 덕분에, 루이즈 몽탈레스코는 그토록 매달리던 문제를 해결하는 데 성공했다. 휘영청 밝게 빛나는 보름달이 충분한 조명을 비춰주는 실험실에서 밤을 꼬박 샌 젊은 여인은 기구의 완성을 확신하고 있었고, 동이 트면 그 기구는 작동할 준비가 끝나 있을 터였다. 새벽의 시적인 미광이 최초의 자동 재생 실험에 완벽하게 부합했던 건지, 강한 호기심을 느낀 탈루는, 이 새벽 실험을 그에게 허락받으러 온 시르다에게 동의의 뜻을 표했다.

까치의 경우 이제는 자기 역할을 완벽하게 수행해냈고, 황제는 아무 때고 새를 시험해보기만 하면 되었다. 스파르타 노예의 조상은, 주방장에게서 얻은 송아지 허파로 노르베르가 제작한 두 레일 위에서 새에 의해 작동될 것이었다.

네시가 가까워지자 모셈, 룉, 가이즈뒤, 지즈메는 셴비요가 건축한 감옥에 수감되었다.

라오는 그 열쇠를 챙겼다. 이어서 그는 오래전에 황제가 그에게 맡긴 행사조직 일을 도울 얼마간의 노예를 모집했다.

곧 거창하게 분장한 탈루가 모습을 드러냈다.

들러리 역할을 맡은 모든 사람은 준비를 마친 상태였다. 『제루카』를 부르기로 되어 있는 포뉘켈레 군대 역시 마찬가지였다.

장엄한 순간이 다가옴을 느낀 쥐야르는, 벌써 광장 남쪽에 모여 있는 우리 그룹에게 권고 사항을 전달했다.

훈장 수여의 기준으로, 역사가는 오로지 흑인 관중이 받은 인상만을 고려할 생각이었다. 그들의 순진한 본능이 진지하고 정확한 판단을 내려줄 것으로 여기기 때문이었다.

우리의 갈채가 토착민 관객들에게 영향을 미칠 수 있고, 특히 훈장 수여를 판단하는 사람의 관찰을 방해할 수도 있는 만큼, 우리는 각각의 공연이 끝날 때마다 아무 소리 없이 꼼짝도 하지 말아야 했다.

이 요청은 게다가, 델타 대훈장을 노리는 후보가 그의 주식을 보유한 사람들에게 사사롭고 편파적인 열광을 불어넣을 가능성을 미리 차단할 수 있다는 이점이 있었다.

마지막 순간에 화제가 되는 출현을 원했던 황제는 라오에게 지시하여 행렬이 트로피광장 바깥에 정렬하도록, 그리고 정해진 순서에 따라 천천히 나아가도록 했다.

우리 그룹 안에 침묵이 자리잡았다. 대관식과 축하공연, 그리고 평화로운 밤에 이은 루이즈 몽탈레스코의 실험, 또 토착민 보초가 감시하는 가운데 카르미카엘이 내 옆에서 치렀던 짜증나는 벌, 이 모든 것이 어떻게 진행되었는지는 익히 잘 아는 사실이다.

XXVI

무려 세 시간 전부터 마르세유 젊은이는 또다시 벌을 받게 될까봐 두려운 마음에 악착같이 『테즈강 전투』를 연습했고 이제는 완벽하게 흥얼거릴 수 있게 되어서, 무화과나무 가지가 그늘을 드리운 텍스트를 들여다보던 내가 지적해낼 수 있는 오류라고는 조금도 없었다.

문득 먼 곳에 나타난 탈루가 시르다를 대동하고 우리를 향해 걸어왔다.

그 경이로운 가수를 풀어주기 위해 황제가 친히 움직인 것이다. 그는 지체하지 않고 시험에 들어가고 싶어했다.

금방 연습했기 때문에 기억이 생생하고, 그런 만큼 자신이 있을 때 시험을 치르게 되어 크게 매료된 카르미카엘은 언제나처럼 소프라노 음역에서 그 뜻도 모르는 곡을 두성으로 노래하기 시작했고, 이번에는 곡이 모두 끝날 때까지 발성에 아주 사소한 실수조차도 없었다.

그 완벽한 노래에 경탄한 탈루는, 자신이 완전히 만족했음을 가수에게 표하는 임무를 시르다에게 맡긴 뒤 황제의 집으로 돌아갔다.

이 기분좋은 판정으로 자유의 몸이 된 카르미카엘은 내 손에서 그 지옥 같은 텍스트를 빼앗아서는 즐거운 조급함을 나타내며 찢었다. 진절머리나는 고뇌의 시간을 그것이 상기시켰기 때문이다.

그 순진한 복수를 수긍해주고 나서, 나는 그와 함께 트로피광장을 떠났다. 갖가지 짐을 꾸리기 위해서였다. 이제 우리를 지체하게 만드는 것은 아무것도 없었다.

우리는 당장 그날 오후가 시작될 무렵 출발했다. 몽탈레스코 남매도 랭세호의 모든 난파자로 구성된, 그리고 완전히 회복된 세일코르가 이끄는 행렬에 합류해 있었다.

탈루는 얼마간의 토착민을 우리에게 붙여주었다. 식량과 드물게 남은 짐을 운반하기 위해서였다.

네 명의 흑인이 든 들것은 아직도 근단열통으로 고통받는 올가 체르보넨코프를 위한 것이었다.

⁂

우리가 걸어서 포르토노보까지 가는 데는 열흘로 충분했다. 거기서 충직한 봉사에 대한, 당연히 들어 마땅한 치사들을 한껏 듣고 난 세일코르는 우리에게 작별을 고하고는 수행원들과 함께 에쥐르로 향했다.

마르세유로 출발하는 커다란 배의 선장이 우리를 귀국시켜주기로 했다. 모두가 서둘러 향하는 곳은 프랑스였다. 그토록 파란만장한 모험을 겪은 직후라 곧장 아메리카대륙으로 가는 것은 불가능했기 때문이었다.

항해는 사고 없이 끝났고, 7월 19일 우리는 졸리에트부두에서 작별했다. 헤어지면서 우리는 진심어린 악수를 나누었는데, 탕크레드 부카레사스만은 거기에 못 끼고 이방인으로 남아 있어야 했다.

한국어판 부록

나는 내 책 몇 권을 어떻게 썼는가

Comment j'ai écrit certains de mes livres

1935

나는 늘 내 책 가운데 몇 권(『아프리카의 인상』『로쿠스 솔루스*Locus Solus*』『이마의 별*L'Étoile au Front*』『무수히 많은 태양*La Poussière de Soleils*』)을 어떤 방식으로 썼는지 설명하고 싶었다.

그것은 매우 특별한 기법이다. 그 기법을 밝히는 게 내 의무라는 생각이 든다. 미래의 작가들이 어쩌면 그 기법을 활용하여 성과를 거둘 수 있을지도 모르기 때문이다.

아주 어려서부터 나는 벌써 그 기법을 이용하여 수 페이지짜리 단편소설들을 쓰곤 했다.

나는 (메타그람*을 생각나게 하는) 거의 비슷한 단어 두 개를 골랐다. 예컨대 'billard당구대'와 'pillard약탈자'가 그것이다. 나는 이것들에다가 비슷한, 그러나 서로 다른 의미를 지닌 단어들을 덧붙였고, 그렇게 해서 거의 같은 두 문장을 얻었다.

'billard'와 'pillard'의 경우 내가 얻어낸 두 문장은 이것이다.

① Les lettres du blanc sur les bandes du vieux billard...

오래된 당구대 쿠션에 초크로 쓴 글씨들

② Les lettres du blanc sur les bandes du vieux pillard...

늙은 약탈자가 이끄는 무리들에 관한 백인의 편지들

첫번째 문장에서 'lettres'는 '글씨들', 'blanc'은 '초크', 'bandes'는 '당구대의 쿠션'을 뜻했다.

* 철자 하나만 바꾸면서 일련의 단어들을 말하는 놀이.

두번째 문장에서 'lettres'는 '편지들', 'blanc'은 '백인', 'bandes'는 '전사 부족들'을 의미했다.

두 문장을 만들고 난 뒤에는 첫번째 문장으로 시작해서 두번째 문장으로 끝나는 단편소설을 써야 했다.

그런데 이 문제를 해결하면서 나는 나의 모든 소재를 얻어냈다.

예의 단편에는 한 사람의 '백인blanc'(탐험가)이 있다. 그는 '편지들lettres' 형식으로 「흑인들 사이에서」라는 제목의 단편소설을 썼는데, 여기에서는 '약탈자pillard'(흑인 왕)가 이끄는 '무리들bandes'(부족들)이 이야기되고 있다.

단편소설 서두에는 한 당구대 '쿠션bandes'에 '초크blanc'로 '글씨들lettres'을 쓰는 사람이 등장한다. 이 글씨들은 암호 형태로 마지막 문장 "늙은 약탈자가 이끄는 무리들에 관한 백인의 편지들"을 구성하고, 단편 전체는 편지들을 통한 탐험가의 이야기에 토대를 둔 수수께끼의 양상을 띤다.

잠시 후 나는 이 단편소설 속에 그로부터 십여 년 뒤 쓰게 될 『아프리카의 인상』의 기원이 있음을 보여주겠다.

거의 비슷하되 의미는 다른 두 문장에 근거한, 이 같은 창작기법의 매우 분명한 예를 다음의 세 작품에서 발견할 수 있다.

① 1900년경 알퐁스르메르출판사에서 나온 단편 『시크노드』.
② 1907년경 『골루아 뒤 디망슈』+에 발표된 단편 「나농」.
③ 1908년경 『골루아 뒤 디망슈』에 발표된 단편 「브르타뉴 민속의 한 페이지」.

『아프리카의 인상』의 기원은 그렇게 'billard당구대'라는 단어와 'pillard약탈자'라는 단어의 접근에 자리잡고 있다. 약탈자는 탈루이고, 무리들은 그가 거느린 전사 부족들이며, 백인은 카르미카엘을 가리킨다.('lettres'는 활용되지 않았다.)

+ 1897년 6월에 창간된 주간지로, '일요일의 골(갈리아) 사람'이란 뜻이다. 프랑스인들은 골족을 자기들의 조상으로 본다.

나는 이 기법을 더욱 확대하여 '당구대billard'와 관련된 새로운 단어들을 찾았다. 다만 나는 언제나 그것들을 처음에 제시되는 것과는 다른 의미로 사용했다. 한데 이는 매번 하나의 새로운 창조를 보태주었다.

이를테면 당구의 '큐queue'는 탈루의 길게 끌리는 드레스를 제공해주었다.* 당구의 큐에는 종종 주인의 표지chiffre(이니셜)가 새겨져 있다. 방금 말한 드레스 자락에도 역시 표지chiffre(숫자)가 새겨져 있다.

나는 'bandes'에 덧붙일 단어를 찾았고, '깁기reprises'(바늘을 이용한 작업)를 한 낡은 가두리bandes를 생각했다. 음악적 의미의 단어 '반복reprises'은 내게 제루카를 선사했다. 그것은 탈루가 거느린 '무리들bandes'(전사 부족들)이 부르는 서사시로서, 그 음악은 짧은 주제의 지속적인 '반복reprises'으로 이루어진다.

'blanc'이란 단어에 덧붙일 단어를 찾다가, 나는 초크 바닥에 종이를 붙이는 데 쓰는 '풀colle'을 생각해냈다. (중학생들의 은어에서) 외출금지령이라든가 방과 후 교실에 남는 벌을 뜻하기도 하는 'colle'은 탈루가 '백인blanc'(카르미카엘)에게 부과하는 세 시간 동안의 벌이 떠오르게 했다.

이후로 'billard당구대'라는 단어의 영역을 떠난 나는 동일한 방법에 따라 작업을 계속했다. 나는 하나의 단어를 선택한 다음 그것을 전치사 'à'로써 다른 단어에 연결하곤 했다. 그러면 원래의 의미와 다른 의미를 갖게 된 두 단어는 내게 새로운 창조의 계기를 마련해주었다. (사실 내가 방금 말한 것, 곧 'queue à chiffre표지가 있는 큐/숫자가 새겨진 드레스 자락, bandes à reprises깁기를 한 가두리/후렴구를 반복중인 무리들, blanc à colle풀이 발린 초크/벌에 처해진 백인'도 이 전치사 'à'를 이

* 프랑스어로 'queue'는 대개 '꼬리'를 뜻한다.

용하여 만든 것이다.) 말해두어야 할 것은 이 첫번째 작업은 매우 힘들었으며 벌써부터 많은 시간을 빼앗아갔다는 사실이다.

예를 들어보자.

나는 'palmier'라는 단어를 선택한 뒤 그것을 두 가지 의미, 즉 '과자'의 의미와 '나무'의 의미로 사용하기로 했다. 먼저 과자를 뜻하는 그것을 전치사 'à'를 통해 다른 단어와 연결하려고 했다. 그런데 이때 문제의 다른 단어는 그 자신 서로 다른 두 가지 의미를 지녀야만 했다. 그렇게 해서(다시 한번 반복하지만 이는 방대하고 긴 작업이었다), 나는 'palmier à restauration', 곧 한편으로는 '레스토랑restauration'(과자가 나오는 레스토랑)의 '패스트리palmier'(과자)를, 다른 한편으로는 '재건restauration'(왕조의 복귀)의 '종려나무palmier'를 얻었다. 탈루왕조의 재건을 기리는 트로피광장의 종려나무는 바로 여기서 오는 것이다.

다음은 또다른 예들이다.

Roue à caoutchouc: ① '고무caoutchouc'(탄력성을 지닌 재료) '바퀴roue'(차의 바퀴). ② '고무나무caoutchouc'(수목)를 소유한 '오만한 사람roue'(거드름을 피우는 오만한 사람). 바로 여기서 오는 것이 트로피광장의 고무나무다. 탈루는 거기에 와서 적의 시체를 밟고 오만한 태도를 보인다.

Maison à espagnolettes: ① '에스파냐식 창문 문고리espagnolettes'가 있는 '집maison'(건물). ② '어린 스페인 소녀들espagnolettes'의 '왕가maison'(군주의 가문). 바로 여기서 오는 것이 두 젊은 스페인 쌍둥이 처녀인데, 이들에게서 탈루-야우르의 혈통이 비롯된다.

Baleine à îlot: ① '섬îlot'(작은 섬)의 '고래baleine'(해양 포유류). ② '노예ilote'[1](스파르타 노예) 조상彫像의 재료가 되는 '고래수염으로 만든 코르셋받침살baleine'(얇은 살).

Duel à accolade: ① '포옹accolade'(두 적수가 결투 뒤 현장에서 화해하며 주고받는 가벼운 포옹)이 있는 '결투duel'(둘이서 하는 대결). ② '중괄호accolade'(문장부호)를 친 '쌍수duel'(그리스어 동사 시제).

Mou à raille: ① '조롱당하는raille'(여기서 나는 무능력 때문에 급우들로부터 조롱당하는 게으른 중학생을 생각했다) '나약한 자mou'(무기력한 사람). ② '레일rail'(철도 레일) 모양의 '허파mou'(요리 재료). 이 마지막 세 쌍의 단어들은 내게 스파르타 노예의 조상을 선사했다. 그것은 코르셋받침살로 만들어졌으며, 암소의 허파로 된 레일 위를 굴러가고, 받침대에는 그리스어 동사의 시제와 관련된 글이 적혀 있다.

Revers à marguerite: ① '데이지 꽃marguerite'(예복의 장식용 단춧구멍이나 깃에 꽂는 꽃)이 꽂힌 '깃revers'(예복의 깃). ② '마르가레테Marguerite'(여자 이름)의 '패배revers'(군사적 패배). 여기서 오는 것이 바로 『파우스트』의 마르가레테로 분장한 야우르가 패배하는 테즈강 전투다.

Métier à aubes: ① '새벽aubes'(여명)의 '일métier'(직업). 나는 새벽같이 일어나야 하는 직업을 생각했다. ② '물갈퀴들aubes'(수차水車의 물받이판들)이 달린 '직기métier'(방적용). 여기서 오는 것이 바로 테즈강에 설치한 직기다.

Cercle à rayons: ① '반지름들rayons'(기하학적인 선들)이 있는 '원cercle'(동그라미). ② '광선들rayons'(영광의 빛)로 장식된 '서클cercle'(클럽). 여기서 오는 것이 바로 '탁월한 자들의 클럽'이다.

Veste à brandebourgs: ① '단춧구멍 장식끈brandebourgs'이 달린 '윗옷veste'(의복). ② '브란덴부르크Brandebourg'(브란덴부르크의 선제후들)의 '실패veste'(패배). 여기서 오는 것

1. 여기서 îlot와 ilote가 다른 것처럼 이따금 단어들 사이에는 약간의 차이가 있다.(원주)

이 바로 쥐야르의 강연이다(나는 실패의 의미는 활용하지 않았다).

Parquet à chevilles: ① '발목들chevilles'이 보이는 '마루판parquet'(바닥). ② '허사들chevilles'(운율을 맞추기 위한 뜻 없는 말)이 있는 '증권거래소'parquet. 여기서 오는 것이 바로 모든 주문을 운율 맞춘 시구로 적어야만 하는 작은 증권거래소다.

Étalon à platine: ① '백금platine'으로 된 '미터원기étalon'(미터 협약에 따라 제작된 1미터짜리 자. 미터원기原器가 백금으로 되어 있다는 사실은 잘 알려져 있다). ② '플라틴platine'(혀를 뜻하는 은어)을 움직여 말하는 '종마étalon'(말). '탁월한 자들'의 무대에 등장하는 말이 바로 여기서 온다.

Dominos à révérences: ① '경의révérences'(인사)를 표하는 '두건 달린 옷을 입은 사람들dominos'(두건이 붙은 외투 도미노를 입은 사람들). ② '성직자들révérences'(사제들)의 형상을 한 '도미노dominos'(게임의 종류).

Cure à réussite: ① '회복réussite'(치유)에 성공한 '치료cure'(물 치료). ② '페이션스réussite'(카드점)를 하는 '집cure'(주임신부의 사택). 어릿광대 휘를리기그가 행하는 묘기가 여기서 온다. 그가 동전으로 쌓은 탑의 경우 그 출발점이 된 단어는 생각나지 않는다. 두번째 단어는 'tourbillon'(통나무billon로 된 탑tour)이었을 것이다.✦

Tronc à ouverture: ① '구멍ouverture'(돈을 넣는 홈)이 있는 '헌금함tronc'(교회). ② '서곡ouverture'(오페라)의 '몸통tronc'(팔다리 없이 몸통만 있는 사람). 오케스트라를 지휘하듯 공연을 이끄는 탕크레드 부카레사스가 여기서 온다.

Postillon à raccourci: ① '지름길raccourci'(빠른 길)의 '마

✦ tourbillon은 원래 '소용돌이'를 뜻한다.

부들postillons'(기수들). ② '목 잘린 사람raccourci'(참수당한 자)의 입에서 튀는 '침postillons'(타액). 난쟁이 필리포가 여기서 온다.

Paravent à jour: ① '구멍jour'(병풍에 난 구멍)이 있는 '병풍paravent'(가구). ② '그날jour'(접견이 있는 날)의 '방패막이paravent'(병풍 역할을 하는 여인). 여기서 오는 것이 바로 병풍 역할을 하면서 사람들을 접견하는 호사를 누리는 지즈메다.

Natte à cul: ① '엉덩이cul'(나는 매우 길게 땋은 머리를 생각했다)까지 오는 '땋은 머리natte'(여자의 머리카락을 엮어 땋아내린 것). ② '장식 컷들culs'(책의 장 끝이나 여백에 넣는 장식 문양들)이 있는 '돗자리natte'(골풀로 짠 직물). 여기서 오는 것이 나이르가 지즈메에게 주는, 작은 그림들로 가득 찬 돗자리다.

Favori à collet: ① '목 부분 옷깃collet'(의복)의 '구레나룻favori'(수염). ② '올가미collet'(덫)에 걸린 '애인favori'(정부). 여기서 오는 것이 바로 함정에 빠지는 지즈메의 정부 나이르다.

Louche à envie: ① '욕구envie'(수프가 식도락가에게 유발하는 욕구)의 '국자louche'(커다란 숟가락). ② '모반envie'(피부에 난 반점)이 있는 '사팔뜨기louche'(눈이 사시인 사람). 여기서 오는 것이 바로 사팔뜨기이면서 이마에 모반이 있는 시르다이다.

Melon à pincée: ① '미량pincée'(작은 양의 소금)을 친 '멜론melon'(과일). ② '체포된pincée'(중절모에 적힌 단어)이라고 적힌 '중절모melon'(모자). 여기서 오는 것이 바로 나이르의 모자다.

Suède à capitale: ① '수도capitale'(도시)가 있는 '스웨

덴Suède'(나라). ② '대문자capitale'(글자)가 적힌 '스웨이드 suède'(가죽장갑). 여기서 오는 것이 바로 글자가 쓰인 지즈메의 장갑이다.

Jardinière à oeillets: ① '카네이션들oeillets'(꽃들)이 있는 '길쭉한 관상용 화분jardinière'(비품). ② '끈 꿰는 구멍 oeillets'(코르셋 등의 끈을 넣는 구멍)이 있는 '여자 정원사 jardinière'(조경 일을 하는 여자). 여기서 오는 것이 베윌리프뤼앙에서 노예로 일하고, 코르셋의 끈 꿰는 구멍을 사용한 형벌을 받는 륄이다.

Mollet à gras: ① '살gras'이 오른 '장딴지mollet'(다리의 일부). ② '그라 소총Gras'의 '반숙계란mollet'. 여기서 오는 것이 발베의 사격 시범이다.

Toupie à coup de fouet: ① '채찍질coup de fouet'(아이가 팽이에 가하는 채찍질)로 돌아가는 '팽이toupie'(장난감). ② '근단열통coup de fouet'(갑작스러운 통증)을 겪는 '마음에 안 드는 여자toupie'(늙은이). 여기서 오는 것이 무대 위에서 근단열통으로 쓰러지는 올가 체르보넨코프다.

Dragon à élan: ① '도약élan'하는 '용dragon'(전설의 동물). ② '고라니élan'(동물)를 데리고 다니는 '성미 사나운 여자dragon'(매력적이지 않은 여자로 '마음에 안 드는 여자toupie'와 동류). 여기서 오는 것이 바로 올가 체르보넨코프가 데리고 다니는 고라니 슬라드키다.

Pistolet à canon: ① '총신canon'이 있는 '권총pistolet'(무기). ② '돌림노래canon'(음악 곡절)를 부르는 '괴짜pistolet'(재미있는 사람). 여기서 오는 것이 가수 뤼도빅이다.

Sabot à degrés: ① '계단degrés'(층계)의 '나막신sabot'(신발). ② '눈금degrés'(온도계)이 있는 '질 나쁜 악기 sabot'. 여기서 오는 것이 바로 벡스의 음악기계다.

Aiguillettes à canard: ① ‘오리canard’ ‘에기예트aiguillettes’(길고 얇게 저민 고기). ② ‘음정canards’(악보)이 있는 ‘견장aiguillettes’(유니폼). 여기서 오는 것이 루이즈 몽탈레스코의 음악이 흘러나오는 견장이다.

Théorie à renvois: ① ‘참조지시renvois’가 있는 ‘이론théorie’(책). ② ‘트림renvois’을 하는 사람들의 ‘행렬théorie’(무리). 여기서 오는 것이 탈루의 배우자들이 추는 춤 뒤엔 셰튀즈다.

Phalange à dé: ① ‘골무dé’(바느질)를 낀 ‘손가락phalange’. ② ‘주사위dé’(게임)를 지닌 ‘무리phalange’. 여기서 오는 것이 탈루의 아들들과 그들의 주사위다.

Marquise à illusions: ① ‘환상illusions’에 빠져 있는 ‘후작부인marquise’. ② ‘환영illusions’(신기루)의 ‘차양marquise’(튀어나온 지붕). 여기서 오는 것이 바로 세일코르가 온갖 종류의 이미지들이 전개되는 것을 바라보는 차양이다.

Loup à griffes: ① ‘발톱griffes’을 지닌 ‘늑대loup’. ② ‘서명griffes’(사인)이 있는 ‘가장무도회 가면loup’. 여기서 오는 것이 세일코르의 가면이다.

Fraise à nature: ① ‘자연nature’(아름다운 전원)의 ‘딸기fraise’(과일). ② ‘『나튀르*Nature*』’(잡지)로 만든 ‘주름장식 깃fraise’. 여기서 오는 것이 세일코르의 주름장식 깃이다.

Feuille à tremble: ① ‘사시나무tremble’의 ‘잎feuille’(식물). ② ‘떠는tremble’(동사)이라고 적힌 ‘낱장feuille’(종이). 여기서 오는 것이 종이를 오려서 만든 세일코르의 챙 없는 모자다.

Marine à torpille: ① ‘어뢰torpille’(폭탄)를 보유한 ‘해군marine’. ② ‘전기가오리torpille’(생선)와 ‘마린블루

marine'(원피스 색깔). 여기서 오는 것이 바로 마린블루 원피스를 입은 니나가 겪는 사고다.

Boléro à remise: ① '할인remise'(가격인하)된 '볼레로 boléro'(여성상의). ② '창고remise'(차고)에서 추는 '볼레로 boléro'(춤). 여기서 오는 것이 세일코르와 니나가 추는 춤이다.

Tulle à pois: ① '점무늬pois'(베일의 물방울무늬)가 있는 '튈망사tulle'(얇은 명주). ② '커다란 점pois'으로 표시된 '튈 Tulle'(도시). 여기서 오는 것이 튈이 점으로 표시된 코레즈 지방 지도다.

Martingale à tripoli: ① '규조토tripoli'(벨트 단추를 윤내는 데 쓰는 물질)를 묻힌 '허리끈martingale'. ② '트리폴리Tripoli'(도시)에서 하는 '갑절의 판돈 걸기martingale'(도박 시스템). 여기서 오는 것이 트리폴리 카지노에서 세일코르가 갑절의 판돈을 거는 장면이다.

Mousse à avant: ① '앞쪽avant'(선박)의 '소년 견습선원 mousse'. ② '대림절Avent'(종교)*의 '이끼mousse'(식물). 여기서 오는 것이 대림절 첫날 밤 니나가 이끼 위에서 잠드는 장면이다.

Quinte à résolution: ① '해결résolution'(안어울림음을 어울림음으로 이끈다는 뜻의 음악용어)로 가는 '5도 음정 quinte'(음악). ② '결심résolution'(교리문답) 중의 '발작기침 quinte'. 여기서 오는 것이 결심 중에 있는 니나의 몸을 뒤흔드는 발작기침이다.

Pratique à monnaie: ① '잔돈monnaie'이 있는 '단골손님 pratique'(구매자). ② '모네Monnaie'(브뤼셀에 있는 극장)의 '금속피리pratique'. 여기서 오는 것이 카위퍼의 금속피리다.

Guitare à vers: ① '시구들vers'로 이루어진 시 '「기타 Guitare」'(빅토르 위고의 시 제목). ② '벌레ver'(지면을 기어

* 크리스마스 전 4주간.

다니는)의 '기타guitare'(악기. 나는 치터로 대체했다). 여기서 오는 것이 바로 슈커리옵스키의 벌레다.

Meule à bottes: ① '건초 단bottes'을 쌓은 '노적가리meule'(들판). ② '찌르기 공격bottes'(펜싱)을 구사하는 '연마기meule'(칼 가는 사람의 기구). 여기서 오는 것이 라비요디에르메조니알의 기구다.

Portée à barres: ① '소절선barres'(악보에서 마디 구분을 위해 그은 선)이 그어진 '오선portée'(음악). ② '술래잡기barres'(놀이)를 하는 '한배 새끼portée'(고양이들). 여기서 오는 것이 술래잡기놀이를 하는 고양이들이다.

Plante à faux: ① '낫faux'(풀 베는 기구)에 잘리는 '식물plante'. ② '위조faux'(위조자)의 '발바닥plante'. 여기서 오는 것이 모셈이 받는 형벌이다.

Arlequin à salut: ① '인사salut'(경례)를 하는 '아를르캥Arlequin'(카니발의 인물). ② '성체강복식Salut'(종무) 때의 '아를르캥arlequin'(음식). 여기서 오는 것이 성체강복식 종소리가 울리는 순간 알제리 보병이 주문하는 아를르캥이다.

Châtelaine à morgue: ① '거만함morgue'을 지닌 '성주부인châtelaine'. ② '영안실morgue'의 '귀금속 사슬châtelaine'. 여기서 오는 것이 알제리 보병의 에피소드에 나오는 목에 사슬을 건 시체다.

Crachat à delta: ① '델타delta'(강에 의해 만들어지듯 가래에 의해 형성된) 모양의 '가래crachat'. ② '델타delta'(그리스어 철자) 모양의 '훈장crachat'. 여기서 오는 것이 바로 델타 훈장이다.

그러나 나는 모든 것을 인용할 수는 없다. 따라서 서로 다른 의미를 지칭하는 두 단어의 결합에 기초한 창작에 관해서는 이 정도에서 그치도록 하겠다.

내 기법은 발전했고, 문장을 취급하기에 이르렀다. 나는 그것을 분해하여, 마치 그림 수수께끼를 풀어내듯 거기서 이미지들을 끌어냈다.

『시인과 무어 여인』 이야기를 예로 들어보자.(143쪽과 287쪽) 거기서 내가 사용한 것은 샹송 〈나는 좋은 담배가 있어〉다. 첫 구절 "J'ai du bon tabac dans ma tabatière내 코담뱃갑에는 좋은 담배가 있어"는 내게 "Jade tube onde aubade en mat (objet mat) a basse tierce옥玉 파이프 물결 오바드 희끄무레한(희끄무레한 물건) 3도 낮은 음"을 주었다. 이 마지막 문장에는 이야기 서두의 모든 요소가 들어 있음을 확인할 수 있다.

이어지는 구절 "Tu n'en auras pas너는 그것을 맛볼 수 없을 거야"는 내게 "Dune en or a pas(a des pas)황금으로 된 사구에는 발자국들이 있다"를 주었다. 여기서 오는 것이 사구에 찍힌 발자국들에 시인이 입을 맞추는 장면이다. — "J'en ai du frais et du tout râpé나는 신선한 것과 온통 가루가 된 것을 갖고 있어"는 내게 "Jaune aide orfraie édite oracle paie흰꼬리수리의 도움을 받은 황인종이 점을 치고, 복채를 지불한다"를 주었다. 여기서 오는 것이 중국인 가게의 일화다. — "Mais ce n'est pas pour ton fichu nez하지만 이건 네 고약한 코를 위한 게 아니야"는 내게 "Mets sonne et bafoue, don riche humé요리가 울리고 비웃고, 풍요로운 선물의 향기를 맡는다"를 주었다. 여기서 오는 것이 샤니자르가 냄새를 맡는, 종소리가 울리는 요리다.

나는 샹송 〈달빛 아래〉를 갖고 이야기를 이어나갔다.

① "Au clair de la lune mon ami Pierrot달빛 아래에 선 내 친구 피에로". ② "Eau glaire (cascade d'une couleur de glaire) de là l'anémone à mide négro달걀흰자위 물(달걀흰자위 색깔

의 폭포) 그로부터 정오의 아네모네 흑인". 여기서 오는 것이 정오의 태양이 환하게 비치는 낙원에서 벌어지는 일화다.

샹송의 다른 구절들을 어떻게 다루었는가에 대해서는 더 이상 기억이 없다. 하지만 내가 분명하게 떠올릴 수 있는 것은 "Ma chandelle est…내 촛불은…"이 내게 "Marchande zélée헌신적인 가게 여주인"을 주었다는 사실이다.

발전된 기법을 적용한 다른 예를 들어보면 다음과 같다. ① "Napoléon premier empreur황제 나폴레옹1세". ② "Nappe ollé ombre miettes hampe air heure식탁보 잘한다! 빵 부스러기 그림자 깃대 공기 시간". 여기서 오는 것이 식탁 위에 올라간 스페인 무용수들과 식탁보 위로 보이는 빵 부스러기 그림자, 그리고 코카뉴 고장의 바람시계다(깃대/깃발 공기/바람).(110, 111, 112쪽) 콩티 공에 관련된 일화의 경우 내 기억은 덜 분명하다. 하나의 단어가 출발점 역할을 했을 텐데, 이 단어가 생각나지 않는다. 다만 이것은 남아 있다. ① "…à jet continu…계속적인 분출". ② "…à geai Conti nu…어치를 데리고 있는 벌거벗은 콩티".(112쪽)

나는 별걸 다 활용했다. 이를테면 당시 '포노티피아'라고 불리던 내가 알지 못하는 기구의 광고를 도처에서 볼 수 있었다. 그것은 내게 "fausse note tibia틀린 음 넓적다리뼈"를 주었고, 여기서 오는 것이 브르타뉴 사람 를구알크다.(76쪽)

나는 심지어 내가 거래하는 구두점 주인의 이름과 주소까지 활용했다. "Hellstern, 5, place Vendôme엘스테른, 방돔 광장 5번지"로 나는 "Hélice tourne zinc plat se rend (devient) dôme프로펠러가 돌면서 평평한 아연판이 돔이 된다"를 만들었다.(149과 150쪽) 5라는 숫자는 우연히 선택한 것이었다. 나는 그것이 정확한 것이었다고 생각하지 않는다.

나는 카랑 다슈의 화집에서 '〈잠시만 기다려주세요〉 주제의 변주'라는 제목이 붙은 매우 재미있는 일련의 그림들을 본 적이 있다. 그중 하나는 〈장관 면담 대기실〉이라는 개별 제목 아래, 수위로부터 얼마 떨어지지 않은 곳에 앉아 (그의 표정으로 미루어보건대 매우 오래전부터) 기다리고 있는 불쌍한 사내를 보여주었다. 내가 거기서 끌어낸 것은 바로 이것이다. ① "Patience (se rapportant à l'attente) à antichambre ministérielle장관 면담 대기실의 (기다림에 대한) 인내" ② "Patience (à astiquer) à entiche ambre mine hystérique (mine qui se précipite vers... ambre, qui s'entiche de...)(윤을 내는) 파시앙스* 심취 호박 히스테릭한 표정(호박빛으로 변하는, ...에 심취하는 표정)" 여기서 오는 것이 53~62쪽에 묘사된 기구다.

활인화活人畫(87쪽 이후)는 빅토르 위고가 쓴 「나폴레옹 2세」의 시구를 활용하여 구축한 것이다. 하지만 내 기억에는 수많은 구멍이 있고, 그런 경우 말줄임표를 찍을 수밖에 없다.

① Oh revers oh leçon quand l'enfant de cet homme
오 역경 오 교훈 그 사람의 아이가
② Or effet herse oh le son... séton
황금 효과 살문 오 소리... 배액선
① Eut reçu pour hochet la couronne de Rome
딸랑이 대신 로마의 왕관을 받았을 때
② Ursule brochet lac Huronne drome (hippodrome)
우르술라 곤들매기 호수 휴론족 경기장 (경마장)
① Quand on l'eut revêtu d'un nom qui retentit
크게 울리는 이름을 걸쳤을 때
② Carton hure oeuf fétu...

* 제복의 단추를 닦는 데 사용하는 홈이 있는 판.

마분지로 된 멧돼지 머리 달걀 짚단...

① Quand on eut pour sa soif posé devant la France

프랑스의 갈증을 위해 프랑스 앞에

② ...pourchasse oie rose aide vent...

...거위를 쫓는다 장미 도움 바람...

① Un vase tout rempli du vin de l'espérance

희망의 포도주 가득 담긴 잔이 놓였을 때

② sept houx rampe lit... Vesper

일곱 그루 호랑가시나무 난간 침대... 베스페르

여기서 오는 것이 "온타리오호수의 마법에 걸린 자들"과 "난간에 글씨를 쓰는 헨델"이다.

기억을 뒤지면서 나는 다음의 것들을 발견한다.

① "Rideau cramoisi진홍색 커튼"(바르베 도르비이의 중편소설 제목) ② "Rit d'ocre à moisi곰팡이가 슨 황토색 얼굴로 웃다."(129쪽)

① "Les Inconséquences de monsieur Drommel드로멜 씨의 자가당착"(셰르뷜리에즈의 책 제목) ② "Raisin qu'un Celte hante démon scie Eude Rome elle켈트인이 나타나는 포도 악마가 외드를 톱질하다 로마 그녀"(132와 133쪽).

① "Charcutier돈육가공업자" ② "char qu'ut y est전차戰車 도 음音이 거기에 있다."(123쪽) ① "Valet de pied제복 입은 하인" ② "Va laide pie가라 추한 까치"(32쪽) 이 두 단어는, 이제는 잊어버린 처음의 두 단어에 전치사 'à'를 통해 연결된 것이다.

포가르의 에피소드에서 "Mane Thecel Pharès므네 드켈 브라신"+을 활용했던 게 기억난다. 그것으로 나는 "manette

+ "저기 쓴 글자들은 므네 므네 드켈' 그다음은 '브라신'입니다. 그 뜻은 이렇습니다. '므네'는 '하느님께서 왕의 나라 햇수를 세어보시고 마감하셨다'는 뜻입니다. '드켈'은 '왕을 저울에 달아보시니 무게가 모자랐다'는 뜻입니다. '브라신'은 '왕의 나라를 메대와 페르시아에게 갈라주신다'는 뜻입니다."(「다니엘」 5장 25~28절. 번역은 공동번역 개정판.)

aisselle phare손잡이 겨드랑이 등燈"을 만들었다. 여기서 오는 것이 바로 포가르가 켜는 손잡이 달린 등이다. 또 한 가지 생각나는 것은 'Lupus늑대'라는 단어가 'Lupus낭창狼瘡'에서 왔다는 사실이다.

이 기법은 한마디로 운韻을 맞추는 방식에 가깝다. 두 경우 모두 음운의 결합에서 비롯된 예기치 못한 창조가 있기 때문이다.

그것은 본질적으로 시적인 기법이다.

하지만 그것을 사용할 줄 알아야 한다. 운으로 좋거나 나쁜 시구를 만들 수 있는 것과 마찬가지로, 이 기법으로 좋거나 나쁜 작품을 만들 수 있다.

『로쿠스 솔루스』는 그렇게 쓰였다. 하지만 나는 거기서 발전된 기법만을 사용했다. 다시 말해, 마지막에 인용한 『아프리카의 인상』의 예에서처럼, 나는 텍스트를 해체함으로써 일련의 이미지들을 얻어냈다. 딱 한 번 서로 다른 두 가지 의미를 가리키는 단어 'demoiselle'과 함께 처음의 기법이 다시 나타났다. 그러나 두번째 단어의 경우 발전된 기법의 분해를 겪는다.

① Demoiselle à prétendant구혼자가 있는 아가씨. ② Demoiselle à reître en dents이齒로 제작된 독일기병의 달구.

따라서 나는 달구에 의한 모자이크 제작 문제와 대면하게 되었다. 여기서 오는 것이 바로 35쪽◆ 이후에 묘사된 그 복잡한 기구다. 사실 내 기법의 특징은 일종의 "사실 방정식들équations de faits"(이는 로베르 드 몽테스키우가 내 책들에 대한 연구에서 사용한 표현이다)이 솟아오르게 하는 것이고, 관건은 그것을 논리적으로 푸는 것이었다.(사람들은 『로쿠스 솔루스』에[2] 대해 숱한 말장난을 했는데, 외로운 광인Loufocus Solus, 외로운 요리사Cocus Solus, 외로운 소보루小堡樓Blocus

◆ 이하 괄호 안의 페이지는 1913년 알퐁스르메르출판사에서 간행된 『로쿠스 솔루스』의 쪽수를 가리킨다.

Solus 또는 루르의 방망이들bâtons dans les Ruhrs, 외로운 호수Lacus Solus(피에르 브누아의 『염호鹽湖*Lac Salé*』와 관련하여), 로쿠스 쿨루스Locus Coolus, 쿨루스 솔루스Coolus Solus(로맹 쿨뤼Romain Coolus의 희곡과 관련하여), 외로운 어릿광대Gugus Solus, 취醉한 곳Locus Saoulus 등이 그것이다.+ 그런데 하나가 빠져 있고, 내가 보기에 그것은 지어낼 만한 가치가 있으니, 그것은 외로운 논리Logicus Solus다.

'prétendant'에 단어들을 덧붙이고 그로부터 독일기병에 관련된 모든 것을 끌어냈음을 나는 안다. 지금도 기억나는 것은 첫번째 것뿐인데, 'prétendant refusé거절당한 구혼자'로 나는 'rêve usé희미한 꿈'을 만들었고, 거기서 오는 것이 바로 독일기병의 꿈이다.

나는 또한 내가 쓴 (『전망*La Vue*』++ 에 수록된) 시 「샘」의 몇 구절을 이용했던 것을 기억한다. 하지만 내 머릿속에 분명하게 남아 있는 것은 다음의 것뿐이다.

Elle commence tôt sa tournée asticote
그녀는 일찍 순회를 시작하여 귀찮게 한다
Ailé coma… Saturne Élastique hotte
날개 달린 혼수상태… 토성 고무줄 채롱

Avec un parti pris de rudesse ses gens
무뚝뚝함의 편견을 가지고 그의 사람들을
Ave cote part type rit des rues d'essai sauge. En
(type des rues d'essai sauge)
묵주 점수 부분 유형 웃다 길들 시도에 대해 샐비어
(길들의 유형 시도에 대해 웃다 샐비어)

2. 내 책이 간행된 뒤 나는 화성에 '솔리스 라쿠스Solis Lacus'라는 이름의 호수가 존재한다는 사실을 발견했다.(원주)

+ 'Locus Solus'는 '외로운 곳'을 뜻한다.
++ 알퐁스르메르출판사에서 세 편의 시 「전망」(1903), 「연주회」(1903), 「샘」(1904)을 묶어 1904년에 『전망』이란 제목으로 간행하기도 했다. 여기에서는 책을 가리킬 때는 겹꺾쇠, 동명의 시를 가리킬 때는 홑꺾쇠로 표시했다.

Qui tous seraient
그들은 모두들
Qui toux sert
그들에게서는 기침이 소용이 있다

수탉 몹쉬스의 일화(430쪽 이후)에서 '날개 달린ailé'(날개 달린 수탉), '혼수상태coma'(혼수상태에 빠진 것처럼 꼼짝도 하지 않는), '토성Saturne'(토성과 소통하는), 그리고 '고무줄 달린 채롱hotte élastique' '묵주ave', 또 (441쪽 마지막 부분에서) 몹쉬스가 포스틴에게 '샐비어sauge' 꽃을 주는 것을 보고 노엘이 터뜨리는 '웃음rire'을 발견할 수 있을 것이다.

"L'ai-je eu, l'ai-je, l'aurai-je나는 그것을 가졌던가, 나는 그것을 갖고 있는가, 나는 그것을 가질 것인가"라고 쓰인 주사위는 'déluge홍수'(dé l'eus-je나는 주사위 그것을 가졌던가)라는 단어에서 온 것이다. 여기서 내가 'l'eus-je' 대신 'l'ai-je eu'를++ 채택한 것은 'dé l'eus-je'를 통해 내 기법이 너무 드러나지나 않을까 우려했기 때문이다.

『로쿠스 솔루스』와 관련하여 그 밖에 생각나는 다른 것은 아무것도 없다.

이미 말한 것처럼, 내가 쓴 두 책 『이마의 별』과 『무수히 많은 태양』은 동일한 기법에 따라 구축되었다. 특히 생각나는 것은 『이마의 별』에서 두 단어 'singulier단수'와 'pluriel복수'가 교황 성 율리우스의 일화에 나오는 'Saint Jules성 율리우스'와 'pelure껍질'을 제공했다는 사실이다. (내 원고 가운데에서, 『이마의 별』과 『무수히 많은 태양』이 쓰인 방법에 대한 매우 명료한 설명을 담고 있는 종이들을 찾아낼 수 있을 것이다. 또한 『로쿠스 솔루스』 직후에 집필되었으나 1914년의 군입대 때

++앞은 프랑스어의 단순과거, 뒤는 복합과거 시제다. 단순과거는 역사 서술 등 글을 쓸 때 주로 사용하고, 복합과거는 일상생활 등에서 폭넓게 사용한다.

문에 중단된 일화를 발견할 수 있을 텐데, 거기에는 볼테르와, 개똥벌레 가득한 경치가 나온다. 이 원고는 아마도 출판할 가치가 있을 것이다.)

내 다른 책들, 곧 『대역*La Doublure*』『전망』『새로운 아프리카의 인상*Nouvelles Impressions d'Afrique*』이 이 기법과 아무런 연관도 없음은 말할 필요가 없는 것이다.

베르제가街 6번지 소재 르메르출판사에 맡겨둔 책의 서두 역시 이 기법으로 구축되었다(그 책의 한 일화는 쿠바를 배경으로 삼고 있다).

시 「위로할 수 없는 자」와 「니스 카니발의 마분지가면들」은 이 기법과 아무 상관도 없다. 열일곱 살 때 썼고, 1897년 7월 12일 『골루아』에 실린 시 「내 영혼」도 마찬가지다.

책 『대역』과 단편소설 『시크노드』 사이에서 어떤 관계를 찾으려고 해서는 안 된다. 거기에는 아무런 관계도 없다.

⁂

나는 여기서 열아홉 살 때 『대역』을 쓰면서 겪었던 기묘한 정신적 위기에 대해 말하고자 한다. 수개월 동안 나는 특별한 강도로 보편적 영광의 감각을 느꼈다. 여러 해에 걸쳐서 나를 치료했던 피에르 자네 박사는, 그의 저서 『고뇌에서 환희로』 첫번째 권(132쪽 이후)에서 이 위기를 그렸다. 이 책에서 그는 나를 마르시알이라는 이름으로 부르는데, 이 이름은 『로쿠스 솔루스』의 마르시알 캉트렐 때문에 채택된 것이다.

⁂

나는 또한 이 글에서 측량할 길 없는 천재 쥘 베른에게 경의를 표하고자 한다.

그에 대한 나의 찬탄은 끝이 없는 것이다.

『지구 속 여행』『기구를 타고 5주간』『해저 2만 리』『지구에서 달까지』『달나라 탐험』『신비의 섬』『엑토르 세르바닥』의 몇몇 페이지에서 그는 인간의 언어가 도달할 수 있는 가장 높은 지점에 올랐다.

나는 내가 군복무를 하던 아미앵에서 그를 방문하여, 그토록 많은 불멸의 작품을 쓴 손을 잡아보는 행복을 맛보았다.

오, 탁월한 대가여! 평생토록 나는 당신을 읽고 또 읽으며 숭고한 시간을 보냈습니다. 축복받으소서!

⁂

꽤나 기묘한 한 가지 사실에 대해서도 여기에서 말해야겠다. 나는 많은 여행을 했다. 예컨대 1920년에서 1921년 사이에 인도, 오스트레일리아, 뉴질랜드, 태평양의 군도들, 중국, 일본 그리고 미국 등으로 세계 일주를 했다. (이 여행중 나는 타히티에 꽤 오래 머물렀고, 피에르 로티•의 찬탄할 만한 책에 나오는 몇몇 인물을 만날 수 있었다.) 이때 나는 벌써 유럽의 주요 나라들 외에 이집트와 북아프리카를 여행한 경험이 있었고, 나중에 콘스탄티노플, 소아시아, 페르시아를 방문했다. 그런데 이 모든 여행에서 내가 내 책을 위해 끌어낸 것은 아무것도 없다. 내가 보기에 이 사실은 말해둘 필요가 있는 것이다. 내게는 상상력이 전부라는 사실을 그것이 명료하게 보여주기 때문이다.

⁂

내 생애에 대한 짤막한 언급들로 이 글을 맺고자 한다.

나는 나의 누이 제르멘과 함께 자랐다. 그녀는 나중에 엘힝엔 공작부인이 되었고, 1928년 10월 21일에는 모스코바 공작

• Pierre Loti(1850~1923). 프랑스의 작가이자 해군장교로서 이국취향의 소설들로 유명하다.

부인이 되었다. 이날 내 매형의 형으로서, 왕인 조제프와 뤼시앙 보나파르트의 직계 자손인 외제니 보나파르트 공작부인의 부군인 모스코바 공 나폴레옹 네이가 후사 없이 숨을 거두었던 것이다. 기묘한 것은 제국의 거의 모든 이름이 내 매형 가문에 모여 있다는 사실이다. 그의 이복형제는 에슬링 공이면서 리볼리 공작이었다. 그의 손위 누이는 나폴리 왕위 계승권을 주장하는 뮈라 공과 결혼했다. 그에게는 또한 다른 누이들이 있었는데, 그들은 외젠 뮈라 공작부인, 카마스트라 공작부인, 알뷔페라 공작부인, 페장삭 공작부인이다. 여기에 더해 내 조카이자 유일한 상속자로서 엘힝엔 공작이면서 장차 모스코바 공이 될 미셸 네이는 1931년 2월 26일, 어머니를 통해 페르디낭 드 레셉의 손녀가 되는 동시에 나폴레옹3세와 황후 외제니의 종손녀인 엘렌느 라 카즈 양과 결혼했다. 나는 뮈라 공과 함께 이 결혼식의 증인이었다.

1901년에 죽은 내 형 조르주는, 우리가 아직 아이에 불과할 때 벌써 거의 청년에 가까웠다.

어린 시절에 대해 나는 감미로운 기억을 간직하고 있다. 이때 나는 몇 년에 걸쳐 완전한 행복을 경험했다고 말할 수 있다.

내 어머니는 음악을 좋아했고, 내게 이 예술에 대한 재능이 있음을 발견하고는 열세 살에 나를 고등학교에서 나와 음악학교에 들어가게 했다. 이를 위해서는 아버지의 가벼운 저항을 이겨내야만 했다.

나는 루이 디에메의 피아노 반에 들어갔고, 먼저 2등 차점, 이어서 1등 차점의 성적을 거두었다.

열여섯 살 무렵, 나는 멜로디를 작곡하고 거기에 맞추어 시구도 직접 쓰는 일을 시도했다. 시구는 언제나 쉽게 떠올랐다. 하지만 음악은 생각처럼 쉽게 떠오르지 않았다. 열일곱 살이던 어느 날, 나는 음악을 포기하고 시에만 전념하기로 했다. 내 소명이 결정된 것이다.

이때부터 일의 열기가 나를 사로잡았다. 여러 달 동안 나는 밤낮으로 일했고, 그 막바지에 『대역』을 썼는데, 이 작품 집필은 피에르 자네가 묘사한 정신적 위기와 때를 같이 한다.

1897년 6월 10일 『대역』이 나왔을 때 그것의 실패는 내게 무섭도록 격렬한 충격을 주었다. 나는 영광의 경이로운 봉우리 위에서 땅바닥으로 추락한 것 같은 느낌이었다. 그 충격은 일종의 피부질환까지 유발하여 내 몸은 온통 붉은 반점으로 뒤덮였고, 내가 홍역에 걸렸다고 생각한 어머니는 의사에게 진찰을 받도록 했다. 이 충격으로 특히 끔찍한 신경증이 생겨났는데, 나는 오랫동안 그것으로 고생해야만 했다.

나는 다시 일로 되돌아갔다. 하지만 무리했다가 커다란 위기를 겪었던 때와 달리 신중한 방식을 택했다. 우선 몇 년 동안 탐색을 했다. 1900년경 발표한 『시크노드』를 제외하고는 그 어떤 작품도 내게 만족스럽지 않았다.

스물다섯 살에 나는 「전망」을 썼다. 이 시는 『골루아 뒤 디망슈』에 실렸고, 몇몇 교양 있는 사람들의 주목을 끌었다. 심지어 당시 바리에테극장에서 공연된 오페레타 『베르지의 전하』에서 그 시가 암시되기도 했다. 정확히 누구인지는 모르겠는데, 등장인물 가운데 한 사람이 에브 라발리에르가 가져온, 톨비악 전투를 재현하고 있는 펜대를 바라보는 장면이 있었던 것이다.

「전망」 이후 나는 「연주회」와 「샘」을 썼다. 그러고는 또다시 수년에 걸친 탐색에 들어갔다. 이 기간 동안 나는 (『골루아 뒤 디망슈』에) 「위로할 수 없는 자」와 「니스 카니발의 마분지 가면들」만을 썼을 뿐이다. 이 탐색에는 고통이 없지 않았다. 나는 내가 갈망하는 예술적 감동을 만들어낼 수 없음을 느끼고는 분노의 발작에 휩싸여 땅바닥에 뒹굴기도 했다.

서른 살 무렵, 나는 마침내 내가 설명한 단어의 조합으로 내 길을 찾은 것 같은 느낌이 들었다. 나는 「나농」「브르타뉴 민속의 한 페이지」 그리고 『아프리카의 인상』을 썼다.

『아프리카의 인상』은 『골루아 뒤 디망슈』에 연재되었으나 아무런 주목도 받지 못했다.

마찬가지로 이 작품이 출판사에서 간행되었을 때 거기에 관심을 두는 사람은 아무도 없었다. 오로지 내가 책을 보내준 에드몽 로스탕⁺만이 단번에 작품을 이해했다. 그는 내 책에 대해 열광적인 태도를 보이면서 그것에 대해 모든 사람에게 이야기했고, 발췌한 단편들을 친한 사람들 앞에서 큰 소리로 읽기도 했다. 그는 종종 내게 말하곤 했다. "당신 책에서 놀라운 희곡작품을 끌어낼 수 있을 거요." 이 말은 나를 움직였다. 나는 이해받지 못한다는 사실로 고통받고 있었던 만큼 연극을 통한다면 아마도 책에 의해서보다 훨씬 더 쉽게 독자에게 다가갈 수 있을 것이라는 생각이 들었다.

그렇게 나는 『아프리카의 인상』에서 희곡 한 편을 끌어내어 먼저 페미나극장에서, 이어서 앙투안극장에서 공연했다.

반응은 실패를 넘어 분노에 가까웠다. 사람들은 나를 광인 취급하며 배우들의 연기를 흉내냈고, 무대에 동전을 던지면서 극장장에게 항의 편지를 보냈다.

벨기에, 네덜란드 그리고 프랑스 북부에서 이뤄진 순회공연도 이보다 나은 반응을 얻지는 못했다.

이러는 동안 나는 『로쿠스 솔루스』를 썼다.

『아프리카의 인상』처럼 작품은 『골루아 뒤 디망슈』에 연재되었으나 마찬가지로 아무런 주목도 받지 못했다.

단행본 또한 조금의 호응도 얻지 못했다.

또 한번 나는 연극에 호소했다. 나는 피에르 프롱대에게 『로

⁺ Edmond Rostand(1868~1918). 프랑스의 작가, 극작가, 시인으로 희곡 『시라노 드 베르주락』(1897)이 유명하다.

쿠스 솔루스』로부터 희곡 한 편을 끌어내어줄 것을 요청했고, 앙투안극장에서 호화롭게 공연했다.

초연이 있던 날 형언하기 어려운 소동이 일어났다. 한데 그것은 전투였다. 왜냐하면 이번에도 역시 거의 모든 관객이 나를 비난했지만, 대단히 열렬한 지지자 그룹이 나를 지원하고 있었기 때문이다.

이 사건은 큰 반향을 불러일으켰고, 나는 갑자기 세상에 이름이 알려지게 되었다.

하지만 그것은 성공과는 거리가 먼 하나의 스캔들에 불과했다. 방금 말한 작은 그룹을 제외한 모든 사람이 나를 공격하고 있었기 때문이다.

한 기자의 말을 빌리면 그것은 "폭동"이었다. 또다시 나는 광인 혹은 사이비 작가 취급을 받았다. 그야말로 비평계 전체가 분노의 외침을 질러댔다.

그러나 분명한 것은 내가 마침내 하나의 결과를 얻어냈다는 사실이었다. 내 작품 가운데 하나의 제목이 유명해진 것이다. 그해에 공연된 모든 연극 풍자극에 『로쿠스 솔루스』에 대한 장면이 있었고, 심지어 두 풍자극은 내 작품 제목을 흉내낸 제목을 채택하기도 했는데 『외로운 요리사*Cocus Solus*』(이 풍자극은 100회를 넘겼으니 대부 격인 내 희곡보다 더 행복했다고 하겠다)와 『외로운 소보루 혹은 루르의 방망이들*Blocus Solus ou les bâtons dans les Ruhrs*』이 그것이다.

관객의 몰이해가 어쩌면 내가 무대에 올린 작품들이 소설의 각색이라는 사실에서 올지도 모른다고 생각한 나는 특별히 무대를 위해 고안된 작품을 쓰기로 작정했다.

나는 『이마의 별』을 써서 보드빌극장에서 공연했다. 또 한 번의 소란과 전투가 있었다. 하지만 이번에는 내 지지자들이 훨씬 더 많았다. 3막에서는 흥분된 분위기가 어찌나 고조되었던지 장면이 진행되는 한중간에 막을 내렸다가 잠시 후 다시 올려야만 했다.

2막이 진행되는 동안 반대자 가운데 한 사람이 박수를 치는 사람들에게 "용기를 내, 박수부대claque"라고 하자 로베르 데스노스가 "우리는 따귀claque이고 당신들은 뺨la joue이야"라고 응수했다. 이 말은 큰 성공을 거두었고 여러 신문에 인용되었다. (재미있는 점을 짚고 넘어가자. 데스노스의 말에서 l과 j의 자리를 맞바꾸면 "우리는 박수부대고 당신들은 질투하고jaloux 있어"가 된다. 이 문장도 절묘함이 없지 않았을 것이다.)

이번에도 역시 비평가들은 나를 맹렬하게 공격했고, 늘 그렇듯 광기와 사이비를 말했다. 사람들은 작품을 "이마 아래의 거미"라고 불렀으며, 기자들은 배우들에게 내가 진지한 태도로 희곡작품들을 쓰는지, 내 목적이 세상을 비웃는 것은 아닌지 물었다. 나는 또 어느 날 공연이 끝났을 때 한 무리의 학생들이 밖으로 나오는 내게 야유하기 위해 얼마 동안 기다렸다는 사실도 알게 되었다.

이러는 동안 내 지지자의 수는 쉼없이 증가했다.

『이마의 별』에 이어 나는 『무수히 많은 태양』을 썼고 포르트생마르탱에서 공연했다.

초연이 있던 날은 자리를 얻기가 어려울 지경이었다. 그 정도로 몰려든 관객이 엄청났다. 많은 사람들은 오로지 소란스러운 공연에 참석하여 자기 역할을 수행하는 기쁨을 맛보기 위해 온 경우였다. 하지만 공연은 조용했다. 딱 한 번 소란이 일려고 하자 내 지지자 가운데 한 사람이 외쳤다. "조용히 해, 멍청이들아!"

작품은 이해받지 못했다. 몇몇을 제외하고, 언론 기사들은 지독히 나쁜 반응을 보였다.

얼마 뒤 르네상스극장에서 있었던 일련의 공연도 별로 행복하지 못했다. 막이 내렸을 때 사람들은 아이러니컬한 어조로 외쳤다. "작가... 작가..." 그러나 매번 소란이 일 때마다 나는 새로운 사람들이 내 편에 가담하는 것을 보았다.

⁂

『이마의 별』과 『무수히 많은 태양』을 쓰기 위해, 나는 1915년에 시작한 시작품을 중단한 바 있다.[3]

이 시기에 나는 여러 해 전 던져두었던 시를 다시 집어들었다. 그 작품은 다름 아닌 『새로운 아프리카의 인상』이었고, 1928년에야 그것을 끝냈다.

이런 종류의 시를 짓는 데 어느 정도로 막대한 시간이 소요되는지 생각하기는 쉽지 않을 것이다.

나는 그것을 가늠하게 해보려고 한다.

『새로운 아프리카의 인상』에는 묘사 부분이 있다. 줄 달린 작은 오페라글라스가 있고, 눈에 붙이도록 만들어진 2밀리미터 너비의 두 관은 각각 유리 위에 새겨진 사진을 감추고 있는데, 하나는 카이로의 시장을 보여주고, 다른 하나는 룩소르의 부두를 보여준다.

나는 이 두 사진을 시구로 묘사했다.(그것은 요컨대 내 시작품 「전망」을 다시 시작하는 일이었다.)

3. 이제 내가 쓴 시작품에 대해서 이야기하려고 하는 만큼, 아주 어렸을 때 빅토르 위고의 시에 재미삼아 덧붙여본 네 행의 시구를 인용하고자 한다. 위고의 시는 이렇게 시작한다.

"어떻게", 하고 그들이 말했다.
"우리의 작은 배로
경관들을 피한단 말입니까?"
"노를 저으세요." 그녀들이 말했다.

시의 마지막 행들에 덧붙인 네 시구는 이것이다.

"어떻게", 하고 그들이 말했다.
"날개를 느끼면서
우리의 비루한 육체를 떠날 수 있을까요?"
"죽으세요." 그녀들이 말했다.
(원주)

이 첫번째 작업이 끝나고 나서 나는 시구들을 수정하기 위해 작품의 처음으로 되돌아갔다. 하지만 얼마 후 그 수정작업을 끝내기 위해서는 인생 전체를 다 바쳐도 모자랄 것 같은 느낌이 들었고, 나는 그 일을 계속하는 것을 포기했다. 그런데 이 모든 것에 오 년의 작업이 소요되었다. 내 종이 가운데 그 원고를 찾는다면, 그것은 아마도 그 자체로서 내 독자 가운데 몇몇 사람의 관심을 얻을 수 있을 것이다.

1915년 겨울에서 1928년 가을에 이르는 십삼 년 반의 시간에서 방금 말한 오 년, 그리고 『이마의 별』과 『무수히 많은 태양』을 쓰는 데 소요된 시간을 제하고 나면, 독자들에게 선보인 상태의 『새로운 아프리카의 인상』을 쓰는 데는 모두 칠 년이 걸린 셈이 된다.

⁂

이 글을 맺으면서 나는 내 작품들이 거의 일반화된 적대적 몰이해에 부딪히는 것을 볼 때마다 내가 언제나 겪어야 했던 고통스러운 감정을 되돌아보게 된다.

(『아프리카의 인상』 초판이 소진되기까지는 이십이 년이 넘는 시간을 기다려야만 했다.)

내가 정말로 성공의 느낌을 맛볼 수 있었던 것은 피아노를 치면서 노래할 때, 그리고 특히 여러 차례에 걸쳐 배우들 또는 이런저런 사람들을 흉내낼 때뿐이었다. 하지만 적어도 그 경우 성공은 만장일치의 큰 것이었다.

나는 내 책들 덕분에 어쩌면 사후에라도 약간의 영광을 맛볼 수 있으리라는 희망 속으로, 부득이 도망치고자 한다.

작품 해설

넘치는 상상력과 글쓰기의 모험

레몽 루셀(Raymond Roussel 1877~1933)[1]은 프랑스 문학사에 매우 독특한 프로필을 드리운 작가다. 그는 엄청난 열정을 쏟아 평생 글쓰기에 전념하며 『아프리카의 인상』(1909)과 『로쿠스 솔루스』(1913) 등의 소설을 비롯해 시도 쓰고 희곡도 썼지만, 모든 책을 자비로 출판해야만 했을 정도로 문학적 영광과는 거리가 멀었다. 그의 바람에도 불구하고, 그리고 당대 문학계에 새로운 기운을 불어넣던 초현실주의자들의 떠들썩하고 공격적인 관심에도 불구하고, 그의 문학적 위상은 철저히 주변적인 것이었다. 그의 가장 유명한 책 『나는 내 책 몇 권을 어떻게 썼는가』(1935)를 맺는 문장 "나는 내 책들 덕분에 어쩌면 사후에라도 약간의 영광을 맛볼 수 있으리라는 희망 속으로, 부득이 도망치고자 한다"는 읽는 사람으로 하여금 안타까움마저 느끼게 한다.

오늘날 루셀의 작품은 작가가 표명한 수준을 훌쩍 뛰어넘는 영광을 누리고 있다. 미셸 푸코가 『레몽 루셀』을 발표하여 "루셀 비평의 실제적 비상"을 가능케 한 것[2]이 1963년이고, '영광의 레몽 루셀'이란 주제로 니스대학에서 학술회의가 개최된 것은 1983년이며, 이후로 그의 작품들은 새로이 편집되어 간행되고 번역되며 다각적인 연구가 이뤄져오고 있기 때문이다. 미셸 레리스, 미셸 뷔토르, 조르주 페렉 등을 비롯한 많은 작가들,

1. 이 글의 상당 부분은 졸고 「레몽 루셀의 글쓰기 고찰:『아프리카의 인상』을 중심으로」(『프랑스문화예술연구』, 제56집, 2016)에서 온다.

2. 이 평가는 안마리 아미오의 것이다: Anne-Marie Amiot, "Le Feuilleton critique roussellien-résumé des derniers épisodes (à suivre)", in *Raymond Roussel 1. Nouvelles impressions critiques*, Paris-Caen: Lettres Modernes Minard, 2001, p. 39.

그리고 현대미술의 거장 마르셀 뒤샹이 그의 영향을 천명했고, 이는 그의 선구적 면모가 단지 저평가되었을 뿐 문학의 영역을 넘어서는 폭넓은 것이었음을 말해준다. 어쩌면 시대를 앞서갔다는 사실이 그토록 야속한 몰이해에 작품을 오래 가두었을지도 모른다. 루셀의 작품은 지금도 여전히 대중적 인기와는 거리가 있으며 어려운 것으로 남아 있다.

중요한 것은 루셀의 문학이 오늘의 우리에게 새롭고 놀라운 면모를 갖는다는 점이다. 처음의 낯섦, 애초의 선뜻 이해하기 어려운 양상을 뚫고 안으로 들어가면, 거기서는 무겁고 엄숙한 의미를 떨쳐낸 절묘하고도 기상천외한 이야기들이 알리바바동굴의 무진장한 보물처럼 페이지들을 풍요롭게 채우며 우리를 커다란 재미의 향연 한가운데 흠뻑 빠뜨린다. 『아프리카의 인상』과 『로쿠스 솔루스』가 제공하는 넘치는 이야기의 행복과, 소설의 비법을 당장 드러낼 것만 같은 『나는 내 책 몇 권을 어떻게 썼는가』의 술회는 이제 문학적 현대성과 맞물리며 정신과 상상력의 운동을 촉발하고, 우리는 그렇게 고도의 지적 즐거움을 향유할 기회를 얻는다.

"나는 매 문장마다 피를 흘린다": 루셀의 운명을 뒤흔든 글쓰기 실험과 끔찍한 패배

막대한 부를 소유하고 엄청난 호사를 누리는 대부르주아 집안 출신인 루셀은, 파리국립음악원에서 피아노를 배우며 교내 콩쿠르에서 1등 차점의 성적을 거두는 등 상당한 성과를 거두다가, 일찌감치 자신의 문학적 천분을 자각하고는 평생 문학에 전념하며 거기에 자기의 존재와 소유를 아낌없이 쏟아부었다. 장시 『새로운 아프리카의 인상』(1932)은 가히 탕진에 가까운 그의 노력과 열정을 잘 보여준다. 1915년 겨울에 시작해서 1928년 가을에 끝난, 따라서 장장 13년 6개월의 긴 시간에 걸쳐서 쓴 이 작품은, 루셀 자신의 계산에 따르면, 다시 말해 그 기간 동안 다른 작품의 집필에 사용된 시간을 제하고 나면, 정확히 7년의 시간이 소요된 작품이다. 그는 초현실주의 시인 로베르 데스노스에게 보낸 편지에서, 이 작품을 쓰기 위해 한 행에 열다섯 시간 꼴로 작업했다고 밝힌다. 그도 그럴 것이 전체가 12음절 시구로 이루어진 이 작품은, 괄호 안에 괄호를, 그리고 그 괄호 안에 또다른 괄호를 여는 방식으로 여러 개의 괄호를 중첩시키고, 여기에 더해 각주까지 달고 있는데, 이 각주들에서도 또다시 괄호가 중첩되어 열리며 본문과 마찬가지로 12음절 시구로 형태를 맞추고 있기 때문이다. 루셀의 치밀함과 완벽함의 추구가 더욱 돋보이는 대목은, 각주를 포함한 시 전체가 운율과 각운을 엄격하게 지키고 있다는 점이다. 푸코가 흥미롭게 관찰하고 있다시피, 이 작품의 제4부는 가장 적은 95행의 시구로 이루어져 있다. 하지만 그 대신에 무려 134개의 각주가 달려 있는데, 시가 본문에서 각주로, 그리고 각주에서 다시 본문으로 이어질 때도 운율과 각운은 정확하게 지켜진다. 이런 와중에 그야말로 아연실색해질 수밖에 없는 것은 괄호 중첩의 누적 횟수다. 중첩 횟수가 가장 큰 경우를 보자면, 본문에서 괄호가 네 번 열리고 거기에 (푸코는 괄호 반 개로 계산했던) 줄표 한 개가 더해지며, 그에 연동된 각주에 또다시 괄호 세 개와 줄표 한 개가 추가되는 식이다. 무려 괄호 여덟 개의 깊이가 생겨나는 것이다. 다시 말해 괄호로 묶이지 않은 본문을 0도라고 할 때 가장 깊은 지점이 8도, 그러니까 전체 9도의 텍스트가 산출되는 셈이다.[3] 과연 한 행에 열다섯 시간이나 걸렸다는 루셀의 말은 과장이 아닌 듯 여겨진다. 그는 그의 신경증을 치료했던 피에르 자네에게 "나는 매 문장마다 피를 흘린다"고 말하기도 했다.[4]

3. Michel Foucault, *Raymond Roussel*, Paris: Gallimard, 1963, pp. 161~163.
4. Pierre Janet, "Les Caractères Psychologiques de l'Extase", in *Comment j'ai écrit certains de mes livres*, Paris: Gallimard, coll. "L'Imaginaire", 1995, p. 127.

루셀의 문학적 삶에는 중요한 사건 하나가 있다. 열아홉 살 때인 1896년, 운문소설 『대역』을 집필하던 중 "보편적 영광의 감각"을 수개월 동안 강렬하게 느끼며 문학을 자신의 예정된 운명으로, 그것도 경이로운 영광의 광휘에 휩싸인 운명으로 예감했던 일이다. 그러나 이듬해 간행된 책은 기대와는 달리, 혹독한 비판을 받으며 실패했다. 루셀은 이로 인해 "끔찍하도록 격렬한 충격"을 겪었다. "그는 영광의 경이로운 꼭대기에서 바닥으로 떨어진 것 같은 느낌에" 시달렸고, 마치 홍역이라도 앓는 것처럼 피부가 붉은색이 되었으며, 특히 오랫동안 그를 괴롭힐 신경증을 얻고 말았다. 하지만 이렇듯 일찍부터 겪어야 했던 실패, 그리고 이후로도 전혀 호전되지 않았던 작가로서의 보잘것없는 위상이, 문학에 대한 그의 신념을 조금도 약화시키지는 못했다. 평생토록 흔들림 없이 간직된 그 놀라운 열정은 분명 『대역』을 집필하며 체험했던 "보편적 영광"에 기필코 도달하고자 하는 염원에서 비롯된 것이리라.

상상력과 이성이 건축한
낯선 기계 설명서 같은 글쓰기

예의 "보편적 영광의 감각", 통념을 멀찌감치 넘어서는 소비와 사치, 다양한 기행奇行,⁵ 성공과는 거리가 멀었음에도 불구하고 결코 잃지 않았던 문학에 대한 열정, 특히 바르비투르산제 과다복용으로 인한 팔레르모 호텔에서의 죽음, 이 모든 것은 별난 작가로서의 루셀의 평판이 지속되게 한 경향이 있다. 매우 독특한 형태와 내용을 보여주는 그의 작품세계 또한, 그 같은 평판과 무관하지 않다는 사실을 생각해야 할 것이다.

루셀의 글쓰기는 자주, 세상에서 발견할 수 없는 낯선 대

5. 루셀에게서 사치와 기행은 종종 한몸으로 나타난다. 1924년 여행을 위해 특별히 제작한, 요즘의 캠핑카를 연상시키는 자동차는 길이 9미터, 넓이 2미터 반의 크기에 살롱, 침실, 욕실 그리고 심지어 두 명의 운전사와 한 명의 하인을 위한 공동침실까지 갖춘 것으로, 로마 방문시 교황 피오11세와 무솔리니의 관심을 끌었다. 저녁에 외출할 때면 몸단장에 무려 두 시간을 투자하되 향수는 뿌리지 않았다. 세탁한 것을 싫어해서 컬러는 한 번만 썼고, 넥타이는 세 번, 셔츠는 수차례, 양복, 외투, 모자, 멜빵은 열다섯 번 사용했다. 윗옷 안쪽에 하얀색 천조각을 부착하여 입을 때마다 줄을 하나씩 그었다. 손수건은 하루에 대여섯 장을 썼다. 매해 9월 프랑스 남서부에 위치한 비아리츠의 별장에 갈 때는 열차 시간이 맞지 않을 경우 특별열차를 세내어 가족, 하인, 의사, 초대 손님들, 개를 실어날랐다. 상상하기 힘든 사치의 예는 이것들 말고도 무수히 많다.(François Caradec, *Raymond Roussel*, Paris: Fayard, 1997, pp. 107, 129)

상들을 제시하되 마치 복잡다단한 기계설명서를 작성하듯, 그것들을 매우 정교하고 집요하게 그려낸다. 즉 이성과 논리의 치밀한 언어를 구사한다. 이런 점에서 루셀의 글쓰기는, 이성의 통제에서 벗어나 순수한 정신의 작용을 기록하고자 하는 자동기술과는 엄연히 다르고, 따라서 초현실주의와는 확실히 구별된다. 많은 연구자들이 말하는 것처럼, 루셀은 초현실주의자가 아니며, 그와 초현실주의의 관계는 "행복한 오해"의 관계다.[6]

루셀의 작품에서는 그렇게 현실의 규준을 벗어나는 기이한 낯섦과, 이성에 근거한 기계적 정교함이 병존한다. 이에 대해 브르통은 "극도로 부지런한 의식적 인간이… 극도로 맹렬한 무의식적 인간과 실랑이하기를 그치지 않는다"[7]고 말하고, 레리스는 루셀이 "절대적 실증주의에 상상력의 가장 자유로운 운동을 결합했다"고[8] 지적하거니와, "이성과 광기의 경계 위에서 줄타기 곡예처럼 전개되는 정신적 모험의 글쓰기"라는 오생근 교수의 표현은 루셀의 문학세계를 잘 드러내주는 말이라고 하겠다.[9]

대작 『아프리카의 인상』 속
기상천외한 이야기 몇 장면

『아프리카의 인상』은 산문으로 쓴 장편소설이다. 이전에도 『대역』처럼 장편소설을 쓰긴 했으나 운문으로 썼고, 「흑인들 사이에서」 『시크노드』 「나농」처럼 산문으로 쓴 소설들이 있지만 단편이다. 『아프리카의 인상』은 『로쿠스 솔루스』와 더불어 규모도 있고 문학적 완성도도 높은데다가 소설적 재미 또한 뛰어나다. 게다가 루셀의 유명한 글쓰기 방식, 곧 『나는 내 책 몇 권을 어떻게 썼는가』에서 '기법'이라는 이름 아래 설명되고 있는

6. Henri Béhar, "Heureuse méprise: Raymond Roussel et les surréalistes", *Mélusine*, no. 6, L'Âge d'homme, 1984.

7. André Breton, *Anthologie de l'humour noir*, *in Oeuvres complètes*, T. 2, Paris: Gallimard, coll. "La Bibliothèque de la Pléiade", 1992, pp. 1068~1069.

8. Michel Leiris, *Journal 1922–1989*, in *Roussel & Co*, Paris: Fata Morgana/Fayard, 1998, p. 318.

9. 오생근, 「레이몽 루셀의 『아프리카에 관한 인상들』, 글쓰기와 신화」, 『초현실주의 시와 문학의 혁명』, 문학과지성사, 2010, 255쪽.

텍스트 제작방식에 의거해서 쓰인 첫번째 대작이다. 루셀의 소설 가운데 가장 많이 연구되고 인기 또한 높은 이유다. 다음은 『아프리카의 인상』 전반부를 채우고 있는 대관식과 축하공연에서 특별한 기준 없이 뽑아낸 장면들이다.

고래수염으로 된 검은색 코르셋받침살로 제작된, 칼을 맞고 죽는 스파르타 노예의 조상彫像이 암소 허파로 만든 레일 위를 미끄러진다. 흑인 황제의 열 명에 달하는 아내가 거무스름한 빛깔의 음식을 먹고는 그로 인해 유발된 트림소리를 반주 삼아 종교적 예식의 춤을 춘다. 세 번 내리친 나무도끼에 배반자의 목이 잘리는데, 살 속으로 파고들면서 즉각적인 혈액응고 효과를 내는 나무 덕분에 피라고는 전혀 흐르지 않으며, 잘린 부위가 정육 제품에서 관찰되는 단단한 주홍빛을 띤다. 초록 리본과 붉은 리본을 매고 두 편으로 나뉜 고양이들이 중립지대를 가운데 두고 서로 마주보며 즐거운 잡기놀이를 한다. 엔지니어가 만든, 페달을 밟아 작동시키는 펜싱기계가 사람과 승부를 벌인다. 황제의 어린 아들이, 강력한 접착력을 지닌 설치류의 침을 장롱 문짝에 흘려 자신의 허리옷 끝을 단단히 붙인 뒤, 침 냄새에 유인되었다가 문짝에 발이 붙어버린 거대한 새에 이끌려 하늘 높이 날아오른다. 헝가리인이 조련한, 음악을 아는 벌레가 희한하게 무거운 물방울을 떨어뜨려 치터를 연주한다. 혈기왕성한 검은색 준마가 말을 한다. 푸른색 봉봉을 강물에 던지자 영상이 나타난다. 씨앗을 제거한 포도알이 재미있는 장면을 담고 있다. 흰색 식물이 선명하고 뚜렷한 양상의 그림들을 차례차례 보여준다.

이 낯선 장면들은 그 자체로서 이미 전대미문의 기묘한 이야기들을 구성한다. 한데 이 이야기들 각각은 다시 그것의 연원이 되는 기상천외한 이야기에 바탕을 두고 있고, 그렇게 소설의 후반부가 구성된다. 흥미로운 사실은 이토록 다채롭고 풍부한 이야기가 『로쿠스 솔루스』를 위시한 루셀의 다른 소설들에서도 무궁무진하게 계속된다는 점이다. "루셀은 일화에서 초현실주의자"라는 앙드레 브르통의 선언은[10] 루셀 작품의 근본적인 특징을 지시한다.

줄거리와 구성:
1부의 수수께끼 같은 장면들에 대한
2부의 놀라운 해답

『아프리카의 인상』의 줄거리를 살펴보자. 1904년 3월 15일 "거대하고 빠른 배 랭세호"가 마르세유를 떠나 부에노스아이레스로 향한다. 일행은 평온한 항해를 즐기다가 여덟째 날 대서양 한가운데에서 폭풍우를 만나고 이틀 동안 고생하다가 3월 26일 아프리카 해안에 좌초한다. 프랑스어를 구사하는 흑인 세일코르가 수백 명의 흑인을 거느리고 나아와 그들을 포뉘켈레 제국의 수도 에쥐르로 안내하고, 그들은 이제 황제 탈루7세의 포로가 된다. 탈루는 포로들로 하여금 가족에게 몸값을 요청하는 편지를 쓰도록 한다. 세일코르는 북쪽의 포르토노보로 가서 편지를 부친 뒤 기다릴 것이고, 마침내 그가 돈을 갖고 돌아오면 포로들은 해방될 것이다. 그렇게 세일코르는 북쪽으로 떠나고 포로들은 기다리기 시작하는데, 포로 가운데 한 사람인 역사가 쥐야르는 무료함을 달래기 위해 엘리트들을 모은 '탁월한 자들의 클럽'을 창립한다. 곧 가입 요청이 쇄도하고, 그렇게 결성된 클럽의 회원들은 "독창적인 작업을 통해서든, 아니면 특출한 전시를 통해서든 두각을 드러내야만" 한다. 그들은 해방을 의미하는 세일코르의 귀환에 맞추어 대규모 축하공연을 갖기

10. 브르통은 『초현실주의 선언문』에서 성과에 의거한 피상적 차원에서 초현실주의자로 분류할 수 있는 작가들을 열거하는데, 루셀은 일화에 의해 그 반열에 오른다.(André Breton, *Manifeste du Surréalisme*, in *Oeuvres complètes*, T. 1, Paris: Gallimard, coll. "La Bibliothèque de la Pléiade", 1988, pp. 329)

로 계획한다. 한데 세일코르가 출발한 날로부터 축하공연에 이르기까지 중요한 사건들이 줄을 잇는다. 특히 포뉘켈레 남쪽의 적대국 드렐쉬카프의 왕으로 탈루의 원수이자 라이벌인 야우르가 자기 꾀에 빠져 탈루에게 패해 죽는 일이 일어난다. 드렐쉬카프는 이제 탈루의 차지가 되며, 6월 25일 포뉘켈레 황제 탈루가 드렐쉬카프의 왕위에 오르는 대관식을 거행하기로 결정된다. 대관식은 예정된 시각에 시작되고, 뒤이어 탁월한 자들의 축하공연이 밤까지 계속된다. 이튿날 아침에는 루이즈 몽탈레스코가 베윌리프뤼앙숲 앞에서 자신이 만든 기구를 선보이고, 그렇게 계획한 모든 공연은 끝나며, 마침내 해방된 포로들은 그날 오후 당장 에쥐르를 떠난다. 그들은 열흘 만에 포르토노보에 도착하고 탈없이 항해한 덕분에 7월 19일 마르세유의 졸리에트부두에서 헤어진다.

『아프리카의 인상』은 모두 26장으로 구성되어 있다. 이를 내용상 3부로 나눠볼 수 있다. 1장에서 9장에 이르는 1부는, 6월 25일 네시부터 이튿날 아침까지 트로피광장을 중심으로 에쥐르 일대에서 진행되는 대관식과 축하공연을 보여준다. 10장에서 25장 마지막 문단에 이르는 2부는, 랭세호가 마르세유를 출항한 3월 15일부터 6월 25일 대관식 직전까지의 시간을 담고 있다. 25장 마지막 문단에서 소설의 마지막 장인 26장에 이르는 3부는, 6월 26일 오전이 끝나갈 무렵 카르미카엘이 서사시 암송 연습을 끝내는 시점부터 7월 19일 마르세유에서 유럽인들이 헤어지는 시점까지 일어난 일들을 서술한다. 3부는 큰 부분이 에필로그이고, 따라서 마지막 대목에 자리잡은 것이 지극히 자연스럽다.

문제는 1부와 2부다. 1부는 대관식과 축하공연을 서술하고 있고, 일종의 연극적 장면들을 있는 그대로 그려 보이는 까닭에 엄연히 사건과 행위의 서술임에도 차라리 묘사에 가까운 양상을 띤다. 한데 그 장면들은 일반적인 삶의 풍경과 상식을 벗어나는 낯선 움직임과 기구들을 담고 있고, 독자는 그 앞에서 당혹스러움을 느낄 수밖에 없다. 그들의 연원과 존재이유를 모르는 것은 물론 세상에서 지시대상을 찾을 수 없기 때문이다. 독자는 그것들이 차례차례 무대 위에 나타났다가 사라지는 것을 바라보기만 할 뿐이다. 2부는 대관식과 축하공연이 끝난 6월 26일 아침, 화자가 지나간 시간을 회상하면서 시작되고, 가장 큰 부분이 대관식과 축하공연을 구성하는 요소들의 유래 및 준비과정의 서술에 할애되어 있다. 맥락 없이 제시되어 당혹감을 불러일으켰던 1부의 온갖 장면들은 이제 비로소 해명의 기회를 갖는다.

이렇게 1부가 일종의 수수께끼로 나타난다면 2부는 설명으로 나타나고, 시간적으로 1부의 사건들은 2부의 사건들 이후에 위치한다. 차라리 두 부분의 순서를 맞바꾸면 어떨까 하는 생각이 고개를 쳐들 수 있다. 실제로 『아프리카의 인상』 초판의 텍스트가 시작되는 페이지 상단에는 이런 알림문이 인쇄된 종이가 붙어 있었다고 한다. "레몽 루셀의 예술에 입문하지 않은 독자들은 이 책을 읽을 때 먼저 212쪽부터 455쪽(한국어판: 169~354쪽)까지 읽고, 이어서 1쪽부터 211쪽(한국어판: 1~168쪽)까지 읽는 게 유리할 것이다." 그러나 시간과 인과의 순서를 따르는 것이 반드시 좋은 선택일까? 먼저 수수께끼를 제시하고 이어서 해답을 줌으로써 오히려 극적 효과를 얻을 수 있지 않을까?

앞에서 이미 언급했지만, 2부에는 대단히 중요한 두 사건이 서술되어 있다. 하나는 탈루가 야우르를 죽이고 드렐쉬카프를 차지하는 사건이다. 이 사건은 오래 대물림된 경쟁관계가 마침내 종료되었음을 의미한다. 다른 사건은 포르토노보로 편지를 갖고 떠났던 세일코르의 귀환이다. 이 귀환은 포로로 잡힌 유럽인들의 해방을 의미하며 소설의 출구를 지시한다. 만약 탈루의 승리와 포로들의 해방이 작품의 전반부에서 일찌감치 독자들에게 전달된다면, 이후의 서술은 긴장의 감압, 아니 무화로 인해 동력을 잃어버릴 것이다. 물론 원래대로 읽을 경우 이해하기 힘든 이상한 장면들을 오랫동안 따라가는 낯선 경험을 감수해야 하지만, 티팬 사무아요가 신중하게 말하듯이[11] 애초의 순서대로 읽는 것이 가장 합당한 독서로 여겨진다. 그리고 바로 이런 이유로 책이 나왔을 당시 텍스트 시작 부분에 풀로 붙였던 알림문 쪽지가 사라진 게 아닐까 추정해보게 된다.[12]

루셀이 직접 밝히는 창작법: 그는 어떻게 이 전대미문의 글을 썼는가

가장 매력적인 책제목 가운데 하나가 『나는 내 책 몇 권을 어떻게 썼는가』가 아닐까 생각한다면, 그것은 아마도 요리 레시피처럼 누구나 손쉽게 활용할 수 있는 편리한 소설 제조법을 기대하게 만들기 때문일 것이다. 길지 않은 본문에 그것의 열한 배가 넘는 자료가 붙어 있는 책은 지금까지 루셀의 나머지 책들보다 더 많은 주석을 유발했다. 먼저 브르통을 위시한 초현실주의자들, 이어서 푸코와 누보로망 계열의 작가 및 이론가들, 그리고 1980년대 이후의 다양한 평자들이 앞다투어 관심을 표했다. 그것은 20세기 이후의 거의 모든 중요한 경향과 관련된 셈이다.

루셀의 설명에 따르면, 맨 처음 기법을 사용한 단편소설 「흑인들 사이에서」는 "거의 비슷한 두 개의 단어", 곧 '당구대'를

11. Tiphaine Samoyault, "Présentation. Impressions d'imaginaire", in Raymond Roussel, *Impressions d'Afrique*, Paris: GF Flammarion, 2005, p. 17.

12. 『아프리카의 인상』은 1909년 10월 2일 르메르출판사에서 인쇄작업이 끝났을 때, 아직 『골루아 뒤 디망슈』에 연재되고(7.10~11.13) 있었다. 신문을 통해 작품을 접한 독자들이 이해에 어려움을 겪는다는 사실, 그리고 2부의 설명이 너무 늦게 제공되다보니 중도에 읽기를 포기해버리는 독자들이 있다는 사실을 전해들은 루셀이 뒤늦게 쪽지를 인쇄하여 책에 붙이도록 했을 것이라고 프랑수아 카라덱이 말하는데, 일리가 있는 추측이다.(François Caradec, 같은 책, pp. 112~113)

뜻하는 'billard'와 '약탈자'를 뜻하는 'pillard'를 선택하고, 이 두 단어에 다른 단어들을 덧붙여, 형태는 비슷하되 의미는 다른 두 문장 "1. Les lettres du blanc sur les bandes du vieux billard 오래된 당구대 쿠션에 초크로 쓴 글씨들, 2. Les lettres du blanc sur les bandes du vieux pillard 늙은 약탈자가 이끄는 무리들에 관한 백인의 편지들"을 얻어내는 것으로부터 출발했다. 루셀은 앞 문장으로 시작해서 뒷 문장으로 끝나는 이야기를 지어냈고, 그것이 바로 「흑인들 사이에서」다. 이렇게 동일하거나 비슷한 형태를 지녔지만 의미는 두 가지인 문장으로 시작하고 끝나는 방식은 초기의 단편소설에 국한된다. 다만 동음이의의 원칙은 견지되며 그 활용이 확장되고 다양해진다.

『아프리카의 인상』은 「흑인들 사이에서」를 끝맺는 문장에 기원을 두고 있으니, "약탈자는 탈루고, 무리들은 그가 거느린 전사 부족들이며, 백인은 카르미카엘을 가리킨다(편지들은 활용되지 않았다)." 루셀은 '당구대'와 관련된 단어들을 더 찾았고, 그렇게 얻어낸 것이 주인의 "표지chiffre(이니셜)"가 새겨진 "큐queue" "깁기reprises를 한 낡은 가두리bandes" "초크blanc 바닥에 종이를 붙이는 데 쓰는 풀colle"이다. 한데 그가 글쓰기에 사용하는 것은 처음의 의미와는 다른 의미에 연결된 단어로서, 방금 언급한 것들 대신에 '숫자chiffre가 새겨져 있는 드레스 자락queue', 주제가 지속적으로 '반복reprises'되는 서사시를 노래하는 '무리들bandes', '벌colle'이 부과된 '백인blanc'이, 『아프리카의 인상』에서 일화들을 구축하는 핵심 요소로 활용된다. 루셀은 '당구대'의 영역을 떠나 다른 단어들을 가지고 동일한 방법으로 작업을 계속하며, 이미 활용하기 시작한 전치사 'à'를 통한 단어 추가 방식을 견지하되, 동일한 형태를 넘어 유사한 형태의 단어들로 기법의 범위를 확장한다.

대표적인 예가 "섬îlot의 고래baleine"가 "스파르타 노예ilote 조상의 재료가 되는 고래수염으로 만든 코르셋받침살baleine"을, "조롱당하는raille 나약한 자mou"가 "레일rail 모양의 허파mou"를 산출하는 경우인데, 여기서 오는 것이 바로 암소 허파로 된 레일 위를 굴러가는, 코르셋받침살로 만들어진 스파르타 노예 조상의 일화다.

루셀은 단어의 차원 너머로 기법을 발전시켜 문장, 샹송 구절, 시구, 상품명, 그리고 심지어 구두점 주인의 이름과 주소까지 활용하는데, 기존의 텍스트를 해체하고 재구성하는 데 주된 내용이 있다. 예컨대 그는 샹송 구절 "Tu n'en auras pas 너는 그것을 맛볼 수 없을 거야"를 해체하여 "Dune en or a pas (a des pas) 황금으로 된 사구에는 발자국들이 있다"를 재구성하고, 이로부터 『아프리카의 인상』의 '시인과 무어 여인' 일화에 나오는, 사구에 찍힌 여인의 발자국들에 시인이 입을 맞추는 장면을 얻어낸다.

이러한 기법이 루셀의 글쓰기에서 근본적인 중요성을 지님은 두말할 필요가 없는 것이다. 하지만 그렇다고 해서 루셀의 작품 전체를 설명해주지는 않는다. 그리고 사실 그것은 그리 간단하지도 않다. 푸코는 "놀이를 끝내게 해주는 열쇠를 주면서 이차적인 수수께끼를 그린다"는[13] 말로써 그것이 지닌 복합적 성격을 강조한다. 그토록 많은 이가 이 기법의 문제와 씨름한 이유다.

인간의 오랜 역사에서 작가는 신비의 베일 너머에서 창조의 원천을 넘나드는 특권적 존재였다. 루셀의 기법이 새로운 것은, 천재적 영감 대신에, 임의로 선택한 단어에서 작품의 기원을 찾고 또 필요한 질료를 얻어낸다는 사실 때문이다. "보편적 영광"을 꿈꾸던 루셀이 신비의 베일을 찢으며 작가와 작품

13. Michel Foucault, 같은 책, p. 9.

을 평범과 우연의 차원으로 끌어내리고 있는 것이다. 여기서 우리가 주목할 것은 두 가지다. 하나, 작품의 원천을 언어와 그 자산에 둔다는 점이다. 둘, 글쓰기를 인간의 심오한 깊이 속에 자리잡은 영감의 차원이 아니라, 이성적 조작의 차원에 위치시킨다는 점이다. 하지만 이렇듯 탈신비적인 글쓰기가 비범할 정도로 풍요롭고 다채로운 이야기들을 낳고 있다면!

다시 루셀에게 다가가기 위하여

루셀의 문학에 대해서는 지금까지 크게 두 종류의 접근이 이루어졌다. 하나는 글쓰기의 기원이 언어에 있다는 사실에 초점을 맞춘 경우로, 푸코와 누보로망 쪽 평자들이 이런 경향을 대표한다. 이들은 루셀을 "누보로망의 이론적 스승"으로 간주하고, 누보로망에 대한 그의 기여가 초현실주의에 대한 기여보다 큰 것으로 평가한다.[14] 푸코의 연구는 언어에 초점을 맞춘 접근의 물꼬를 텄다고 해도 과언이 아닐 텐데, 치밀하기 이를 데 없는 그의 독서는 루셀 문학에 대한 총체적 조망으로 확대된다. 구조주의, 누보로망, 해체주의 등의 흐름과 공감하는 이 연구들은, 루셀의 기법을 강조하면서 텍스트 제작 측면에 관심을 집중한다. 이러한 접근에서 루셀의 작품은 발화가 없는 주관성의 바깥에 위치하며, 거기서 "인물들의 침묵은 언어에, 유일한 실제적 배우로서 펼쳐질 공간을 부여한다."[15]

또다른 접근은 레리스 등이 그러하듯, 루셀의 작품에서 서양의 위대한 신화, 상투어,[16] 문화적 기억의[17] 작용을 분간해내고 그것의 중요함을 평가하고자 한다. 이 접근은 앞의 접근과 달리 저자의 주관성을 인정하며 보편적 상징의 역할을 읽는다. 이를테면 탈루의 대관식과 탁월한 자들의 축하공연에서 형이상학적 악에 대한 선의 승리와 문화 융합의 상징을 해독해낸다.[18]

14. Ginette Adamson, *Le Procédé de Raymond Roussel*, Amsterdam: Rodopi, 1984, p. 80.
15. Françoise Atlani-Voisin, "Impressions d'Afrique ou la chance d'un énoncé", in *Raymond Roussel 1. Nouvelles impressions critiques*, pp. 151~152.
16. Michel Leiris, "Conception et réalité chez Raymond Roussel", in *Critique*, no. 89, 1954. (*Roussel & Co*, p. 256)
17. Laurent Jenny, "Structure et fonctions du cliché. A propos des *Impressions d'Afrique*", in *La Poétique*, no. 12, 1972, pp. 513~514.
18. Anne-Marie Amiot, *Un mythe moderne: Impressions d'Afrique de Raymond Roussel*, Paris: Lettres Modernes Minard, coll. "Archives des Lettres Modernes", no. 176, 1977, pp. 114, 110.

이렇듯 상반된 두 접근은 루셀의 작품이 얼마나 풍요롭고 현대적이고 열려 있는지 가늠하게 해준다. 『아프리카의 인상』을 통해 우리가 어쨌거나 분명히 확인할 수 있는 것은, 현대 문학에서 언어의 몫은 커지고 책은 엄숙한 의미를 벗어나고 있다는 사실이다. 마네와 인상주의 미술 이후로, 그리고 20세기의 다양한 문학적 철학적 논의 이후로, 이제는 문학작품을 우리가 호흡하는 세계에서 독립된 하나의 자유롭고 창조적인 노래로 읽는 게 자연스러워졌으니, 루셀의 작품은 그러한 변화의 선구적인 경우라고 말할 수 있다.

『아프리카의 인상』의 첫 우리말 번역을 내놓게 되어 기쁘다. 이 작업을 권하고 격려해주신 오생근 선생님께 깊이 감사드린다. 늘 염려하고 도와주시는 선생님의 은혜를 어찌 갚을지 걱정이 크다. 책이 나오기까지 진지한 관심을 견지해준 문학동네의 고원효 팀장, 편집을 맡아 원고를 다듬어준 송지선 씨께도 이 자리를 빌려 고마운 마음을 전한다.

2018년 12월
송진석

레몽 루셀 연보

1877년 1월 20일, 파리에서 레몽 루셀 태어남. 그의 아버지는 증권중개인으로 매우 부유하고, 어머니 또한 부호 집안 출신임. 형 조르주와 누이 제르멘은 각각 여덟 살, 네 살 위임.

1886년 장송드사이 학교에 들어감.

1890년 학교를 나와 파리국립음악원 피아노반 청강생이 됨.

1891년 파리국립음악원 예비반에 들어가지만 강의를 듣지는 않음.

1893년 파리국립음악원에 입학함.

1894년 아버지가 사망함. 연주에는 취미가 있으나 작곡에 재능이 없음을 발견하고 음악을 포기할 생각을 함. 시를 쓰는 것이 더 수월함을 느낌. 나중에 『빅토르 위고의 영혼*L'Âme de Victor Hugo*』이란 제목으로 간행될 시를 씀.

1896년 파리국립음악원에서 피아노 부문 2등 차점의 성적을 거둠. 운문소설 『대역*La Doublure*』 집필을 시작하고, 문학을 자신의 예정된 운명으로 받아들이게 되는 "보편적 영광의 감각"을 느낌.

1887년 저자가 출판 비용을 부담하는 조건으로 『대역』이 간행됨. 작품은 이해 불가능한 것으로 간주되며 혹독한 비판을 받음. “1897년 6월 10일 『대역』이 나왔을 때, 그 실패는 내게 끔찍하도록 격렬한 충격을 야기했다. 나는 영광의 경이로운 꼭대기에서 바닥으로 떨어진 것 같은 느낌이 들었다”라고 루셀은 말함.

1898년 파리국립음악원에서 피아노 부문 1등 차점의 성적을 거둠. 11월에 군에 입대함. 2년 동안의 군복무가 끝났으나, 이후에 음악원으로 돌아가지는 않음. 하지만 그의 작품 전체에 걸쳐 음악은 중요한 역할을 수행하게 됨.

1899년 군복무중이던 아미앵에서 쥘 베른을 만남.

1900년 『아프리카의 인상*Impressions d'Afrique*』의 기원이 된 「흑인들 사이에서Parmi les Noirs」를 씀. 『시크노드 *Chiquenaude*』 간행됨.

1901년 형 조르주가 결핵으로 사망함.

1903년 시작품 「전망La Vue」과 「연주회Le Concert」를 『골루아 뒤 디망슈』에 발표함.

1904년 「니스 카니발의 마분지가면들Têtes de carton du Carnaval de Nice」을 『골루아 뒤 디망슈』에 발표함.

1906년 스페인과 이집트를 여행함.

1907년 「나농Nanon」을 『골루아 뒤 디망슈』에 발표함.

1909년 7월부터 『아프리카의 인상』을 『골루아 뒤 디망슈』에 연재함. 같은 작품이 이해에 단행본으로도 간행됨.

1910년 『아프리카의 인상』을 언론에 선보이지만 먼저 나온 작품들과 마찬가지로 좋은 반응을 얻어내지 못함. 샤를로트 뒤프렌이 함께 기거하며 극장에 동행하기 시작함. 동성애자 루셀의 바람막이 역할을 한 그녀는 루셀이 죽을 때까지 그의 곁을 떠나지 않음.

1911년 1월부터 3월까지 어머니와 함께 인도를 여행함. 이어 『아프리카의 인상』을 희곡으로 각색하여 무대에 올리지만 성공을 거두지 못함. 10월에 어머니가 사망함. 루셀은 죽은 어머니를 방부처리한 뒤 마지막 순간까지 얼굴을 볼 수 있도록 관뚜껑에 작은 유리창을 내게 함.

1912년 5월부터 〈아프리카의 인상〉이 앙투안극장에서 다시 상연됨. 마르셀 뒤샹, 미셸 레리스, 피카비아, 아폴리네르 등이 초연을 관람함. 뒤샹은 여기서 그의 작품 〈그녀의 독신자들에 의해 발가벗겨진 신부〉의 영감을 얻었다고 말함. 공연은 스캔들을 일으킴.

1913년 『로쿠스 솔루스*Locus Solus*』 간행됨. 같은 작품을 『부지발에서의 몇 시간*Quelques heures à Bougival*』이란 제목으로 『골루아 뒤 디망슈』에 연재함. 두 판본 사이에는 커다란 차이가 있음. 시인이자 비평가 로베르 드 몽테스키우에게 보낸 편지에서 신문연재가 작품을 읽히게 하는 유일한 방도임을 안타까워함.

1914년 8월에 동원되어 1차세계대전에 참전함. 전쟁 내내 이등병에 머묾.

1915년 겨울에 장시 『새로운 아프리카의 인상*Nouvelles impressions d'Afrique*』을 쓰기 시작함. 1928년에야 완성될 이 작품은 「전망」의 다시 쓰기임.

1918년 9월에 전역함. 『「아프리카의 인상」과 「로쿠스 솔루스」 발췌』 간행됨. 이 책 덕분에 장 콕토와 앙드레 지드에게 루셀의 존재가 알려짐.

1920년 세계일주를 시도함. 인도, 오스트레일리아, 타히티에 이어 중국, 일본, 미국을 여행함.

1922년 12월에 앙투안극장에서 연극 〈로쿠스 솔루스〉가 공연되며 커다란 스캔들을 일으킴. 초연에서 거의 모든 관객이 야유를 보냈지만 레리스, 앙드레 브르통, 루이 아라공, 필립 수포, 비트락 등이 자리를 지키며 루셀을 지지함. 이로써 루셀의 이름이 알려지게 되지만 주변적 작가의 위상에서 벗어나지는 못함.

1923년 희곡 『이마의 별*L'Étoile au front*』을 쓰기 시작함.

1924년 5월에 〈이마의 별〉을 보드빌극장 무대에 올려 또다시 스캔들을 일으킴. 이 작품을 『코메디아』에 연재함.

1925년 『이마의 별』이 단행본으로 출간됨.

1926년 희곡 『무수히 많은 태양*La Poussière de Soleils*』을 포르트생마르탱극장에서 공연함. 이 작품 역시 『코메디아』에 연재된 뒤 단행본으로 간행됨. 로마를 여행함.

1927년 중동을 여행하며 바그다드, 테헤란, 이스파한, 이스탄불 등을 둘러봄.

1929년 세계경제대공황과 함께 파산하여 집에 고용한 사람들을 모두 내보내고 누이의 집으로 옮겨감.

1930년 누이 제르멘이 뇌종양으로 사망함.

1931년 『나는 내 책 몇 권을 어떻게 썼는가*Comment j'ai écrit certains de mes livres*』를 쓴 뒤 사후 출판을 요청하며 인쇄업자에게 원고를 넘김.

1932년 6월에 『새로운 아프리카의 인상』이 인쇄됨. 체스에 열중함. 난제를 해결하는 데 성공한 그에 대해 체스의 대가 사무엘 타르타코버가 글 몇 편을 발표함.

1933년 유언을 작성하고 샤를로트 뒤프렌과 함께 팔레르모의 '그랜드호텔과 종려나무'라는 이름의 호텔로 가서 7월 14일에서 15일로 넘어가는 밤 바르비투르산제 과다복용으로 사망함. 파리의 페르라셰즈묘지에 묻힘.

1935년 『나는 내 책 몇 권을 어떻게 썼는가』가 『누벨 르뷔 프랑세즈』에 실린 뒤 단행본으로 간행됨.

1988년 아홉 상자 분량의 자료가 프랑스국립도서관에 기증됨. 여기에는 3,000쪽이 넘는 미간행 시작품, 『아프리카의 인상』을 각색한 희곡, 그리고 『로쿠스 솔루스』의 육필 원고 전부가 포함되어 있음.

아프리카의 인상

초판 인쇄 2018년 12월 26일
초판 발행 2019년 1월 7일

지은이 레몽 루셀
옮긴이 송진석
펴낸이 염현숙

기획 고원효
책임편집 송지선
편집 허정은 김영옥 고원효
디자인 슬기와 민
마케팅 정민호 이숙재 정현민 김도윤 안남영
홍보 김희숙 김상만 이천희
제작 강신은 김동욱 임현식
제작처 한영문화사(인쇄) 경일제책사(제본)

펴낸곳 (주)문학동네
출판등록 1993년 10월 22일 제406-2003-000045호
주소 10881 경기도 파주시 회동길 210
전자우편 editor@munhak.com
대표전화 031-955-8888
팩스 031-955-8855
문의전화 031-955-3578(마케팅)
031-955-2686(편집)
문학동네카페 http://cafe.naver.com/mhdn
트위터 @munhakdongne
북클럽문학동네 http://bookclubmunhak.com

ISBN 978-89-546-5442-5 03860
www.munhak.com

이 도서의 국립중앙도서관 출판시도서목록(CIP)은
서지정보유통지원시스템 홈페이지(http://seoji.nl.go.kr)와
국가자료공동목록시스템(http://www.nl.go.kr/kolisnet)에서
이용하실 수 있습니다.(CIP 제어번호: CIP2018040534)